Oscar Wilde

Sämtliche Märchen und Erzählungen

Oscar Wilde

Sämtliche Märchen und Erzählungen

Aus dem Englischen
von Alice Seiffert

Mit einem Nachwort
von Günter Walch

ANACONDA

Dieses Werk erschien erstmals als Band 221
in der Sammlung Dieterich

(diese Ausgabe wurde vermittelt von der
Aufbau Media GmbH, Berlin)

Die Deutsche Bibliothek verzeichnet diese Publikation in der Deutschen Nationalbibliographie; detaillierte bibliographische Daten sind im Internet unter http://dnb.ddb.de abrufbar.

Umschlagmotiv: „Gemälde von Sir William Rothenstein", 1892,
Conder, Charles (1868–1909), © akg-images, Berlin
Umschlaggestaltung: dyadesign, Düsseldorf, www.dya.de

Printed in Czech Republic 2005
ISBN 3-938484-38-1

info@anaconda-verlag.de

INHALTSVERZEICHNIS

MÄRCHEN

Der Märchen erster Teil

Der Märchen zweiter Teil
Das Granatapfelhaus

ERZÄHLUNGEN

GEDICHTE IN PROSA

DER MÄRCHEN ERSTER TEIL

DER GLÜCKLICHE PRINZ

Auf einer schlanken Säule, hoch über der Stadt, ragte das Standbild des glücklichen Prinzen. Er war über und über mit dünnen Blättern feinen Goldes vergoldet, er hatte zwei schimmernde Saphire als Augen, und an seinem Schwertknauf glühte ein großer roter Rubin.

Alle Welt bewunderte ihn sehr. »Er ist so schön wie ein Wetterhahn«, meinte ein Ratsherr, der den Ruf eines Kunstkenners zu erlangen trachtete. »Nur nicht ganz so nützlich«, setzte er hinzu, denn er fürchtete, die Leute könnten ihn für unpraktisch halten, und das war er keineswegs.

»Warum kannst du nicht sein wie der glückliche Prinz?« fragte eine empfindsame Mutter ihren kleinen Jungen, der weinend nach dem Mond verlangte. »Dem glücklichen Prinzen fällt's nun und nimmer ein, nach irgend etwas zu weinen.«

»Ich bin froh, daß es in dieser Welt doch Einen gibt, der vollkommen glücklich ist«, flüsterte ein Enttäuschter vor sich hin, als er zu dem wundervollen Standbild emporschaute.

»Er sieht ganz wie ein Engel aus«, sagten die Waisenkinder, wenn sie in ihren hellen scharlachroten Mänteln und den sauberen weißen Schürzchen aus der Kathedrale kamen.

»Woher wollt ihr das wissen?« fragte der Rechenlehrer. »Ihr habt ja nie einen gesehen.«

»O doch! in unseren Träumen«, antworteten die Kinder; und der Rechenlehrer runzelte die Stirn und machte ein sehr strenges Gesicht, denn er konnte es gar nicht leiden, daß Kinder träumten.

Eines Nachts nun flog eine kleine Schwalbe über die Stadt, ein Schwalbenjüngling. Seine Gefährten waren vor sechs Wochen nach Ägypten gezogen, er aber hatte gesäumt, denn er war in das hübscheste aller Schilfrohre verliebt. Er hatte seine Schöne im jungen Frühling kennengelernt, als er hinter einem dicken gelben Falter her den Fluß entlangflog, und war von ihrer zarten Taille so betört gewesen, daß er in seinem Fluge eingehalten hatte, um mit ihr zu plaudern.
»Soll ich dich lieben?« fragte der Schwalbenjüngling, der gern ohne viel Umschweife zur Hauptsache kam, und die Schöne neigte sich tief vor ihm. Da flog und kreiste er um sie her und streifte das Wasser leicht mit seinen Flügeln, daß es sich silbern kräuselte. Auf solche Art warb er, und es ging so den ganzen Sommer lang.
»Das ist eine lächerliche Liebschaft«, zwitscherten die anderen Schwalben, »sie hat kein Geld und viel zuviel Verwandte« – und in der Tat war der Fluß ganz voller Röhricht. Dann, als der Herbst kam, flogen die Schwalben alle davon.
Da sie nun fort waren, fühlte der kleine Vogel sich einsam und fing an, seiner Dame überdrüssig zu werden. »Man kann sich gar nicht mit ihr unterhalten«, sagte er, »und mir scheint fast, sie ist kokett, denn allzeit flirtet sie mit dem Wind.« Und wirklich, wann immer der Wind wehte, grüßte sie ihn mit den anmutvollsten Verneigungen. »Ich gebe zu, sie ist häuslich«, fuhr der Vogel fort, »aber ich liebe das Reisen, und folglich sollte meine Frau es auch lieben.«
»Willst du mit mir kommen?« fragte er sie schließlich; aber sie schüttelte nur den Kopf, sie wurzelte allzu fest in ihrem Heim.

»Du hast dein Spiel mit mir getrieben!« schrie er. »Ich mache mich davon nach den Pyramiden. Leb wohl!« und er flog von dannen.

Den ganzen Tag flog er, und im Abenddämmer kam er in der Stadt an. »Wo soll ich absteigen?« sagte er zu sich. »Hoffentlich haben sie hier ihre Zurüstungen getroffen.«

Dann sah er das Standbild auf der hohen Säule.

»Dort will ich absteigen«, rief er, »die Lage ist schön, und frische Luft gibt's da oben genug.« Damit ließ er sich just zwischen den Füßen des glücklichen Prinzen nieder.

»Ich habe ein goldenes Schlafzimmer«, sagte der kleine Vogel träumerisch zu sich selber, als er um sich blickte, und machte sich zum Schlafengehen bereit; aber da er eben den Kopf unter den Flügel stecken wollte, fiel ein großer Tropfen Wasser auf ihn herab. »Wie sonderbar!« rief er, »nicht ein einziges Wölkchen steht am Himmel, die Sterne scheinen klar und hell, und dabei regnet es. Das Klima im nördlichen Europa ist wirklich schauderhaft. Das Schilfrohr schwärmte zwar für Regen, aber das war nichts als Egoismus.«

Da fiel ein zweiter Tropfen.

»Wozu nützt ein Standbild, wenn es nicht einmal den Regen abhalten kann?« sagte er, »ich muß mich nach einem soliden Schornsteinaufsatz umsehen«, und er beschloß weiterzufliegen.

Doch ehe er seine Flügel ausgebreitet hatte, fiel ein dritter Tropfen, und er blickte auf und sah ... Ah, was sah er?

Die Augen des glücklichen Prinzen waren voll Tränen, und Tränen strömten ihm über die goldenen Wangen. Sein Antlitz war so schön im Mondlicht, daß Mitleid die kleine Schwalbe erfüllte.

»Wer bist du?« fragte sie.
»Ich bin der glückliche Prinz.«
»Warum weinst du dann?« fragte die Schwalbe, »ich bin davon ganz naß geworden.«
»Als ich lebte und ein Menschenherz besaß«, erwiderte das Standbild, »wußte ich nicht, was Tränen sind, denn ich lebte im Schloß Sorgenlos, das kein Leid betreten darf. Am Tage spielte ich mit meinen Gespielen im Garten, und des Abends führte ich den Tanz im großen Saale an. Rings um den Garten lief eine sehr hohe Mauer; aber nie kam mir die Frage, was wohl dahinter sein möge, denn alles um mich her war so schön. Die Herren vom Hofe nannten mich den glücklichen Prinzen, und glücklich war ich fürwahr, wofern Freude Glück bedeutet. So lebte ich, so starb ich. Und nun, da ich tot bin, haben sie mich in solche Höhe hier heraufgestellt, daß ich alles sehen kann, was häßlich, alles, was jammervoll ist in meiner Stadt, und wenn ich auch ein bleiernes Herz habe – wie sollte ich nicht weinen?«
»Was! er ist nicht aus massivem Gold?« fragte sich die Schwalbe im stillen. Sie war zu höflich, um irgendwelche anzüglichen Bemerkungen laut auszusprechen.
»Weit entfernt von hier«, fuhr das Standbild mit leiser, melodischer Stimme fort, »weit entfernt von hier an einer kleinen Gasse steht ein ärmliches Haus. Eins der Fenster ist offen, und durch dieses Fenster kann ich eine Frau an einem Tische sitzen sehen. Ihr Gesicht ist mager und verhärmt, rauh und rot sind ihre Hände und ganz von der Nadel zerstochen, denn sie ist eine Näherin. Sie stickt Passionsblumen auf ein Atlaskleid, das die reizendste unter den Ehrendamen der Königin beim nächsten Hofball tragen will. In einer Ecke der Kammer liegt ihr kleiner Junge krank

im Bett. Er fiebert und möchte so gerne Orangen. Seine Mutter aber hat nichts ihm zu geben als Wasser aus dem Fluß, und deshalb weint er. Schwalbe, Schwalbe, kleine Schwalbe, willst du ihr nicht den Rubin aus meinem Schwertknauf bringen? Meine Füße sind an dies Postament gefesselt, und ich kann nicht hinab.«

»Ich werde in Ägypten erwartet«, sagte die Schwalbe. »Meine Freunde fliegen den Nil auf und nieder und plaudern mit den prangenden Lotosblumen. Bald werden sie im Grabmal des großen Königs schlafen gehen. Der König selbst liegt dort unten in seinem buntbemalten Sarge. Er ist in ein gelbes Leintuch gewickelt und mit Wohlgerüchen einbalsamiert. Um seinen Nacken schlingt sich eine Kette von blaßgrüner Jade, und seine Hände sind wie welkes Laub.«

»Schwalbe, Schwalbe, kleine Schwalbe«, sagte der Prinz, »willst du nicht eine Nacht lang bei mir bleiben und mein Bote sein? Der Knabe verschmachtet, und der Mutter ist so bang.«

»Ich kann Jungen eigentlich gar nicht leiden«, entgegnete die Schwalbe. »An dem Flusse, wo ich vorigen Sommer wohnte, waren zwei ungezogene Jungen, die Müllerssöhne; die warfen immerfort mit Steinen nach mir. Sie haben mich natürlich nie getroffen, wir Schwalben fliegen dafür viel zu gut, und überdies stamme ich aus einer Familie, die wegen ihrer Hurtigkeit berühmt ist; es war aber doch ein Zeichen von Nichtachtung.«

Aber der glückliche Prinz sah so traurig aus, daß es die kleine Schwalbe jammerte. »Es ist sehr kalt hier«, sagte sie, »doch ich will eine Nacht lang bei dir bleiben und dein Bote sein.«

»Danke, kleine Schwalbe«, sagte der Prinz.

Also pickte die Schwalbe den großen Rubin aus des Prinzen Schwert, und den Edelstein im Schnabel, flog sie davon, über die Dächer der Stadt.
Sie kam am Turm der Kathedrale vorüber, von dem die weißen Marmorengel niederschauten. Sie kam am Schloß vorüber und hörte den Lärm des Balles. Ein schönes Mädchen trat mit seinem Anbeter auf den Altan hinaus. »Wie wunderreich die Sterne sind«, sagte er zu ihr, »und wie wunderreich ist die Macht der Liebe!«
»Hoffentlich wird mein Kleid rechtzeitig für den Hofball fertig«, antwortete sie. »Ich habe Auftrag gegeben, daß Passionsblumen darauf gestickt werden; aber die Näherinnen sind so faul.«
Die Schwalbe flog über den Fluß und sah die Laternen an den Masten der Schiffe hängen. Sie flog über das Getto und sah die alten Juden miteinander handeln und Geld auf kupfernen Waagschalen wägen. Endlich kam sie zu dem armen Häuschen und blickte hinein. Der Knabe warf sich fieberheiß im Bette hin und her, und die Mutter war eingeschlafen, sie war so müde. Durchs Fenster hinein hüpfte die Schwalbe und legte den großen Rubin auf den Tisch, neben den Fingerhut der Schlafenden. Dann umflog sie mit weichen Flügelschlägen das Bett, und ihre Schwingen fächelten des Knaben Stirn. »Wie kühl mir ist«, sagte der Knabe, »ich glaube, nun werde ich gesund.« Und er sank in einen erquickenden Schlummer.
Darauf flog die Schwalbe zurück zu dem glücklichen Prinzen und erzählte ihm, was sie getan hatte. »Es ist sonderbar«, bemerkte sie, »aber mich friert jetzt gar nicht mehr, obwohl es so kalt ist.«
»Das kommt, weil du eine gute Tat getan hast«, sagte

der Prinz. Und die kleine Schwalbe begann darüber nachzudenken, und dann schlief sie ein. Denken machte sie immer schläfrig.
Als es tagte, flog sie hinab zum Fluß und nahm ein Bad. »Welch bemerkenswertes Phänomen!« sagte der Professor der Ornithologie, der eben über die Brücke ging. »Eine Schwalbe im Winter!« Und er schrieb über diesen Gegenstand einen langen Artikel für die Lokalzeitung. Jedermann zitierte ihn, er war voll so vieler Wörter, die niemand verstand.
»Heute abend reise ich nach Ägypten«, sagte der kleine Vogel, und er fühlte sich ganz angeregt von dieser Aussicht. Er besuchte alle Denkmäler und bedeutenden Bauten der Stadt und saß lange auf der Kirchturmspitze. Wo er auch hinkam, überall riefen die Spatzen zwitschernd einander zu: »Was für ein vornehmer Fremder!« So unterhielt sich die Schwalbe ganz ausgezeichnet.
Als der Mond aufging, flog sie zurück zu dem glücklichen Prinzen. »Soll ich in Ägypten etwas für dich ausrichten?« rief sie. »Ich breche jetzt auf.«
»Schwalbe, Schwalbe, kleine Schwalbe«, sagte der Prinz, »willst du nicht diese eine Nacht noch bei mir bleiben?«
»Ich werde in Ägypten erwartet«, antwortete die Schwalbe. »Morgen fliegen meine Freunde hinauf zum zweiten Katarakt. Das Nilpferd ruht dort zwischen den Binsen, und auf einem großen granitenen Throne sitzt der Gott Memnon. Die ganze Nacht hindurch schaut er nach den Sternen, und wenn das Morgengestirn aufgeht, stößt er einen einzigen tönenden Jubelschrei aus und schweigt dann wieder still. Zu Mittag kommen die gelben Löwen herab zum Ufersaum, um zu trinken. Sie haben Augen gleich grünen Beryl-

len, und ihr Gebrüll ist mächtiger als das Brüllen des Katarakts.«

»Schwalbe, Schwalbe, kleine Schwalbe«, sagte der Prinz, »weit entfernt von hier, am Ende der Stadt, sehe ich einen jungen Mann in einer Dachkammer. Er beugt sich über ein Schreibpult, das mit Papieren bedeckt ist, und ein Bund verdorrter Veilchen steht neben ihm in einem Wasserglas. Sein Haar ist braun und gelockt, und er hat große verträumte Augen, und seine Lippen sind wie ein Granatapfel rot. Er müht sich, ein Stück für den Theaterdirektor zu vollenden, aber er friert so sehr, daß er nicht weiterschreiben kann. Kein Feuer brennt in seinem Kamin, und der Hunger hat ihn entkräftet.«

»Ich will diese eine Nacht noch bei dir sein«, sagte die Schwalbe, die wirklich ein gutes Herz hatte. »Soll ich ihm auch einen Rubin bringen?«

»Ach nein! ich habe keinen Rubin mehr«, sagte der Prinz, »meine Augen sind alles, was mir geblieben ist. Sie sind aus köstlichen Saphiren gemacht, die man vor tausend Jahren aus Indien hergebracht hat. Reiß eines von ihnen aus und trag es zu ihm hin. Er wird den Edelstein zum Goldschmied bringen und Nahrung und Feuerholz kaufen und sein Stück vollenden.«

»Lieber Prinz«, sagte die Schwalbe, »das kann ich nicht.« Und sie begann zu weinen.

»Schwalbe, Schwalbe, kleine Schwalbe«, sagte der Prinz, »tu, wie ich dich heiße.«

Also riß die Schwalbe des Prinzen eines Auge aus und flog fort zur Dachkammer des Studenten. Es war leicht genug, hineinzugelangen, denn das Dach hatte ein Loch. Da hindurch schoß sie und kam in die Kammer. Der junge Mann hatte den Kopf in den

Händen vergraben; so hörte er das Flattern der Vogelschwinge nicht, und als er aufsah, fand er den schönen Saphir, der auf den verdorrten Veilchen lag. »Man beginnt mich anzuerkennen«, rief er, »dies hier kommt gewiß von einem großen Bewunderer. Nun kann ich mein Stück vollenden«, und er sah ganz glücklich aus.

Am nächsten Tage flog die Schwalbe hinunter zum Hafen. Sie saß auf dem Mast eines gewaltigen Schiffes und sah zu, wie die Matrosen schwere Kisten an Tauen aus der Schiffslast hochwanden. »Hievt, a-hoi!« schrien sie bei jeder Kiste, die sie aufhievten. »Ich reise nach Ägypten!« rief die Schwalbe; aber niemand beachtete sie, und als der Mond aufging, flog sie zurück zu dem glücklichen Prinzen.

»Ich bin gekommen, dir Lebewohl zu sagen«, rief sie.

»Schwalbe, Schwalbe, kleine Schwalbe«, sagte der Prinz, »willst du nicht diese eine Nacht noch bei mir bleiben?«

»Es ist Winter«, antwortete die Schwalbe, »und der eisige Schnee wird bald dasein. In Ägypten scheint die Sonne warm auf die grünen Palmenbäume, und die Krokodile liegen im Schlamm und blicken träge um sich. Meine Gefährten bauen ein Nest im Tempel von Baalbek, und die weiß- und rosenfarbenen Tauben sehen ihnen zu, und eine gurrt der andern Zärtlichkeiten. Lieber Prinz, ich muß Abschied nehmen, aber ich will dich nie vergessen, und im nächsten Frühling bringe ich dir zwei schöne Edelsteine statt derer, die du weggegeben hast. Der Rubin soll röter sein als eine rote Rose, und der Saphir so blau wie die weite See.«

»Auf dem Platze unten«, sagte der glückliche Prinz, »steht ein kleines Mädchen und verkauft Streichhölzer. Sie hat ihre Hölzchen in die Gosse fallen lassen, und sie sind ganz verdorben. Ihr Vater wird sie schlagen, wenn sie kein Geld nach Hause bringt, und darum weint sie. Sie hat nicht Strümpfe noch Schuhe, und ihr Köpfchen ist bloß. Reiß mein anderes Auge aus und gib es ihr, und ihr Vater wird sie nicht schlagen.«

»Ich will diese eine Nacht noch bei dir bleiben«, sagte die Schwalbe, »aber ich kann dir das Auge nicht ausreißen. Du wärest dann ja ganz blind.«

»Schwalbe, Schwalbe, kleine Schwalbe«, sagte der Prinz, »tu, wie ich dich heiße.«

Da riß sie des Prinzen anderes Auge aus und stieß damit hinab auf den Platz. Sie schwirrte an dem Streichholzmädchen vorbei und ließ das Juwel in ihre Hand gleiten. »Was für ein hübsches Stückchen Glas!« rief die Kleine; und lachend lief sie heim.

Dann kam die Schwalbe zurück zu dem Prinzen. »Du bist nun blind«, sagte sie, »so will ich immerdar bei dir bleiben.«

»Nein, kleine Schwalbe«, sagte der arme Prinz, »du mußt nach Ägypten reisen.«

»Ich will immerdar bei dir bleiben«, sagte die Schwalbe, und zu Füßen des Prinzen schlief sie ein.

Den ganzen folgenden Tag saß sie auf des Prinzen Schulter und erzählte ihm von allerlei Seltsamem, das sie in fremden Landen geschaut hatte. Sie erzählte ihm von den roten Ibissen, die in langen Reihen an den Ufern des Niles stehen und mit ihren Schnäbeln Goldfische fangen; von der Sphinx, die so alt ist wie die Welt und in der Wüste lebt und jedes Ding weiß; von den Kaufleuten, die gemessenen Schrittes zur Seite ihrer Kamele gehen und Rosenkränze aus Bernstein in den Händen tragen; von dem König der Mondberge, der schwarz ist wie Ebenholz und einen riesigen Kristall anbetet; von der großen grünen Schlange, die in einem Palmbaum schläft und zwanzig Priester um sich hat, ihr zu dienen und sie mit Honigkuchen zu füttern; und von den Pygmäen, die über einen großen See auf flachen breiten Blättern segeln und allzeit im Krieg liegen mit den Schmetterlingen.

»Liebe kleine Schwalbe«, sagte der Prinz, »du erzählst mir von wundersamen Dingen, aber wundersamer als alles in der Welt ist das Menschenleid. Kein Wunder ist so tief wie die Wunden des Elends. Flieg über meine Stadt, kleine Schwalbe, und erzähl mir, was du dort siehst.«

So flog die kleine Schwalbe über die große Stadt und sah, wie sich's die Reichen in ihren schönen Häusern wohl sein ließen, indes die Bettler draußen an den Toren saßen. Sie flog in dunkle Gassen und sah die weißen Gesichter hungernder Kinder, die unfroh auf die düsteren Straßen blickten. Unter einem Brückenbogen lagen zwei kleine Jungen, einer in des andern Arm geschmiegt, um sich zu wärmen. »Wir haben solchen Hunger!« sagten sie. »Ihr dürft hier nicht liegen!« brüllte der Wächter, und sie gingen hinaus in den Regen.

Da flog die Schwalbe zurück und erzählte dem Prinzen, was sie gesehen hatte.

»Ich bin mit feinem Golde bedeckt«, sagte der Prinz, »das sollst du abheben, Blatt um Blatt, und meinen Armen geben; die Lebenden meinen, daß Gold sie glücklich machen könne.«

Blatt für Blatt des feinen Goldes pickte die Schwalbe ab, bis der glückliche Prinz ganz stumpf und grau aussah. Blatt für Blatt des feinen Goldes brachte sie den

Armen, und die Wangen der Kinder erblühten, und sie lachten und spielten ihre Spiele auf den Straßen. »Nun haben wir Brot!« riefen sie.
Dann kam der Schnee, und nach dem Schnee kam der Frost. Die Straßen sahen aus, als wären sie aus Silber geschmiedet, so hell glitzerten sie; lange Eiszapfen, kristallenen Dolchen gleich, hingen von den Dächern der Häuser, alle Welt ging in Pelzen einher, und die kleinen Jungen trugen rote Wollkappen und liefen Schlittschuh auf dem Eise.
Die arme kleine Schwalbe fror und fror immer ärger, aber sie wollte den Prinzen nicht verlassen, dazu hatte sie ihn zu lieb. Sie pickte Krumen vor der Tür des Bäckers auf, wenn der Bäcker nicht hinsah, und suchte sich zu wärmen, indem sie mit den Flügeln schlug.
Endlich aber erkannte sie, daß sie sterben müsse. Sie hatte gerade noch Kraft genug, sich noch einmal auf des Prinzen Schulter zu schwingen. »Leb wohl, lieber Prinz!« sagte sie leise, »darf ich deine Hand küssen?«
»Ich freue mich, daß du endlich nach Ägypten reisest, kleine Schwalbe«, sagte der Prinz, »du bist schon viel zu lange hiergeblieben; aber du mußt mich auf die Lippen küssen, denn ich liebe dich.«
»Nicht nach Ägypten reise ich«, sagte die Schwalbe, »ich reise zum Haus des Todes. Der Tod ist der Bruder des Schlafes, ist's nicht so?«
Und sie küßte den glücklichen Prinzen auf die Lippen und fiel tot zu seinen Füßen nieder.
In diesem Augenblick tönte aus dem Innern des Standbildes ein seltsames Knacken, als ob etwas zerbrochen wäre. Und wirklich, das bleierne Herz war mitten entzweigesprungen. Es war ja auch eine grimmig kalte Nacht.
Früh am nächsten Morgen ging der Bürgermeister mit

den Ratsherren unten über den Platz. Als sie an der Säule vorbeikamen, blickte er hinauf zu dem Standbild. »Ach, du liebe Zeit! wie armselig der glückliche Prinz aussieht!« sagte er.

»Gewiß, wie armselig!« riefen die Ratsherren, die stets einer Meinung mit dem Bürgermeister waren; und sie stiegen hinauf, um den Schaden von der Nähe zu besehen.

»Der Rubin ist aus seinem Schwert gefallen, die Augen sind weg, und er ist gar nicht mehr golden«, sagte der Bürgermeister. »Er sieht buchstäblich kaum besser aus als ein Bettler.«

»Kaum besser als ein Bettler«, sagten die Ratsherren.

»Und hier liegt wahrhaftig ein toter Vogel vor seinen Füßen!« fuhr der Bürgermeister fort. »Wir müssen tatsächlich eine Verordnung erlassen, daß es Vögeln verboten ist, hier zu sterben.« Und der Stadtschreiber notierte sich diesen Hinweis.

Also wurde das Standbild des glücklichen Prinzen herabgeholt. »Da er nicht mehr schön ist, ist er nicht mehr nützlich«, sagte der Kunstprofessor der Universität.

Darauf schmolzen sie das Standbild in einem Schmelzofen, und der Bürgermeister hielt eine Sitzung mit dem Stadtrat ab, um zu entscheiden, was mit dem Metall geschehen solle. »Wir müssen selbstverständlich ein neues Standbild haben«, sagte er, »und das soll mein eigenes Standbild sein.«

»Mein eigenes«, sagte jeder der Ratsherren, und sie zankten sich und stritten. Als ich zuletzt von ihnen hörte, stritten sie sich noch immer.

»Ist das aber merkwürdig!« sagte der Werkmeister in der Schmelzhütte. »Dieses zerbrochene Herz will im Ofen nicht schmelzen. Wir müssen es wegwerfen.« So warfen sie es auf einen Kehrichthaufen, auf dem auch die tote Schwalbe lag.

»Bring mir die beiden kostbarsten Dinge dieser Stadt«, sagte Gott zu einem seiner Engel; und der Engel brachte ihm das bleierne Herz und den toten Vogel.

»Du hast recht gewählt«, sagte Gott, »denn in meinem Paradiesgarten soll der kleine Vogel singen für und für, und in meiner goldenen Stadt soll der glückliche Prinz mich lobpreisen.«

DIE NACHTIGALL UND DIE ROSE

»Sie hat gesagt, sie wolle mit mir tanzen, wenn ich ihr rote Rosen brächte«, rief der junge Student; »aber in meinem ganzen Garten ist keine rote Rose.«
Von ihrem Nest im Eichbaum her hörte ihn die Nachtigall, und sie schaute zwischen den Blättern hindurch und wunderte sich.
»Keine rote Rose in meinem ganzen Garten!« rief er, und seine schönen Augen füllten sich mit Tränen. »Ach, von was für kleinen Dingen hängt die Glückseligkeit ab! Ich habe alles gelesen, was die Weisen geschrieben haben, und alle Geheimnisse der Philosophie sind mir bekannt; doch weil mir eine rote Rose fehlt, ist mein Leben verdorben.«
»Hier endlich ist ein wahrhaft Liebender«, sagte die Nachtigall. »Nacht für Nacht habe ich von ihm gesungen, obschon ich nicht von ihm wußte; Nacht für Nacht habe ich den Sternen seine Geschichte erzählt, und nun sehe ich ihn. Sein Haar ist dunkel wie die Hyazinthenblüte, und seine Lippen sind rot wie die Rose seiner Sehnsucht; aber die Liebe hat sein Gesicht entfärbt zu blassem Elfenbein, und der Kummer hat ihm sein Siegel auf die Stirn gedrückt.«
»Der Prinz gibt morgen abend einen Ball«, sagte der junge Student leise, »und die Geliebte meines Herzens wird unter den Gästen sein. Wenn ich ihr eine rote Rose bringe, will sie bis zum Morgen mit mir tanzen. Wenn ich ihr eine rote Rose bringe, soll ich sie in meinen Armen halten, sie wird ihren Kopf an meine Schulter lehnen, und ihre Hand wird sich in die meine schmiegen. Aber keine rote Rose ist in

meinem Garten – also werde ich einsam sitzen, und sie wird an mir vorübergehen. Sie wird keinen Blick für mich haben, und mein Herz wird brechen.«

»Dies ist wirklich der wahrhaft Liebende«, sagte die Nachtigall. »Was ich singe, das erduldet er: was mir Freude ist, für ihn ist's Pein. Gewiß, die Liebe ist etwas Wundervolles. Sie ist kostbarer als Smaragde und teurer als edle Opale. Für Perlen und Granatäpfel ist sie nicht zu erkaufen, noch wird sie auf den Märkten feilgeboten. Sie kann nicht von Kaufleuten gehandelt noch auf der Waage gewogen werden wie Gold.«

»Die Musikanten werden auf der Empore sitzen«, sagte der junge Student, »und auf ihren Saiteninstrumenten spielen, und die ich liebe, wird zum Klang der Harfe und der Geige tanzen. So leicht wird sie tanzen, daß ihre Füße den Boden nicht berühren, und die geputzten Höflinge in den bunten Kleidern werden sie umdrängen. Doch mit mir wird sie nicht tanzen, denn ich kann ihr keine rote Rose geben.«

Und er warf sich ins Gras und vergrub sein Gesicht in den Händen und weinte.

»Warum weint er?« fragte ein kleines grünes Eidechschen, während es erhobenen Schwanzes an ihm vorüberlief.

»Ja, warum denn?« sagte ein Schmetterling, der tänzelnd hinter einem Sonnenstrahl herjagte.

»Ja, warum denn?« wisperte ein Gänseblümchen mit sanfter, zarter Stimme seiner Nachbarin zu.

»Er weint wegen einer roten Rose«, sagte die Nachtigall.

»Wegen einer roten Rose!« riefen sie alle. »Oh, ist das aber komisch!« und das Eidechschen, das so etwas wie ein kleiner Zyniker war, lachte laut heraus.

Die Nachtigall jedoch begriff des Studenten Kummer,

der den anderen verschlossen blieb; schweigend saß sie in dem Eichbaum und sann dem Mysterium der Liebe nach.
Plötzlich breitete sie ihre braunen Flügel zum Fluge und schwang sich hochauf in die Luft. Sie strich durch den Hain wie ein Schatten, und wie ein Schatten schwebte sie über den Garten.
Inmitten des Rasenplatzes stand ein schöner Rosenstrauch, und als sie ihn erblickte, flog sie hin zu ihm und ließ sich im Gezweige nieder.
»Gib mir eine rote Rose«, rief sie, »und ich will mein süßestes Lied für dich singen.«
Der Strauch aber schüttelte den Kopf.
»Meine Rosen sind weiß«, erwiderte er, »weiß wie der Schaum des Meeres und weißer als der Schnee auf den Bergen. Doch geh zu meinem Bruder, der jenseits der alten Sonnenuhr wächst, und vielleicht wird er dir geben, was du wünschest.«
Da flog die Nachtigall hin zu dem Rosenstrauch, der jenseits der alten Sonnenuhr wuchs.
»Gib mir eine rote Rose«, rief sie, »und ich will mein süßestes Lied für dich singen.«
Der Strauch aber schüttelte den Kopf.
»Meine Rosen sind gelb«, erwiderte er, »gelb wie das Haar der Meerjungfrau, die auf bernsteinenem Throne sitzt, und gelber als die Narzisse auf der Flur, bevor der Mäher mit der Sense kommt. Doch geh zu meinem Bruder, der unter des Studenten Fenster wächst, und vielleicht wird er dir geben, was du wünschest.«
Da flog die Nachtigall hin zu dem Rosenstrauch, der unter des Studenten Fenster wuchs.
»Gib mir eine rote Rose«, rief sie, »und ich will mein süßestes Lied für dich singen.«
Der Strauch aber schüttelte den Kopf.

»Meine Rosen sind rot«, erwiderte er, »rot wie die Füße der Taube und röter als die Korallenfächer, die sich ohne Ende in der Meeresgrotte wiegen. Doch der Winter ließ meine Adern erstarren, und der Frost hat meine Knospen erstickt und der Sturm meine Äste gebrochen, und ich werde keine Rosen tragen in diesem ganzen Jahr.«

»Eine einzige rote Rose begehre ich«, rief die Nachtigall, »nur eine einzige rote Rose! Gibt es kein Mittel, sie zu erlangen?«

»Es gibt ein Mittel«, antwortete der Strauch, »aber es ist so grausig, daß ich dir's nicht zu nennen wage.«

»Nenn es mir«, sagte die Nachtigall, »ich fürchte mich nicht.«

»Wenn du eine rote Rose willst«, sagte der Strauch, »so mußt du sie dir selber bilden aus Wohllaut im Mondenlicht und sie mit deinem eigenen Herzblut färben. Du mußt für mich singen und deine Brust gegen einen meiner Dornen pressen. Die ganze Nacht lang mußt du für mich singen, und der Dorn muß dein Herz durchbohren, und dein Lebensblut muß in meine Adern strömen und mein eigen werden.«

»Der Tod ist ein hoher Preis für eine rote Rose«, rief die Nachtigall, »und das Leben ist einem jeden sehr lieb. Es ist lustig, im grünen Wald zu sitzen und die Sonne in ihrem goldenen Wagen zu betrachten und den Mond in seinem Wagen aus Perlen. Lieblich ist der Duft des Hagedorns, und lieblich sind die Glokkenblumen, die sich im Tal verstecken, und das Heidekraut, das auf den Hügeln wogt. Doch die Liebe ist größer als das Leben, und was ist das Herz eines Vogels gegen ein Menschenherz?«

So breitete sie ihre braunen Flügel zum Fluge und schwang sich hochauf in die Luft. Sie wehte über den

Garten wie ein Schatten, und wie ein Schatten schwebte sie durch den Hain.

Der junge Student lag noch im Grase, wie sie ihn verlassen hatte, und die Tränen in seinen schönen Augen waren noch nicht getrocknet.

»Freue dich!« rief die Nachtigall, »freue dich, du sollst deine rote Rose haben. Ich will sie aus Wohllaut bilden im Mondenlicht und sie mit meinem eigenen Herzblut färben. Nichts sonst verlange ich dafür von dir, als daß du ein wahrhaft Liebender sein sollst, denn Liebe ist weiser als Weisheit, so weise die auch ist, und mächtiger als Macht, so mächtig diese ist. Flammenfarben sind ihre Fittiche, und ihr Leib ist von der Farbe der Flamme. Ihre Lippen sind süß wie Honig, und dem Weihrauch gleicht ihr Atem.«

Der Student blickte aus dem Grase auf und horchte, aber er konnte nicht verstehen, was die Nachtigall zu ihm sprach: er wußte nur von den Dingen, die in Büchern aufgeschrieben sind.

Doch der Eichbaum verstand sie und ward traurig, denn er liebte die kleine Nachtigall sehr, die ihr Nest in seinen Zweigen gebaut hatte.

»Sing mir ein letztes Lied«, rauschte er, »ich werde mich sehr einsam fühlen, wenn du dahingegangen bist.«

Da sang die Nachtigall für den Eichbaum, und ihre Stimme war wie Wasser, das aus einem Silberkruge perlt.

Als sie ihr Lied geendet hatte, erhob sich der Student und zog ein Notizbuch und einen Bleistift aus der Tasche.

»Sie hat Talent für die Form«, sprach er bei sich, während er durch den Hain hinwegschritt, »das ist nicht zu bestreiten; aber hat sie auch Seele? Ich glaube kaum. Nein, sie ist ebenso wie die meisten Künstler; sie ist ganz Stil, ohne jede echte Empfindung. Sie würde sich nie für andere opfern. Sie hat nichts im Sinn als die Musik, und wie jedermann weiß, sind die Künste selbstsüchtig. Man muß ihr auch zugestehen, daß ihre Stimme einige sehr schöne Töne hat. Schade, schade, daß sie ohne Inhalt oder irgendwelchen praktischen Nutzen sind.« Und er ging in seine Kammer, legte sich auf sein kleines Pritschenbett und begann, über seine Liebe nachzudenken; und nach einer Weile war er eingeschlafen.

Und als der Mond von den Himmeln leuchtete, flog die Nachtigall zu dem Rosenstrauch und lehnte ihre Brust gegen den Dorn. Die ganze Nacht lang sang sie, die Brust gegen den Dorn gepreßt, und der kalte kristallene Mond neigte sich herab und lauschte. Die ganze Nacht sang sie, und der Dorn drang tiefer und tiefer in ihre Brust, und ihr Lebensblut verrann aus ihr.

Sie sang zuerst von der Geburt der Liebe im Herzen eines Jünglings und eines Mädchens. Und an dem höchsten Zweig des Rosenstrauches erblühte eine wundervolle Rose, Blatt um Blatt, wie Lied auf Lied folgte. Blaß war sie vorerst wie der Nebel, der über dem Flusse hängt, blaß wie die Füße des Morgens und silbern wie die Schwingen der Dämmerung. Wie das Schattenbild einer Rose in einem Silberspiegel, wie das Schattenbild einer Rose im Teich, so war die Rose, die an dem höchsten Zweig des Strauches erblühte.

Aber der Strauch rief der Nachtigall zu, sie müsse sich fester noch gegen den Dorn drücken. »Drück fester, kleine Nachtigall«, rief der Strauch, »oder der Tag wird kommen, bevor die Rose vollendet ist.«

Da preßte sich die Nachtigall noch fester gegen den Dorn, und voller und voller tönte ihr Lied, denn sie sang von der Geburt der Leidenschaft in der Seele von Mann und Weib.
Und ein Anhauch von lichter Glut stieg in die Blätter der Rose, so wie das Antlitz des jungen Gatten erglüht, wenn er die Lippen der Braut küßt. Aber der Dorn hatte das Herz noch nicht erreicht, und das Herz der Rose blieb weiß, denn nur einer Nachtigall Herzblut kann ein Rosenherz röten.
Und der Strauch rief der Nachtigall zu, sie müsse sich fester noch gegen den Dorn drücken. »Drück fester, kleine Nachtigall«, rief der Strauch, »oder der Tag wird kommen, bevor die Rose vollendet ist.«
Da preßte sich die Nachtigall noch fester gegen den Dorn, und der Dorn traf ihr Herz, und heiße Schmerzenspein durchfuhr sie. Bitter, bitter war der Schmerz, und wilder und wilder erscholl ihr Lied, denn sie sang von der Liebe, die sich im Tod erfüllt, von der Liebe, die auch im Grab nicht stirbt.
Und die wundervolle Rose färbte sich blutrot, gleich der Rose des östlichen Himmels. Blutrot war der Gürtel ihrer Blätter, und blutrot wie ein Rubin war das Herz.
Aber der Nachtigall Stimme wurde schwächer, und ihre kleinen Flügel begannen zu zucken, und ein Flor legte sich über ihre Augen. Schwächer und schwächer tönte ihr Lied, und sie fühlte ein Ersticken in ihrer Kehle.
Dann brach ein letzter melodischer Schrei aus ihr. Der weiße Mond vernahm ihn, und er achtete nicht des Frührots und blieb am Himmel stehen. Die rote Rose vernahm ihn, und bis ins Innerste erschauerte sie in Verzückung und öffnete ihren Kelch der kühlen Mor-

genluft. Das Echo trug ihn zu seiner Purpurhöhle in den Bergen und weckte die schlafenden Hirten aus ihren Träumen. Er schwebte durchs Röhricht am Flusse, und es trug seine Botschaft dem Meere zu.

»Sieh, sieh!« rief der Rosenstrauch, »jetzt ist die Rose vollendet.« Aber die Nachtigall antwortete nicht, denn sie lag tot im hohen Grase, den Dorn tief im Herzen.

Und zu Mittag öffnete der Student sein Fenster und sah hinaus.

»Nein, welch ein unglaubliches Glück!« rief er, »da ist eine rote Rose! In meinem ganzen Leben habe ich keine solche Rose gesehen. Sie ist so schön, daß sie bestimmt einen langen lateinischen Namen hat.« Und er beugte sich hinaus und pflückte sie.

Dann setzte er seinen Hut auf und lief mit der Rose in der Hand zum Haus des Professors.

Des Professors Tochter saß in der Tür und wand blaue Seide auf eine Haspel, und ihr Hündchen lag zu ihren Füßen.

»Sie sagten, daß Sie mit mir tanzen wollten, wenn ich Ihnen eine rote Rose brächte«, rief der Student. »Hier ist die röteste von allen Rosen der Welt. Sie werden sie heute abend zunächst Ihrem Herzen tragen, und wenn wir miteinander tanzen, wird sie Ihnen erzählen, wie sehr ich Sie liebe.«

Aber das Mädchen zog ein mürrisches Gesicht.

»Ich fürchte, sie wird nicht zu meinem Kleide passen«, entgegnete sie, »und überdies hat mir der Neffe des Kammerherrn echte Juwelen geschickt, und jeder weiß, daß Juwelen viel mehr kosten als Blumen.«

»Auf mein Wort«, sagte der Student ärgerlich, »Sie sind sehr undankbar«, und er warf die Rose auf die Straße. Sie fiel in den Rinnstein, und ein Wagenrad ging über sie hin.

»Undankbar?« sagte das Mädchen. »Ich will Ihnen etwas sagen: Sie sind unverschämt; und überhaupt, wer sind Sie eigentlich? Nichts als ein Student. Ich glaube, Sie haben nicht einmal silberne Schnallen an den Schuhen wie der Neffe des Kammerherrn.« Und sie stand von ihrem Stuhle auf und ging ins Haus.

»Wie töricht ist doch die Liebe«, sagte der Student, als er fortging. »Sie ist nicht halb so nützlich wie die Logik, denn sie beweist gar nichts und schwatzt einem immer Dinge vor, die nachher nicht eintreffen, und macht einem Dinge weis, die nicht wahr sind. Sie ist tatsächlich ohne jeden praktischen Wert, und da heutzutage Praktischsein die Hauptsache ist, werde ich zur Philosophie zurückkehren und Metaphysik studieren.«

Damit ging er heim in seine Kammer, holte einen verstaubten Folianten hervor und fing an zu lesen.

DER EIGENSÜCHTIGE RIESE

Jeden Nachmittag, wenn die Kinder aus der Schule kamen, gingen sie in den Garten des Riesen, um darin zu spielen.

Es war ein großer, wunderschöner Garten mit weichem grünem Gras. Hier und da lugten aus dem Grase herrliche Blumen wie Sterne, und zwölf Pfirsichbäume standen da, die sich im Frühling mit duftigen Blüten blaßrot und perlenfarbig übersprühten und im Herbst reiche Frucht trugen. Die Vögel saßen in den Bäumen und sangen so süß, daß die Kinder oft in ihren Spielen innehielten, um zu lauschen. »Wie glücklich sind wir hier!« rief eins dem andern zu.

Eines Tages kam der Riese heim. Er war bei seinem Freund, dem Werwolf von Cornwall, zu Besuch gewesen und sieben Jahre bei ihm geblieben. Als die sieben Jahre um waren, hatte er alles gesagt, was er zu sagen wußte, denn seine Unterhaltungsgabe war beschränkt; und so beschloß er, nach Haus in sein eigenes Schloß zurückzureisen. Da er nun heimkehrte, sah er die Kinder in seinem Garten spielen.

»Was macht ihr hier?« schrie er mit sehr barscher Stimme, und die Kinder liefen davon.

»Was mir gehört, gehört mir, und mein Garten ist mein Garten«, sagte der Riese, »das ist doch ganz klar, und ich erlaube keinem, darin zu spielen, außer mir selber.« Also baute er eine hohe Mauer ringsherum und stellte eine Warnungstafel auf.

Unbefugten ist der Zutritt
bei Strafe verboten!

Er war ein sehr eigensüchtiger Riese.
Die armen Kinder hatten nun keine Stelle, wo sie spielen konnten. Sie versuchten es auf der Straße, aber die Straße war so staubig und voll harter Steine, und sie mochten sie gar nicht leiden. Wenn die Schulstunden zu Ende waren, liefen sie immer und immer wieder um die hohe Mauer und sprachen von dem schönen Garten drinnen. »Wie glücklich waren wir dort«, sagte eines zum andern.
Dann kam der Frühling, und überall im ganzen Land waren kleine Blüten und kleine Vögel. Nur im Garten des eigensüchtigen Riesen blieb es Winter. Den Vögeln machte es keinen Spaß, darin zu singen, weil die Kinder nicht da waren, und die Bäume vergaßen zu blühen. Einmal steckte eine schöne Blume ihren Kopf aus dem Grase, aber als sie die Warnungstafel sah, taten ihr die Kinder so leid, daß sie wieder in den Erdboden schlüpfte und weiterschlief. Die einzigen, denen das alles gefiel, waren der Schnee und der Frost. »Der Frühling hat diesen Garten vergessen«, riefen sie, »da wollen wir das ganze lange Jahr hierbleiben.« Der Schnee bedeckte das Gras mit seinem großen weißen Mantel, und der Frost malte alle Bäume silberweiß. Dann luden sie noch den Nordwind zu ihrer Gesellschaft ein, und er kam. Er war in Pelze gepackt und brüllte den lieben langen Tag durch den Garten und blies die Schornsteinaufsätze herunter. »Das ist ein entzückendes Fleckchen«, sagte er, »wir müssen den Hagel auffordern, daß er uns besucht.« Also kam auch der Hagel. Alle Tage prasselte er drei Stunden auf das Dach des Schlosses, bis er die meisten Schieferplatten zerbrochen hatte, und dann rannte er in einem fort durch den Garten, so schnell er nur laufen konnte. Er war

ganz in Grau gekleidet, und sein Atemhauch war wie Eis.

»Ich kann nicht verstehen, warum der Frühling gar so spät kommt«, sagte der eigensüchtige Riese, als er einmal am Fenster saß und in seinen kalten weißen Garten hinausblickte. »Hoffentlich ändert sich das Wetter bald.«

Aber der Frühling kam nicht, und auch nicht der Sommer. Der Herbst brachte goldene Früchte in jeden Garten, doch dem Garten des Riesen brachte er nichts. »Er ist allzu selbstsüchtig«, sagte der Herbst. So blieb es dort beständig Winter, und Nordwind und Hagel, Frost und Schnee tanzten zwischen den Bäumen umher.

Eines Morgens lag der Riese wach im Bett; da hörte er eine liebliche Musik. Es klang seinen Ohren so hold, daß er dachte, des Königs Musikanten zögen vorbei. In Wirklichkeit sang nur ein kleiner Hänfling draußen vor dem Fenster; aber da der Riese so lange schon keinen Vogel mehr in seinem Garten hatte singen hören, erschien ihm das als die herrlichste Musik der Welt. Nun tanzte der Hagel nicht weiter über seinem Kopf herum, und der Nordwind brüllte nicht mehr, und ein köstlicher Duft schwebte durch das offene Fenster in sein Zimmer. »Ich glaube, jetzt endlich ist der Frühling da«, sagte der Riese; und er sprang aus dem Bett und schaute hinaus.

Und was sah er?

Er sah ein höchst wunderbares Bild. Durch ein kleines Loch in der Mauer hatten sich die Kinder hereingestohlen und saßen nun in den Ästen der Bäume. In jedem Baum, den er sehen konnte, saß ein kleines Kind. Und die Bäume waren so froh, die Kinder wiederzuhaben, daß sie sich selber in Blüten gekleidet hatten, und sie wiegten ihre Arme freundlich über den Köpfen der Kinder. Die Vögel flogen hin und her und zwitscherten vor Wonne, und die Blumen guckten aus dem grünen Gras und lachten. Anmutig anzuschauen war das alles, nur in einem Winkel herrschte der Winter noch. Es war der entfernteste Winkel des Gartens, und dort stand ein kleiner Junge. Er war so winzig, daß er zu den Ästen nicht hinauflangen konnte, und er lief immerzu rund um den Baum und weinte bitterlich. Der arme Baum war noch ganz mit Reif und Schnee bedeckt, und der Nordwind schnob und brüllte über ihn hin. »Steig herauf, kleiner Junge!« sagte der Baum und neigte seine Zweige, so tief er konnte; aber der Junge war zu winzig klein.

Und des Riesen Herz schmolz dahin, als er hinuntersah. »Wie eigensüchtig bin ich gewesen!« sagte er. »Jetzt weiß ich, warum der Frühling nicht hierherkommen wollte. Ich will das arme kleine Jungchen ganz oben auf den Baum setzen, und dann will ich die Mauer niederreißen, und in meinem Garten sollen die Kinder spielen immerdar.« Er war wirklich sehr betrübt über das, was er getan hatte.

Also ging er auf Fußspitzen treppab und öffnete ganz sachte die Haustür und trat hinaus in den Garten. Doch als die Kinder ihn sahen, erschraken sie sehr und liefen alle davon, und im Garten wurde wieder Winter. Nur der kleine Junge rannte nicht fort, denn seine Augen waren so voll Tränen, daß er den Riesen nicht kommen sah. Und der Riese schlich sich hinter ihn und nahm ihn sanft auf seine Hand und hob ihn hinauf in den Baum. Und der Baum brach mit einemmal in Blüten, und die Vögel kamen und sangen in ihm, und der kleine Junge streckte seine beiden Arme aus und schlang sie um des Riesen Hals und küßte ihn. Und die anderen Kinder sahen, daß der Riese nicht mehr böse war, und sie kamen zurückgelaufen, und mit ihnen kam der Frühling. »Das ist nun euer Garten, Kinderchen«, sagte der Riese, und er nahm eine große Axt und riß die Mauer ein. Und als die Leute mittags zu Markte gingen, sahen sie, wie der Riese mit den Kindern spielte, in dem schönsten Garten, den sie je erschaut.

Den ganzen Tag über spielten sie, und am Abend kamen sie zu dem Riesen, ihm gute Nacht zu sagen.

»Aber wo ist euer kleiner Spielgefährte?« fragte er, »der Junge, den ich in den Baum gehoben habe?« Der Riese liebte diesen am zärtlichsten, denn der hatte ihn geküßt.

»Das wissen wir nicht«, antworteten die Kinder, »er ist weggegangen.«

»Ihr müßt ihm bestellen, daß er morgen ganz bestimmt herkommen soll«, sagte der Riese. Doch die Kinder sagten, sie wüßten nicht, wo er wohne, und sie hätten ihn nie vorher gesehen; und das machte den Riesen sehr traurig.

Jeden Nachmittag, wenn die Schule aus war, kamen die Kinder und spielten mit dem Riesen. Der kleine Junge jedoch, den der Riese liebte, ward nicht wieder gesehen. Der Riese war sehr freundlich zu den Kindern allen, aber er sehnte sich nach seinem ersten kleinen Freunde und sprach oft von ihm. »Wie gern würde ich ihn wiedersehen!« sagte er dann immer.

Jahre vergingen, und der Riese wurde sehr alt und schwach. Er konnte nun nicht mehr draußen spielen; so saß er in einem riesigen Großvaterstuhl und sah den Kindern bei ihren Spielen zu und ergötzte sich an seinem Garten. »Viele schöne Blumen habe ich«, sagte er, »aber die Kinder sind die schönsten von allen.«

Eines Wintermorgens, als er sich eben anzog, blickte er zufällig aus dem Fenster. Er haßte den Winter jetzt nicht mehr, denn er wußte, daß der Winter nichts ist als der schlummernde Frühling und daß die Blumen währenddes nur ausruhen.
Plötzlich rieb er sich die Augen vor Staunen und schaute und schaute. Es war auch wirklich ein zauberischer Anblick. Im entferntesten Winkel des Gartens war ein Baum ganz bedeckt mit lieblichen weißen Blüten. Seine Zweige waren von lauterem Gold, und Silberfrüchte hingen von ihnen nieder, und unter dem Baum stand der kleine Junge, den er geliebt hatte.
Die Treppe hinab lief der Riese in großer Freude und hinaus in den Garten. Er ging eilends über den Rasen auf das Kind zu, und als er ganz dicht heran war, rötete sich sein Gesicht vor Zorn, und er sagte: »Wer hat gewagt, dich zu verwunden?« Denn in des Kindes Händen waren die Male zweier Nägel, und die Male zweier Nägel waren an seinen kleinen Füßen.
»Wer hat gewagt, dich zu verwunden?« rief der Riese. »Sag es mir, auf daß ich mein großes Schwert nehme und ihn erschlage.«
»Nein!« erwiderte das Kind, »nein, denn dies sind die Wunden der Liebe.«
»Wer bist du?« sagte der Riese, und eine seltsame Scheu überfiel ihn, und er kniete nieder vor dem kleinen Kinde.
Und das Kind lächelte auf zu dem Riesen und sprach zu ihm: »Einst ließest du mich in deinem Garten spielen; heut sollst du in meinen Garten mit mir kommen, der da ist das Paradies.«
Und als die Kinder an diesem Nachmittag hereingesprungen kamen, fanden sie den Riesen tot unter dem Baume liegen, ganz überdeckt von weißen Blüten.

DER OPFERWILLIGE FREUND

Eines Morgens steckte der alte Wasserratz den Kopf aus seinem Loche. Er hatte blanke Kulleraugen, einen borstigen grauen Kotelettenbart und einen Schwanz wie ein langes Stück schwarzer Radiergummi. Die kleinen Enten schwammen auf dem Teich spazieren und sahen genau wie ein Schwarm gelber Kanarienvögel aus, und ihre Mutter, die ganz reinweiß war mit echtroten Beinen, versuchte ihnen beizubringen, wie man im Wasser kopfsteht.

»Ihr werdet niemals zur feinsten Gesellschaft zugelassen werden, wenn ihr nicht kopfstehen könnt«, sagte sie unausgesetzt zu den Kleinen; und alle Augenblicke führte sie ihnen von neuem vor, wie man's macht. Aber die kleinen Enten paßten überhaupt nicht auf. Sie waren noch so jung und unerfahren, daß sie nicht wußten, von welch großem Nutzen es ist, zur feinen Gesellschaft zugelassen zu sein.

»Was für ungehorsame Kinder!« schrie der alte Wasserratz, »sie verdienten weiß Gott, daß man sie ertränkte.«

»Beileibe nicht!« erwiderte die Ente, »'s ist noch kein Meister vom Himmel gefallen, und Eltern können nie geduldig genug sein.«

»Ach so! Ich verstehe nichts von elterlichen Gefühlen«, sagte der Wasserratz, »ich bin kein Familienmensch. Ob Sie's glauben oder nicht – Tatsache ist, daß ich niemals verheiratet war, und ich habe auch nicht im Sinn, es nachzuholen. Liebe ist auf ihre Art ja sehr hübsch, aber Freundschaft ist weitaus erhabener. Ich wüßte wahrhaftig nichts auf der Welt, das edler oder auch seltener wäre als aufopfernde Freundschaft.«

»Und was, wenn ich bitten darf, sind Ihrer Meinung nach die Pflichten eines opferwilligen Freundes?« fragte ein Grünhänfling, der nahebei in einem Weidenbaume saß und der Unterhaltung zugehört hatte.

»Ja, das würde mich auch furchtbar interessieren«, sagte die Ente und schwamm davon bis ans Ende des Teiches und stellte sich auf den Kopf, um ihren Kindern ein gutes Beispiel zu geben.

»So 'ne dumme Frage!« rief der Wasserratz. »Ich würde selbstverständlich erwarten, daß mein opferwilliger Freund sich für mich opfert.«

»Und was würden Sie als Gegenleistung für ihn tun?« fragte der kleine Vogel und schaukelte sich, mit den zierlichen Flügeln schlagend, auf einem silbrig grauen Zweige.

»Ich verstehe Sie nicht«, entgegnete der Wasserratz.

»So will ich Ihnen eine Geschichte zu dem Thema erzählen«, sagte der Hänfling.

»Handelt sie von mir?« fragte der Wasserratz. »In diesem Falle will ich sie mir anhören, denn ich bin ganz verrückt auf Romane aus dem Leben.«

»Die Geschichte läßt sich auf Sie anwenden«, sagte der Hänfling; und er flog herab, setzte sich auf die Uferböschung und erzählte die

GESCHICHTE VOM OPFERWILLIGEN FREUND

»Es war einmal«, begann der Hänfling, »es war einmal ein redlicher Bursche, der hieß Hans.«

»War er was Großes, was Ausgezeichnetes?« fragte der Wasserratz.

»Nein«, antwortete der Hänfling, »ich glaube kaum, daß irgend etwas groß an dem kleinen Hans war außer seiner Herzensgüte, auch zeichnete ihn wohl nichts weiter aus als sein lustiges, gutmütiges Vollmondgesicht. Er wohnte ganz für sich in einem kleinen Hüttchen und arbeitete jeden Tag in seinem Garten. In der ganzen Gegend war kein Garten so schön wie seiner. Federnelken wuchsen darin und Goldlack und Hirtentäschel und Eisenhut. Da waren gelbe Rosen und rote Damaszenerrosen, lila Krokus und goldener, und purpurne und weiße Veilchen. Akelei und Wiesenschaum, Majoran und Basilienkraut, Himmelschlüsselchen und Lilien, Narzissen und Nelken sprossen und blühten da jedes zu seiner Zeit, wie die Monate es brachten, und eine Blume trat an der vorigen Statt, so daß es stets viel Schönes anzuschauen und liebliche Düfte zu atmen gab.
Der kleine Hans hatte sehr viele Freunde, aber der aufopferndste von allen war der Müller, der große dicke Hugho. Ja, eine so selbstlose Zuneigung hegte der reiche Müller für den kleinen Hans, daß er nie an dessen Garten vorübergehen konnte, ohne sich über das Mäuerchen zu lehnen und einen gewaltigen Blumenstrauß oder eine Handvoll würziger Kräuter zu pflücken oder sich die Taschen mit Pflaumen und Kirschen vollzustopfen, wenn gerade die Reifezeit war.
Wahre Freunde sollten alles gemeinsam besitzen, sagte er dann stets, und der kleine Hans nickte dazu und lächelte und war sehr stolz, einen Freund mit solch hohen Gedanken zu haben.
Bisweilen fanden es die Nachbarn zwar sonderbar, daß der reiche Müller dem kleinen Hans niemals etwas als Gegengabe brachte, obwohl er hundert Säcke

feinstes Mehl besaß, die in seiner Mühle aufgespeichert standen, und sechs Milchkühe und eine große Herde wollige Schafe; aber Hans zerbrach sich den Kopf über solche Dinge nicht, und er kannte kein größeres Vergnügen, als all den wunderbaren Worten zu lauschen, die der Müller unermüdlich über die Uneigennützigkeit echter Freundschaft zu sagen wußte.

Der kleine Hans arbeitete also tagaus, tagein in seinem Garten. Im Frühling, im Sommer und Herbst war er froh und glücklich, doch wenn dann der Winter kam und er nicht Obst noch Blumen auf den Markt zu bringen hatte, litt er recht arg durch Hunger und Kälte, und oftmals mußte er sich schlafen legen, ohne etwas anderes gegessen zu haben als ein paar gedörrte Birnen oder einige trockene Nüsse. Auch war er im Winter ganz mutterseelenallein, denn der Müller kam dann nie zu ihm.

›Es hätte keinen Zweck, wenn ich zu dem kleinen Hans ginge, solange noch Schnee liegt‹, pflegte er zu seiner Frau zu sagen. ›Wenn einer Kummer hat, soll man ihn in Ruhe lassen und ihn nicht mit Besuchen quälen. Ich jedenfalls hege diese Vorstellung von Freundschaft, und ich bin fest überzeugt, ich habe damit recht. Deshalb werde ich bis zum Frühling warten und ihn dann aufsuchen, denn erst im Frühling kann er mir einen großen Korb voll Schlüsselblumen geben, und darüber wird er sich so herzlich freuen.‹

›Du bist wahrhaftig sehr rücksichtsvoll gegen andere‹, erwiderte seine Frau, die behaglich in ihrem Lehnstuhl neben dem großen Kiefernholzfeuer saß, ›sehr, sehr rücksichtsvoll. Es ist ein wahrer Genuß, dich über die Freundschaft sprechen zu hören. Ich sage dir, der Pfarrer selbst kann nicht so erbaulich reden wie

du, und dabei wohnt er in einem dreistöckigen Hause und trägt einen goldenen Ring am kleinen Finger.‹
›Aber könnten wir den kleinen Hans nicht zu uns einladen?‹ sagte des Müllers Jüngster. ›Wenn der arme Hans traurig ist, will ich ihm die Hälfte von meinem Haferbrei abgeben und ihm meine weißen Kaninchen zeigen.‹
›Dummer Junge!‹ schrie der Müller, ›ich möchte wirklich wissen, was für einen Zweck es hat, dich in die Schule zu schicken. Mir scheint, du wirst immer dümmer statt klüger. Verstehst du nicht – wenn der kleine Hans zu uns heraufkäme und unsern warmen Kamin sähe und unser gutes Essen und unser großes Faß voll rotem Wein, da könnte er neidisch werden, und Neid ist etwas ganz Schlimmes und verdirbt jeden Charakter. Ich aber werde es keinesfalls zulassen, daß Hansens Charakter verdorben wird. Ich bin sein bester Freund, und ich werde stets über ihn wachen und Sorge tragen, daß keiner ihn in Versuchung führt. Und noch eins: wenn Hans hierherkäme, würde er mich vielleicht bitten, ihm etwas Mehl auf Kredit abzulassen, und das könnte ich nicht tun. Mehl ist eines, und Freundschaft ist ein anderes, und sie dürfen nicht miteinander vermengt werden. Die beiden Wörter klingen ganz verschieden, und folglich bedeuten sie auch etwas ganz Verschiedenes. Ich dächte, das sieht jedes Kind.‹
›Wie gut du sprichst!‹ sagte die Müllersfrau und schenkte sich ein großes Glas Warmbier ein, ›ich bin ganz schläfrig dabei geworden. Es ist genau, als ob man in der Kirche sitzt.‹
›Viele, viele Leute handeln gut‹, erwiderte der Müller, ›aber sehr wenige sprechen gut, woraus erhellt, daß Sprechen das weitaus Schwierigere von beiden

ist, und das viel Vornehmere dazu.‹ Und er schoß quer über den Tisch einen strengen Blick nach seinem kleinen Jungen, der vor lauter Scham über seine Dummheit den Kopf hängen ließ und ganz puterrot anlief und in seinen Tee zu weinen begann. Na ja, er war noch so klein, daß ihr's ihm nicht übelnehmen dürft.«

»Ist das der Schluß von der Geschichte?« fragte der Wasserratz.

»Aber nein«, antwortete der Hänfling, »das ist der Anfang.«

»Dann sind Sie ganz und gar nicht auf der Höhe Ihrer Zeit«, sagte der Wasserratz. »Jeder gute Schriftsteller fängt heutzutage seine Geschichte beim Ende an und geht dann auf den Anfang über und schließt mit der Mitte. Das ist die neue literarische Mode. Ich habe es kürzlich ganz genau von einem Kritiker gehört, der mit einem jungen Mann um den Teich herumwandelte. Er sprach sehr ausführlich über diese Materie, und bestimmt hatte er mit allem recht, was er sagte, denn er trug eine blaue Brille zu seinem Kahlkopf, und jedesmal wenn der junge Mann eine Bemerkung einwarf, machte er nur immer ›Pah!‹ aber bitte, fahren Sie in Ihrer Geschichte fort. Der Müller gefällt mir ganz ungemein. Ich habe selber schöne Gefühle aller Art, und das schafft eine tiefe Seelenverwandtschaft zwischen uns.«

»Gut«, sagte der Hänfling und hüpfte bald auf dem rechten, bald auf dem linken Bein. »Als der Winter vorüber war und die Schlüsselblumen ihre blaßgelben Sterne eben aufgetan hatten, sagte der Müller zu seiner Frau, er wolle nun hinübergehen und den kleinen Hans besuchen.

›Nein, was für ein gutes Herz du hast!‹ rief die Frau,

›du denkst doch in einem fort an die anderen. Und vergiß nicht, den großen Korb für die Blumen mitzunehmen.‹

Also band der Müller die Flügel der Windmühle mit einer starken Eisenkette fest und ging den Hügel hinab, den Korb am Arm.

›Guten Morgen, kleiner Hans‹, sagte der Müller.

›Guten Morgen‹, sagte Hans und lehnte sich auf seinen Spaten und lachte von einem Ohr zum andern.

›Und wie ist dir's den ganzen Winter durch ergangen?‹ fragte der Müller.

›Oh, danke‹, rief Hans, ›du bist sehr gütig, dich danach zu erkundigen, wirklich sehr gütig. Offen gesagt, ich habe eine ziemlich böse Zeit hinter mir, aber nun ist der Frühling da, und ich bin wieder ganz vergnügt, und alle meine Blumen gedeihen.‹

›Wir haben während des Winters oft von dir gesprochen, Hans‹, sagte der Müller, ›und uns gefragt, wie dir's gehen mag.‹

›Das war sehr lieb von euch‹, sagte Hans, ›ich hatte schon ein bißchen Angst, ihr hättet mich vergessen.‹

›Hans, ich muß mich über dich wundern‹, sagte der Müller. ›Freundschaft vergißt niemals. Das ist ja das Wundervolle an ihr; aber ich fürchte, du begreifst die Poesie des Lebens nicht. Nebenbei bemerkt – wie hübsch deine Schlüsselblumen sind!‹

›Ja, sie sind wirklich sehr hübsch‹, sagte Hans, ›und es ist ein großes Glück für mich, daß ich ihrer so viele habe. Ich will sie auf den Markt bringen und sie der Tochter des Bürgermeisters verkaufen, und mit dem Geld werde ich meinen Schubkarren auslösen.‹

›Deinen Schubkarren auslösen? Willst du damit etwa sagen, du hast ihn verkauft? Das wäre eine schöne Dummheit von dir gewesen?‹

›Na ja‹, antwortete Hans, ›die Wahrheit zu sagen, ich konnte nicht anders. Den ganzen Winter ist's so ärmlich bei mir zugegangen, verstehst du, daß ich nicht mal das Geld hatte, mir Brot zu kaufen. Da verkaufte ich zuerst die silbernen Knöpfe von meinem Sonntagsrock, und dann verkaufte ich meine silberne Kette, und dann verkaufte ich meine lange Tabakspfeife, und zuletzt verkaufte ich meinen Schubkarren. Aber jetzt werde ich das alles wieder zurückkaufen.‹

›Hans‹ sagte der Müller, ›ich schenke dir meinen eigenen Schubkarren. Er ist nicht eben im besten Zustand; die eine Seite fehlt ganz, und auch an den Radspeichen ist verschiedenes entzwei, aber trotz alledem will ich ihn dir schenken. Ich weiß, das ist sehr edelmütig von mir, und die Leute werden mich für äußerst töricht halten, weil ich mich von dem Schubkarren trenne; aber ich bin anders als der gemeine Haufe. Meiner Meinung nach ist Edelmut das innerste Wesen der Freundschaft, und außerdem habe ich mir einen neuen Schubkarren zugelegt. Jawohl, sei gutes Muts und mach dir keine Kopfschmerzen – ich schenke dir meinen Schubkarren.‹

›Ach, das ist wirklich sehr edelmütig von dir‹, sagte der kleine Hans, und sein lustiges rundes Gesicht strahlte über und über vor Freude. ›Ich kann ihn auch leicht reparieren, denn ich habe ein schönes Brett bei mir im Haus.‹

›Ein schönes Brett!‹ sagte der Müller, ›sieh an, das ist genau das, was ich für mein Scheunendach brauche. Mein Scheunendach hat nämlich ein gewaltig großes Loch, und das Korn wird ganz feucht werden, wenn ich nicht etwas drübernagle. Welch ein Glück, daß du davon gesprochen hast! Es ist doch erstaunlich, wie eine gute Tat stets eine zweite nach sich zieht. Ich habe dir meinen Schubkarren geschenkt, und nun willst du mir dein Brett schenken. Natürlich ist mein Schubkarren viel mehr wert als dein Brett, aber wahre Freundschaft rechnet nicht. Bitte, hol es gleich, damit ich noch heute mit der Arbeit an meiner Scheune beginnen kann.‹

›Gern‹, rief der kleine Hans, und er rannte in den Schuppen und schleppte das Brett heraus.

›Es ist gerade kein sehr großes Brett‹, sagte der Müller und schaute es prüfend an, ›und ich glaube fast, wenn ich mein Scheunendach damit ausgebessert habe, wird nichts für dich übrigbleiben, um den Schubkarren zu reparieren; aber selbstverständlich ist das nicht meine Schuld. Und jetzt, da ich dir meinen Schubkarren geschenkt habe, wirst du mir sicherlich gern ein paar Blumen als Gegengabe schenken. Hier ist der Korb, sieh nur zu, daß er bis oben voll wird.‹

›Bis oben voll?‹ sagte der kleine Hans etwas bekümmert, denn der Korb war wirklich sehr groß, und er wußte, daß keine Blumen für den Markt übrigbleiben würden, wenn er ihn bis oben füllte; und ihm lag sehr viel daran, seine Silberknöpfe wiederzubekommen.

›Aber gewiß‹, antwortete der Müller. ›Da ich dir meinen Schubkarren geschenkt habe, halte ich es nicht für unbillig, daß ich dich um ein paar Blümchen bitte. Vielleicht irre ich mich, aber ich sollte meinen, Freundschaft, wahre Freundschaft, ist ganz frei von jeder Art Eigennutz.‹

›Lieber Freund, bester Freund!‹ rief der kleine Hans, ›alle Blumen meines Gartens sind dein. Mir liegt jederzeit viel mehr an deiner guten Meinung als an meinen silbernen Knöpfen.‹ Und er lief und pflückte alle seine schönen Schlüsselblumen und füllte den Korb des Müllers bis oben hin.

›Auf Wiedersehen, kleiner Hans‹, sagte der Müller, als er mit dem Brett auf der Schulter und dem großen Korb in der Hand den Hügel hinanstieg.
›Auf Wiedersehen‹, sagte der kleine Hans und machte sich höchst vergnügt wieder ans Graben; er freute sich so sehr über den Schubkarren.
Am nächsten Tage band er gerade ein paar Geißblattranken über der Tür fest, als er den Müller hörte, der von der Straße her nach ihm rief. Er sprang also von der Leiter, lief hinab in den Garten und blickte über die Mauer.
Da stand der Müller mit einem großen Sack Mehl auf dem Rücken.
›Lieber kleiner Hans‹, sagte der Müller, ›würde es dir was ausmachen, diesen Sack Mehl für mich auf den Markt zu bringen?‹
›Oh! das tut mir wirklich leid‹, sagte Hans, ›aber ich habe heute sehr viel zu tun. Ich muß all meine Schlingpflanzen aufbinden und all meine Blumen gießen und meinen ganzen Rasen walzen.‹
›In der Tat‹, sagte der Müller, ›wenn ich recht bedenke, daß ich dir meinen Schubkarren schenken will, finde ich es sehr wenig freundschaftlich von dir, mir den kleinen Gefallen zu verweigern.‹
›Ach, sprich nicht so‹, rief der kleine Hans, ›nicht um alles in der Welt möchte ich unfreundschaftlich gegen dich sein.‹ Und er lief nach seiner Mütze und keuchte mit dem großen Sack auf den Schultern davon.
Es war ein sehr heißer Tag, und die Landstraße war entsetzlich staubig, und ehe Hans den sechsten Meilenstein erreicht hatte, fühlte er sich so matt, daß er sich niedersetzen und ausruhen mußte. Aber gleich ging er tapfer weiter und gelangte endlich zum Markt. Nachdem er dort eine Weile gewartet hatte, verkaufte er

den Sack Mehl zu einem sehr günstigen Preis und kehrte dann unverzüglich heim; denn er fürchtete unterwegs den Räubern in die Hände zu fallen, wenn er sich länger aufhielte.

›Das war mal ein schwerer Tag heute‹, sagte der kleine Hans zu sich selber, als er ins Bett ging, ›aber ich freue mich doch, daß ich's dem Müller nicht abgeschlagen habe. Er ist ja mein bester Freund, und überdies will er mir seinen Schubkarren schenken.‹

Früh am nächsten Morgen kam der Müller herüber, das Geld für den Sack Mehl zu holen; der kleine Hans jedoch war so müde, daß er noch im Bett lag.

›So wahr ich hier stehe‹, sagte der Müller, ›du bist sehr faul. Ich dächte, da ich dir doch meinen Schubkarren schenken will, solltest du fürwahr fleißiger arbeiten. Müßiggang ist aller Laster Anfang, und ich sehe sehr ungern, wenn einer meiner Freunde träge oder saumselig ist. Du darfst mir's nicht übelnehmen, daß ich so unumwunden mit dir rede. Wäre ich nicht dein Freund, so würde mir das natürlich nicht im Traume einfallen. Welchen Nutzen aber hätte die Freundschaft, wenn man unter Freunden nicht aufrichtig seine Meinung sagte? Komplimente machen, Wohlgefallen zu erregen trachten und schmeicheln, das kann ein jeder; doch der wahre Freund spricht immer Unangenehmes und trägt kein Bedenken, auch wehzutun. Ja, dem wahren Freund von echtem Schrot und Korn ist dies sogar das liebste, denn er weiß, daß Wehtun Wohltun ist.‹

›Verzeih, ich wollte dich nicht erzürnen‹, sagte der kleine Hans, während er sich den Schlaf aus den Augen rieb und seine Nachtmütze abnahm, ›aber weil ich gar so müde war, dachte ich mir, ich könnte eigentlich noch ein bißchen liegenbleiben und den Vögeln zuhören. Weißt du, die Arbeit geht mir stets besser von der Hand, wenn ich vorher die Vögel habe singen hören.‹

›So? das freut mich‹, sagte der Müller und klopfte dem kleinen Hans auf den Rücken, ›denn ich möchte, daß du zur Mühle hinaufkommst, sobald du dich angezogen hast, und mir mein Scheunendach ausbesserst.‹

Der arme kleine Hans brannte zwar darauf, in seinem Garten zu arbeiten, denn er hatte die Blumen seit zwei Tagen nicht mehr gegossen; aber er wollte dem Müller die Bitte nicht abschlagen, da dieser doch ein so guter Freund von ihm war.

›Würdest du's für sehr unfreundschaftlich von mir halten, wenn ich sagte, ich hätte viel zu tun?‹ fragte er ganz behutsam und schüchtern.

›Allerdings‹, antwortete der Müller, ›ich glaube, es ist nicht zuviel von dir verlangt, da ich dir ja meinen Schubkarren schenken will; aber wenn du nicht magst, werde ich selbstverständlich alles selber machen.‹

›Oh, auf keinen Fall!‹ rief der keine Hans; und er sprang aus dem Bett und zog sich an und ging hinauf zu der Scheune.

Dort werkte er den ganzen Tag bis zum Sonnenuntergang, und bei Sonnenuntergang kam der Müller, um zu sehen, wie es mit der Arbeit vorwärtsging.

›Hast du das Loch im Dach schon repariert, kleiner Hans?‹ rief der Müller fröhlichen Tones.

›Es ist fertig ausgebessert‹, antwortete der kleine Hans und stieg die Leiter hinab.

›Ah!‹ sagte der Müller, ›nichts gewährt uns größere Befriedigung als die Arbeit, die wir für andere verrichten.‹

›Es ist wirklich ein großer Vorzug, dich reden zu hören‹, erwiderte der kleine Hans und setzte sich nieder und wischte den Schweiß von der Stirn, ›ein sehr großer Vorzug sogar. Ich fürchte freilich, mir werden niemals so schöne Gedanken kommen wie dir.‹

›Oh! das wird schon werden‹, sagte der Müller, ›du mußt dir nur mehr Mühe geben. Vorläufig übst du die Freundschaft nur praktisch aus; eines Tages aber wirst du auch ihre Theorie begreifen.‹

›Meinst du wirklich?‹ fragte der kleine Hans.

›Unbedingt‹, antwortete der Müller. ›Doch nun, da du das Dach ausgebessert hast, solltest du lieber nach Hause gehen und dich ausruhen, denn ich möchte, daß du morgen meine Schafe auf den Berg treibst.‹

Der arme kleine Hans hatte Angst, irgend etwas dagegen zu sagen, und am nächsten Morgen in aller Herrgottsfrühe brachte der Müller seine Schafe hinüber zu Hansens Häuschen, und der ging mit ihnen auf den Berg. Er brauchte den ganzen Tag, um hinauf und wieder hinunter zu gelangen; und als er heimkehrte, war er so müde, daß er in seinen Stuhl sank und schlief, und er wachte nicht auf, bis es hellichter Tag geworden war.

›Wie herrlich werde ich heut in meinem Garten arbeiten‹, sagte er und machte sich unverweilt ans Werk.

Aber mal aus diesem Grunde, mal aus jenem – nie hatte er Zeit, sich um seine Blumen zu kümmern; denn immerzu kam sein Freund, der Müller, herüber und schickte ihn fort mit langwierigen Aufträgen oder holte ihn, damit er in der Mühle half. Der kleine Hans war mitunter ganz niedergeschlagen, weil er fürchtete, seine Blumen könnten glauben, er habe sie vergessen. Aber dann tröstete er sich wieder mit dem Gedanken, daß der Müller doch sein bester Freund war. ›Zudem‹, sagte er sich stets, ›will er mir seinen Schubkarren schenken, und das ist ein Akt reinen Edelmuts.‹ So arbeitete der kleine Hans weiter für den Müller, und der Müller sagte allerhand Schönes über die Freundschaft, was Hans wortwörtlich in ein Notizbuch eintrug und nachts immer wieder durchlas, denn er war ein sehr gewissenhafter Schüler.

Eines Abends nun saß der kleine Hans noch spät an seinem Kamin, als es laut an der Tür klopfte. Die Nacht war dunkel und schaurig, und der Wind fuhr mit so wildem Getöse ums Haus, daß Hans zunächst dachte, es sei nur der Sturm. Aber ein zweites Klopfen folgte, und dann ein drittes, lauter als jedes zuvor.

›Das ist ein armer Wandersmann‹, sagte der kleine Hans bei sich und lief an die Tür.

Da stand der Müller mit einer Laterne in der einen Hand und einem großen Stecken in der anderen.

›Lieber kleiner Hans‹, rief der Müller, ›ich bin in großer Bedrängnis. Mein kleiner Junge ist von der Leiter gestürzt und hat sich verletzt, und ich muß den Doktor holen. Aber der wohnt so weit weg, und die Nacht ist so schlimm, daß mir eben eingefallen ist, es wäre doch viel besser, wenn du statt meiner hingingest. Du weißt, ich will dir meinen Schubkarren schenken, und da ist es doch nur in der Ordnung, wenn du mir auch einmal einen Gegendienst leistest.‹

›Gewiß‹, rief der kleine Hans, ›ich betrachte es als eine große Ehre, daß du zu mir gekommen bist, und will sofort aufbrechen. Aber leih mir bitte deine Laterne, denn bei der Finsternis heute abend könnte ich sonst den Weg verfehlen und in den Graben fallen.‹

›Leider‹, erwiderte der Müller, ›leider ist das meine neue Laterne, und wenn ihr etwas zustieße, wäre das ein sehr empfindlicher Schade für mich.‹

›Gut, macht nichts, es geht auch so‹, rief der kleine Hans, und er nahm seinen großen Pelzrock vom Nagel und seine warme rote Tuchkappe und band sich einen Schal um den Hals und machte sich auf den Weg.

Was tobte da für ein fürchterlicher Sturm! Die Nacht war so schwarz, daß der kleine Hans kaum sehen konnte, und der Wind wehte so heftig, daß er sich nur mit Mühe auf den Beinen hielt. Er ertrug aber alles sehr tapfer, und nach drei Stunden Weges kam er zum Doktorhaus und pochte an die Tür.

›Wer ist da?‹ rief der Arzt und steckte den Kopf zum Schlafzimmerfenster heraus.

›Der kleine Hans, Doktor.‹

›Was willst du denn, kleiner Hans?‹

›Der Junge vom Müller ist die Leiter runtergefallen und hat sich was getan, und der Müller läßt sagen, Sie möchten doch gleich hinkommen.‹

›Gut!‹ sagte der Doktor; und er rief nach seinem Pferd und seinen großen Stiefeln und seiner Laterne und kam die Treppe herab und ritt davon nach des Müllers Hause, der kleine Hans aber stapfte hinter ihm drein.

Doch der Sturm wurde schlimmer und schlimmer, und es regnete in Strömen, und der kleine Hans konnte nicht sehen, wohin er lief, und nicht mit dem Pferd gleichen Schritt halten. Zum Schluß kam er vom Wege ab und verirrte sich ins Moor, wo es sehr gefährlich war, denn das Moor war voll tiefer Wasserlöcher; und in einem davon ertrank der arme kleine Hans. Sein Leichnam wurde, in einem großen Tümpel treibend, am nächsten Tage von ein paar Ziegenhirten aufgefunden und nach seinem Häuschen gebracht.

Die ganze Gegend ging mit bei seinem Begräbnis, denn

alle hatten den kleinen Hans gekannt und gern gehabt, und der Müller war der Hauptleidtragende.
›Da ich sein bester Freund gewesen bin‹, sagte der Müller, ›ist es nur recht und billig, daß ich den besten Platz einnehme.‹ Und so schritt er im langen schwarzen Rock an der Spitze des Trauerzuges, und dann und wann wischte er sich mit einem großen Taschentuch die Augen.
›Jedem von uns wird der kleine Hans bestimmt sehr fehlen‹, sagte der Schmied, als das Begräbnis vorüber war und alle bei Glühwein und süßen Kuchen gemütlich im Wirtshaus beisammensaßen.
›Mir jedenfalls wird er wirklich fehlen‹, erwiderte der Müller, ›Jawohl, ich hatte ihm meinen Schubkarren schon so gut wie geschenkt, und nun weiß ich beim besten Willen nicht, was ich damit anfangen soll. Er steht mir zu Hause immerzu im Wege, und er ist in so schlechtem Zustand, daß ich nichts dafür bekäme, wenn ich ihn verkaufte. Ich will mich fortan sehr hüten, je wieder irgend etwas zu verschenken. Man hat bloß den Schaden für seinen Edelmut.‹ «
»Nun, und weiter?« sagte der Wasserratz nach einer langen Pause.
»Nun, das ist der Schluß«, sagte der Hänfling.
»Aber was wurde aus dem Müller?« fragte der Wasserratz.
»Oh, das weiß ich wahrhaftig nicht«, antwortete der Hänfling, »und es ist mir auch ganz einerlei.«
»Daraus ersieht man deutlich, Sie sind keiner Anteilnahme fähig«, sagte der Wasserratz.
»Ich fürchte, Sie begreifen die Moral der Geschichte nicht ganz«, bemerkte der Hänfling.
»Die was?« kreischte der Wasserratz.
»Die Moral.«

»Wollen Sie damit sagen, daß die Geschichte eine Moral hat?«

»Gewiß«, sagte der Hänfling.

»Zum Kuckuck«, sagte der Wasserratz höchst erbost, »ich dächte, Sie hätten mir das sagen können, bevor Sie anfingen. Dann hätte ich Ihnen nämlich ganz bestimmt nicht zugehört; im Gegenteil, ich hätte ›Pah!‹ gesagt wie der Kritiker neulich. Immerhin kann ich's ja jetzt nachholen.« Und er brüllte aus vollem Halse: »Pah«!, schwenkte den Schwanz und kroch in sein Loch zurück.

»Und wie gefällt Ihnen der Wasserratz?« fragte die Ente, die ein paar Minuten danach angerudert kam. »Er hat eine Menge hervorragende Eigenschaften, ich für meine Person aber hege die Gefühle einer Gattin und Mutter, und ich kann einen eingefleischten Junggesellen nicht ansehen, ohne daß mir die Tränen kommen.«

»Mir scheint, er hat sich über mich geärgert«, meinte der Hänfling, »und zwar, weil ich ihm eine Geschichte mit einer Moral erzählt habe.«

»Ah! das ist immer ein sehr gefährliches Unterfangen!« sagte die Ente.

Und ich gebe ihr vollkommen recht.

DIE UNGEWÖHNLICHE RAKETE

Der Königssohn wollte Hochzeit halten, und deshalb feierte man Freudenfeste im ganzen Land. Er hatte ein volles Jahr auf seine Braut gewartet, jetzt endlich war sie gekommen. Sie war eine russische Prinzessin und ein mit sechs Rentieren bespannter Schlitten hatte sie den weiten Weg von Finnland hergeführt. Der Schlitten glich einem großen goldenen Schwan, und zwischen den Schwingen des Schwanes ruhte die kleine Prinzessin. Ihr langer Hermelinmantel floß bis zu ihren Füßen nieder, auf dem Kopfe trug sie ein winziges Käppchen aus Silbergespinst, und ihr Antlitz war so schimmerndweiß wie der Schneepalast, in dem sie bisher gewohnt hatte. So schimmerndweiß war sie, daß sich alles Volk verwunderte, als sie durch die Straßen fuhr. »Sie ist wie eine weiße Rose!« riefen die Leute und überschütteten sie von den Balkonen herab mit Blumen.

Am Schloßtor wartete der Prinz, ihr Willkommen zu bieten. Er hatte träumerische Veilchenaugen, und sein Haar war wie lauteres Gold. Als er sie erblickte, sank er aufs Knie und küßte ihre Hand.

»Euer Bildnis war zauberschön«, sagte er leise, »aber Ihr seid schöner als Euer Bild«, und die kleine Prinzessin errötete.

»Sie war vorher wie eine weiße Rose«, sagte ein junger Page zu einem anderen, der neben ihm stand, »jetzt aber ist sie wie eine rote Rose.« Und der ganze Hofstaat war entzückt.

Während der nächsten drei Tage hörte man nichts als »Weiße Rose, rote Rose, rote Rose, weiße Rose«, und der König befahl, den Sold des Pagen zu verdoppeln. Da er gar keinen Sold erhielt, nützte ihm das nicht viel, aber es wurde allgemein als eine große Ehre angesehen und, wie sich's gebührt, in der Hofzeitung verlautbart.

Als die drei Tage vorüber waren, wurde die Vermählung gefeiert. Es war eine prunkvolle Festlichkeit, und die Braut und der Bräutigam schritten Hand in Hand unter einem mit kleinen Perlen bestickten Baldachin aus purpurrotem Samt. Dann gab es ein Staatsbankett, das fünf Stunden dauerte. Der Prinz und die Prinzessin saßen obenan im großen Saale und tranken aus einem Becher, der war aus klarem Kristall. Nur treulich Liebende konnten aus diesem Becher trinken, denn er wurde grau und trüb und wolkig, wenn trügerische Lippen seinen Rand berührten.

»Es ist ganz klar, daß sie einander lieben«, sagte der kleine Page, »so klar wie Kristall!«, und der König verdoppelte ihm den Sold zum zweiten Male. »Welch eine Ehre!« rief die ganze Hofgesellschaft.

Nach dem Bankett sollte ein Ball stattfinden, auf dem das Brautpaar den Rosentanz tanzen sollte, und der König hatte versprochen, Flöte zu spielen. Er spielte sehr schlecht, aber keiner hatte ihm das je zu sagen gewagt, weil er der König war. Er konnte nur zwei Stücke und wußte niemals ganz genau, welches er eigentlich spielte; das machte indessen gar nichts aus, denn was er auch tat, es rief doch jedermann: »Herrlich! herrlich!«

Der letzte Punkt des Festprogramms war ein Monsterfeuerwerk, das Schlag Mitternacht abgebrannt werden sollte. Die kleine Prinzessin hatte in ihrem Leben noch kein Feuerwerk gesehen, deshalb war vom König Befehl gegeben worden, daß der Königliche

Hoffeuerwerker sich am Tage ihrer Hochzeit dienstbereit zu halten habe.
»Wie sieht so ein Feuerwerk eigentlich aus?« hatte sie eines Morgens den Prinzen gefragt, als sie sich auf der Terrasse ergingen.
»Es sieht aus wie das Nordlicht«, sagte der König, der stets die Fragen beantwortete, die an andere gerichtet wurden, »nur viel natürlicher. Mir persönlich ist ein Feuerwerk sogar lieber als die Sterne, denn man weiß dabei immer, wann etwas zu sehen sein wird, und es ist so begeisternd wie mein königliches Flötenspiel. Ihr dürft es keinesfalls versäumen.«
So war denn ganz hinten im Garten ein großes Gerüst aufgebaut worden, und kaum hatte der Königliche Hoffeuerwerker alles an seinem gehörigen Platz aufgestellt, da huben die Feuerwerkskörper an, sich miteinander zu unterhalten.
»Wahrlich, die Welt ist wunderschön!« rief ein kleiner Schwärmer. »Seht bloß die gelben Tulpen dort. Und wenn sie richtige Knallfrösche wären, sie könnten nicht reizender sein. Ich bin sehr froh, daß ich viel gereist und weit herumgekommen bin. Reisen bildet ganz unvergleichlich und räumt mit allen Vorurteilen auf.«
»Des Königs Garten ist nicht die Welt, du närrischer Schwärmer«, sagte eine große Leuchtkugel. »Die Welt ist riesengroß, und du würdest wohl drei Tage brauchen, um sie gründlich zu besichtigen.«
»Jede Stätte, die man liebt, ist einem die Welt«, seufzte ein schwermütiges Feuerrad, eine Dame, die in ihren jüngeren Jahren einem alten Spankorb zugetan gewesen war und sich seitdem viel auf ihr gebrochenes Herz einbildete. »Aber Liebe ist heutzutage nicht mehr Mode; die Dichter haben sie umge-

bracht. Sie haben so viel darüber geschrieben, daß ihnen niemand mehr glaubte, und das wundert mich nicht. Wahre Liebe duldet und schweigt. Ich entsinne mich sehr wohl, wie ich selber einst . . . Aber danach fragt jetzt niemand mehr. Die Romantik gehört der Vergangenheit an.«

»Unsinn!« sagte die Leuchtkugel. »Die Romantik stirbt nie. Sie ist wie der Mond und lebt ewig. Der Prinz und die Prinzessin zum Beispiel lieben einander von Herzen. Ein Kanonenschlag, der in seiner Papphülse zufällig im selben Kasten lag wie ich, hat mir heute morgen viel von ihnen erzählt, und der kannte den neusten Hofklatsch.«

Aber das Feuerrad schüttelte den Kopf. »Romantik ist tot, Romantik ist tot, Romantik ist tot«, murmelte es vor sich hin. Es gehörte zu den Leuten, die glauben, was man viele Male unermüdlich wiederholt, werde schließlich wahr.

Plötzlich vernahm man ein scharfes, trockenes Husten, und alle blickten sich um.

Es kam von einer schlanken, hochmütig aussehenden Rakete, die ans Ende eines langen Stockes gebunden war. Sie hustete immer, bevor sie eine Äußerung tat, um so die allgemeine Aufmerksamkeit auf sich zu lenken.

»E-hem! e-hem!« machte sie, und alle horchten, außer dem armen Feuerrad, das immer noch den Kopf schüttelte und sein »Romantik ist tot! Romantik ist tot!« vor sich hin sprach.

»Zur Ordnung! zur Ordnung!« schrie ein Knallfrosch. Er war so etwas wie ein Politiker und hatte bei den Gemeindewahlen immer eine hervorragende Rolle gespielt, daher verstand er sich auf die parlamentarischen Fachausdrücke.

»Ganz tot«, flüsterte das Feuerrad und schlief ein.

Sobald vollkommene Ruhe eingetreten war, hustete die Rakete ein drittes Mal und begann. Sie sprach sehr langsam und deutlich, als ob sie ihre Memoiren diktierte, und blickte dabei stets von oben herab auf den, zu dem sie sprach. Sie hatte in der Tat ein überaus vornehmes Wesen.

»Wie glücklich trifft es sich für des Königs Sohn«, bemerkte sie, »daß er an ebendemselben Tage Hochzeit macht, an dem ich aufsteigen soll. Ich meine, wäre es im voraus arrangiert worden, so hätte es nicht besser für ihn ausfallen können; aber Prinzen haben immer Glück.«

»Weiß Gott«, sagte der kleine Schwärmer, »ich dachte, die Sache läge gerade umgekehrt und wir würden zu Ehren des Prinzen abgebrannt.«

»Das mag für Sie zutreffen«, entgegnete die Rakete, »gewiß, ich bezweifle das in keiner Weise; aber mit mir ist es anders. Ich bin eine ganz ungewöhnliche Rakete und stamme von ganz ungewöhnlichen Eltern. Meine Mutter war das gefeiertste Feuerrad ihrer Zeit und berühmt als graziöse Tänzerin. Bei ihrem großen öffentlichen Auftreten wirbelte sie neunzehnmal im Kreise, bevor sie erlosch, und jedesmal, wenn sie sich drehte, warf sie sieben rosa Sterne in die Luft. Sie maß drei und einen halben Fuß im Durchmesser und war aus allerbestem Schießpulver gemacht. Mein Vater war eine Rakete gleich mir selbst und französischer Herkunft. Er flog so hoch, daß man allerseits fürchtete, er werde gar nicht wieder herabkommen. Er tat es jedoch, denn er war leutseliger Natur, und ging glorreich in einem Schauer goldenen Regens nieder. Die Blätter schrieben in sehr schmeichelhaften Worten über seine Aufführung. Ja, die Hofzeitung nannte ihn einen Triumph der Feuerwerkskunst oder Pylotechnik.«

»Pyrotechnik meinen Sie, Pyrotechnik«, sagte ein bengalisches Feuer, »ich weiß, daß es Pyrotechnik heißt, denn so stand's auf meinem eigenen Behälter geschrieben.«

»Nun, ich sagte Pylotechnik«, entgegnete die Rakete in strengem Ton, und das bengalische Feuer fühlte sich so zermalmt, daß es schleunigst mal die kleinen Schwärmer anbrüllte, um sich als eine Persönlichkeit zu zeigen, mit der man immerhin zu rechnen habe.

»Ich sagte soeben«, fuhr die Rakete fort, »ich sagte ... was habe ich doch gesagt?«

»Sie sprachen über sich selbst«, antwortete die Leuchtkugel.

»Natürlich. Ich wußte, daß ich einen sehr interessanten Gegenstand erörterte, als ich auf so grobe Weise unterbrochen wurde. Ich hasse jede Art von Grobheit und von schlechten Manieren, denn das beleidigt mein Feingefühl. Es gibt kein zweites so sensibles Wesen wie mich auf der ganzen Welt; des bin ich gewiß.«

»Was ist denn das, 'n sensibles Wesen?« fragte der Knallfrosch die Leuchtkugel.

»Jemand, der selber Hühneraugen hat und deswegen andern Leuten immerzu auf die Fußzehen tritt«, flüsterte die Leuchtkugel ganz leise zur Antwort; und der Knallfrosch wollte fast bersten vor Gelächter.

»Bitte, worüber lachen Sie?« erkundigte sich die Rakete, »ich habe ja nicht gelacht.«

»Ich lache, weil ich vergnügt bin«, erwiderte der Knallfrosch.

»Das ist ein sehr egoistischer Grund«, sagte die Rakete ärgerlich. »Woher nehmen Sie das Recht, vergnügt zu sein? Sie sollten mehr an andere denken. Sie sollten an mich denken. Ich denke fortwährend an mich, und ich erwarte von allen anderen, daß sie dasselbe tun. Dies nenne ich echte Anteilnahme. Sie ist eine schöne Tugend, und ich besitze sie in hohem Grade. Setzen wir zum Beispiel den Fall, mir stieße heute abend irgend etwas zu: welch ein Unglück bedeutete das für einen jeden! Der Prinz und die Prinzessin würden niemals wieder froh sein können, ihr ganzer Ehestand wäre vergiftet; und der König – er würde nie darüber hinwegkommen. Fürwahr, beginne ich nur, die bedeutsame Stellung zu durchdenken, die ich innehabe, so erschüttert es mich fast bis zu Tränen.«

»Wenn Sie andere erfreuen wollen«, rief die Leuchtkugel, »dann sollten Sie lieber aufpassen, daß Sie trocken bleiben.«

»Richtig!« schrie das bengalische Feuer, dessen Stimmung sich jetzt wieder hob, »das muß Ihnen doch die einfachste Vernunft sagen.«

»Einfachste Vernunft! mein Gott«, sagte die Rakete sehr unwillig, »Sie vergessen, daß ich absolut nicht einfach, sondern ganz und gar ungewöhnlich bin. Einfach und vernünftig sein kann jeder, vorausgesetzt, er besitzt keine Phantasie. Ich aber habe Phantasie, denn ich denke mir die Dinge nie so, wie sie wirklich sind; ich denke sie mir stets ganz anders. Man rät mir, trokken zu bleiben – ich ersehe daraus, daß hier niemand ist, der einer gefühlsstarken Natur auch nur gerecht zu werden weiß. Zu meinem Glück ist mir das völlig einerlei. Das einzige, was einen im Leben aufrechterhält, ist das Bewußtsein von der abgrundtiefen Inferiorität aller anderen, und das ist ein Gefühl, das ich jederzeit gepflegt habe. Ihr aber habt allesamt kein Herz. Ihr steht herum und lacht und amüsiert euch, gerade als ob der Prinz und die Prinzessin nicht jetzt Hochzeit feierten.«

»Na, hören Sie mal«, rief ein kleiner Feuerballon, »warum schließlich nicht? Hochzeitmachen ist eine sehr fröhliche Angelegenheit, und wenn ich in die Luft aufsteige, will ich den Sternen allerhand davon erzählen. Ihr werdet sehen, wie sie zwinkern, wenn ich auf die niedliche Braut zu sprechen komme.«

»Ah! was für eine platte Lebensanschauung!« sagte die Rakete, »doch das ist nur, was ich von Ihnen erwartet habe. Nichts liegt in Ihnen verborgen, Sie sind hohl und leer. Bedenken Sie, es könnte sich fügen, daß der Prinz und die Prinzessin in einem Lande leben, das ein tiefer Strom durchfließt, und vielleicht könnten sie ein einziges Söhnchen haben, einen kleinen blondlockigen Knaben mit Veilchenaugen wie der Prinz selber; und vielleicht könnte der Kleine eines Tages mit seiner Amme spazierengehen; und vielleicht könnte die Amme unter einem großen Holunderbaum einschlafen; und vielleicht könnte der kleine Junge unterdessen in den tiefen Strom fallen und ertrinken. Welch fürchterliches Unglück! Die armen Eltern ... den einzigen Sohn zu verlieren! Es ist entsetzlich, gar zu entsetzlich! Ich werde das nie im Leben verwinden.«

»Aber sie haben ihren einzigen Sohn gar nicht verloren«, sagte die Leuchtkugel, »ihnen ist überhaupt kein Unglück zugestoßen.«

»Mir ist nicht eingefallen, das zu behaupten«, entgegnete die Rakete, »ich sagte: es könnte sich so fügen. Hätten sie ihren einzigen Sohn verloren, so wäre es zwecklos, ein Wort darüber zu reden. Ich hasse Leute, die um verschüttete Milch jammern. Allein wenn ich denke, daß sie ihren einzigen Sohn verlieren könnten, dreht sich mir das Herz im Leibe um.«

»Drehen – da haben Sie mal recht!« rief das bengalische Feuer. »Jawohl, Sie sind das verdrehteste Individuum, das mir mein Lebtag vorgekommen ist.«

»Und Sie sind das unerzogenste, das mir je vorgekommen ist«, sagte die Rakete, »und Sie können meine freundschaftlichen Gefühle für den Prinzen nicht im mindesten begreifen.«

»Na, Sie kennen ihn ja nicht mal«, knurrte die Leuchtkugel.

»Das habe ich auch nicht behauptet«, antwortete die Rakete. »Ich möchte eher behaupten, daß ich sein Freund nicht wäre, wenn ich ihn kennte. Seine Freunde zu kennen ist ein mißlich Ding,«

»Sie sollten sich wirklich lieber darum kümmern, daß Sie trocken bleiben«, sagte der Feuerballon. »Das ist nun mal die Hauptsache.«

»Die Hauptsache für Sie, ich bezweifle das nicht«, erwiderte die Rakete; »ich aber weine, wann immer es mir beliebt.« Und auf der Stelle brach sie wirklich in helle Tränen aus; wie Regentropfen liefen sie an ihrem Stock hinunter und hätten um ein Haar zwei kleine Käfer ertränkt, die eben beschlossen hatten, einen gemeinsamen Hausstand zu gründen, und nach einem hübschen trockenen Fleckchen für ihre Wohnung Ausschau hielten.

»Sie muß eine echt romantische Natur sein«, sagte das Feuerrad, »denn sie weint, wo es gar nichts zu weinen gibt.« Und es seufzte schwer und dachte an den Spankorb.

Aber die Leuchtkugel und das bengalische Feuer waren tief entrüstet und sagten im Brustton der Überzeugung immer wieder: »Humbug! Humbug!« Sie waren äußerst praktisch veranlagt, und alles, was ihren Widerspruch weckte, nannten sie Humbug.

Dann hob sich der Mond wie ein wundervoller Sil-

berschild; und die Sterne erglänzten, und Musik klang vom Palaste her.
Der Prinz und die Prinzessin führten den Tanz. Sie tanzten so schön, daß die schlanken weißen Lilien durchs Fenster hineinblickten, um ihnen zuzusehen, und die großen roten Mohnblumen nickten mit den Köpfen und schlugen den Takt.
Dann sang die Uhr zehn, und dann elf, und dann zwölf, und beim letzten Mitternachtsschlage kamen alle heraus auf die Terrasse, und der König ließ den Königlichen Hoffeuerwerker holen.
»Fang an mit dem Feuerwerk«, sagte der König; und der Königliche Hoffeuerwerker verbeugte sich tief und ging hinunter ans Ende des Gartens. Er hatte sechs Gehilfen bei sich, und jeder von ihnen trug eine brennende Fackel an einer langen Stange.
Es war wirklich ein prächtiges Schauspiel.
»Whizz! whizz!« sauste das Feuerrad und drehte sich unermüdlich rundherum. »Bumm! bumm!« dröhnte die Leuchtkugel. Dann tanzten die Schwärmer über den ganzen Platz, und die bengalischen Feuer übergossen alles mit Scharlachrot. »Adieu!« schrie der Feuerballon und schwang sich davon, indes winzige blaue Funken von ihm niederrannen. »Bäng! bäng!« antworteten die Knallfrösche, die an dem allen einen ungeheuren Spaß hatten. Jeder einzelne war ein voller Erfolg, mit Ausnahme der ungewöhnlichen Rakete. Sie war so naß vom Weinen, daß sie nicht einmal losging. Das Beste an ihr, das Schießpulver, war vor lauter Tränenfeuchte unbrauchbar geworden. Alle ihre armen Verwandten, mit denen sie nie zu sprechen geruht – es sei denn mit einem Naserümpfen –, schossen zum Himmel auf gleich goldenen Wunderblumen mit Blüten aus Feuer. »Heißa! heißa!« rief der

ganze Hof, und die kleine Prinzessin lachte vor Vergnügen.
»Vermutlich spart man mich für eine besonders große Gelegenheit auf«, sagte die Rakete. »Gewiß, so muß es sein und nicht anders.« Und sie schaute hochmütiger drein denn je.
Am nächsten Tage kamen die Gärtnerburschen, um alles wieder aufzuräumen. »Offenbar ist dies eine Deputation«, sagte die Rakete, »ich will sie mit geziemender Würde empfangen.« So reckte sie ihre Nase in die Luft und legte die Stirn in strenge Falten, als dächte sie über etwas Hochwichtiges nach. Die Leute aber beachteten sie gar nicht; erst in dem Augenblick, da sie weggehen wollten, erblickte sie einer. »Holla!« rief er, »das ist aber eine häßliche Rakete!«, und er warf sie über die Mauer in den Graben.
»Häßliche Rakete? Häßliche Rakete?« sagte sie, während sie durch die Luft wirbelte. »Unmöglich! Mächtige Rakete – so hat der Mann gesagt. Häßlich und mächtig klingen fast gleich, ja, sie bedeuten oft dasselbe«, und sie fiel in den Schlamm.
»Sehr gemütlich ist es hier nicht«, meinte sie, »aber zweifellos ist das ein eleganter Badeort, und man hat mich zur Wiederherstellung meiner Gesundheit hierhergeschickt. Meine Nerven sind ja völlig zerrüttet, und ich brauche Ruhe.«
Da schwamm ein kleiner Frosch mit diamantenhellen Augen und in einem grünen getupften Rock zu ihr heran.
»Ein neuer Gast, wie ich sehe!« sagte der Frosch. »Ja, wenn ich's recht bedenke, geht nichts über fetten Schlamm. Hab ich nur nasses Wetter und einen Graben, so bin ich wunschlos glücklich. Glauben Sie, daß es heute nachmittag regnen wird? Ich hoffe es von

Herzen, aber der Himmel ist ganz blau und ohne jedes Wölkchen. Ein rechter Jammer!«

»E-hem! e-hem!« sagte die Rakete und begann zu husten.

»Was haben Sie für ein entzückendes Organ!« rief der Frosch. »Es klingt genau wie Quaken, und Quaken ist natürlich der melodischste Laut von der Welt. Sie werden heute abend unsern Gesangverein zu hören kriegen. Wir sitzen in dem alten Ententeich gleich neben dem Pächterhaus, und sowie der Mond aufgeht, fangen wir an. Es ist so überwältigend, daß alles ringsum wach im Bette liegt, um unserm Gesang zu lauschen. Erst gestern hörte ich, wie die Pächtersfrau zu ihrer Mutter sagte, sie könne unsertwegen des Nachts kein Auge zutun. Sich so beliebt zu sehen, gewährt höchste Befriedigung.«

»E-hem! e-hem!« sagte die Rakete gereizt. Sie ärgerte sich sehr, weil sie gar nicht zu Worte kam.

»In der Tat, ein entzückendes Organ«, fuhr der Frosch fort. »Ich hoffe, Sie werden sich abends am Ententeich einfinden. Jetzt aber muß ich fort, nach meinen Töchtern sehen. Ich habe sechs sehr schöne Töchter und lebe in beständiger Angst, der Hecht könnte ihnen begegnen. Er ist ein Unhold, wie er im Buche steht, und würde sich kein Gewissen draus machen, sie zum Frühstück zu verspeisen. Auf Wiedersehen also; seien Sie versichert, Ihre Unterhaltung war mir ein Hochgenuß.«

»Unterhaltung?« sagte die Rakete. »Sie haben die ganze Zeit allein geredet. Das nenne ich keine Unterhaltung.«

»Einer muß zuhören«, entgegnete der Frosch, »und mir ist es am liebsten, wenn ich das Reden alles selber übernehme. Das spart Zeit und verhütet Debatten.«

»Aber ich debattiere gern«, sagte die Rakete.

»Das will ich nicht hoffen«, sagte der Frosch verbindlich. »Debatten sind das Gewöhnlichste vom Gewöhnlichen, denn in der guten Gesellschaft sind stets alle ein und derselben Meinung. Auf Wiedersehen, zum zweiten Male; ich sehe meine Töchter in der Ferne.« Und der kleine Frosch schwamm seiner Wege.

»Leute wie Sie können einen wahrhaftig aufbringen«, sagte die Rakete, »und außerdem haben Sie gar keine Kinderstube. Ich hasse Leute, die, wie Sie, in einem fort von sich selber reden, wenn ein anderer, wie ich, von sich zu reden wünscht. So etwas nenne ich Egoismus, und Egoismus ist etwas ganz Verabscheuenswürdiges, vor allem gegenüber jemand meines Naturells, denn ich bin wegen meines mitfühlenden Wesens weit und breit bekannt. Sie sollten sich in der Tat ein Beispiel an mir nehmen; Sie könnten unmöglich ein besseres Vorbild finden. Jetzt, da sich Ihnen die Gelegenheit bietet, sollten Sie Gebrauch davon machen, denn ich begebe mich binnen kurzem wieder zu Hof. Ich stehe bei Hofe in großer Gunst: mir zu Ehren wurden der Prinz und die Prinzessin gestern getraut. Sie wissen natürlich nichts von diesen Dingen, Sie sind ja bloß ein Provinzler.«

»Es hat keinen Zweck, ihn auszuzanken«, sagte eine Libelle, die hoch oben auf einer großen braunen Binse saß, »gar keinen Zweck, denn er ist schon über alle Berge.«

»Nun, das ist sein Schade, nicht der meine«, antwortete die Rakete. »Ich werde nicht zu reden aufhören, nur weil er mir keine Aufmerksamkeit schenkt. Ich höre mich gerne reden. Es ist eins meiner größten Vergnügen. Ich führe oftmals lange Gespräche mit mir selber, und ich bin so gescheit, daß ich mitunter kein einziges Wort von dem verstehe, was ich sage.«

»Dann sollten Sie unbedingt Vorlesungen über Philosophie halten«, sagte die Libelle, und sie spreitete ein Paar allerliebste Gazeflügel und schwang sich zum Himmel hinan.

»Wie töricht von ihr, nicht hierzubleiben!« sagte die Rakete. »Zweifellos bietet sich ihr nicht oft eine solche Gelegenheit, ihre Bildung zu vervollkommnen. Doch mir soll's recht sein. Ein Genie wie ich kann sich versichert halten, eines Tages anerkannt zu werden«, und sie sank ein bißchen tiefer in den Schlamm.

Eine Weile später kam eine große weiße Ente zu ihr herangeschwommen. Sie hatte gelbe Beine und Füße mit Schwimmhäuten, und wegen ihres watschelnden Ganges galt sie für eine große Schönheit.

»Quack, quack, quack«, sagte sie. »Was für eine sonderbare Figur Sie haben. Darf ich fragen, ob Sie so geboren sind, oder ist das die Folge eines Unfalls?«

»Es ist ganz unverkennbar, daß Sie immer nur auf dem Lande gelebt haben«, antwortete die Rakete, »sonst würden Sie wissen, wer ich bin. Ich trage Ihnen Ihre Unwissenheit indessen nicht nach. Es wäre unbillig, wollte man erwarten, daß andere Leute ebenso ungewöhnlich seien wie man selbst. Sie werden sicherlich überrascht sein, wenn Sie hören: ich kann zum Himmel auffliegen und in einem Schauer goldenen Regens herniederschweben.«

»Von so was halte ich nicht viel«, sagte die Ente, »denn ich vermag nicht zu erkennen, für wen das von Nutzen sein soll. Ja, wenn Sie den Acker pflügen könnten wie der Ochse, oder einen Wagen ziehen wie das Pferd, oder die Schafe hüten wie der Schäferhund, das wäre schon eher etwas.«

»Meine Gute«, rief die Rakete, und ihre Stimme klang sehr hochmütig, »ich merke, daß Sie den niederen Ständen angehören. Eine Persönlichkeit meines Ranges ist niemals nützlich. Unsereins besitzt gewisse Talente, und das ist mehr als genug. Ich hege nicht die geringste Sympathie für Arbeit irgendwelcher Art, und am allerwenigsten für solche, wie Sie sie zu empfehlen scheinen. In der Tat, ich war stets der Ansicht, daß körperliche Arbeit ganz einfach eine Zuflucht für Leute ist, die nichts zu tun haben.«

»Ja, ja«, sagte die Ente, die sehr friedfertig veranlagt war und nie mit jemandem stritt, »die Geschmäcker sind verschieden. Ich hoffe jedenfalls, Sie werden hier Ihren Wohnsitz aufschlagen.«

»Ums Himmels willen, nein!« rief die Rakete. »Ich bin nur ein Kurgast, ein vornehmer Kurgast. Die Wahrheit zu sagen, finde ich diesen Ort höchst langweilig. Man genießt hier weder Gesellschaft noch Einsamkeit. Jawohl, er ist im Grunde genommen spießbürgerlich. Ich werde wohl an den Hof zurückkehren, denn ich weiß, daß ich berufen bin, in der Welt Sensation zu machen.«

»Ich habe früher auch daran gedacht, ins öffentliche Leben zu treten«, bemerkte die Ente; »es gibt so vieles, das reformbedürftig ist. Denken Sie, ich präsidierte vor einiger Zeit bei einer Versammlung, und wir faßten Resolutionen, in denen wir alles mißbilligten, was uns nicht paßte. Es scheint aber, daß wir nicht viel erreicht haben. Nun widme ich mich ganz meiner Häuslichkeit und gehe auf in meiner Familie.«

»Ich bin für das öffentliche Leben geschaffen«, sagte die Rakete, »und alle meine Verwandten, selbst die bescheidensten unter ihnen, haben das mit mir gemein. Wann immer wir erscheinen, erregen wir großes Aufsehen. Ich selber bin zwar noch nicht eigentlich hervorgetreten, aber wenn es geschieht, wird es ein grandioses Schauspiel sein. Häuslichkeit dagegen macht vorzeitig alt und zieht den Geist von den großen Dingen ab.«

»Ah! die großen Dinge des Lebens, wie schön sind sie!« sagte die Ente, »und das erinnert mich daran, daß ich großen Hunger habe.« Und sie schwamm den Bach hinunter und rief: »Quack, quack, quack.«

»Kommen Sie zurück! zurück!« kreischte die Rakete, »ich habe Ihnen noch vieles zu sagen!« Aber die Ente achtete gar nicht auf sie. »Ich bin froh, daß sie fort ist«, sagte die Rakete zu sich selber, »sie ist von ausgesprochen philisterhafter Gesinnung.« Und sie sank noch ein bißchen tiefer in den Schlamm und begann gerade über die Einsamkeit des Genies nachzusinnen, als plötzlich zwei kleine Jungen in weißen Kitteln den Grabenrand entlanggelaufen kamen, mit einem Kessel und ein paar Reisigbündeln.

»Das muß die Deputation sein«, sagte die Rakete und gab sich Mühe, recht würdevoll dreinzuschauen.

»Hallo!« rief der eine Junge, »sieh mal den ollen Stock da! Ich möchte wissen, wo der hergekommen ist.« Und er fischte die Rakete aus dem Graben.

»Oller Stock!« sagte die Rakete, »unmöglich! Goldner Stock – das hat er gesagt. Goldner Stock ist ein schönes Kompliment. Wahrhaftig, er hält mich für einen der Würdenträger des Hofes.«

»Wir wollen ihn ins Feuer werfen«, sagte der andere Junge, »da wird's im Kessel um so eher kochen.«

Also schichteten sie die Reisigbündel und legten die Rakete zuoberst darauf und machten Feuer.

»Das ist prächtig!« rief die Rakete; »sie lassen mich

am hellerlichten Tage aufsteigen, damit alle Welt mich sehen kann.«

»Wir wollen jetzt schlafen«, sagten die Jungen, »und wenn wir aufwachen, kocht's im Kessel.« Und sie legten sich ins Gras und schlossen die Augen.

Die Rakete war sehr naß, daher dauerte es lange, bis sie anbrannte. Endlich jedoch fing sie Feuer.

»Nun steige ich auf!« rief sie und straffte und streckte sich. »Ich weiß, ich werde viel höher steigen als die Sterne, viel höher als der Mond, viel höher als die Sonne. Wahrlich, ich werde so hoch steigen, daß . . .«

»Fisss! fisss! fisss!«, und sie stieg steil hinauf in die Luft.

»Wundervoll!« rief sie, »ewig will ich so fliegen. Welch ein Erfolg bin ich!«

Aber niemand sah sie.

Da begann sie am ganzen Leibe ein eigentümliches Prickeln zu spüren.

»Gleich explodiere ich!« rief sie. »Ich werde die ganze Welt in Flammen setzen, und ich will donnern, daß ein ganzes Jahr lang keiner von etwas anderem sprechen wird.«

Und sie explodierte wirklich. »Bäng! bäng! bäng!« machte das Schießpulver. Das war eine unbestreitbare Tatsache.

Aber niemand hörte sie, nicht einmal die beiden kleinen Jungen, denn die waren fest eingeschlafen.

Dann war nichts mehr von der Rakete übrig als der Stock, und dieser fiel herab auf den Rücken einer Gans, die am Graben spazierenging.

»Allmächtige Güte!« rief die Gans. »Jetzt regnet's gar Stöcke!«, und sie flüchtete ins Wasser.

»Ich wußte, daß ich ungeheuren Eindruck machen werde«, ächzte die Rakete und verlosch.

DER MÄRCHEN ZWEITER TEIL

Das Granatapfelhaus

DER JUNGE KÖNIG

Es war am Abend vor dem Tage, an dem er gekrönt werden sollte, und der junge König saß allein in seinem schönen Schlafgemach. Die Herren vom Hofe allesamt hatten Urlaub von ihm genommen, nach dem pomphaften Brauche jener Zeit den Kopf bis zum Boden neigend, und sich in die große Halle des Palastes zurückgezogen, um von dem Oberhofzeremonienmeister einige letzte Unterweisungen zu empfangen; ein paar von ihnen hatten nämlich noch ganz natürliche Umgangsformen, was, wie ich kaum zu erwähnen brauche, bei einem Höfling gröblich gegen die guten Sitten verstößt.

Dem Knaben – denn mit seinen sechzehn Jahren war er ja noch ein Knabe – war ihr Abschied nicht leid; mit einem tiefen Seufzer der Erleichterung hatte er sich in die gestickten Kissen seines weichen Ruhebettes zurückgeworfen und lag nun da, heißäugig und offenen Mundes, wie ein brauner Waldgott oder wie ein junges Tier im Forst, das die Jäger eben in der Schlinge gefangen haben.

Und wirklich waren es Jäger gewesen, die ihn gefunden hatten; fast durch Zufall waren sie sein ansichtig geworden, als er nacktbeinig und mit der Flöte in der Hand hinter der Herde des armen Ziegenhirten herging, der ihn aufgezogen und für dessen Sohn er sich immer gehalten hatte. Des alten Königs einziger Tochter Kind war er, aus geheimer Ehe mit einem, der im Rang tief unter ihr stand – einem Fremdling, sagten manche, der durch die wundersame Magie seines Lautenspiels die junge Prinzessin betörte, daß sie ihn

lieben mußte; andere wieder sprachen von einem Maler aus Rimini, dem die Prinzessin viel, vielleicht allzuviel Ehre erwiesen und der plötzlich aus der Stadt verschwunden war, indes sein Werk in der Kathedrale unvollendet zurückblieb –, und als der Knabe kaum eine Woche alt war, hatte man ihn von seiner Mutter Seite weggerissen, während sie schlief, und in die Obhut eines schlichten Bauern und seiner Frau gegeben, die kinderlos in einem fernen Teil des Waldes hausten, mehr als einen Tagesritt weit von der Stadt. Leid, oder die Pest, wie der Hofarzt behauptete, oder, wie die Leute munkelten, ein rasches italienisches Gift, in einem Becher gewürzten Weines dargereicht, tötete das blasse Kind, das ihn geboren hatte, noch in der Stunde des Erwachens; und als der vertraute Bote, der den Knaben quer überm Sattelbogen forttrug, vom müden Pferde stieg und an die rohgezimmerte Tür der Hirtenhütte klopfte, da senkte man den Leichnam der Prinzessin in ein offenes Grab, das in einem öden Kirchhof vor der Stadtmauer ausgehoben war – in ein Grab, darin noch ein anderer Leichnam gelegen haben soll: der eines jungen Mannes von wunderbarer, fremdartiger Schönheit, die Hände mit einem Strick auf den Rücken gefesselt und die Brust durchbohrt von vielen roten Wunden.
So wenigstens ging das Gerücht, das einer dem andern flüsternd zutrug. Gewiß aber war, daß der alte König auf dem Totenbett, ob nun von Reue über seine große Sünde getrieben oder nur aus dem Wunsche, das Reich seinem Hause zu erhalten, nach dem Knaben gesandt und ihn in Gegenwart des Kronrates als seinen Erben anerkannt hatte.
Und es scheint, daß dieser vom allerersten Augenblick seiner Anerkennung an bereits Zeichen jener seltsa-

men Leidenschaft für die Schönheit kundgab, die bestimmt war, einen so großen Einfluß auf sein Leben auszuüben. Die ihn durch die seinem eigenen Gebrauch vorbehaltene Zimmerflucht begleitet hatten, berichteten oftmals, wie ein Schrei der Lust von seinen Lippen brach, als er die köstlichen Gewänder, die reichen Juwelen sah, die man für ihn gerüstet hatte, und mit welch beinahe wilder Freude er das rauhe Lederwams und den groben Mantel aus Schaffell von sich schleuderte. Wohl vermißte er bisweilen die schöne Freiheit seines Lebens im Walde und war jederzeit geneigt, sich über die langweiligen Hofzeremonien zu ereifern, die so viele Stunden jedes Tages in Anspruch nahmen; doch der glänzende Palast – »La Joyeuse« wurde er genannt –, als dessen Gebieter er sich nun betrachten durfte, schien für ihn eine ungeahnte Welt, neuerschaffen ihm zur Wonne; und sobald er nur dem Kronrat oder dem Audienzzimmer entfliehen konnte, lief er die breite Treppe mit den Löwen aus goldfarbener Bronze und den Stufen aus schimmerndem Porphyr hinab und wanderte von Raum zu Raum und von Gang zu Gang, gleich einem, der in der Schönheit einen Balsam für den Schmerz, etwas wie Genesung von schwerem Siechtum zu finden sucht.

Bei diesen Entdeckungsfahrten, wie er sie gern nannte – und sie bedeuteten für ihn wahrhaft Reisen durch ein Wunderland –, war er manchmal begleitet von den schlanken, blondhaarigen Pagen mit den wehenden Mänteln und lustig flatternden Bändern; öfter aber ging er allein, denn er fühlte mit raschem Erahnen, fast wie durch Eingebung, daß die Geheimnisse der Kunst sich in der Heimlichkeit am tiefsten zu erkennen geben und daß die Schönheit wie die Weisheit den liebt, der sie einsam verehrt.

Manch verwunderliche Geschichte wurde zu jener Zeit über ihn berichtet. Man erzählte, ein biederer dicker Bürgermeister, der sich eingefunden hatte, um im Namen der Bürger seiner Stadt blumenreich beredte Worte an ihn zu richten, habe ihn in echter Anbetung vor einem großen Gemälde kniend erblickt, das gerade aus Venedig gekommen war und das den Dienst neuer Götter zu künden schien. Bei anderer Gelegenheit war er während mehrerer Stunden vermißt und nach langer Suche in einem kleinen Gemach eines der Nordtürme des Palastes aufgefunden worden, wo er wie entrückt auf eine griechische Gemme starrte, in die das Bild des Adonis geschnitten war. Man hatte ihn gesehen, so lief's von Mund zu Mund, wie er seine warmen Lippen auf die Marmorstirn einer antiken Statue preßte, die man beim Bau der steinernen Brücke im Flußbett entdeckt hatte und die als Inschrift den Namen des Antinoos trug, des schönen bithynischen Sklaven Hadrians. Eine ganze Nacht hatte er damit zugebracht, die Wirkung des Mondlichtes auf ein silbernes Endymionbildnis zu beobachten.

Alle seltenen und kostbaren Stoffe übten offenbar einen Zauber auf ihn, und in seiner Begierde, sie zu erlangen, hatte er viele Kaufleute ausgesandt – einige, daß sie mit den rauhen Fischern der nördlichen Meere um Bernstein handelten, einige nach Ägypten, damit sie nach dem seltsamen grünen Türkis Ausschau hielten, der nur in den Königsgräbern zu finden ist und von dem es heißt, er besitze magische Kräfte; einige schickte er nach Persien um Seidenteppiche und bemaltes Tongeschirr, und wieder andere nach Indien, um Schleierstoffe und gefärbtes Elfenbein, Mondsteine und Armspangen aus Jade einzukaufen und blauen Schmelz und Sandelholz und Schals aus feiner Wolle.

Was ihn jedoch am meisten beschäftigte, war das Prunkgewand, das er bei seiner Krönung tragen sollte, das Kleid aus gewobenem Gold und die rubingeschmückte Krone und das Zepter mit seinen Reihen und Ringen von Perlen. Ja, dies war es, woran er an diesem Abend dachte, als er zurückgesunken auf seinem üppigen Lager ruhte und dem großen Tannenscheit zusah, das in dem offenen Kamin brennend sich selbst verzehrte. Die Entwürfe, von den Händen der berühmtesten Künstler der Zeit, waren ihm schon vor vielen Monaten unterbreitet worden, und er hatte befohlen, daß die kunstreichsten Handwerker sich Tag und Nacht mühten, sie auszuführen, und daß die ganze Welt nach Juwelen zu durchforschen sei, die ihrer Arbeit würdig wären. Er sah sich im Geiste vor dem Hochaltar der Kathedrale stehen, angetan mit dem strahlenden Gewande eines Königs, und ein Lächeln spielte um seine Knabenlippen und verweilte dort und erhellte seine dunklen Waldaugen mit lichtem Glanz.

Nach einer Weile erhob er sich von seinem Sitz, und an das zierlich gemeißelte Kaminsims gelehnt, blickte er rundum in dem matterleuchteten Raum. Die Wände waren mit reichen Bildteppichen behangen, die den Triumph der Schönheit darstellten. Ein breiter Schrank mit eingelegter Arbeit in Achat und Lapislazuli füllte die eine Ecke, und dem Fenster gegenüber stand ein kunstvoll gefertigter Schrein mit gelackten Füllungen voll Goldmosaiken in mannigfaltigen Mustern, auf dem erlesene Gefäße aus venezianischem Glas und ein Becher aus dunkelgeädertem Onyx funkelten. Blasse Mohnblumen waren auf die seidene Bettdecke gestickt, als wären sie dem Schlaf aus müden Händen entfallen, und schlanke Stäbe kannelierten Elfenbeins trugen den Samtbaldachin, aus dem große Tuffe Straußenfedern wie weißer Schaum zu dem bleichen Silber der Kassettendecke aufsprangen. Ein lachender Narziß aus grüner Bronze hielt einen geschliffenen Spiegel über seinem Haupte. Auf dem Tisch stand eine flache amethystene Schale. Durch das Fenster konnte er die riesige Kuppel der Kathedrale sehen, die gleich einer Seifenblase aus den schattendunklen Häusern tauchte, und die müden Schildwachen, die auf der dunstigen Terrasse am Fluß auf und nieder schritten. Fern in einem Garten sang eine Nachtigall. Schwacher Duft von Jasmin kam durch das offene Fenster. Er strich sich die braunen Locken aus der Stirn, nahm eine Laute auf und ließ die Finger durch die Saiten schweifen. Seine schweren Augenlider sanken, und eine seltsame Mattigkeit überkam ihn. Nie zuvor hatte er so schmerzvoll brennend, oder mit so inbrünstiger Freude, den Zauber und das Geheimnis des Schönen empfunden.

Als es Mitternacht vom Turme schlug, berührte er eine Glocke, und seine Pagen traten ein und entkleideten ihn mit großer Feierlichkeit, gossen Rosenwasser über seine Hände und streuten Blumen auf sein Kissen. Wenige Augenblicke nachdem sie den Raum verlassen hatten, fiel er in Schlaf.

Und da er schlief, träumte er einen Traum, und dieses war sein Traum.

Ihn deuchte, er stünde in einem langen, niedrigen Dachboden, inmitten des Rasselns und Geschwirrs vieler Webstühle. Dürftiges Tageslicht schaute durch die vergitterten Fenster und zeigte ihm die mageren Gestalten der Weber, die sich über die Planken ihrer

Webstühle beugten. Blasse, kränklich aussehende Kinder hockten auf den gewaltigen Querbalken. So wie die Schiffchen durch die Kette schossen, hoben sie die schweren Laden, und wenn die Schiffchen standen, ließen sie die Laden fallen und schoben die Fäden zusammen. Ihre Gesichter waren schmal vom Hunger, und ihre dünnen Hände zitterten und zuckten. Verhärmte Frauen saßen an einem Tisch und nähten. Ein abscheulicher Geruch erfüllte den Raum. Die Luft war verbraucht und schwer, und Feuchtigkeit rann und tropfte von den Wänden.

Der junge König trat hin zu einem der Weber und stand bei ihm und sah ihm zu.

Und der Weber blickte ihn zornig an und sprach: »Warum siehst du mir zu? Bist du ein Späher, den unser Herr über uns gesetzt hat?«

»Wer ist dein Herr?« fragte der junge König.

»Unser Herr!« rief der Weber bitteren Tones. »Er ist ein Mensch wie ich selber. Jawohl, zwischen uns ist nur der eine Unterschied: er trägt schöne Kleider, indes ich in Lumpen gehe, und wenn ich schwach bin vor Hunger, leidet er nicht wenig an Übersättigung.«

»Das Land ist frei«, sagte der junge König, »und du bist keines Menschen Sklave.«

»Im Kriege«, erwiderte der Weber, »machen die Starken die Schwachen zu Sklaven, und im Frieden machen die Reichen die Armen zu Sklaven. Wir müssen arbeiten, um zu leben, und sie geben uns so kargen Lohn, daß wir sterben. Wir plagen uns für sie den langen Tag, und sie häufen Gold in ihren Kästen, und unsere Kinder welken vor der Zeit dahin, und die Gesichter derer, die wir lieben, werden hart und böse. Wir keltern die Trauben, und ein anderer trinkt den Wein. Wir säen das Korn, und unser eigener Tisch ist leer. Wir tragen Ketten, wiewohl kein Auge sie sieht; und wir sind Sklaven, wiewohl die Welt uns frei nennt.«

»Ist es mit allen so?« fragte der junge König.

»Es ist mit allen so«, antwortete der Weber, »mit den Jungen wie mit den Alten, mit den Weibern wie mit den Männern, mit den kleinen Kindern wie mit denen, die hoch in Jahren sind. Die Händler saugen uns aus, und wir müssen tun, was sie uns heißen. Der Priester geht vorbei und betet seinen Rosenkranz, und niemand achtet unser. Durch unsere sonnenlosen Gassen schleicht hungrigen Auges die Armut, und mit gedunsenem Gesicht folgt auf ihren Fersen die Sünde. Elend weckt uns am Morgen, und Schande sitzt bei uns zur Nacht. Was aber verstehst du von all dem? Du bist keiner von uns. Dein Antlitz ist zu glücklich.«

Und finster wandte er sich ab und schoß das Schiffchen durch den Webstuhl, und der junge König sah, daß es mit goldenem Faden gefädelt war.

Und banger Schrecken faßte ihn, und er sagte zu dem Weber: »Was für ein Gewand ist dies, das du webest?«

»Es ist das Krönungsgewand für den jungen König«, antwortete er, »doch was geht das dich an?«

Und der junge König tat einen lauten Schrei und erwachte, und sieh! er war in seinem eigenen Schlafgemach, und durch das Fenster sah er den großen honigfarbenen Mond in der zwielichtigen Luft hängen.

Und wieder fiel er in Schlaf und träumte, und dieses war sein Traum.

Ihn deuchte, er läge auf dem Deck einer gewaltigen Galeere, die von hundert Sklaven gerudert wurde. Auf einem Teppich ihm zur Seite saß der Herr der

Galeere. Er war schwarz wie Ebenholz, und sein Turban war aus karmesinroter Seide. Schwere Silberringe zogen seine dicken Ohrlappen nieder, und in den Händen hielt er eine Waage aus Elfenbein.
Die Sklaven waren nackt bis auf ein zerlumptes Lendentuch, und jeder Mann war an seinen Nachbarn gekettet. Die heiße Sonne glühte sengend auf sie nieder, und die Neger liefen den Gang zwischen den Ruderbänken auf und ab und geißelten sie mit Riemenpeitschen. Sie reckten ihre dürren Arme und zogen die schweren Ruder durch das Wasser. Salziger Gischt flog von den Ruderblättern.
Endlich erreichten sie eine kleine Bucht und begannen zu loten. Ein leichter Wind wehte vom Lande her und bedeckte das Deck und das große lateinische Segel mit feinem rotem Staub. Drei Araber auf Wildeseln sprengten heran und schleuderten Speere gegen sie. Der Herr der Galeere nahm einen buntbemalten Bogen und schoß einen von ihnen in die Kehle. Schwer sank er in die Brandung, und seine Gefährten galoppierten davon. Eine in einen gelben Schleier gehüllte Frau folgte langsam auf einem Kamel, den Blick dann und wann rückwärts nach dem Leichnam gewandt.
Sobald sie Anker geworfen und das Segel eingeholt hatten, stiegen die Neger hinunter in den Schiffsraum und brachten eine lange, mit Bleigewichten beschwerte Strickleiter nach oben. Der Herr der Galeere befestigte die Leiter an zwei eisernen Pfosten und ließ sie über Bord. Dann packten die Neger den jüngsten der Sklaven, schlugen die Fesseln von seinen Füßen, verstopften ihm Nasenlöcher und Ohren mit Wachs und knüpften einen schweren Stein um seinen Leib. Mühsam kroch er die Leiter hinab und verschwand in

der See. Ein paar Blasen stiegen auf, wo er versank. Einige der anderen Sklaven schauten neugierig über Bord. Im Bug der Galeere saß ein Haifischbeschwörer und schlug eintönig die Trommel.
Nach einiger Zeit kam der Taucher aus dem Wasser herauf und klammerte sich keuchend an die Leiter; in der Rechten hielt er eine Perle. Die Neger entrissen sie seiner Hand und schleuderten ihn zurück. Die Sklaven schliefen über ihren Rudern ein.
Wieder und wieder stieg er empor und jedesmal brachte er eine herrliche Perle mit. Der Herr der Galeere wog die Perlen und steckte sie in ein Säckchen aus grünem Leder.
Der junge König versuchte zu sprechen, aber ihm war, als klebte ihm die Zunge am Gaumen, und seine Lippen verweigerten jede Bewegung. Die Neger schwatzten miteinander und fingen an, sich um eine Schnur glänzender Glasperlen zu streiten. Zwei Kraniche flogen unablässig rings um das Boot.
Dann kam der Taucher zum letztenmal herauf, und die Perle, die er mitbrachte, war schöner als alle Perlen des Ormuzd, denn sie glich dem Mond in seiner Fülle und sie war weißer als der Morgenstern. Aber das Gesicht des Sklaven war seltsam bleich, und als er auf das Deck niederfiel, schwoll ihm Blut aus Nase und Ohren. Ein kurzer Schauder durchlief ihn, und dann blieb er regungslos. Die Neger zuckten die Achseln und warfen den Leichnam über Bord.
Und der Herr der Galeere lachte, streckte die Hand aus und nahm die Perle; und als er sie ansah, drückte er sie gegen seine Stirn und verneigte sich. »Sie soll«, sagte er, »für das Zepter des jungen Königs sein«, und er gab den Negern ein Zeichen, daß sie den Anker lichteten.

Und als der junge König diese Worte hörte, tat er einen wilden Schrei und erwachte, und durch das Fenster sah er, wie die langen grauen Finger der Dämmerung nach den verblassenden Sternen griffen.

Und abermals fiel er in Schlaf und träumte, und dieses war sein Traum.
Ihn deuchte, er wandere durch einen dunklen Wald, der behangen war mit seltsamen Früchten und mit schönen giftigen Blüten. Nattern zischten nach ihm, da er vorüberging, und grellbunte Papageien flogen kreischend von Ast zu Ast. Ungeheure Schildkröten lagen auf dem heißen Schlamm und schliefen. Die Bäume waren voller Affen und Pfauen.
Er ging und ging, bis er an den Saum des Waldes kam, und dort sah er eine Unzahl von Menschen, die mühselig im Bett eines versiegten Flusses arbeiteten. Wie Ameisen kletterten sie im Geklipp. Sie gruben tiefe Schächte in den Boden und stiegen hinab. Einige spalteten die Felsblöcke mit großen Äxten; andere wühlten im Sand. Sie rissen den Kaktus bei den Wurzeln aus und zertraten die Scharlachblüten. Sie hasteten umher, riefen einander an, und keiner feierte.
Aus dem Düster einer Höhle sahen der Tod und die Habsucht ihrem Treiben zu, und der Tod sprach: »Ich bin es müde; gib mir ein Drittel von ihnen und laß mich gehen.«
Aber die Habsucht schüttelte den Kopf. »Sie alle sind meine Knechte«, antwortete sie.
Und der Tod sagte zu ihr: »Was hast du in der Hand?«
»Ich habe drei Weizenkörner«, antwortete sie, »was geht's dich an?«
»Gib mir eins davon«, rief der Tod, »daß ich es in

meinen Garten pflanze; nur eines, und ich will meiner Wege gehen.«
»Ich will dir nichts geben«, sagte die Habsucht, und sie verbarg ihre Hand in den Falten ihres Gewandes.
Und der Tod lachte und ergriff eine Schale und tauchte sie in einen Wassertümpel, und aus der Schale stieg der Fieberfrost. Und er schritt durch die Menschenmenge, und jeder dritte lag tot. Ein kalter Dunst folgte ihm, und Wasserschlangen krochen ihm zur Seite.
Und als die Habsucht sah, daß ein Dritteil der Menge tot war, schlug sie ihre Brust und weinte. Sie schlug ihren unfruchtbaren Busen und jammerte laut. »Du hast ein Dritteil meiner Knechte gemordet«, schrie sie, »hebe dich weg. Krieg ist in den Bergen der Tatarei, und die Könige beider Seiten rufen nach dir. Die Afghanen haben den schwarzen Stier geschlachtet und ziehen in den Kampf. Sie haben mit den Speeren auf ihre Schilde geschlagen und sich die eisernen Helme aufs Haupt gesetzt. Was ist dir mein Tal, daß du darin verweilest? Hebe dich hinweg und kehre niemals wieder.«
»Nein«, entgegnete der Tod, »nicht eher will ich gehen, als bis du mir ein Weizenkorn gegeben hast.«
Doch die Habsucht schloß ihre Hand und knirschte mit den Zähnen. »Ich will dir nichts geben«, murmelte sie.
Und der Tod lachte und hob einen schwarzen Stein vom Boden auf und schleuderte ihn in den Wald, und aus einem Dickicht wilden Schierlings hervor trat die Fieberseuche in flammendem Gewand. Sie ging durch die Menge und berührte viele, und jeder, den sie anrührte, starb. Das Gras versengte unter ihren Füßen, als sie dahinschritt.
Und die Habsucht erbebte und streute Asche auf ihr

Haupt. »Du bist grausam«, schrie sie, »grausam bist du. Hungersnot herrscht in den ummauerten Städten Indiens, und die Zisternen von Samarkand sind versiegt. Hungersnot herrscht in den ummauerten Städten Ägyptens, und aus der Wüste sind die Heuschrecken herbeigeschwärmt. Der Nil hat seine Ufer nicht überflutet, und die Priester haben Isis und Osiris geflucht. Hebe dich hinweg zu denen, die dich brauchen, und laß mir, die mir dienen.«
»Nein«, antwortete der Tod, »nicht eher will ich gehen, als bis du mir ein Weizenkorn gegeben hast.«
Ich will dir nichts geben«, sagte die Habsucht.
Und wieder lachte der Tod, und er pfiff durch seine Finger, und ein Weib kam durch die Luft gerast. Pest stand auf ihrer Stirn geschrieben, und Scharen magerer Geier kreisten um sie her. Sie deckte das Tal mit ihren Schwingen, und kein einziger Mensch blieb am Leben.
Und die Habsucht floh laut wehklagend durch den Wald, und der Tod sprang auf sein rotes Pferd und ritt davon, und sein Ritt war schneller als der Wind.
Aus dem Schlamm am Boden des Tales aber krochen Drachen und gräßlich schuppiges Getier, und die Schakale liefen durch den Sand und witterten mit ihren Nüstern in die Luft.
Und der junge König weinte und sprach: »Wer waren diese Menschen und wonach suchten sie?«
»Nach Rubinen für eines Königs Krone«, antwortete einer, der hinter ihm stand.
Und der junge König schauderte, und da er sich wandte, sah er einen Mann, der war wie ein Pilger gekleidet und hielt einen Silberspiegel in der Hand.
Und er erbleichte und sprach: »Für welchen König?«

Und der Pilger antwortete: »Blick in diesen Spiegel, und du sollst ihn sehen.«
Und er blickte in den Spiegel, und als er sein eigen Antlitz sah, tat er einen wilden Schrei und erwachte, und das helle Sonnenlicht strömte ins Zimmer, und von den Bäumen in Garten und Hain sangen die Vögel.

Und der Großkämmerer und die hohen Würdenträger des Landes traten ein und verneigten sich huldigend vor ihm, und die Pagen brachten ihm das Prunkgewand aus gewobenem Gold und legten die Krone und das Zepter vor ihn hin.
Und der junge König sah die Dinge an, und sie waren sehr schön. Schöner waren sie als irgend etwas, das er je zuvor gesehen hatte. Aber er gedachte seiner Träume und sprach zu seinen Großen: »Nehmt diese Dinge weg, denn ich will sie nicht tragen.«
Und die Höflinge verwunderten sich sehr, und einige lachten, denn sie glaubten, er rede im Scherz.
Doch mit großem Ernst hob er von neuem an und sprach: »Nehmt diese Dinge weg und verbergt sie vor mir. Wenngleich der Tag meiner Krönung ist – ich will sie nicht tragen. Denn auf dem Webstuhl der Sorge und von den blassen Händen der Mühsal ist dieses mein Gewand gewoben. Blut ist im Herzen des Rubins, und der Tod wohnt im Herzen der Perle.«
Und er erzählte ihnen seine drei Träume.
Und als die Höflinge ihn gehört hatten, sah einer den andern an und flüsterte in seines Nächsten Ohr und sagte: »Fürwahr, er ist wahnsinnig, denn was sonst ist ein Traum als ein Traum und ein Bild anderes als ein Bild? Sie sind nicht wirklich, nicht wert, daß man ihrer achte. Und was haben wir mit dem Leben derer

zu schaffen, die sich für uns plagen? Soll man kein Brot essen, bis man den Säer erschaut, noch Wein trinken, bis man den Winzer angehört hat?«
Und der Großkämmerer redete zu dem jungen König und sprach: »Mein Gebieter, ich bitte dich: laß ab von deinen schwarzen Gedanken und lege dieses glänzende Kleid an und setze die Krone auf dein Haupt. Denn wie soll das Volk erkennen, daß du ein König bist, wenn du nicht eines Königs Kleider trägst?«
Und der junge König sah ihn an. »Ist das wirklich so?« forschte er. »Werden sie mich nicht als einen König kennen, wenn ich nicht eines Königs Kleider trage?«
»Sie werden dich nicht erkennen, mein Gebieter«, rief der Großkämmerer.
»Ich glaubte, es gäbe Männer, die königlich von Art und Wesen sind«, erwiderte er, »doch es mag sein, wie du sagest. Und dennoch will ich dies Gewand nicht tragen, noch will ich gekrönt sein mit dieser Krone; nein, so wie ich den Palast betrat, so will ich aus ihm gehen.«
Und er gebot allen, ihn zu verlassen, bis auf einen Pagen, den er als seinen Gefährten bei sich behielt, einen Knaben, ein Jahr jünger als er selber. Ihn behielt er zu seinem Dienst; und als er sich in klarem Wasser gebadet hatte, öffnete er eine große bemalte Truhe, und daraus nahm er das Lederwams und den groben Mantel aus Schaffell, die er getragen hatte, als er am Hügelhang die zottigen Ziegen des Hirten hütete. Die legte er an, und in die Hand nahm er den rauhen Hirtenstab.
Und der kleine Page öffnete seine großen blauen Augen weit in Staunen und sagte lächelnd: »Hoher Herr, ich sehe dein Kleid und dein Zepter; wo aber ist deine Krone?«

Und der junge König brach einen Zweig von der wilden Rose, die am Altan rankte, und bog ihn zum Reif und setzte ihn auf sein Haupt.
»Dies soll meine Krone sein«, erwiderte er.
Und so angetan ging er aus seinem Gemach in die große Halle, wo die Edelleute auf ihn warteten.
Und die Edelleute spotteten, und einige von ihnen riefen ihm zu: »Herr, das Volk will seinen König sehen, und du zeigst ihm einen Bettler.« Und andere grollten und sprachen: »Er bringt Schande über unser Land und ist nicht würdig, unser Herr zu sein.«
Doch er entgegnete ihnen nicht ein Wort, sondern schritt weiter und ging die Treppe aus schimmerndem Porphyr hinab; aus dem bronzenen Tore trat er und schwang sich auf sein Roß und ritt nach der Kathedrale, der kleine Page aber lief ihm zur Seite.
Und das Volk lachte und rief: »Das ist des Königs Narr, der da reitet.« Und sie höhnten ihn.
Und er zügelte sein Roß und sagte: »Nein, ich bin der König selbst.« Und er erzählte ihnen seine drei Träume.
Und ein Mann trat aus der Menge und sprach bittere Worte zu ihm und sagte: »Herr, weißt du nicht, daß des Reichen Üppigkeit der Armen Leben fristet? An eurem Prunk nähren wir uns, und eure Laster geben uns Brot. Für einen schlimmen Herrn arbeiten ist hart, aber noch härter ist es, keinen Herrn zu haben, für den man arbeiten kann. Meinst du, die Raben werden uns speisen? Und welches Heilmittel hast du für unsere Not? Willst du zu dem Käufer sagen: Du sollst für soundso viel kaufen, und zu dem Händler: Du sollst zu diesem Preis verkaufen? Ich glaube nicht. Darum geh zurück in deinen Palast und lege deinen Purpur an und dein feines Linnen. Was hast

du mit uns zu schaffen und mit dem, was wir leiden?«
»Sind der Reiche und der Arme nicht Brüder?« fragte der junge König.
»So ist es«, antwortete der Mann, »und des reichen Bruders Name ist Kain.«
Und die Augen des jungen Königs füllten sich mit Tränen, und weiter ritt er durch das murrende Volk, und den kleinen Pagen ergriff Furcht, und er ließ ihn allein.
Und als er an das große Portal der Kathedrale kam, streckten die Kriegsleute ihre Hellebarden gegen ihn und sagten: »Was suchst du hier? Keiner tritt durch dieses Tor als der König.«
Und sein Gesicht errötete vor Zorn, und er sprach zu ihnen: »Ich bin der König«, und er stieß die Hellebarden zur Seite und ging hinein.
Und da der alte Bischof ihn kommen sah in seinem Hirtenkleid, erhob er sich verwundert von seinem Sitz und ging ihm entgegen und sagte: »Mein Sohn, ist dies eines Königs Gewand? Und mit welcher Krone soll ich dich krönen, und was für ein Zepter soll ich in deine Hände legen? Wahrlich, dieser Tag sollte ein Tag der Freude für dich sein und nicht ein Tag der Erniedrigung.«
»Soll sich die Freude kleiden in das Kleid, das der Gram gefertigt hat?« sagte der junge König. Und er erzählte ihm seine drei Träume.
Und als der Bischof sie gehört hatte, runzelte er die Stirn und sprach: »Mein Sohn, ich bin ein alter Mann und im Winter meiner Tage, und ich weiß, daß vieles Arge in der weiten Welt geschieht. Die grimmen Räuber steigen von den Bergen nieder und schleppen die kleinen Kinder weg und verkaufen sie den Mau-

ren. Die Löwen lauern den Karawanen auf und stürzen sich auf die Kamele. Der wilde Eber zerwühlt das Korn im Tale, und die Füchse benagen die Reben auf dem Hügel. Die Piraten verheeren die Meeresküste und verbrennen die Boote der Fischer und rauben ihnen die Netze. In den Salzsümpfen wohnen die Aussätzigen; sie haben Hütten aus geflochtenem Schilf, und niemand darf ihnen nahen. Die Bettler ziehen durch die Städte und essen ihre Speise mit den Hunden. Kannst du bewirken, daß dies alles nicht sei? Willst du den Aussätzigen zu deinem Bettgenossen nehmen und den Bettler an deine Tafel setzen? Soll der Löwe tun nach deinem Gebot und der wilde Eber dir gehorchen? Ist Er, der das Elend schuf, nicht weiser als du? Deswegen lobe ich dich nicht für das, was du getan hast, sondern heiße dich zurückreiten zum Palast und dein Antlitz frohmachen und die Kleider anlegen, die einem König ziemen, und mit der goldenen Krone will ich dich krönen, und das Perlenzepter will ich dir in die Hände geben. Deiner Träume aber sollst du nicht mehr denken. Die Bürde dieser Welt ist zu groß, als daß ein einziger sie tragen könnte, und das Leid der Welt zu schwer, als daß ein einzig Herz es erdulde.«

»Sagst du das in diesem Hause?« sprach der junge König, und er schritt an dem Bischof vorüber und stieg die Stufen des Altars hinan und stand vor dem Bildnis Christi.

Er stand vor dem Bildnis Christi, und zu seiner Rechten wie zu seiner Linken waren die wunderreichen Goldgefäße, der Kelch voll gelben Weines und die Phiole mit dem heiligen Öl. Er kniete nieder vor dem Bildnis Christi, und die hohen Kerzen brannten hell zu seiten des juwelenbunten Schreines, und der Weihrauch wölkte in dünnen blauen Ranken durch die Kuppel. Er neigte sein Haupt im Gebet, und die Priester in ihren starren Chorröcken schlichen sich fort vom Altar.

Und plötzlich scholl wirrer Lärm von der Straße draußen, und herein drangen die Edelleute mit gezückten Schwertern und nickenden Federn und Schilden aus blankem Stahl. »Wo ist er, der Träumeträumer?« riefen sie. »Wo ist dieser König, der wie ein Bettler einhergeht – der Knabe, der Schande über unser Land bringt? Wahrlich, wir wollen ihn töten, denn er ist unwert, über uns zu herrschen.«

Und der junge König neigte abermals sein Haupt und betete, und als er sein Gebet beendet hatte, stand er auf und wandte sich und blickte jene traurig an.

Und siehe! durch die gemalten Fenster brach das Sonnenlicht und flutete über ihn hin, und die Sonnenstrahlen woben rings um ihn ein gleißendes Prunkgewand, das glänzte heller als das Kleid, das ihm zur Lust gefertigt worden war. Der tote Stab erblühte und trug Lilien, die waren weißer als Perlen. Der trockene Dorn erblühte und trug Rosen, die waren röter als Rubine. Weißer als schöne Perlen waren die Lilien, und ihre Stengel waren aus lichtem Silber. Röter als glutrote Rubine waren die Rosen, und ihre Blätter waren aus gehämmertem Gold.

Er stand da im Kleide eines Königs, und die Türen des juwelenbunten Schreines flogen auf, und vom Kristall der vielstrahligen Monstranz schimmerte ein überirdischer, geheimnisvoller Schein. Er stand da in eines Königs Kleide, und die Herrlichkeit Gottes erfüllte den Raum, und die Heiligenbilder in ihren steinernen Nischen schienen sich zu regen. In dem prangenden Kleide eines Königs stand er vor ihnen, und

die Orgel jubelte verkündigend ihre Musik, und die Trompeter bliesen, und die Sängerknaben sangen.
Und das Volk fiel auf die Knie in Scheu, und die Edelleute bargen die Schwerter in den Scheiden und huldigten ihm, und des Bischofs Angesicht wurde bleich, und seine Hände bebten. »Ein Größerer als ich hat dich gekrönt«, rief er und kniete vor ihm.
Und der junge König stieg vom Hochaltar hernieder und schritt davon, mitten durch die Menge. Aber niemand wagte sein Antlitz anzuschauen, denn es war wie das Antlitz eines Engels.

DER GEBURTSTAG DER INFANTIN

Die Infantin hatte Geburtstag. Sie war gerade zwölf Jahre alt, und die Sonne schien hell in den Gärten des Palastes.

Obwohl sie eine richtige Prinzessin und die Infantin von Spanien war, hatte sie jedes Jahr nur ein einziges Mal Geburtstag, genauso wie die Kinder ganz armer Leute; daher setzte das ganze Land natürlich seine Ehre darein, daß sie bei einer so hochbedeutsamen Gelegenheit einen wirklich schönen Tag habe. Und ein wirklich schöner Tag war es auch. Gleich langen Reihen von Soldaten standen die schlanken gestreiften Tulpen kerzengerade auf ihren Stengeln und blickten herausfordernd über das Gras nach den Rosen hinüber und sagten: »Jetzt sind wir ebenso prächtig wie ihr.« Die Schmetterlinge, purpurn mit Goldstaub auf den Flügeln, flatterten umher und besuchten Blüte um Blüte; die kleinen Eidechsen schlüpften aus den Mauerspalten und lagen und sonnten sich in dem weißen Glast; und die Granatäpfel barsten und zersprangen in der Hitze und entblößten ihre blutenden roten Herzen. Selbst die blaßgelben Zitronen, die in solchen Überfluß von dem verwitterten Spalier und längs der dunklen Laubengänge hingen, schienen in dem wundervollen Sonnenlicht eine tiefere Färbung gewonnen zu haben, und die Magnolienbäume öffneten die großen kugeligen Blüten aus gefälteltem Elfenbein und erfüllten die Luft mit schweren, süßen Düften.

Die kleine Prinzessin selbst ging mit ihren Gefährten die Terrasse auf und nieder und spielte Verstecken, rings um die steinernen Vasen und die alten, moosbewachsenen Statuen. An gewöhnlichen Tagen durfte sie nur mit Kindern ihres Ranges spielen, so daß sie immer allein spielen mußte; an ihrem Geburtstag aber war es anders, und der König hatte angeordnet, sie solle alle diejenigen unter ihren jungen Freunden und Freundinnen einladen, von denen sie wünschte, daß sie kämen, um sich mit ihr zu vergnügen. Eine feierlich gemessene Grazie umgab diese schlanken spanischen Kinder, wie sie da leicht dahinschritten: die Knaben trugen breitwallende Federn auf den Hüten und kurze flatternde Mäntel, die Mädchen rafften die Schleppen ihrer langen Brokatgewänder und schirmten sich mit ungeheuren, schwarz und silbern gemusterten Fächern die Augen gegen die Sonne. Doch die Infantin war die anmutigste von allen, und ihr Anzug folgte wohl der etwas pomphaften Mode jener Zeit, übertraf an Schönheit aber den aller anderen. Ihr Kleid war aus grauem Atlas, am Saum und an den weiten gebauschten Ärmeln schwer mit Silber gestickt, und das steife Mieder zierten Reihen edler Perlen. Zwei winzige Pantöffelchen mit großen rosenroten Schleifen lugten unter ihrem Rock hervor, wenn sie ging. Rosenrot und perlenfarben war ihr großer Gazefächer, und in ihrem Haar, das gleich einer Aureole von mattem Golde starr um ihr blasses Gesichtchen stand, trug sie eine herrliche weiße Rose.

Von einem Fenster des Palastes schaute der schwermütige König düster den Kindern zu. Hinter ihm stand Don Pedro von Aragonien, sein Bruder, den er haßte; und sein Beichtiger, der Großinquisitor von Granada, saß an seiner Seite. Trauriger noch als sonst war der König; denn als er sah, wie die Infantin sich mit kindischer Grandezza gegen die versammelten Höflinge verneigte oder hinter ihrem Fächer über die verdrießliche Herzogin von Albuquerque lachte, von der sie stets begleitet war, da dachte er an die junge Königin, der Infantin Mutter, die erst vor kurzem – so schien es ihm – aus dem heiteren Frankreich hergekommen und in dem finsteren Prunk des spanischen Hofes dahingewelkt war: nur sechs Monate nach der Geburt ihres Kindes starb sie, ehe sie die Mandelbäume im Garten zweimal hatte blühen sehen oder des zweiten Jahres Frucht von dem knorrigen alten Feigenbaum gepflückt hatte, der in der Mitte des nun von Gras überwachsenen Hofes stand. So groß war seine Liebe zu ihr gewesen, daß er selbst dem Grabe wehrte, sie vor ihm zu verbergen. Ein maurischer Arzt hatte sie einbalsamiert, dem man zum Lohn für diesen Dienst das Leben schenkte, obgleich es, wie die Leute sagten, wegen Ketzerei und des Verdachts geheimer Zauberkünste der Inquisition bereits verfallen war; und der Leichnam der Königin lag noch jetzt in der schwarzen Marmorkapelle des Schlosses auf der teppichgeschmückten Bahre, so wie die Mönche sie vor fast zwölf Jahren an jenem stürmischen Märztag hereingetragen hatten. Einmal in jedem Monat ging der König, in einen dunklen Mantel gehüllt und eine umflorte Lampe in der Hand, zu ihr hinein und kniete an ihrer Seite und rief laut: »Mi reina! Mi reina« – und es konnte geschehen, daß er das feierliche Zeremoniell durchbrach, das in Spanien jede geringste Handlung regelt und sogar dem Leid eines Königs Schranken setzt, und in wilder Schmerzenspein die blasse, juwelenglänzende Hand ergriff und durch seine wahnsinnigen Küsse das kalte, geschminkte Antlitz zu erwecken suchte.

Heute meinte er sie wiederzusehen, wie er sie zum ersten Mal im Schloß von Fontainebleau gesehen hatte, als er erst fünfzehn Jahre zählte und sie noch weniger. Sie wurden damals durch den päpstlichen Nuntius und in Gegenwart des Königs von Frankreich und seines ganzen Hofes in aller Form einander verlobt, und dann war er in den Eskorial zurückgekehrt und hatte ein Löckchen blonden Haares mit sich genommen und die Erinnerung an zwei Kinderlippen, die sich zum Kuß über seine Hand geneigt, als er in seinen Wagen stieg. Später hatte die Vermählung stattgefunden, die in Burgos, einer kleinen Stadt unweit der Grenze beider Königreiche, in aller Eile vollzogen wurde, und der prunkhafte öffentliche Einzug in Madrid mit dem traditionellen feierlichen Hochamt in der Atocha-Kirche und einem Autodafé von mehr als gewöhnlicher Festlichkeit, bei dem nahezu dreihundert Ketzer, unter ihnen viele Engländer, der weltlichen Obrigkeit für den Scheiterhaufen überantwortet worden waren.
Gewiß, er hatte sie bis zum Wahnsinn geliebt, und manche meinten, zum Verderben seines Landes, das damals mit England im Krieg lag um die Herrschaft über die Neue Welt. Kaum hatte er ihr je gestattet, sich aus seinen Augen zu entfernen; um ihretwillen hatte er – so schien es jedenfalls – die ernsten Staatsgeschäfte vergessen; und in der furchtbaren Blindheit, mit der die Leidenschaft ihre Knechte schlägt, war es ihm entgangen, daß der auserlesene Pomp, durch den er ihr zu huldigen trachtete, ihr seltsames Leiden nur noch verschlimmerte. Als sie dann starb, war er eine Zeitlang wie von Sinnen. Fraglos hätte er dem Thron entsagt und sich in das große Trappistenkloster zu Granada zurückgezogen, dessen Titular-

prior er ohnehin schon war, hätte er sich nicht gescheut, die kleine Infantin in der Gewalt seines Bruders zurückzulassen, der wegen seiner Grausamkeit sogar in Spanien berüchtigt war und bei vielen in dem Verdachte stand, er habe den Tod der Königin dadurch herbeigeführt, daß er ihr bei ihrem Besuch auf seinem Schloß in Aragonien ein Paar vergiftete Handschuhe überreichte. Auch als die drei Jahre der öffentlichen Trauer verstrichen waren, die der König durch ein Edikt für den ganzen Bereich seiner Herrschaft angeordnet hatte, duldete er nie, daß seine Minister ihm von einer neuen Verbindung sprachen; und als der Kaiser selber zu ihm schickte und ihm die Hand seiner Nichte, der lieblichen Erzherzogin von Böhmen, antrug, da hieß er die Abgesandten ihrem kaiserlichen Herrn melden, der König von Spanien habe sich bereits der Trauer vermählt, und ob sie gleich eine unfruchtbare Gattin sei, so liebe er sie doch mehr als die Schönheit – eine Antwort, die seine Krone die reichen niederländischen Provinzen kostete, denn auf Betreiben des Kaisers und unter der Führung einiger kalvinistischer Fanatiker erhoben sich diese wenig später gegen ihn.

Die ganze Zeit seiner Ehe mit ihren wilden, feuerfarbenen Freuden und mit der entsetzlichen Qual ihres jähen Endes schien heute vor ihm aufzustehen, als er die Infantin auf der Terrasse spielen sah. Sie hatte der Königin bezaubernden Übermut, dieselbe eigenwillige Art, den Kopf zurückzuwerfen, denselben stolzgeschwungenen schönen Mund, dasselbe strahlende Lächeln – vrai sourire de France –, wenn sie hin und wieder zum Fenster aufblickte oder ihre kleine Hand den würdevollen spanischen Herren zum Kuß hinstreckte. Doch das laute Lachen der Kinder

schmerzte sein Ohr, und das helle, mitleidlose Sonnenlicht höhnte ihn in seinem Gram, und ihm schien – oder war es ein Wahn? –, ein schwerer Geruch wie von seltsamen Drogen, von Drogen, wie die Einbalsamierer sie verwenden, trübe die klare Morgenluft. Er barg sein Gesicht in den Händen, und als die Infantin abermals hinaufsah, waren die Vorhänge zugezogen, und der König hatte sich entfernt.
Enttäuscht verzog sie das Gesicht ein wenig und zuckte die Achseln. Er hätte an ihrem Geburtstag wirklich bei ihr bleiben können! Was lag schon an den dummen Staatsgeschäften? Oder war er in diese unheimliche Kapelle gegangen, in der Tag und Nacht die Kerzen brannten und die sie niemals betreten durfte? Wie töricht von ihm, da die Sonne doch so hell strahlte und alle Welt so glücklich war! Obendrein würde er das Stierkampfspiel versäumen, zu dem die Fanfare schon einlud, ganz zu schweigen von dem Puppentheater und all den anderen wunderbaren Dingen. Ihr Onkel und der Großinquisitor waren doch viel vernünftiger. Sie waren auf die Terrasse herausgekommen und sagten ihr nette Komplimente. So warf sie ihren hübschen Kopf zurück, und Don Pedros Hand ergreifend, schritt sie langsam die Stufen hinab nach einem Zelt aus purpurroter Seide, das am Ende des Gartens aufgeschlagen war, und die anderen Kinder folgten genau nach der Rangordnung, und die mit den längsten Namen gingen als erste hinter ihr.

Ein Zug phantastisch als Toreadore kostümierter adliger Knaben kam aus dem Zelt ihr entgegen, und der junge Graf von Tierra-Nueva, ein wunderbar schöner Jüngling von etwa vierzehn Jahren, entblößte seinen

Kopf mit all der Anmut des geborenen Hidalgos und Granden von Spanien und geleitete sie feierlich hinein zu einem kleinen Sessel aus Elfenbein und Gold, der auf einer erhöhten Estrade über der Arena stand. Die Kinder gruppierten sich rings um sie her, fächelten mit den großen Fächern und flüsterten untereinander, und Don Pedro und der Großinquisitor standen lachend am Eingang. Selbst die Herzogin – die Camarera Mayor wurde sie genannt –, eine hagere Frau mit harten Zügen und einer gelben Krause um den Hals, sah nicht ganz so mißlaunig aus wie gewöhnlich, und etwas wie ein kaltes Lächeln huschte über ihr runzliges Gesicht und verzog ihren dünnen blutlosen Mund.

Es war in der Tat ein wundervoller Stierkampf, viel hübscher, dachte die Infantin, als der wirkliche, zu dem man sie einmal in Sevilla geführt hatte, als der Herzog von Parma ihren Vater besuchte. Einige der Knaben sprengten auf Steckenpferden mit prächtigen Schabracken durch die Arena und schwangen lange Wurfspieße, die mit bunten Bändern lustig bewimpelt waren; andere gingen zu Fuß, schwenkten ihre Scharlachmäntel vor dem Stier und setzten leichtfüßig über die Schranke, wenn er sie angriff; und der Stier selbst war genau wie ein wirklicher Stier, obwohl er nur aus Weidenzweigen geflochten und das Fell darübergespannt war und obwohl er manchmal eigensinnig auf den Hinterbeinen rund um die Arena lief, was keinem wirklichen Stier jemals im Traume eingefallen ist. Er kämpfte aber auch ganz großartig, und die Kinder gerieten in solche Erregung, daß sie auf die Bänke sprangen und mit ihren Spitzentaschentüchern winkten und schrien: »Bravo toro! Bravo toro!« – und es klang genauso kennerhaft, als wären sie erwachsene

Leute. Zum Schluß jedoch, nach erbittertem Kampf, bei dem mehrere Steckenpferde erbarmungslos durchbohrt und ihre Reiter aus dem Sattel gehoben wurden, zwang der junge Graf von Tierra-Nueva den Stier auf die Knie; und nachdem er von der Infantin die Erlaubnis erhalten hatte, ihm den Coup de grâce zu geben, stieß er sein Holzschwert mit solcher Gewalt in den Nacken des Tieres, daß auf der Stelle der Kopf herunterflog und das lachende Gesicht des kleinen Monsieur de Lorraine zum Vorschein kam, des Sohns des französischen Gesandten in Madrid.
Darauf wurde unter großem Beifall die Arena geräumt, und zwei maurische Pagen in schwarz und gelbem Kleid schleppten feierlich die toten Steckenpferde hinweg; nach einer kurzen Pause aber, während der ein französischer Akrobat seine Künste auf dem Seil vorführte, erschienen auf der Bühne eines zu diesem Zweck errichteten kleinen Theaters italienische Puppen in der beinah klassischen Tragödie ›Sophonisbe‹. Sie spielten so gut und agierten so ungemein natürlich, daß die Augen der Infantin am Ende des Stückes ganz trüb von Tränen waren. Einige Kinder weinten wirklich und mußten mit Zuckerwerk getröstet werden, und sogar der Großinquisitor war zutiefst ergriffen und konnte sich nicht enthalten, zu Don Pedro zu sagen, der Gedanke sei ihm unerträglich, daß Puppen, die aus nichts als Holz und buntem Wachs bestehen und mechanisch an Drähten bewegt werden, solch furchtbaren Schicksalen ausgeliefert und so unglücklich sein sollten.
Ein afrikanischer Gaukler folgte; er hatte einen breiten flachen Korb mit einem roten Tuch darüber, und als er ihn in der Mitte der Arena niedergesetzt hatte, nahm er eine sonderbare Rohrflöte aus seinem Turban

und blies darauf. Nach ein paar Augenblicken begann sich's unter dem Tuch zu regen, und als die Flöte lauter und lauter erklang, streckten zwei grüngoldene Schlangen ihre seltsamen, spitzigen Köpfe darunter hervor und richteten sich langsam auf und wiegten sich hin und her zu der Musik, wie eine Pflanze sich in der Strömung wiegt. Die Kinder aber hatten Angst vor ihren gefleckten Kronen und den schnell hervorschießenden Zungen, und es gefiel ihnen viel besser, als der Gaukler ein winziges Orangenbäumchen aus dem Sand wachsen und niedliche weiße Blüten und Büschel echter Früchte tragen ließ; und als er gar den Fächer der kleinen Tochter des Marquis de Las-Torres ergriff und in einen blauen Vogel verwandelte, der im ganzen Zelt umherflog und sang, da kannten ihr Jubel und ihr Staunen keine Grenzen. Auch das feierliche Menuett der Tänzerknaben von Nuestra Señora del Pilar war entzückend schön. Die Infantin hatte die wundervolle Zeremonie noch nie gesehen, die jedes Jahr zur Maienzeit vor dem Hochaltar der Heiligen Jungfrau, und ihr zu Ehren, stattfindet; alle Mitglieder des spanischen Königshauses mieden nämlich die Kathedrale von Saragossa, seit ein wahnsinniger Priester – viele vermuten, im Solde der Königin Elisabeth von England – den Versuch unternommen hatte, dem Prinzen von Asturien eine vergiftete Hostie zu reichen. So wußte sie nur vom Hörensagen von dem sogenannten Unser-Lieben-Frauen-Tanz, und das Schauspiel, das sich ihr jetzt bot, war wirklich schön. Die Knaben trugen altertümliche Hofkleidung aus weißem Sammet, und ihre wunderlichen dreieckigen Hüte zierten Silberfransen und hohe Büschel von Straußenfedern; das blendende Weiß der Kleider im Sonnenlicht aber wurde noch gehoben durch das

Dunkel ihrer Gesichter und ihr langes schwarzes Haar. Alles war bezaubert von der ernsten Würde, mit der sie sich durch die verschlungenen Figuren des Tanzes bewegten, von der vollendeten Anmut ihrer gemessenen Gebärden und stolzen Verneigungen; und als sie ihren Tanz beendet und die breiten Federhüte vor der Infantin abgenommen hatten, dankte sie sehr gnädig für ihre Huldigung und tat ein Gelübde, dem Altar Unserer Lieben Frauen von Pilar eine große Wachskerze zu stiften, als Gegengabe für den Genuß, den sie ihr verdankte.
Ein Trupp schöner Ägypter – so wurden die Zigeuner in jenen Tagen genannt – betrat sodann die Arena; mit gekreuzten Beinen hockten sie im Kreise nieder und hoben an, leise auf ihren Zithern zu spielen; und die Körper nach der Melodie wiegend, summten sie kaum vernehmbar ein weiches, träumerisches Lied. Als sie Don Pedro gewahrten, blickten sie finster drein, und einige erschraken sehr, denn nur wenige Wochen zuvor hatte er zwei ihres Stammes wegen Hexerei auf dem Marktplatz von Sevilla hängen lassen, die hübsche Infantin dagegen entzückte sie, wie sie zurückgelehnt mit ihren großen blauen Augen über den Fächer schaute, und sie waren gewiß, daß ein so liebreizendes Geschöpf niemals grausam gegen jemand sein könne. So spielten sie ganz zart und verhalten weiter und rührten mit ihren langen zugespitzten Fingernägeln nur leicht an die Saiten der Zithern, und ihre Köpfe begannen zu nicken, als wollten sie in Schlaf versinken. Plötzlich aber, mit einem so gellenden Schrei, daß alle Kinder zusammenschraken und Don Pedros Hand an den Achatknauf seines Dolches fuhr, sprangen sie auf und jagten in tollem Wirbel um die Arena und schlugen die Tamburins und sangen

dazu ein wildes Liebeslied in den fremden kehligen Lauten ihrer Sprache. Dann, auf ein anderes Zeichen, schleuderten sich alle wieder auf den Boden und lagen reglos da, und das eintönige Gezirp der Zithern war der einzige Laut, der die Stille brach. Nachdem sie dies mehrere Male wiederholt hatten, verschwanden sie für einen Augenblick und kamen dann wieder und führten an einer Kette einen zottigen braunen Bären und trugen kleine Berberäffchen auf den Schultern. Der Bär stand mit unübertrefflicher Würde kopf, und die runzeligen Äffchen trieben allerhand lustigen Unfug mit zwei Zigeunerjungen, anscheinend ihren Lehrmeistern, und fochten mit winzigen Schwertern und feuerten Flinten ab und exerzierten ganz militärisch, genau wie des Königs eigene Leibgarde. Kurzum, die Zigeuner waren entschieden großartig.

Aber der spaßigste Teil des ganzen Vormittagsprogramms war ohne Frage der Tanz des Zwerges. Als er auf seinen krummen Beinen watschelnd in die Arena stolperte und sein ungeheurer, mißgestalter Kopf von einer Seite zur andern wackelte, da brachen die Kinder in helles Jauchzen aus, und die Infantin lachte selbst so sehr, daß die Camarera sich genötigt sah, sie an dieses zu erinnern: wenn es in Spanien auch Beispiele genug gab von Königstöchtern, die vor ihresgleichen geweint hatten, so gab es kein einziges Beispiel für eine Prinzessin von königlichem Geblüt, die vor Leuten minderen Ranges so vergnügt gewesen wäre. Aber der Zwerg war in der Tat unwiderstehlich komisch, und selbst am spanischen Hofe, den seit je eine dekadente Vorliebe für das Grausige auszeichnete, hatte man niemals ein so phantastisches kleines Scheusal erblickt. Zudem war heute sein erstes Auftreten in der Öffentlichkeit. Erst am Tage zuvor hatten ihn zwei adlige Herren entdeckt, die zufällig in einem abgelegenen Teil des großen, die Stadt umgebenden Korkeichenwaldes jagten; sie hatten ihn scheu durch den Wald laufen sehen und ins Schloß gebracht, als eine Geburtstagsüberraschung für die Infantin – sein Vater, ein armer Köhler, zeigte sich nur allzu froh, eines so häßlichen und nutzlosen Kindes ledig zu werden. Am meisten vielleicht ergötzte es alle, daß der Zwerg sich seines grotesken Aussehens gar nicht bewußt war. Im Gegenteil, er schien höchst vergnügt und zufrieden. Wenn die Kinder lachten, dann lachte er so frei und fröhlich wie nur irgendeines, und am Ende jedes Tanzes machte er vor jedem einzelnen die drolligsten Verbeugungen und lachte und nickte ihnen allen zu, ganz als ob er einer von ihnen wäre und nicht ein ungestalter kleiner Kerl, den die Natur in einer wunderlichen Laune gebildet hatte, damit andere seiner spotteten. Von der Infantin war er ganz bezaubert. Er konnte sich nicht sattsehen an ihr und schien nur für sie allein zu tanzen; und als die Infantin sich am Schluß seiner Vorführung erinnerte, wie die großen Damen des Hofes Blumensträuße zu dem berühmten italienischen Kastraten Caffarelli hinuntergeworfen hatten – den der Papst aus seiner eigenen Kapelle nach Madrid entsandt, daß er des Königs Schwermut durch den Wohllaut seiner Stimme vertreibe –, und sie die herrliche weiße Rose aus ihrem Haar nahm und sie teils aus Scherz, teils um die Camarera zu ärgern, dem Zwerg mit ihrem süßesten Lächeln zuwarf, da hielt er das alles für Ernst: die Blume an seine groben, rissigen Lippen drückend, legte er die Hand aufs Herz und sank vor der Infantin auf ein Knie und grinste dazu von einem Ohr zum andern, und seine kleinen hellen Augen leuchteten vor Freude.

Dies brachte die Infantin so um jede höfische Würde, daß sie lachte und lachte und immer noch lachte, als der Zwerg längst aus der Arena gelaufen war, und sie äußerte ihrem Onkel gegenüber den Wunsch, der Tanz solle sogleich wiederholt werden. Die Camarera erklärte indes, die Sonne scheine jetzt zu heiß, und es sei besser, wenn Ihre Hoheit unverzüglich in den Palast zurückkehre, wo ein wunderbares Festmahl auf sie warte und ein richtiger Geburtstagskuchen mit ihren Initialen aus buntem Zuckerguß und einem schönen wehenden Silberwimpel obenauf. Also erhob sich die Infantin sehr würdevoll, befahl, daß der Zwerg nach der Stunde der Siesta nochmals für sie tanzen solle, und drückte dem jungen Grafen von Tierra-Nueva ihren Dank für die entzückende Veranstaltung aus; danach zog sie sich wieder zurück in ihre Gemächer, und die Kinder folgten in derselben Reihenfolge, in der sie in das Zelt eingezogen waren.

Als der Zwerg hörte, daß er ein zweites Mal vor der Infantin tanzen sollte, und sogar auf ihren eigenen, ausdrücklichen Befehl, lief er vor Stolz in den Garten hinaus, küßte die weiße Rose in unsinnigem Überschwang und tat durch die linkischsten, plumpesten Gebärden sein Entzücken kund.

Die Blumen waren ganz entrüstet, weil er in ihr schönes Heim einzudringen wagte, und als sie ihn auf den Alleen hin und her seine Bocksprünge vollführen und die Arme auf solch lächerliche Weise über seinen Kopf schwenken sahen, da konnten sie ihre Gefühle nicht mehr bemeistern.

»Er ist wahrhaftig viel zu häßlich, um spielen zu dürfen, wo wir uns befinden«, riefen die Tulpen.

»Er sollte Mohnsaft trinken und in tausendjährigen

Schlaf verfallen«, sagten die großen Feuerlilien und wurden ganz hitzig vor lauter Ärger.

»Er ist ein wahres Scheusal!« zeterte der Kaktus. »Ja, er ist krumm und winzig, und sein Kopf ist viel zu groß für seine Beine. Mich kribbelt's am ganzen Leibe, wenn ich ihn nur sehe, und sollte er in meine Nähe kommen, will ich ihn mit meinen Stacheln stechen.«

»Und da hat er doch wahrhaftig eine meiner besten Blüten!« schrie der weiße Rosenstrauch. »Ich selbst habe sie heute morgen der Infantin als Geburtstagsgeschenk überreicht, und er hat sie ihr gestohlen.« Und er rief: »Dieb! Dieb! Dieb!«, so laut er nur konnte.

Sogar die roten Geranien, die sonst nicht so sehr die Vornehmen spielten und von denen man wußte, daß sie eine große Menge armer Verwandter hatten, schüttelten sich vor Widerwillen bei seinem Anblick; und als die Veilchen bescheiden bemerkten, er sei gewiß ausnehmend unschön, aber er könne das schließlich nicht ändern, da erwiderten sie sehr weise, dies eben sei sein Hauptfehler und es bestehe kein Grund, jemanden zu bewundern, weil sein Gebrechen unheilbar sei; und da hatten auch einige der Veilchen das Gefühl, die Häßlichkeit des Zwerges wirke schon fast anmaßend und er verriet viel mehr Geschmack, wenn er traurig oder wenigstens in sich gekehrt dreinschaute, statt lustig herumzuhüpfen und solch groteske und alberne Stellungen einzunehmen.

Die alte Sonnenuhr, eine hochbedeutende Persönlichkeit, denn sie hatte einstmals niemand Geringerem als Kaiser Karl dem Fünften selber die Zeit angesagt – die alte Sonnenuhr war so bestürzt über das Äußere des Zwerges, daß sie um ein Haar zwei volle Minuten mit ihrem langen Schattenfinger anzuzeigen vergessen hätte; und gegenüber dem großen milchweißen Pfau, der sich auf der Balustrade sonnte, konnte sie die Bemerkung nicht unterdrücken, ein jeder wisse ja, daß die Kinder von Königen Könige und die Kinder von Köhlern Köhler seien, und es wäre absurd, das zu bestreiten. Dieser Feststellung stimmte der Pfau vollständig bei, und er kreischte bekräftigend: »Sicherlich! sicherlich!« mit einer so lauten und mißtönenden Stimme, daß die Goldfische, die im Bassin des kühlen plätschernden Springbrunnens wohnten, ihre Köpfe aus dem Wasser streckten und die großen Steintritonen fragten, was in aller Welt denn los sei.

Die Vögel aber liebten ihn. Sie hatten ihn oft im Walde gesehen, wenn er wie ein Kobold hinter den wirbelnden Blättern hertanzte oder, in der Höhlung eines alten Eichbaums kauernd, die Eichhörnchen von seinen Haselnüssen mitessen ließ. Die Vögel nahmen ihm seine Häßlichkeit kein bißchen übel. Kein Wunder, denn die Nachtigall selber, die des Nachts so süß in den Orangenhainen sang, daß der Mond sich bisweilen niederbeugte, um ihr zuzuhören, sah ja eigentlich auch recht unscheinbar aus; und überdies war er immer freundlich zu den Vögeln, und während des furchtbar kalten Winters, als keine Beeren an den Bäumen hingen und der Boden hart wie Eisen war und die Wölfe auf der Suche nach Futter bis an die Tore der Stadt herankamen, da hatte er die Vögel nie vergessen, sondern ihnen immer Krumen von seinem Käntchen Schwarzbrot abgegeben und alles mit ihnen geteilt, wie kärglich sein Frühstück auch sein mochte.

So umflogen sie ihn immerfort und streiften im Fluge seine Wangen ganz leicht mit ihren Flügeln und schwatzten miteinander, und der Zwerg war so vergnügt, daß er nicht anders konnte: er mußte ihnen die herrliche weiße Rose zeigen und ihnen erzählen, wie die Infantin selber sie ihm gegeben hatte, weil sie ihn liebte.

Sie verstanden kein Sterbenswort von dem, was er sagte; aber das machte gar nichts, denn sie legten den Kopf auf die Seite und blickten sehr gescheit, und das ist genauso gut wie etwas verstehen, und obendrein sehr viel leichter.

Auch die Eidechsen faßten eine ganz große Zuneigung zu ihm, und als er des Herumlaufens müde war und sich ins Gras streckte, um auszuruhen, da spielten und tollten sie höchst ausgelassen über ihn hin und suchten ihn so gut zu unterhalten, wie sie nur konnten. »Es kann nicht jeder so schön sein wie eine Eidechse«, riefen sie, »das wäre zuviel verlangt. Und wenn es auch unsinnig klang, so was zu sagen: er ist eigentlich gar nicht so häßlich, vorausgesetzt natürlich, daß man die Augen zumacht und ihn nicht anguckt.« Die Eidechsen waren von ungeheuer philosophischer Natur und saßen oft Stunden um Stunden sinnend beisammen, wenn sie sonst nichts zu tun hatten oder wenn ihnen das Wetter zu regnerisch zum Spazierengehen war.

Die Blumen dagegen ärgerten sich fürchterlich über ihr Betragen und über das Betragen der Vögel. »Es zeigt wieder einmal«, sagten sie, »was dieses unausgesetzte Herumrennen und Hinundherfliegen für eine verrohende Wirkung hat. Wohlerzogene Leute bleiben stets auf genau derselben Stelle stehen, so wie wir. Nicht einer sah uns je die Alleen auf und nieder hopsen und unsinnig hinter Libellen durch das Gras stürmen. Brauchen wir Luftveränderung, so lassen wir den Gärtner kommen, und er trägt uns auf ein anderes

Beet. Das ist vornehm und comme il faut. Aber Vögel und Eidechsen besitzen keinen Sinn für Gelassenheit, die Vögel haben ja nicht einmal eine feste Adresse. Sie sind reine Vagabunden, wie die Zigeuner, und sollten entsprechend behandelt werden.« Damit reckten sie die Nasen in die Luft und blickten sehr hochmütig drein, und sie fühlten sich ganz erleichtert, als sie nach einiger Zeit sahen, wie der Zwerg sich aus dem Gras herausstrampelte und über die Terrasse auf den Palast zuging.

»Er sollte wahrhaftig für den Rest seines Erdenlebens eingesperrt werden«, sagten sie. »Seht nur seinen buckligen Rücken und die krummen Beine!« Und sie bogen sich vor Lachen.

Der Zwerg aber wußte von alledem nichts. Er hatte die Blumen und die Eidechsen schrecklich gern, und er hielt die Blumen für die wundervollsten Geschöpfe von der Welt, ausgenommen selbstverständlich die Infantin; aber die hatte ihm die herrliche weiße Rose geschenkt, und sie liebte ihn, und das war etwas ganz anderes. Wie er wünschte, daß er vorhin mit ihr zum Schloß gegangen wäre! Sie hätte ihn zu ihrer Rechten sitzen lassen und ihm zugelächelt, und er wäre nie von ihrer Seite gewichen, sondern er hätte sie zu seiner Spielgefährtin gemacht und sie allerhand prächtige Kunststücke gelehrt. Denn wenn er auch nie zuvor in einem Palast gewesen war, so konnte er doch eine ganze Menge großartige Dinge. Er konnte aus Binsen kleine Käfige für die Grashüpfer bauen, damit sie darin musizierten, und aus dem langgliedrigen Bambus die Flöte schneiden, die Pan zu hören liebt. Er kannte jeden Vogelruf und wußte den Star aus dem Baumwipfel zu locken oder den Reiher vom See. Er kannte eines jeden Tieres Fährte und wußte den Hasen an dem zierlichen Abdruck seiner Füße aufzuspüren und den Eber an den zertretenen Blättern. Er hatte den Wind alle seine Tänze tanzen sehen: den rasenden Tanz im roten Kleid mit dem Herbst, den leichten Tanz in blauen Sandalen über dem sommerlichen Korn, den Tanz mit weißen Flockenkränzen im Winter und den Blütentanz durch die Obstgärten im Lenz. Er wußte, wo die Wildtauben ihre Nester bauten, und einmal, als ein Vogelsteller die alten Vögel in seinen Schlingen gefangen, da hatte er selber die Jungen aufgezogen und ihnen im Spalt einer gekappten Ulme einen kleinen Taubenschlag gebaut. Sie waren ganz zahm und pickten jeden Morgen ihr Futter aus seinen Händen. Sie würden ihr gefallen, und auch die Kaninchen, die im hohen Farn umherjagten, und die Eichelhäher mit den stahlblauen Schwingen und den schwarzen Schnäbeln, und die Igel, die sich zu Stachelkugeln zusammenrollen konnten, und die großen weisen Schildkröten, die so bedächtig ihres Weges krochen, die Köpfe wiegten und an den jungen Blättern nippten. Ja, unbedingt mußte sie in den Wald hinauskommen und mit ihm spielen. Er würde ihr sein eigenes Bettchen geben und vor dem Fenster bis zum Morgendämmer Wache halten, daß ihr kein Tier mit wütendem Horn ein Leid antäte und die dürren Wölfe der Hütte nicht zu nahe kämen. Und am Morgen würde er leise an die Fensterläden pochen und sie wecken, und dann würden sie hinauslaufen und den ganzen Tag lang tanzen. Es war bestimmt kein bißchen einsam im Walde. Manchmal ritt ein Bischof auf seinem weißen Maultier hindurch und las in einem Buch mit bunten Bildern. Manchmal zogen die Falkeniere vorbei, mit ihren grünen Sammethauben und mit den Wämsern aus gegerbter Hirschhaut, und trugen bekappte Falken auf der Faust. Zur Weinlesezeit kamen die Traubenkelterer, purpurn an Händen und Füßen und bekränzt mit blankem Efeu, und schleppten tropfende Schläuche voll Wein; und die Köhler saßen zur Nacht rund um ihre großen Kohlenpfannen, sahen den trockenen Holzscheiten zu, die langsam in der Glut verkohlten, und rösteten Kastanien in der Asche; und die Räuber kamen aus ihren Höhlen hervor und waren lustig mit ihnen. Einmal auch hatte er eine glänzende Prozession gesehen, die sich die lange staubige Straße nach Toledo aufwärtswand. Mönche schritten voraus und trugen bunte Banner und Kreuze aus Gold und sangen so schön; dahinter gingen Soldaten in silbernen Rüstungen mit Musketen und Piken, und in ihrer Mitte wandelten drei barfüßige Männer in seltsamen gelben Röcken, die über und über mit wunderlichen Zeichen bemalt waren, und hielten brennende Kerzen in den Händen. O ja, vieles war im Walde zu sehen; und wenn sie müde wurde, dann wollte er schon eine weiche Moosbank für sie finden oder sie auf seinen Armen tragen; denn er war sehr stark, obwohl nicht groß – das wußte er. Er würde ihr ein Halsband aus roten Beeren winden, die sähen ebenso hübsch aus wie die weißen Beeren, die sie an ihrem Kleide hatte, und wenn sie ihrer überdrüssig wäre, könnte sie sie wegwerfen, und er würde andere für sie suchen. Er würde ihr Eichelnäpfchen bringen und betaute Anemonen, und winzige Glühwürmchen als Sterne in dem blassen Gold ihres Haars.

Wo aber war sie? Er fragte die weiße Rose, doch sie gab ihm keine Antwort. Das ganze Schloß schien zu schlafen, und auch wo die Jalousien nicht herabgelassen waren, hatte man schwere Vorhänge vor die Fenster gezogen, um das grelle Sonnenlicht auszusperren. Er wanderte überall umher und spähte nach einer Tür, durch die er hineingelangen könnte; da endlich erblickte er ein kleines offenstehendes Pförtchen. Er schlüpfte hindurch und fand sich in einer prächtigen Vorhalle – weit prächtiger, fürchtete er, als der Wald; denn überall glänzte und schimmerte es von Gold, und selbst der Fußboden bestand aus großen farbigen Steinen, die sich wie zu einem geometrischen Muster zusammenfügten. Aber die kleine Infantin war nicht da, nur wundervolle weiße Statuen blickten von ihren Jaspispostamenten auf ihn nieder, aus traurigen, leeren Augen und seltsam lächelnden Mundes.

Am Ende der Halle hing ein reichgestickter Vorhang aus schwarzem Sammet, der war übersät mit Sonnen und Sternen, des Königs Lieblingssymbolen, und in der Farbe gestickt, die ihm die liebste war. Vielleicht versteckte sie sich dahinter? Nachsehen mußte er auf jeden Fall.

So schlich er ganz leise hinüber und zog den Vorhang zur Seite. Nein; er erblickte nur einen anderen Raum, allerdings kam dieser ihm viel hübscher vor als der, den er soeben verlassen hatte. Die Wände waren mit figurenreichen grünen Arrazzi behangen, handgewirkten Teppichen, die Jagdszenen darstellten; flandrische Künstler hatten sie in mehr als sieben Jahre währender Arbeit geschaffen. In diesem Gemach wohnte einst Jean le Fou, wie man jenen wahnsinnigen König nannte, der von der Jagdleidenschaft derart besessen war, daß er in seiner Raserei oftmals versuchte, die gewaltigen bäumenden Rosse des Wandteppichs zu besteigen und den Hirsch herabzureißen, auf den die großen Hetzhunde sprangen; dabei stieß er ins Hifthorn und stach mit seinem Dolche nach dem ermatteten flüchtigen Wild. Sein Gemach diente jetzt als Beratungszimmer, und auf dem Tisch in der Mitte lagen die roten Portefeuilles der Minister; die goldenen Tulpen von Spanien waren darauf geprägt und das Wappen und die Embleme des Hauses Habsburg.

Der Zwerg schaute staunend rings in die Runde und fürchtete sich fast weiterzugehen. Die merkwürdigen, schweigsamen Reiter, die so geschwind und unhörbar durch die weiten Lichtungen galoppierten, erschienen ihm wie die entsetzlichen Gespenster, von denen er die Köhler hatte sprechen hören – jene Comprachos, die nur zur Nachtzeit jagen und den Menschen, wenn sie einem begegnen, in eine Hindin verwandeln, um dann Jagd auf ihn zu machen. Doch er dachte an die reizende Infantin und faßte Mut. So gern wollte er sie allein antreffen und ihr sagen, daß auch er sie liebe. Vielleicht war sie in dem Zimmer nebenan.

Er lief über die weichen maurischen Teppiche und öffnete die Tür. Nein! Auch hier war sie nicht. Das Zimmer war ganz leer.

Es war ein Thronsaal für die Empfänge von fremden Gesandten, wenn, was in der letzten Zeit nicht mehr oft geschah, der König eingewilligt hatte, ihnen eine persönliche Audienz zu gewähren: derselbe Saal, in dem viele Jahre zuvor Abgesandte aus England erschienen waren, um über eine Verbindung ihrer Königin – damals einer der katholischen Fürstinnen Europas – mit des Kaisers ältestem Sohn zu verhandeln. Die Wände waren hier mit vergoldetem korduanischem Leder bespannt, und ein schwerer goldener Kronleuchter mit Armen für dreihundert Wachskerzen hing von der schwarzweißen Decke hernieder. Unter einem großen, Perle an Perle mit den Löwen und

Türmen Kastiliens bestickten Baldachin aus Goldbrokat stand der Thron selbst; ihn bedeckte ein reicher schwarzsamtener Mantel, den silberne Tulpen und kunstvolle Fransen von Silber und Perlen zierten. Auf der zweiten Stufe des Thrones stand der Infantin Knieschemel mit seinem Kissen aus silberdurchwirktem Tuch, und wiederum unter diesem und außerhalb des von dem Baldachin überdachten Platzes der Sessel für den päpstlichen Nuntius, der allein das Recht hatte, in Gegenwart des Königs bei allen öffentlichen Zeremonien zu sitzen; sein Kardinalshut mit den geknoteten Scharlachquasten lag auf einem purpurnen Taburett vor seinem Stuhl. An der Wand im Angesicht des Thrones hing ein lebensgroßes Porträt Karls des Fünften im Jagdanzug, mit einer großen Dogge ihm zur Seite; und ein Bildnis Philipps des Zweiten, die Huldigung der Niederlande entgegennehmend, füllte die Mitte der anderen Wand. Zwischen den Fenstern stand ein schwarzer Ebenholzschrank; er war mit Elfenbeinplatten eingelegt, in die Szenen aus Holbeins Totentanz geschnitten waren – von des berühmten Meisters eigener Hand, wie manche sagten.
Aber der Zwerg machte sich gar nichts aus all dem Prunk. Er hätte seine Rose nicht für sämtliche Perlen des Thronhimmels hingegeben und nicht ein einziges weißes Blütenblatt für den Thron selbst. Er begehrte nichts sonst, als die Infantin zu sehen, bevor sie zu dem Zelt hinunterging, und er wollte sie bitten, mit ihm zu kommen, wenn er seinen Tanz beendet hatte. Hier im Palast war die Luft schwer und schwül, aber im Walde wehte der freie Wind, und das Sonnenlicht streifte mit rastlosen Goldhänden die bebenden Blätter beiseite. Auch Blumen gab es draußen im Wald, nicht so prächtige vielleicht wie die Blumen im Garten, aber

dafür von um so süßerem Duft: Hyazinthen im ersten Frühjahr, die mit Purpurwogen die kühlen Schluchten, die grasigen Hügel überfluteten; gelbe Schlüsselblumen, die sich in kleinen Büscheln um die knorrigen Wurzeln der Eichenbäume schmiegten; buntes Schellkraut und blauen Ehrenpreis und Iris in Lila und Gold. Graue Kätzchen hingen von den Haselbüschen, und der rote Fingerhut neigte sich unter dem Gewicht seiner gesprenkelten, bienenschweren Glocken. Die Kastanie trug Türmchen von weißen Sternen und der Dorn seine bleichen Monde, aus eitel Schönheit gebildet. Ja, sicherlich würde sie kommen, wenn er sie nur fände! Sie würde mit ihm kommen in den holden Wald, und den ganzen Tag wollte er tanzen, um sie zu erfreuen. Ein Lächeln leuchtete in seinen Augen, als er das dachte; und er ging weiter und trat in den nächsten Raum.

Von allen Gemächern war dieses das glänzendste und schönste. Die Wände bedeckte ein rotblumiger Luccheser Damast, mit Vögeln gemustert und bestreut mit zarten Silberblüten; die Möbel waren aus massivem Silber und mit Blumenranken bekränzt, auf denen Liebesgötter sich schaukelten; vor den beiden mächtigen Kaminen standen große, mit Papageien und Pfauen bestickte Schirme, und der Fußboden aus seegrünem Onyx schien sich in weite Fernen hinzudehnen. Auch war der Zwerg hier nicht allein. Im schattendunklen Türeingang am äußersten Ende des Gemachs erblickte er ein kleines Wesen, das ihn anschaute. Sein Herz erbebte, ein Freudenschrei entfloh seinen Lippen, und er trat näher, ins helle Sonnenlicht. Als er sich so bewegte, trat auch die Gestalt näher heran, und er sah sie nun deutlich.

Die Infantin? Nein, ein Scheusal, das lächerlichste

Scheusal, dem er je begegnet war. Nicht wohlgestalt wie alle anderen Menschen, sondern bucklig und krummbeinig, mit riesengroßem, hängendem Kopf und einer Mähne schwarzen Haares. Der Zwerg runzelte die Stirn, auch das Scheusal runzelte die seine. Er lachte, und es lachte mit und stemmte die Hände in die Seiten, genau wie er es tat. Er machte ihm eine höhnische Verbeugung, und es erwiderte mit einer tiefen Reverenz. Er trat auf das rätselhafte Wesen zu, und es kam ihm entgegen und äffte jeden Schritt nach, den er ging, und blieb stehen, sobald er selber stand. Er schrie laut vor Vergnügen, rannte vorwärts und streckte seine Hand aus, und des andern Hand berührte seine, und war kalt wie Eis. Er bekam Angst und bewegte seine Hand hin und her, und die Hand des andern folgte ihm schnell. Er versuchte vorwärtszudringen, aber etwas Glattes, Hartes gebot ihm Einhalt. Das Gesicht des Scheusals war jetzt seinem eigenen ganz nah und schien voll Entsetzen. Er strich sich das Haar aus den Augen. Es ahmte ihm nach. Er hieb nach ihm, und es gab ihm Schlag um Schlag zurück. Er verzog das Gesicht vor Ekel, und es zeigte ihm angewiderte Grimassen. Er wich zurück, und es entfernte sich.

Was war das? Er dachte einen Augenblick nach und schaute im Zimmer um sich. Wie seltsam! jeder Gegenstand schien sich in dieser unsichtbaren Wand aus klarem Wasser zu wiederholen. Ja, Bild für Bild und Sessel für Sessel, alles hatte dort sein Widerspiel. Der schlafende Faun, der in der Nische neben der Tür lagerte, hatte seinen schlummernden Zwillingsbruder, und die silberne Venus im Sonnenglanz hob ihre Arme einer zweiten Venus entgegen, einer ebenso lieblichen wie sie selbst.

War es ein Echo? Er hatte das Echo einstmals im Tale gerufen, und es hatte ihm erwidert, Wort um Wort. Konnte es das Auge narren wie das Ohr? Konnte es eine scheinbare Welt der wirklichen zum Verwechseln gleich sein lassen? Konnten die Schatten der Dinge Farbe gewinnen und Leben und Bewegung? Konnte es möglich sein, daß ...?
Er schauderte, und die herrliche weiße Rose von seiner Brust reißend, wandte er sich und küßte sie. Auch das Scheusal hatte eine weiße Rose, Blatt für Blatt der seinen gleich! Er küßte sie mit den gleichen Küssen und drückte sie mit gräßlichen Gebärden an sein Herz.
Als ihm die Wahrheit aufdämmerte, stieß er einen wilden Verzweiflungsschrei aus und sank schluchzend auf den Boden nieder. Er selber war es also, er selber mißgestalt und bucklig, ein Abscheu dem Auge und über alle Maßen lächerlich. Er selber war das Scheusal, und über ihn hatten die Kinder gelacht; und die kleine Prinzessin, von der er geglaubt, daß sie ihn liebe – auch sie hatte nur seine Häßlichkeit gehöhnt und sich über seine verkrümmten Glieder lustig gemacht. Warum hatten sie ihn nicht im Walde gelassen, wo es keinen Spiegel gab, der ihm sagte, wie widerlich er war? Warum hatte sein Vater ihn nicht lieber getötet, statt ihn zu seiner Schande zu verkaufen? Heiße Tränen strömten über seine Wangen, und er riß die weiße Rose in Fetzen. Das Scheusal zuckte krampfhaft, tat wie er und streute die welken Rosenblätter in die Luft. Es lag bäuchlings am Boden, und als er es ansah, betrachtete es ihn mit schmerzverzogenem Gesicht. Er kroch hinweg, um den anderen nicht mehr zu sehen, und deckte seine Augen mit den Händen. Gleich der verwundeten Kreatur schleppte er sich in den Schatten und blieb dort stöhnend liegen.

Und in diesem Augenblick kam die Infantin mit ihren Gespielen durch die offene Balkontür herein, und als sie sahen, wie der häßliche Zwerg am Boden lag, ein Zerrbild überschäumender Verzweiflung, und mit den geballten Fäusten um sich schlug, da brachen sie in fröhlich lautes Gelächter aus und standen rings um ihn und schauten ihm zu.
»Sein Tanz war spaßig«, sagte die Infantin, »aber sein Spiel ist noch viel spaßiger. Er macht es wirklich beinah so gut wie die Marionetten, nur nicht ganz so natürlich; das ist ja klar.« Und sie ließ ihren großen Fächer schwirren und klatschte Beifall.
Aber der Zwerg blickte nicht mehr auf, und sein Schluchzen ward schwächer und schwächer, und plötzlich schnappte er ganz sonderbar nach Luft und griff nach seiner Seite. Und dann fiel er wieder zurück und lag ganz still.
»Das war großartig«, sagte die Infantin nach einer Pause, »aber nun mußt du für mich tanzen.«
»Ja«, riefen die Kinder alle, »du mußt aufstehen und tanzen, denn du tanzest so schön wie die Berberäffchen und bist viel, viel mehr zum Lachen.«
Aber der Zwerg antwortete nicht.
Und die Infantin stampfte mit dem Fuß und schrie nach ihrem Onkel, der mit dem Kammerherrn auf der Terrasse hin und her wanderte und die soeben aus Mexiko eingegangenen Depeschen las; in Mexiko war nämlich vor kurzem die Heilige Inquisition eingeführt worden. »Mein spaßiger kleiner Zwerg hat schlechte Laune«, rief sie; »Sie müssen ihn wecken und ihm sagen, daß er für mich tanzen soll.«
Die beiden Herren blickten einander lächelnd an und schlenderten ins Haus, und Don Pedro bückte sich und klapste den Zwerg mit seinem gestickten Handschuh

auf die Backe. »Du sollst tanzen, kleines Scheusal«, sagte er. »Du sollst tanzen. Die Infantin von Spanien und beiden Indien wünscht, sich zu amüsieren.«
Aber der Zwerg rührte sich nicht.
»Man sollte nach dem Peitschenmeister schicken«, sagte Don Pedro gelangweilt und ging wieder hinaus auf die Terrasse. Der Kammerherr aber blickte ernst, und er kniete neben dem Zwerg und legte die Hand auf des Kleinen Herz. Und nach ein paar Augenblicken zuckte er die Achseln und stand auf, und als er sich lange und tief vor der Infantin verneigt hatte, sagte er:
»Mi bella princesa, Ihr spaßiger kleiner Zwerg wird nie mehr tanzen. Das ist schade, denn er ist so häßlich, daß er vielleicht auch den König zum Lächeln gebracht hätte.«
»Aber warum wird er denn nicht wieder tanzen?« fragte die Infantin lachend.
»Weil sein Herz gebrochen ist«, antwortete der Kammerherr.
Und die Infantin runzelte die Stirn, und die zarten Rosenblätter ihrer Lippen kräuselten sich in zierlicher Verachtung. »Sorgen Sie in Zukunft dafür, daß die Leute, die mit mir spielen dürfen, keine Herzen haben«, rief sie und lief in den Garten hinaus.

DER FISCHER UND SEINE SEELE

Jeden Abend ruderte der junge Fischer hinaus aufs Meer und warf seine Netze aus.

Wenn der Wind vom Lande her wehte, fing er nichts oder doch nur wenig, denn es war ein böser, schwarzbeschwingter Wind, und ungestüme Wogen bäumten sich ihm entgegen. Doch wenn der Wind zur Küste wehte, kamen die Fische aus den Meerestiefen und schwammen zwischen die Maschen seiner Netze, und er brachte sie zum Markte und verkaufte sie.

Jeden Abend ruderte er aufs Meer hinaus, und eines Abends war sein Netz so schwer, daß er es kaum ins Boot heraufziehen konnte. Und er lachte und sprach bei sich selber: »Wahrlich, ich habe alle Fische gefangen, die in den Fluten schwimmen, oder eins der trägen Meerungeheuer, über das die Leute staunen werden, oder einen Gegenstand des Grauens, wonach die große Königin verlangen wird.« Und er nahm all seine Kraft zusammen und holte die groben Leinen an, bis, gleich Schnüren aus blauem Schmelz rings um ein Bronzegefäß, die langen Adern an seinen Armen schwollen. Er holte die dünnen Leinen an, und näher und näher kam der Ring flacher Korke, und endlich stieg das Netz an die Oberfläche des Wassers.

Aber weder ein Fisch war darin noch ein Meerungeheuer noch ein Gegenstand des Grauens, nur eine kleine Meermaid lag darin, in tiefem Schlaf.

Ihr Haar war wie ein feuchtes Vlies aus Gold, und jedes einzelne Haar wie ein Faden feinen Goldes im Glase einer Schale. Ihr Leib war wie weißes Elfenbein, und ihr Schweif war aus Silber und Perlmutt. Silbern

und perlmuttschillernd war ihr Schweif, und der grüne Seetang schlang sich um ihn her; den Meermuscheln glichen ihre Ohren, und ihre Lippen glichen den Korallen der See. Die kühlen Wogen rannen über ihre kühlen Brüste, und Salz glitzerte auf ihren Augenlidern.
Sie war so schön, daß Staunen den jungen Fischer erfaßte, da er sie sah, und er streckte seine Hand aus und zog das Netz nahe zu sich heran, und er neigte sich über den Bootsrand und umfing sie mit seinen Armen. Und als er sie anrührte, stieß sie einen Schrei aus wie eine aufgescheuchte Möwe, und erwachte und sah ihn erschrocken an mit ihren purpur-amethystenen Augen und rang, daß sie sich ihm entwände. Er aber hielt sie fest in seinem Arm und wollte sie nicht von sich lassen.
Und da sie merkte, daß sie ihm auf keine Art entfliehen konnte, fing sie zu weinen an und sprach: »Ich bitte dich, laß mich ziehen, denn ich bin eines Königs einzige Tochter, und mein Vater ist alt und allein.«
Doch der junge Fischer antwortete: »Ich will dich nicht ziehen lassen, es sei denn, du gelobtest mir, zu kommen und für mich zu singen, wann immer ich dich rufe; die Fische hören gern dem Sang des Meervolks zu, und also werden meine Netze voll sein.«
»Willst du mich in Wahrheit ziehen lassen, wenn ich dir dies gelobe?« rief die Meermaid.
»Wahrlich, ich will dich ziehen lassen«, sagte der junge Fischer.
So tat sie das Gelöbnis, das er von ihr verlangte, und beschwor es mit dem Eid des Meervolks. Und er löste seine Arme von ihrem Leib, und sie sank zurück in die Flut, und eine fremde Angst durchschauerte sie.

Jeden Abend ruderte der junge Fischer hinaus aufs Meer und rief die Meermaid, und sie stieg aus dem

Wasser und sang für ihn. Rings um sie her schwammen die Delphine, und die wilden Möwen kreisten ihr zu Häupten.
Und sie sang einen wundervollen Sang. Denn sie sang von dem Meervolk, das seine Herden von Wasserhöhle zu Wasserhöhle weidet und die kleinen Kälber auf den Schultern trägt; von den Tritonen mit langem grünem Bart und haariger Brust, die in gewundene Muschelhörner stoßen, wenn der König vorüberzieht; vom Königspalast, der ganz aus Bernstein erbaut ist, mit einem Dach aus lichtem Smaragd und dem Pflaster aus hellem Perlmutt; und von den Gärten der See, wo die großen Filigranwedel der Korallen den ganzen Tag lang hin und wider schwingen, wo die Fische aufschießen gleich Silbervögeln und die Anemonen sich an die Felsen schmiegen und die rosa Nelken im gerippten gelben Sande sprießen. Sie sang von den großen Walen, die von den Nordmeeren herkommen und denen spitzige Eiszapfen an den Finnen hangen; von den Sirenen, die von so wundersamen Dingen sangen, daß die Schiffer auf den Kauffahrern sich die Ohren mit Wachs verstopfen müssen, damit sie ihre Mär nicht hören und in die See springen und ertrinken; von den gesunkenen Galeeren mit ihren schlanken Masten und dem Tauwerk, in das sich die Seeleute mit erstarrten Händen klammern, indes durch die offenen Stückpforten die Makrelen ein und aus schwimmen; von den kleinen Entenmuscheln, die große Wandersleute sind, sich an die Schiffskiele heften und weit um die weite Welt mit ihnen reisen; und von den Tintenfischen, die an den Flanken der Klippen wohnen und ihre langen schwarzen Arme ausstrecken und die Nacht herbeirufen können, wann es ihnen beliebt. Sie sang vom Nautilus, der sein eigenes Boot besitzt,

aus einem Opal geschnitten und gesteuert mit einem seidenen Segel; von den glücklichen Meermännern, die die Harfe schlagen und den großen Kraken in Schlaf versenken können; von den kleinen Kindern, die sich die schlüpfrigen Tümmler einfangen und lachend auf ihren Rücken reiten; von den Meerjungfrauen, die im weißen Schaume liegen und die Arme den Matrosen entgegenrecken; und von den Seelöwen mit den gebogenen Fangzähnen und von den Seepferden mit ihren flutenden Mähnen.

Und da sie sang, kamen all die Thunfische aus der Tiefe herauf, ihr zuzuhören, und der junge Fischer warf seine Netze um die Fische und fing sie, und andere erlegte er mit einem Speer. Und wenn sein Boot vollbeladen war, lächelte die Meermaid ihm zu und sank hinab in die See.

Niemals jedoch kam sie ihm so nahe, daß er sie hätte berühren können. Oft rief er sie und flehte sie an, aber sie weigerte sich; und wenn er sie zu fassen suchte, tauchte sie ins Wasser, wie eine Robbe taucht, und an diesem Tage sah er sie nicht mehr. Und jeden Tag klang der Laut ihrer Stimme seinen Ohren süßer. So süß war ihre Stimme, daß er der Netze vergaß und seiner List und nicht auf sein Handwerk merkte. Mit zinnoberroten Flossen und mit Augen aus gebuckeltem Gold zogen die Thunfische in Scharen vorbei, er aber achtete ihrer nicht. Sein Speer lag müßig, und seine Körbe aus geflochtenen Weidenruten blieben leer. Geöffneten Mundes und mit Augen, dunkel vor Staunen, saß er tatenlos in seinem Boot und lauschte – lauschte, bis die Seenebel ihn rings umschlangen und der wandelnde Mond ihm die braunen Glieder mit Silber hellte.

Und eines Abends rief er sie und sprach: »Kleine

Meermaid, kleine Meermaid, ich liebe dich. Laß mich dein Bräutigam sein, denn ich liebe dich.«

Aber die Meermaid schüttelte den Kopf. »Du hast eine Menschenseele«, erwiderte sie. »Nur wenn du deine Seele aus dir verstießest, nur dann könnte ich dich lieben.«

Und der junge Fischer sprach bei sich selbst: »Was nützt mir meine Seele? Ich kann sie nicht sehen. Ich kann sie nicht fühlen. Ich kenne sie nicht. Wahrlich, ich will sie aus mir verstoßen, und große Wonne soll mein sein.« Und ein Freudenruf brach von seinen Lippen, und er stand auf in dem bunten Boot und öffnete der Meermaid seine Arme. »Ich will meine Seele aus mir verstoßen«, rief er, »und du sollst meine Braut und ich will dein Bräutigam sein, und in den Tiefen der See wollen wir zusammen wohnen, und all das, von dem du gesungen hast, sollst du mir weisen, und alles, was du wünschest, will ich für dich tun, und nichts soll unsre Leben scheiden.«

Und die kleine Meermaid lachte vor Freude und bedeckte ihr Gesicht mit den Händen.

»Wie aber soll ich meine Seele aus mir verstoßen?« rief der junge Fischer. »Sag mir, was ich tun muß, und sieh! es soll geschehen.«

»Ach, ich weiß es nicht!« sagte die kleine Meermaid, »wir vom Meervolk haben keine Seelen.« Und sie blickte ihn wehmütig an und sank zurück in die Tiefe.

Früh am nächsten Morgen, ehe die Sonne die Spanne einer Männerhand hoch über dem Hügel stand, ging der junge Fischer zum Hause des Priesters und klopfte dreimal an die Tür.

Der Novize blickte durchs Pförtchen, und als er sah, wer Einlaß begehrte, zog er den Riegel zurück und sagte: »Komm herein.«
Und der junge Fischer trat ins Haus und kniete nieder auf den süßduftenden Binsen des Bodens und rief den Priester an, der laut aus der Heiligen Schrift vorlas, und sprach zu ihm: »Vater, ich liebe eine aus dem Meervolk, und meine Seele hindert mich, daß ich nach meinem Wunsche tue. Sag mir, wie ich meine Seele aus mir verstoßen kann, denn fürwahr, ich bedarf ihrer nicht. Was gilt mir meine Seele? Ich kann sie nicht sehen. Ich kann sie nicht fühlen. Ich kenne sie nicht.«
Und der Priester schlug sich die Brust und antwortete: »Wehe! wehe! dein Geist ist wirr, oder du hast von einem giftigen Kraut genossen, daß du vergissest: die Seele ist des Menschen edelstes Teil und ward uns von Gott gegeben, damit wir sie zum Edlen nützen. Nichts ist kostbarer als eine Menschenseele, und nichts Irdisches vermag sie aufzuwiegen. Sie ist wert alles Goldes hienieden und kostbarer als die Rubine der Könige. Deshalb, mein Sohn, denke nicht länger an diese Sache, denn sie ist eine Sünde, für die es nun und nimmer Vergebung gibt. Und was das Meervolk anlangt – sie alle sind verloren, und wer mit ihnen Umgangs pflegen wollte, der wäre verloren mit ihnen. Sie sind wie die Tiere des Feldes, die das Gute nicht vom Bösen kennen, und nicht für sie ist der Herr gestorben.«
Des jungen Fischers Augen füllten sich mit Tränen, als er die harten Worte des Priesters hörte, und er stand auf von seinen Knien und sprach zu ihm: »Vater, die Faune wohnen im Hain und freuen sich ihres Lebens, und auf den Klippen sitzen die Meermänner

mit ihren Harfen aus rotem Gold. Ich flehe dich an, laß mich sein wie sie, denn ihre Tage sind wie die Tage der Blumen. Und meine Seele? was kann meine Seele mir eintragen, wenn sie zwischen mir und meiner Liebe steht?«

»Die Liebe des Leibes ist sündig«, schrie der Priester und runzelte die Stirn, »und sündig und böse sind die Heidenwesen, denen Gott gestattet, daß sie durch seine Welten wandeln. Fluch über die Faune des Waldes, und Fluch über die Sänger in der See! Oftmals höre ich sie singen zur Nachtzeit, und sie trachten, mich von meinem Rosenkranz hinwegzulocken. Sie rühren ans Fenster und lachen. Sie raunen mir die Märchen von ihren verderblichen Wonnen ins Ohr. Sie versuchen mich mit Versuchungen, und wenn ich beten will, grinsen sie scheel nach mir. Sie sind verloren, sag ich dir, verloren sind sie. Denn für sie ist nicht Himmel noch Hölle, und nicht da noch dort sollen sie Gottes Namen preisen.«

»Vater«, rief der junge Fischer, »du weißt nicht, was du sagest. In meinem Netze fing ich jüngst die Tochter eines Königs. Sie ist schöner als der Morgenstern und weißer als der Mond. Um ihren Leib gäbe ich freudig meine Seele, und um ihre Liebe schwüre ich dem Himmel ab. Sag mir, was ich von dir erbitte, und laß mich in Frieden ziehen.«

»Hinweg! Hinweg!« schrie der Priester. »Deine Buhle ist verdammt, und du sollst verdammt sein mit ihr.« Und er gab ihm keinen Segen, sondern trieb ihn von seiner Tür.

Und der junge Fischer ging hinab zum Marktplatz, und er schritt langsam und gesenkten Hauptes, wie einer, der einen Kummer trägt.

Und da die Kaufleute ihn kommen sahen, begannen

sie untereinander zu tuscheln, und einer von ihnen ging ihm entgegen und rief ihn bei Namen und sprach zu ihm: »Was hast du zu verkaufen?«

»Ich will dir meine Seele verkaufen«, antwortete er. »Ich bitte dich, kauf sie mir ab, denn ich bin ihrer überdrüssig. Was nützt mir meine Seele? Ich kann sie nicht sehen. Ich kann sie nicht fühlen. Ich kenne sie nicht.«

Doch die Kaufleute spotteten über ihn und sagten: »Was nützt denn uns jemandes Seele? Sie ist noch nicht einmal ein schlechtes Silberstück wert. Verkauf uns deinen Leib als Sklaven, und wir wollen dich in den Purpur des Meeres kleiden und einen Ring an deinen Finger stecken und dich zum Günstling der großen Königin machen. Aber sprich uns nicht von deiner Seele, denn für uns taugt sie nicht, noch hat sie irgendeinen Preis, der uns Gewinn einbrächte.«

Und der junge Fischer sprach bei sich selbst: »Wie seltsam ist das! Der Priester sagt, die Seele sei alles Gold der Welt wert, und die Kaufleute meinen, sie sei weniger wert als ein schlechtes Silberstück.« Und er ging fort von dem Marktplatz und stieg hinunter zum Ufer des Meeres und sann und sann, was er tun solle.

Und als es Mittag schlug, erinnerte er sich, wie einer seiner Gefährten, ein Meerfenchelsammler, ihm von einer jungen Hexe erzählt hatte, die in einer Höhle am Vorgebirge der Bucht wohnte und sehr beschlagen in allen Hexenkünsten war. Und er machte sich auf und rannte – so sehr begierig war er, seiner Seele ledig zu werden –, und eine Wolke von Staub zog hinter ihm her, als er über den Ufersand eilte. Am Jucken ihrer hohlen Hand erriet die junge Hexe, daß er kam, und sie lachte und löste ihr rotes Haar. Von

ihrem roten Haar ganz umwallt, stand sie am Eingang der Höhle, und in der Hand hielt sie einen Zweig von vollerblühtem wildem Schierling.
»Was begehrst du? Was begehrst du?« rief sie, als er keuchend den Abhang heraufkam und sich vor ihr neigte. »Fische für dein Netz, wenn der Wind widrig ist? Ich habe ein Rohrflötchen, und blase ich darauf, so kommen die Meeräschen und schwimmen in die Bucht. Aber es hat seinen Preis, schöner Knabe, es hat seinen Preis. Was begehrst du? Was begehrst du? Einen Sturm, der die Schiffe bricht und Kisten voll reicher Schätze ans Ufer spült? Ich habe mehr Stürme als der Wind, denn ich diene einem, der stärker ist als der Wind, und mit einem Sieb und einem Eimer Wasser kann ich die großen Galeeren auf den Meeresgrund schicken. Doch ich fordere einen Preis, schöner Knabe, ich fordere einen Preis. Was begehrst du? Was begehrst du? Ich weiß eine Blume, die blüht im Tal, keiner als ich weiß von ihr. Sie trägt purpurne Blätter und einen Stern im Herzen, und ihr Saft ist so weiß wie Milch. Berührtest du mit dieser Blume die strengen Lippen der Königin, sie folgte dir über die ganze Welt. Aus dem Bette des Königs stünde sie auf, und durch die ganze Welt würde sie dir folgen. Doch die Blume hat ihren Preis, schöner Knabe, sie hat ihren Preis. Was begehrst du? Was begehrst du? Ich kann eine Kröte im Mörser zerstampfen und Brühe daraus kochen und sie mit eines toten Mannes Leichenhand rühren. Sprenge sie auf deinen Feind, indes er schläft, und er wird sich in eine schwarze Viper verwandeln, und seine eigene Mutter wird ihn erschlagen. Mit einem Rade kann ich den Mond vom Himmel niederziehen, und in einem Kristall zeige ich dir den Tod. Was begehrst du? Was begehrst du? Sag mir,

was du wünschest, und ich will es dir geben, und du sollst mir einen Preis zahlen, schöner Knabe, du zahlst mir einen Preis.«

»Mein Wunsch steht nur nach einer Kleinigkeit«, sagte der junge Fischer, »dennoch hat der Priester mir darob gezürnt und mich aus seinem Haus gejagt. Mein Wunsch steht nur nach einer Kleinigkeit, und doch haben die Kaufleute mein gespottet und mich abgewiesen. Deshalb bin ich zu dir gekommen, wenn die Menschen dich auch böse schelten; und welches dein Preis auch sein mag, ich werde ihn dir zahlen.«

»Was willst du?« fragte die Hexe und trat dicht an ihn heran.

»Ich will meine Seele aus mir verstoßen«, antwortete der junge Fischer.

Die Hexe wurde bleich und schauderte und barg das Gesicht in ihrem blauen Mantel. »Schöner Knabe, schöner Knabe«, sagte sie leise, »das zu tun, ist ein fürchterlich Ding.«

Er schüttelte seine braunen Locken und lachte: »Meine Seele achte ich für nichts«, erwiderte er. »Ich kann sie nicht sehen. Ich kann sie nicht fühlen. Ich kenne sie nicht.«

»Was willst du mir geben, wenn ich dich lehre, was du zu wissen verlangst?« fragte die Hexe und blickte mit ihren schönen Augen auf ihn nieder.

»Fünf Goldstücke«, sagte er, »und meine Netze und die Hütte aus Rutengeflecht, darin ich wohne, und das bunte Boot, darin ich aufs Meer hinausfahre. Nur lehre mich, wie ich meiner Seele ledig werde, und ich will dir alles geben, was ich besitze.«

Sie lachte ihm spöttisch ins Gesicht und schlug nach ihm mit ihrem Schierlingszweig. »Ich kann die Herbstblätter in Gold verwandeln«, erwiderte sie, »und ich kann die blassen Mondstrahlen zu Silber weben, wenn ich es will. Der, dem ich diene, ist reicher als alle Könige dieser Welt und hat über sie alle Gewalt.«

»Was dann soll ich dir geben«, rief er, wenn dein Preis nicht Gold noch Silber ist?«

Die Hexe strich ihm übers Haar mit ihrer schmalen weißen Hand. »Du mußt mit mir tanzen, schöner Knabe«, flüsterte sie, und sie lächelte ihm zu, als sie sprach.

»Nichts als das?« rief der junge Fischer in großem Staunen und sprang auf.

»Nichts als das«, antwortete sie und lächelte ihm abermals zu.

»Dann wollen wir bei Sonnenuntergang an heimlichem Ort zusammen tanzen«, sagte er, »und haben wir dann miteinander getanzt, so sollst du mich lehren, was mich zu wissen verlangt.«

Sie schüttelte den Kopf. »Wenn der Mond voll ist, wenn der Mond voll ist«, flüsterte sie. Dann schaute sie rings in die Runde und lauschte. Ein blauer Vogel stieg kreischend auf aus seinem Nest und kreiste über den Dünen, und drei gefleckte Vögel raschelten im harten grauen Gras und riefen einander zu. Kein Laut sonst war zu hören als der Laut einer Woge, die unten am Strand die glatten Kieselsteine höhlte. Da streckte sie ihre Hand aus und zog ihn zu sich heran und legte ihre heißen Lippen fest an sein Ohr.

»Heut nacht mußt du auf den Gipfel des Berges kommen«, raunte sie ihm zu. »Es ist Sabbat, und Er wird da sein.«

Der junge Fischer erschrak und blickte sie an, und sie zeigte ihre weißen Zähne und lachte. »Wer ist Er, von dem du redest?« fragte er.

»Was liegt daran?« erwiderte sie. »Geh heute nacht

aus deinem Hause und steh unter den Zweigen der Hagebuche und warte, bis ich komme. Wenn ein schwarzer Hund auf dich zuläuft, so streiche ihn mit einer Weidenrute, und er wird von dir lassen. Wenn eine Eule dich anruft, so gib ihr keine Antwort. Sobald der Mond voll sein wird, komme ich zu dir, und wir wollen miteinander auf dem Grase tanzen.«

»Aber schwörst du mir zu, daß du mich lehren wirst, wie ich meine Seele aus mir verstoßen kann?« fragte er sie.

Sie trat hinaus ins Sonnenlicht, und der Wind fuhr durch ihr rotes Haar. »Bei den Hufen des Ziegenbocks schwöre ich dir's zu«, gab sie ihm Antwort.

»Du bist die beste aller Hexen«, rief der junge Fischer, »und ich will gewißlich auf dem Gipfel des Berges mit dir tanzen, heut zur Nacht. Wohl wünschte ich, du hättest Gold oder Silber von mir gefordert. Aber wie dein Preis nun ist, so sollst du ihn haben, denn es ist ja nur eine Kleinigkeit.«

Und er nahm seine Kappe vor ihr ab und beugte tief sein Haupt und lief zur Stadt zurück, erfüllt von großer Freude.

Und die Hexe sah ihm nach, da er davonging, und als er ihr aus den Augen war, trat sie in ihre Höhle; und sie nahm einen Spiegel aus einer Lade von geschnitztem Zedernholz, stellte ihn auf einen Balken und verbrannte vor ihm Eisenkraut auf glühenden Holzkohlen und spähte durch das Gekringel des Rauches. Und nach einer Weile ballte sie die Fäuste in Wut. »Er hätte mein sein sollen«, murmelte sie, »denn ich bin ebenso schön wie sie.«

Und als am Abend der Mond aufgegangen war, klomm der junge Fischer hinan zum Gipfel des Berges und stand unter den Zweigen der Hagebuche. Wie ein Schild aus blankem Metall lag das Rund der See zu seinen Füßen, und die Schatten der Fischerboote trieben in der kleinen Bucht. Eine große Eule mit gelben Schwefelaugen rief ihn bei seinem Namen, doch er gab nicht Antwort. Ein schwarzer Hund lief knurrend auf ihn zu. Er strich ihn mit einer Weidenrute, und der Hund winselte und ließ von ihm ab.

Zu Mitternacht kamen die Hexen gleich Fledermäusen durch die Luft herbeigeflogen. »Hu, hu!« schrien sie, als sie auf den Boden niederstießen, »einer ist da, den wir nicht kennen!« – und sie witterten umher und schwatzten und winkten einander. Zuallerletzt kam die junge Hexe, und ihr rotes Haar flutete im Wind. Sie trug ein Gewand aus Goldgewebe, bestickt mit Pfauenaugen, und eine kleine Kappe aus grünem Sammet saß auf ihrem Kopf.

»Wo ist er, wo ist er?« tobten die Hexen, als sie ihrer ansichtig wurden, sie aber lachte nur und lief zu der Hagebuche; sie nahm den Fischer bei der Hand und führte ihn hinaus ins Mondenlicht, und sie begann zu tanzen.

Rundherum im Kreise wirbelten sie, und die junge Hexe sprang so hoch, daß er die scharlachroten Hacken ihrer Schuhe sehen konnte. Dann scholl mitten unter die Tänzer der Hufschlag eines galoppierenden Rosses, aber kein Roß war zu erblicken, und den jungen Fischer beschlich die Angst.

»Schneller!« rief die Hexe, und sie warf ihre Arme um seinen Nacken, und ihr Atem war heiß auf seinem Antlitz. »Schneller, schneller!« rief sie, und ihm war, als rollte die Erde unter seinen Füßen in wütendem Tanz, und sein Hirn verwirrte sich, und dunkles Entsetzen befiel ihn, wie von Bösem, das ihn belauere;

und schließlich gewahrte er, daß im Schatten eines Felsens einer stand, der zuvor nicht dortgewesen war.
Es war ein Mann, gekleidet in ein schwarzes Samtgewand von spanischem Schnitt. Sein Antlitz war seltsam bleich, doch seine Lippen brannten gleich einer stolzen roten Blume. Er schien müde, denn er lehnte sich zurück, indes er achtlos mit dem Knauf seines Dolches spielte. Auf dem Grase neben ihm lagen ein Federhut und ein Paar Reithandschuhe mit Stulpen aus goldener Spitze; die waren über und über benäht mit kleinen Perlen, die sich zu einem wunderlichen Muster fügten. Ein kurzes Mäntelchen, mit Zobel gesäumt, fiel von seiner Schulter, und seine feinen weißen Hände trugen edelsteingeschmückte Ringe. Von schweren Lidern überhangen waren seine Augen.
Der junge Fischer sah ihn an wie einer, den ein Zauber umgarnt. Zuletzt begegneten sich ihrer beider Augen, und wo er auch tanzte, stets war ihm, als ob die Augen des Mannes ihm folgten. Er hörte die Hexe lachen, und er faßte sie um die Hüften und wirbelte sie rasend um und um.
Plötzlich schlug ein Hund im Walde an, und die Tänzer hielten ein im Tanz und gingen in Paaren zu dem Manne, knieten vor ihm nieder und küßten seine Hände. Als sie dies taten, huschte der Anflug eines Lächelns über des Mannes stolzen Mund, wie eine Vogelschwinge das Wasser streift, daß es sich lachend kräuselt. Doch lag Verachtung darin. Er blickte immer noch auf den jungen Fischer.
»Komm, daß wir Ihn anbeten!« wisperte die Hexe; und sie ging ihm vorauf, und ein wildes Verlangen, zu tun, wie sie gebot, erfaßte ihn, und er folgte ihr. Doch als er nah heran war, und ohne zu wissen warum,

schlug er das Kreuzeszeichen über seiner Brust und rief den heiligen Namen.
Kaum hatte er das getan, so kreischten die Hexen gellend wie Falken und flogen davon, und das bleiche Antlitz, das ihn angesehen, zuckte in einem Schmerzenskrampf. Der Mann schrittt hin zu einem kleinen Wäldchen und gab einen Pfiff. Ein spanisches Pony, mit Silber reich aufgezäumt, lief ihm geschwind entgegen. Als er sich in den Sattel schwang, wandte er sich und blickte den jungen Fischer traurig an.
Und auch die Hexe im roten Haar wollte von dannen fliegen, aber der Fischer packte sie bei den Handgelenken und hielt sie fest.
»Gib mich los«, schrie sie, »und laß mich gehen. Denn du hast genannt, was nicht genannt sein soll, und das Zeichen gezeigt, das nicht erschaut werden darf.«
»Nein«, erwiderte er, »ich will dich nicht gehen lassen, bis du mir das Geheimnis verraten hast.«
»Was für ein Geheimnis?« sagte die Hexe und rang mit ihm wie eine wilde Katze und biß sich auf die schaumbefleckten Lippen.
»Du weißt es wohl«, antwortete er.
Ihre grasgrünen Augen dunkelten von Tränen, und sie sagte zu dem Fischer: »Verlange alles von mir, aber nicht dieses!«
Er lachte und hielt sie nur um so fester.
Und da sie sah, daß sie sich nicht befreien konnte, flüsterte sie ihm zu: »Wahrlich, ich bin ebenso schön wie die Töchter der See und ebenso reizend wie sie, die in den blauen Wassern wohnen«, und sie schmiegte sich an ihn und hob ihr Antlitz dicht an das seine.
Er aber stieß sie finster zurück und sprach: »Wenn du das Versprechen nicht hältst, das du mir gabest, so will ich dich erschlagen als eine trügerische Hexe.«

Sie wurde grau wie eine Blüte des Judasbaums und schauderte. »Sei es denn«, hauchte sie. »Es ist deine Seele und nicht die meine. Tu mit ihr, wie du willst.« Und aus ihrem Gürtel zog sie ein kleines Messer mit einem Heft aus grüner Vipernhaut und gab es ihm.
»Wozu soll mir dies nützen?« fragte er verwundert.
Sie schwieg eine kurze Weile, und Entsetzen flog über ihr Gesicht. Dann strich sie sich das Haar aus der Stirn zurück, und seltsam lächelnd sagte sie zu ihm: »Was die Menschen den Schatten ihres Leibes nennen, ist nicht der Schatten des Leibes, sondern der Leib der Seele. Stell dich ans Meeresufer, den Rücken zum Mond gekehrt, und schneide rund um deine Füße deinen Schatten ab, der deiner Seele Leib ist, und heiße deine Seele dich verlassen, und sie wird es tun.«
Der junge Fischer zitterte. »Ist das wahr?« fragte er leise.
»Es ist wahr, und ich wollte, ich hätte es dir niemals offenbart«, rief sie und umfing weinend seine Knie.
Er stieß sie von sich, daß sie im dichten Grase niedersank, und während er zum Berghang ging, schob er das Messer in seinen Gürtel; dann fing er an hinabzusteigen.
Und seine Seele, die in ihm war, rief zu ihm und sprach: »Siehe! ich habe all deine Jahre bei dir gewohnt und bin deine Dienerin gewesen. Verstoß mich jetzt nicht aus dir; denn was habe ich dir Übles getan?«
Und der junge Fischer lachte. »Du hast mir nichts Übles getan, aber ich brauche dich nicht«, antwortete er. »Die Welt ist weit, und überall wölbt sich der Himmel – und überall ist auch die Hölle und jenes zwielichtige Haus des Dämmers, das zwischen beiden liegt. Geh, wohin du magst; doch halte mich nicht auf, denn meine Liebste ruft nach mir.«

Und seine Seele beschwor ihn flehentlich; er aber achtete ihrer nicht, sondern sprang von Klippe zu Klippe, sicheren Fußes wie eine wilde Ziege, und endlich erreichte er den ebenen Grund und das gelbe Gestade der See.
Schön von Wuchs und bronzen von Gliedern, gleich einer Statue von Griechenland, stand er im Sande, den Rücken zum Mond gekehrt, und aus dem Schaum hoben sich weiße Arme, die winkten ihm zu, und nebelhaft aus den Wellen stiegen Gestalten, die ihm huldigten. Vor ihm lag sein Schatten, seiner Seele Leib, und hinter ihm hing der Mond in der honigfarbenen Luft.
Und seine Seele sprach zu ihm: »Wenn du mich denn wirklich von dir treiben mußt, so verstoße mich nicht, ohne mir ein Herz mit auf den Weg zu geben. Die Welt ist grausam, gib mir dein Herz, daß ich es mit mir nähme.«
Er schüttelte den Kopf und lächelte. »Womit soll ich meine Liebste lieben, wenn ich dir mein Herz weggäbe?« rief er.
»Sprich nicht so, hab Erbarmen«, bat seine Seele, »gib mir dein Herz, denn die Welt ist sehr grausam, und ich fürchte mich.«
»Mein Herz gehört meiner Liebsten«, erwiderte er, »darum verweile nicht, heb dich aus meinen Augen.«
»Darf ich nicht auch lieben?« fragte die Seele.
»Hebe dich hinweg, denn ich brauche dich nicht«, schrie der junge Fischer, und er nahm das kleine Messer mit dem Heft aus grüner Vipernhaut und schnitt seinen Schatten ab, rund um seine Füße, und der Schatten richtete sich auf und stand vor ihm und blickte ihn an, und beide glichen einander, als wären sie eines.
Er wich zurück und schob das Messer in den Gürtel, und ein Gefühl des Grauens überkam ihn. »Hebe dich

hinweg«, murmelte er, »und laß mich dein Antlitz nie mehr sehen.«
»Nein, wir müssen uns wiederbegegnen«, sagte die Seele. Ihre Stimme war leise und flötengleich, und ihre Lippen bewegten sich kaum, da sie sprach.
»Wie sollten wir uns wiederbegegnen?« rief der junge Fischer. »Du willst mir doch nicht in die Tiefen des Meeres folgen?«
»Einmal in jedem Jahr will ich an diesen Ort hier kommen und dich rufen«, sprach die Seele. »Vielleicht, daß du mich brauchen wirst.«
»Wie sollte ich dich brauchen?« rief der junge Fischer. »Doch es mag geschehen, wie du willst.« Und er tauchte hinab in die Flut, und die Tritonen stießen in ihre Hörner, und die kleine Meermaid stieg empor, ihm entgegen, und schlang ihre Arme um seinen Nakken und küßte ihn auf den Mund.
Und die Seele stand am einsamen Strand und blickte die beiden an. Und als sie im Meer versunken waren, ging sie weinend davon über die Marschen.

Und da ein Jahr verstrichen war, kam die Seele herab ans Ufer der See und rief den jungen Fischer, und er stieg aus der Tiefe und sprach: »Warum rufst du mich?«
Und die Seele antwortete: »Komm näher, daß ich zu dir spräche, denn Wunder über Wunder habe ich erschaut.«
Da kam er näher und streckte sich aus im flachen Wasser und lehnte sein Haupt auf seine Hand und lauschte.

Und die Seele sprach zu ihm: »Als ich dich verließ, wandte ich mein Angesicht gen Morgen und wanderte.

Denn alles, was weise ist, kommt von Morgen. Sechs Tage wanderte ich, und in der Frühe des siebenten Tages gelangte ich zu einem Berge, der sich im Lande der Tataren erhebt. Ich setzte mich im Schatten eines Tamariskenbaumes nieder, um Schutz vor der Sonne zu suchen. Das Land war dürr und von der Hitze ganz versengt. Menschen schlichen hin und her auf der Ebene – wie Fliegen, die über eine blanke Kupferscheibe kriechen.
Zur Mittagsstunde stieg eine Wolke roten Staubes am flachen Horizont des Landes auf. Da die Tataren sie gewahrten, spannten sie ihre bunten Bogen, sprangen auf ihre kleinen Pferde und jagten ihr entgegen. Die Weiber flüchteten kreischend zu den Wagen und versteckten sich hinter den Filzvorhängen.
In der Dämmerung kehrten die Tataren zurück, doch fünf von ihnen fehlten, und von denen, die wiederkamen, waren nicht wenige verwundet. Sie schirrten die Pferde vor die Wagen und fuhren in Hast davon. Drei Schakale kamen aus einer Höhle und schauten ihnen nach. Dann witterten sie in die Luft mit ihren Nüstern und liefen nach der entgegengesetzten Richtung von dannen.
Als der Mond aufging, sah ich ein Lagerfeuer auf der Ebene brennen und ging darauf zu. Eine Gesellschaft von Kaufleuten saß auf Teppichen um das Feuer. Ihre Kamele waren hinter ihnen angepflöckt, und die Neger, die ihre Diener waren, errichteten Zelte aus gegerbten Tierhäuten auf dem Sande und bauten eine hohe Umzäunung aus stachligen Opuntien.
Da ich in ihre Nähe kam, erhob sich der Älteste der Kaufleute, zog sein Schwert und fragte mich nach meinem Begehr.
Ich antwortete, ich sei ein Prinz in meinem Heimat-

lande und käme als Flüchtling aus der Gefangenschaft der Tataren, die versucht hätten, mich zu ihrem Sklaven zu machen. Der Älteste lächelte und wies mir fünf Köpfe, die auf hohen Bambusrohren staken.
Darauf fragte er mich, wer Gottes Prophet sei, und ich antwortete ihm: Mohammed.
Als er den Namen des falschen Propheten hörte, verneigte er sich und nahm mich bei der Hand und ließ mich an seiner Seite sitzen. Ein Neger brachte mir Stutenmilch in einem hölzernen Napf und ein Stück gebratenes Lammfleisch.
Bei Tagesanbruch traten wir unsere Reise an. Ich ritt auf einem roten Kamel zur Seite des Ältesten, und ein Läufer, der einen Speer trug, lief vor uns her. Die Kriegsleute schritten zu unserer Rechten und zu unserer Linken, und die Maultiere folgten mit den Waren. Vierzig Kamele zählte die Karawane, und der Maultiere waren zweimal vierzig.
Wir zogen vom Lande der Tataren zum Lande derer, die den Mond verfluchen. Wir sahen die Greifen ihr Gold auf den weißen Felsen hüten und die schuppigen Drachen in ihren Höhlen schlafen. Wenn wir über die Berge wanderten, hielten wir den Atem an, damit der Schnee uns nicht erstickte, und jeder von uns band sich einen Gazeschleier vor die Augen. Wenn wir durch die Täler wanderten, schossen die Pygmäen mit Pfeilen nach uns aus den Höhlungen der Bäume, und zur Nachtzeit hörten wir die Wilden ihre Trommeln schlagen. Als wir zu dem Turm der Affen kamen, stellten wir Früchte vor sie hin, und sie taten uns kein Leides. Als wir zu dem Turm der Schlangen kamen, gaben wir ihnen warme Milch in Kupferschalen, und sie ließen uns vorüberziehen. Dreimal auf unserer Reise kamen wie an die Ufer des Oxus. Wir überquerten ihn auf

Flößen aus Holz und prall aufgeblasenen Tierhäuten. Die Flußpferde tobten wider uns und wollten uns töten. Wenn die Kamele sie sahen, zitterten sie.
Die Könige aller Städte erhoben Zölle von uns und verwehrten uns dennoch, ihre Tore zu durchschreiten. Sie warfen uns Brot über die Mauern, kleine Maiskuchen, in Honig gebacken, und Kuchen aus feinem Mehl, die mit Datteln gefüllt waren. Für je hundert Körbe gaben wir ihnen ein Kügelchen Ambra.
Wenn die Bewohner der Dörfer uns kommen sahen, vergifteten sie die Brunnen und flohen auf die Berggipfel. Wir kämpften gegen die Magadäer, die alt geboren und jedes Jahr jünger und jünger werden, und sterben, wenn sie kleine Kinder sind; und gegen die Laktroiten, die von sich sagen, sie seien die Söhne von Tigern, und sich gelb und schwarz bemalen; und gegen die Auranten, die ihre Toten auf den Baumwipfeln bestatten und während ihrer Lebenszeit in dunklen Höhlen hausen, damit die Sonne, die sie als ihren Gott verehren, sie nicht vertilge; und gegen die Krimnianer, die ein Krokodil anbeten und ihm Ohrringe aus grünem Glase weihen und es mit Butter und jungem Geflügel füttern; und gegen die Agazonbiten, die Hundsgesichtigen, und gegen die Sibaner, die Pferdefüße haben und schneller laufen als Pferde. Ein Dritteil unserer Schar fiel im Kampfe, und ein Dritteil raffte der Mangel dahin. Die Übriggebliebenen murrten wider mich und sagten, daß ich ihnen Unheil brächte. Ich griff unter einen Stein und nahm eine Hornviper auf und ließ mich von ihr stechen. Als sie sahen, daß ich nicht erkrankte, befiel sie Furcht.
Im vierten Monat erreichten wir die Stadt Illel. Es war Nacht, da wir zu dem Hain gelangten, der außerhalb ihrer Mauern liegt, und die Luft war schwül,

denn der Mond stand im Zeichen des Skorpions. Wir pflückten die reifen Granatäpfel von den Bäumen und brachen sie auf und tranken ihren süßen Saft. Dann legten wir uns nieder auf unsere Teppiche und erwarteten die Morgendämmerung.

Und im Morgendämmer erhoben wir uns und klopften an das Tor der Stadt. Es war aus rotem Erz gegossen und ziseliert mit Meerdrachen und mit Drachen, die Flügel haben. Die Wächter blickten von den Zinnen nieder und fragten, was uns zu ihrer Stadt führe. Der Dolmetscher der Karawane antwortete, wie kämen mit Waren reich beladen von der Insel Zypern. Sie wählten Geiseln aus unserer Mitte und sagten, sie wollten uns das Tor zu Mittag öffnen, und hießen uns bis dahin warten.

Als es Mittag war, öffneten sie das Tor, und da wir die Stadt betraten, strömten die Menschen aus den Häusern, uns anzuschauen, und ein Ausrufer ging straßauf, straßab und rief durch eine Muschel. Wir standen auf dem Marktplatz, und die Neger schnürten die Ballen gemusterter Stoffe auf und öffneten die geschnitzten Truhen aus Sykomorenholz. Und als sie ihr Werk beendet hatten, breiteten die Kaufleute ihre seltenen Waren aus: das gewachste Linnen aus Ägypten und das gefärbte aus dem Lande der Äthiopier, die Purpurschwämme von Tyrus und die blauen Wandbehänge von Sidon, die Schalen aus kühler Ambra und die zarten Gefäße aus Glas und die kunstreich verzierten Gefäße aus gebranntem Ton. Vom Dach eines Hauses sah eine Schar Frauen uns zu. Eine von ihnen trug eine Maske aus vergoldetem Leder.

Und am ersten Tage kamen die Priester und trieben Tausch mit uns, und am zweiten Tage kamen die Vor-

nehmen, und am dritten Tage kamen die Handwerker und die Sklaven. Und dies ist ihr Brauch bei allen Kaufleuten, solange die in der Stadt verweilen.
Und wir verweilten wohl einen Mond lang, und als der Mond abnahm, wurde ich des Treibens überdrüssig, und ich schweifte durch die Straßen der Stadt und kam zu dem Garten ihres Gottes. Die Priester in gelben Gewändern wandelten schweigend unter den grünen Bäumen, und auf einem mit schwarzem Marmor gepflasterten Platze stand das rosenrote Haus, in dem der Gott seine Wohnung hatte. Die Türen waren aus schimmerndem Lack, und darauf prangten in erhabener Arbeit Stiere und Pfauen aus hellem Golde. Das Dach deckten Platten von meergrünem Porzellan, und die vorspringenden Traufen waren mit Glöckchen bekränzt. Wenn die weißen Tauben vorüberflogen, schlugen sie die Glocken mit ihren Flügeln an und ließen sie erklingen.
Vor dem Tempel war ein Teich mit klarem Wasser, durch das man den geäderten Onyx am Grunde des Beckens sah. Ich legte mich an seinem Rande nieder, und das matte Weiß meiner Finger streifte die breiten Blätter. Einer der Priester kam auf mich zu und blieb hinter mir stehen. Er hatte Sandalen an den Füßen, eine aus weicher Schlangenhaut und die andere aus Vogelgefieder. Auf dem Kopfe trug er eine Mitra von schwarzem Filz, geschmückt mit silbernen Halbmonden. In siebenfältigem Gelb war sein Gewand gewoben, und sein gekräuseltes Haar war mit Antimon gefärbt.
Nach einer kurzen Weile redete er mich an und fragte mich nach meinem Begehr.
Ich sagte ihm, daß ich den Gott zu sehen begehrte.
›Der Gott ist auf der Jagd‹, sprach der Priester und

blickte mich mit seinen schmalen schrägen Augen seltsam an.
›So sag mir, in welchem Walde, und ich will mit ihm reiten‹, erwiderte ich.
Er kämmte mit seinen langen, gespitzten Fingernägeln durch die weichen Fransen seiner Tunika. ›Der Gott schläft‹, murmelte er.
›So sag mir, auf welchem Lager, und ich will bei ihm wachen‹, erwiderte ich.
›Der Gott ist beim Festmahl‹, schrie er.
›Ist der Wein süß, so will ich mit ihm trinken, und ist er bitter, so will ich gleichfalls mit ihm trinken‹, gab ich zur Antwort.
Er senkte staunend das Haupt, und mich bei der Hand fassend, half er mir auf und führte mich in den Tempel.
Und in dem ersten Gemach, auf einem Thron aus Jaspis, gerandet mit großen hellen Perlen, sah ich ein Götterbild sitzen. Es war aus Ebenholz geschnitzt, und seine Gestalt war gleich der Gestalt eines Mannes. Auf seiner Stirn glänzte ein Rubin, und dickes Öl tropfte ihm aus dem Haar und auf die Schenkel nieder. Seine Füße waren rot vom Blut eines frischgeschlachteten Zickleins, und seine Lenden umschloß ein kupferner Gürtel der mit sieben Beryllen besetzt war.
Und ich sprach zu dem Priester: ›Ist dies der Gott?‹
Und er antwortete mir: ›Dies ist der Gott.‹
›Zeig mir den Gott!‹ rief ich, ›sonst, fürwahr, will ich dich erschlagen.‹ Und ich berührte seine Hand, und sie verdorrte.
Und der Priester flehte zu mir und sprach: ›Lasse mein Herr seinen Knecht genesen, und ich will ihm den Gott zeigen.‹

Da hauchte ich meinen Hauch auf seine Hand, und sie wurde heil, und er erzitterte und führte mich in das zweite Gemach, und auf einer Lotosblume aus Jade, behangen mit großen Smaragden, sah ich ein Götterbild stehen. Es war aus Elfenbein geschnitzt, und seine Gestalt war doppelt so groß wie die Gestalt eines Mannes. Auf seiner Stirn glänzte ein Chrysolith, und seine Brüste waren mit Myrrhen und Zimt gesalbt. In der einen Hand hielt er ein gebogenes Zepter aus Jade und in der anderen einen runden Kristall. Er stand auf ehernen Kothurnen, und um seinen dicken Hals wand sich ein Gewinde aus Seleniten.

Und ich sprach zu dem Priester: ›Ist dies der Gott?‹

Und er antwortete mir: ›Dies ist der Gott.‹

›Zeig mir den Gott!‹ rief ich, ›sonst fürwahr, will ich dich erschlagen.‹ Und ich berührte seine Augen, und sie erblindeten.

mein Herr seinen Knecht genesen, und ich will ihm
Und der Priester flehte zu mir und sprach: ›Lasse den Gott zeigen.‹

Da hauchte ich meinen Hauch auf seine Augen, und sie wurden sehend, und abermals erzitterte er und führte mich in das dritte Gemach, und siehe! es war kein Götterbild darin und kein Bildnis irgendwelcher Art, sondern nur ein runder Spiegel aus Metall, der auf einem steinernen Altar stand.

Und ich sprach zu dem Priester: ›Wo ist der Gott?‹

Und er antwortete mir: ›Es ist kein Gott außer diesem Spiegel, den du siehest, denn dies ist der Spiegel der Weisheit. Er widerspiegelt alle Dinge, die im Himmel und auf Erden sind, ausgenommen allein das Antlitz dessen, der hineinblickt. Dies einzig widerspiegelt er nicht, auf daß der, welcher hineinschaut, weise sei. Viele andere Spiegel sind, doch sie sind nur Spiegel der Meinung. Dieser allein ist der Spiegel der Weisheit. Und die diesen Spiegel besitzen, wissen alle Dinge, noch ist irgend etwas vor ihnen verborgen. Und die ihn nicht besitzen, haben nicht Weisheit. Darum ist er der Gott, und wir verehren ihn.‹ Und ich blicke in den Spiegel, und es war, wie er mir gesagt hatte.

Und ich tat etwas Absonderliches, doch was ich tat, gilt gleich: in einem Tale, das nur eine Tagereise von diesem Ort hier entfernt ist, habe ich den Spiegel der Weisheit versteckt. Gestatte du mir nur, daß ich wieder in dich einkehre und dir diene, und du sollst weiser sein als alle Weisen, und alle Weisheit soll dein sein. Gestatte du mir, wieder in dich einzukehren, und keiner wird so weise sein wie du.«

Doch der junge Fischer lachte. »Liebe ist besser als Weisheit«, rief er, »und die kleine Meermaid liebt mich.«

»Nein, nichts ist besser als Weisheit«, sagte die Seele.

»Die Liebe ist besser«, erwiderte der junge Fischer, und hinab tauchte er in die Tiefe, und die Seele ging weinend davon über die Marschen.

Und da das zweite Jahr verstrichen war, kam die Seele herab ans Ufer der See und rief den jungen Fischer, und er stieg aus der Tiefe und sprach: »Warum rufst du mich?«

Und die Seele antwortete: »Komm näher, daß ich zu dir spräche, denn Wunder über Wunder habe ich erschaut.«

Da kam er näher und streckte sich aus im flachen Wasser und lehnte sein Haupt auf seine Hand und lauschte.

Und die Seele sprach zu ihm: »Als ich dich verließ, wandte ich mein Angesicht gen Mittag und wanderte.

Denn alles, was kostbar ist, kommt von Mittag. Sechs Tage wanderte ich über die Karawanenstraßen, die zu der Stadt Aschtar führen, über die staubigen, roten Straßen wanderte ich, wo die Pilger ziehen; und in der Frühe des siebenten Tages erhob ich meine Augen, und siehe! die Stadt lag zu meinen Füßen, denn sie breitet sich in einem Tale.

Neun Tore führen in die Stadt, und vor einem jeden Tor steht ein ehernes Roß, das wiehert, wenn die Beduinen von den Bergen niedersteigen. Die Mauern sind mit Kupfer gepanzert, und die Wachttürme auf den Wällen sind mit Messing überdacht. Auf jedem Turm steht ein Bogenschütze, den Bogen in der Hand. Bei Sonnenaufgang rührt er mit einem Pfeil an einen Gong, und bei Sonnenuntergang stößt er in ein hürnenes Horn.

Als ich die Stadt zu betreten versuchte, hielten die Wachen mich an und fragten mich, wer ich sei. Ich gab zur Antwort, ich sei ein Derwisch und auf dem Wege nach der Stadt Mekka, wo man einen grünen Schleier aufbewahre, in den von Engelshänden der Koran mit silbernen Lettern eingestickt sei. Sie waren voll Staunens und luden mich ein, in die Stadt zu kommen.

Drinnen gleicht die Stadt einem Basar. Du hättest fürwahr mit mir sein sollen. Quer über die engen Gassen flattern bunte Papierlaternen wie große Schmetterlinge. Wenn der Wind über die Dächer bläst, wehen sie hoch und wieder herab, wie schillernde Seifenblasen steigen und sinken. Auf Seidenteppichen sitzen die Kaufleute vor ihren Buden. Sie haben glatte schwarze Bärte, und ihre Turbane sind mit goldenen Zechinen geziert; lange Schnüre Ambra und geschnitzte Pfirsichkerne gleiten durch ihre kühlen Finger. Manche

von ihnen verkaufen Galbanum und Narde und fremdartiges Räucherwerk von den Inseln des Indischen Meeres und das trübfließende Öl roter Rosen und Myrrhen und kleine nagelförmige Gewürznelken. Wenn jemand stehenbleibt, um mit ihnen zu reden, werfen sie Weihrauchkörnchen auf eine Pfanne mit Kohlen und machen die Luft süß. Ich sah einen Syrer, der in den Händen eine dünne Gerte hielt, einem Schilfrohr ähnlich. Fäden grauen Rauches kräuselten daraus empor, und ihr Duft, da sie brannte, war wie der Duft rosiger Mandelblüten im Frühling. Andere verkaufen silberne Armreifen, über und über geschmückt mit mattblauen Türkisen, und Fußspangen aus Messingdraht, umsäumt mit kleinen Perlen, und Tigerklauen, in Gold gefaßt, und die Klauen jener güldenen Katze, des Leoparden, auch sie in Gold gefaßt, und Ohrringe aus durchbohrtem Smaragd und Fingerringe aus gehöhlter Jade. Aus den Teehäusern dringt Gitarrenklang, und die Opiumraucher mit den weißen, lächelnden Gesichtern schauen heraus auf die Vorüberwandelnden.
Wahrlich, du hättest mit mir sein sollen. Die Weinverkäufer mit den großen schwarzen Weinschläuchen über den Schultern bahnen sich ihren Weg durch die Menge. Die meisten von ihnen handeln mit Schiraswein, der süß ist wie Honig. Sie kredenzen ihn in kleinen metallenen Schalen und streuen Rosenblätter darüber. Auf dem Marktplatz stehen die Obsthändler, die alle Arten von Früchten feilbieten: reife Feigen mit rissigem, purpurrotem Fleisch; Melonen, moschusduftend und gelb wie Topase; Zitronen und Rosenäpfel und große Trauben vom weißen Wein; runde rotgoldene Orangen und ovale Limonen, wie grünes Gold. Einmal sah ich einen Elefanten vorübergehen.

Sein Rüssel war mit Zinnober und Gelbwurz gefärbt, und über seine Ohren spannte sich ein Netz aus karmesinenen Seidenschnüren. Er blieb gegenüber einer der Buden stehen und begann, die Orangen zu verzehren, und der Händler lachte nur. Du kannst dir nicht vorstellen, was für ein seltsames Volk das ist. Wenn sie froh sind, gehen sie zu den Vogelhändlern und kaufen einen gefangenen Vogel im Käfig und lassen ihn frei, damit ihre Freude noch größer werde, und wenn sie traurig sind, geißeln sie sich mit Dornen, damit ihr Gram sich nicht mindere.

Eines Abends begegnete ich Negern, die einen schweren Palankin durch den Basar trugen. Das Gehäuse war aus vergoldetem Bambusrohr, und die Tragstangen waren scharlachrot gelackt und mit messingnen Pfauen beschlagen. Vor den Fenstern hingen dünne Musselinvorhänge, bestickt mit Käferflügeln und winzigen Perlchen, und als die Sänfte an mir vorüberflog, schaute das blasse Antlitz einer Zirkassierin heraus und lächelte mir zu. Ich folgte der Sänfte, und die Neger blickten finster und beschleunigten ihren Schritt. Doch ich ließ mich das nicht anfechten. Ich fühlte, wie eine große Neugier über mich kam.

Endlich hielten sie vor einem würfelförmigen weißen Hause. Es hatte keine Fenster, nur ein kleines Pförtchen, wie die Pforte einer Gruft. Sie setzten den Palankin ab und klopften dreimal mit einem kupfernen Hammer. Ein Armenier in einem Kaftan aus grünem Leder spähte durch die Tür; und da er sie erkannte, öffnete er und breitete einen Teppich auf den Boden, und die Frau stieg aus der Sänfte. Als sie hineinging, wandte sie sich und lächelte mir abermals zu. Nie hatte ich jemand so bleich gesehen.

Sobald der Mond sich hob, kehrte ich zum selben Ort

zurück und suchte das Haus, doch es war nicht mehr da. Als ich des innewurde, wußte ich, wer die Frau gewesen und weshalb sie mir zugelächelt hatte.
Wahrlich, du hättest mit mir sein sollen. Beim Fest des Neuen Mondes trat der junge Kaiser aus seinem Palast hervor und ging in die Moschee, um zu beten. Sein Haar und Bart waren mit Rosenblättern gefärbt, und seine Wangen waren mit feinem Goldstaub gepudert. Die Flächen seiner Hände und seiner Füße waren gelb von Safran.
Bei Sonnenaufgang schritt er aus seinem Palast hervor in einem Gewande aus Silber, und bei Sonnenuntergang kehrte er in ihn zurück in einem Gewande aus Gold. Das Volk warf sich nieder auf den Erdboden, und alle verhüllten ihr Angesicht, ich aber wollte dies nicht tun. Abwartend blieb ich neben der Bude eines Dattelhändlers stehen. Als der Kaiser mich sah, zog er seine gemalten Augenbrauen in die Höhe und hielt an. Ich stand ganz regungslos und erwies ihm keine Huldigung. Die Leute verwunderten sich über meine Kühnheit und rieten mir, aus der Stadt zu fliehen. Ich achtete ihrer nicht, sondern ging und setzte mich zu den Verkäufern fremder Götter, die man um ihres Gewerbes willen verabscheut. Als ich ihnen erzählte, was ich getan hatte, gab mir jeder von ihnen ein Götzenbild und bat mich, sie zu verlassen.
In der folgenden Nacht, als ich auf einem Kissen in dem Teehaus schlief, das an der Straße der Granatäpfel liegt, traten des Kaisers Wachen herein und führten mich zum Palast. Nachdem ich hineingegangen war, verschlossen sie jede Tür hinter mir und legten eine Kette vor. Im Innern des Palastes war ein großer Hof, um den rings ein Bogengang lief. Die Mauern waren aus weißem Alabaster, hier und da mit blauen

und grünen Ziegeln geschmückt. Die Pfeiler waren aus grünem Marmor, und das Pflaster bestand aus einem Marmor, der fast von der Farbe der Pfirsichblüte war. Nie zuvor hatte ich etwas Ähnliches gesehen.
Da ich über den Hof ging, blickten zwei verschleierte Frauen von einem Balkon herab und fluchten mir. Die Wachen eilten weiter, und die Schäfte ihrer Lanzen klangen auf dem glänzenden Pflaster. Sie öffneten ein Tor aus kunstreich geschnitztem Elfenbein, und ich fand mich in einem wohlbewässerten, in sieben Terrassen ansteigenden Garten. Er war bepflanzt mit Tulpen, hochstengligen Kelchen vergleichbar, und mit Mondblumen und silberiger Aloe. Wie ein schlankes Schilfrohr aus Kristall hing ein Springbrunnen in der schwärzlichen Luft. Die Zypressenbäume glichen ausgebrannten Fackeln. Auf einer der Zypressen schlug eine Nachtigall.
Am Ende des Gartens stand ein kleiner Pavillon. Als wir uns ihm näherten, traten zwei Eunuchen heraus und kamen uns entgegen. Ihre fetten Körper schwappten beim Gehen, und sie blickten mich neugierig aus ihren gelblidrigen Augen an. Der eine zog den Hauptmann der Wachen beiseite und flüsterte ihm mit gesenkter Stimme etwas zu. Der andere kaute schmatzend parfümierte Pastillen, die er mit gespreizten Gebärden aus einer ovalen Dose von fliederfarbenem Schmelz nahm.
Nach einigen Augenblicken sandte der Hauptmann der Wachen die Soldaten hinweg. Sie gingen zurück zum Palaste, während die Eunuchen ihnen langsam folgten und süße Maulbeeren von den Bäumen pflückten, an denen sie vorüberschlenderten. Einmal kehrte der ältere der beiden sich um und lächelte mich an, mit einem bösen Lächeln.

Dann bedeutete mir der Hauptmann der Wachen durch eine Handbewegung, daß ich zum Eingang des Pavillons gehen solle. Ich schritt ohne Zittern dahin, schlug den schweren Vorhang zur Seite und trat ein.

Der junge Kaiser ruhte ausgestreckt auf einem Lager von gefärbten Löwenfellen, und ein Gierfalke saß auf seiner Faust. Hinter ihm stand ein messinggelb beturbanter Nubier, nackt bis zu den Hüften und mit schweren Ohrringen in den gespaltenen Ohren. Auf einem Tisch an der Seite des Ruhebettes lag ein gewaltiger stählerner Türkensäbel.

Als der Kaiser mich sah, runzelte er die Stirn und sprach zu mir: ›Wie ist dein Name? Weißt du nicht, daß ich der Kaiser dieser Stadt bin?‹ Aber ich gab ihm keine Antwort.

Er wies mit dem Finger auf den Türkensäbel, und der Nubier packte ihn, und sich vorwärtswerfend hieb er mit großer Gewalt nach mir. Die Klinge sauste durch meinen Körper und versehrte mich nicht. Der Mann stürzte längelang zu Boden, und als er sich erhob, schlugen seine Zähne vor Entsetzen, und er verkroch sich hinter das Ruhebett.

Der Kaiser sprang auf, riß eine Lanze aus einem Waffenständer und schleuderte sie nach mir. Ich fing sie in ihrem Fluge und zerbrach den Schaft in zwei Stücke. Er schoß einen Pfeil nach mir, aber ich hob meine Hände, und er blieb stehen, mitten in der Luft. Da zückte der Kaiser einen Dolch aus seinem Gürtel von weißem Leder und stieß ihn dem Nubier in den Hals, damit der Sklave seine Schmach nicht verriete. Der Mann wand sich wie eine zertretene Schlange, und roter Schaum troff von seinen Lippen.

Kaum war er tot, so wandte sich der Kaiser zu mir, und als er sich mit einem Tüchlein aus purpurfarbener gestickter Seide den hellen Schweiß von der Stirn gewischt hatte, sprach er: ›Bist du ein Prophet, daß ich dir kein Leides tun kann, oder der Sohn eines Propheten, daß ich dich nicht zu versehren vermag? Ich bitte dich, verlaß meine Stadt noch in dieser Nacht, denn solange du in ihr weilest, bin ich nicht mehr ihr Herr.‹

Und ich erwiderte ihm: ›Ich will gehen, wenn du mir die Hälfte deines Schatzes gibst. Gib mir die Hälfte deines Schatzes, und ich will von hinnen ziehen.‹

Er nahm mich bei der Hand und führte mich hinaus in den Garten. Als der Hauptmann der Wachen mich sah, verwunderte er sich. Als die Eunuchen mich sahen, schlotterten ihre Knie, und sie fielen nieder auf die Erde in Furcht.

Im Innern des Palastes ist ein Gemach, das hat acht Mauern aus rotem Porphyrstein und eine Decke mit erzenen Schuppen und vielen von ihr niederhängenden Lampen. Der Kaiser berührte eine der Mauern, und sie öffnete sich, und wir schritten einen Gang hinunter, der von Fackeln erhellt war. In Nischen zu beiden Seiten standen große Weinkrüge, bis zum Rand gefüllt mit Silbermünzen. Als wir die Mitte des Ganges erreichten, nannte der Kaiser das geheime Wort, das unnennbare, und von einer verborgenen Kraft bewegt, sprang eine granitene Türe auf; und er bedeckte sein Antlitz mit den Händen, damit seine Augen nicht geblendet würden.

Du kannst dir nicht denken, welche Wunder der Ort barg. Da waren ungeheure Schildpattschalen voller Perlen und ausgehöhlte Mondsteine von seltener Größe, in denen sich rote Rubine häuften. Das Gold lag aufgespeichert in Kästen aus Elefantenhaut und der Goldstaub in ledernen Flaschen. Da waren Opale und Saphire, jene in Schalen aus Kristall, diese in Schalen aus Jade. Runde grüne Smaragde reihten sich auf dünnen Elfenbeinplatten, und in einer Ecke lagen seidene Beutel, die einen gefüllt mit Türkisen, die anderen mit Beryllen. Elfenbeinerne Füllhörner quollen über von purpurnen Amethysten und die messingnen Füllhörner von Chalzedonen und dunkelroten Karneolen. Die Pfeiler, die aus Zedernholz bestanden, waren behangen mit Schnüren von gelben Luchssaphiren. In flachen eiförmigen Schilden lagen Karfunkelsteine, weinfarbene und solche, die grün waren wie Gras. Und noch habe ich dir nur den kleinsten Teil von dem genannt, was dort aufgesammelt war.

Und als der Kaiser seine Hände vom Gesicht genommen hatte, sprach er zu mir: ›Dies ist mein Schatzhaus, und die Hälfte des, was in ihm ist, sei dein, so wie ich dir versprochen habe. Und ich will dir Kamele und Kameltreiber geben, und sie sollen tun nach deinem Geheiß und deinen Teil des Schatzes nach jeglicher Gegend der Welt bringen, wohin immer du zu gehen verlangst. Und das soll noch in dieser Nacht geschehen, denn ich will nicht dulden, daß das Auge des Sonnengottes, der mein Vater ist, einen Mann in meiner Stadt erblickt, den ich nicht töten kann.‹

Ich aber erwiderte ihm: ›Das Gold, das hier ist, soll dein sein, und auch das Silber sei dein, und dein seien die köstlichen Juwelen und all die Schätze sonder Preis. Denn ihrer bedarf ich nicht. Und nichts werde ich von dir nehmen als den kleinen Ring, den du am Finger deiner Hand trägst.‹

Und der Kaiser runzelte die Stirn. ›Es ist nur ein Ring aus Blei‹, schrie er, ›und ohne allen Wert. Also nimm deine Hälfte des Schatzes und geh aus meiner Stadt.‹

›Nein‹, entgegnete ich, ›ich will nichts nehmen als die-

sen bleiernen Ring, denn ich weiß, was darin geschrieben steht und wozu er dienet.‹
Und der Kaiser zitterte und flehte zu mir und sprach: ›Nimm den ganzen Schatz und geh aus meiner Stadt. Auch die Hälfte, die mein ist, soll dir gehören.‹
Und ich tat etwas Absonderliches, doch was ich tat, gilt gleich: in einer Höhle, die nur eine Tagereise von diesem Ort hier entfernt ist, habe ich den Ring des Reichtums versteckt. Er ist nur eine Tagereise weit von hier, und er erwartet dein Kommen. Der diesen Ring hat, ist reicher als alle Könige der Welt. Komm also und nimm ihn, und die Reichtümer der Welt sollen dein sein.«
Doch der junge Fischer lachte. »Liebe ist besser als Reichtum«, rief er, »und die kleine Meermaid liebt mich.«
»Nein, nichts ist besser als Reichtum«, sagte die Seele.
»Die Liebe ist besser«, erwiderte der junge Fischer, und hinab tauchte er in die Tiefe, und die Seele ging weinend davon über die Marschen.

Und da das dritte Jahr verstrichen war, kam die Seele herab ans Ufer der See und rief den jungen Fischer, und er stieg aus der Tiefe und sprach: »Warum rufst du mich?«
Und die Seele antwortete: »Komm näher, daß ich zu dir spräche, denn Wunder über Wunder habe ich erschaut.«
Da kam er näher und streckte sich aus im flachen Wasser und lehnte sein Haupt auf seine Hand und lauschte.

Und die Seele sprach zu ihm: »In einer Stadt, die ich kenne, steht eine Schenke am Ufer eines Flusses. Dort saß ich mit Matrosen; sie tranken von zwei verschiedenfarbigen Weinen und aßen Gerstenbrot und kleine Salzfische, die mit Lorbeerblättern und Weinessig angerichtet waren. Und da wir saßen und es uns wohl sein ließen, trat ein alter Mann herein und trug einen ledernen Teppich und eine Laute, deren Hals in zwei Schnecken aus Bernstein endigte. Und als er den Teppich auf dem Boden ausgebreitet hatte, schlug er mit einem Federkiel auf die Saiten seiner Laute, und ein Mädchen mit verschleiertem Antlitz lief herein und begann vor uns zu tanzen. Ihr Antlitz war verschleiert mit einem Gazeschleier, doch ihre Füße waren nackt. Nackt waren ihre Füße, und sie schwebten über den Teppich wie ein Paar kleine weiße Täubchen. Niemals habe ich etwas so Wundervolles gesehen, und die Stadt, in der sie tanzet, ist nur eine Tagereise von diesem Ort hier entfernt.«

Als nun der junge Fischer die Worte seiner Seele hörte, gedachte er daran, daß die kleine Meermaid keine Füße hatte und nicht tanzen konnte. Und ein großes Verlangen kam über ihn, und er sprach bei sich selber: »Es ist nur eine Tagereise, und ich kann zu meiner Liebsten zurückkehren«, und er lachte und stand auf in dem flachen Wasser und schritt dem Ufer zu.

Und als er das trockene Gestade erreicht hatte, lachte er abermals und breitete die Arme seiner Seele entgegen. Und seine Seele stieß einen lauten Freudenschrei aus und eilte zu ihm hin und kehrte ein in ihn, und der junge Fischer sah, wie sich von ihm auf dem Sand jener Schatten des Leibes breitete, der der Seele Leib ist.

Und seine Seele sprach zu ihm: »Laß uns nicht verweilen, sondern sogleich von hinnen wandern, denn eifersüchtig sind die Meeresgötter, und sie haben Ungeheuer, zu tun nach ihrem Gebot.«

Da beeilten sie sich und zogen die ganze Nacht dahin unter dem Monde, und den ganzen nächsten Tag zogen sie dahin unter der Sonne, und am Abend dieses Tages kamen sie zu einer Stadt.

Und der junge Fischer sprach zu seiner Seele: »Ist dies die Stadt, darin sie tanzet, von der du mir geredet hast?«

Und seine Seele antwortete ihm: »Es ist nicht diese Stadt, sondern eine andere. Dennoch laß uns hineingehen.«

Also gingen sie hinein und wanderten durch die Straßen, und als sie durch die Straße der Goldschmiede wanderten, sah der junge Fischer einen schönen Silberbecher, der in einer Marktbude zur Schau gestellt war.

Und seine Seele sprach zu ihm: »Nimm den Silberbecher und verbirg ihn!«

Da nahm er den Becher und verbarg ihn in den Falten seines Kleides, und sie flüchteten eilends aus der Stadt.

Und nachdem sie eine Wegstunde von der Stadt entfernt waren, verdüsterte sich des jungen Fischers Antlitz, und er schleuderte den Becher von sich und sprach zu seiner Seele: »Warum hießest du mich diesen Becher nehmen und ihn verbergen, da dies doch übel gehandelt war?«

Aber die Seele antwortete ihm: »Sei getrost, sei getrost.«

Und am Abend des zweiten Tages kamen sie zu einer Stadt, und der junge Fischer sprach zu seiner Seele: »Ist dies die Stadt, darin sie tanzet, von der du mir geredet hast?«

Und seine Seele antwortete ihm: »Es ist nicht diese Stadt, sondern eine andere. Dennoch laß uns hineingehen.«
Also gingen sie hinein und wanderten durch die Straßen, und als sie durch die Straße der Sandalenhändler wanderten, sah der junge Fischer ein Kind neben einem Kruge Wasser stehen. Und seine Seele sprach zu ihm: »Schlag das Kind!« Da schlug er das Kind, daß es weinte, und als er dies getan hatte, flüchteten sie eilends aus der Stadt.
Und nachdem sie eine Wegstunde von der Stadt entfernt waren, wurde der junge Fischer zornig und sprach zu seiner Seele: »Warum hießest du mich das Kind schlagen, da dies doch übel gehandelt war?«
Aber die Seele antwortete ihm: »Sei getrost, sei getrost.«
Und am Abend des dritten Tages kamen sie zu einer Stadt, und der junge Fischer sprach zu seiner Seele: »Ist dies die Stadt, darin sie tanzet, von der du mir geredet hast?«
Und seine Seele antwortete ihm: »Es kann sein, daß es in dieser Stadt ist, darum laß uns hineingehen.«
Also gingen sie hinein und wanderten durch die Straßen, allein nirgends konnte der junge Fischer den Fluß finden oder die Schenke, die am Ufer des Flusses stand. Und die Bewohner der Stadt blickten ihn mit seltsamer Neugier an, und er fürchtete sich und sprach zu seiner Seele: »Laß uns von hinnen ziehen, denn sie, die mit weißen Füßen tanzet, ist nicht hier.«
Aber seine Seele antwortete: »Nein, laß uns verweilen, denn die Nacht ist finster, und Räuber werden an den Wegen lauern.«
Da setzte er sich nieder auf den Marktplatz und rastete, und nach einer Weile kam ein Kaufmann vorbei,

der war in einen Mantel aus Tatarentuch gehüllt und trug an einem knotigen Schilfrohr eine Laterne aus Horn in durchbrochener Arbeit. Und der Kaufmann sprach zu ihm: »Warum sitzest du auf dem Marktplatz, da du doch siehst, daß die Buden geschlossen sind und die Ballen verschnürt?«

Und der junge Fischer antwortete ihm: »Ich kann keine Herberge in dieser Stadt finden, auch habe ich nicht Vetter noch Bruder, der mir Obdach gewähren könnte.«

»Sind wir nicht alle Brüder?« sprach der Kaufmann. »Und hat nicht *ein* Gott uns erschaffen? Deshalb komm mit mir, denn mein Haus bietet Raum genug für einen Gast.«

Da erhob sich der junge Fischer und folgte dem Kaufmann nach seinem Hause. Und als er durch einen Granatapfelgarten geschritten und in das Haus eingetreten war, brachte ihm der Kaufmann Rosenwasser in einem kupfernen Becken, damit er sich die Hände wüsche, und reife Melonen, damit er seinen Durst stille, und setzte eine Schale Reis und ein Stück gebratenes Ziegenfleisch vor ihn hin.

Und nachdem der junge Fischer sein Mahl beendet hatte, führte ihn der Kaufmann in das Gästezimmer und hieß ihn schlafen und in Frieden bei ihm wohnen. Und der junge Fischer dankte dem Kaufmann und küßte den Ring, der an seiner Hand war, und legte sich nieder auf die Teppiche aus gefärbtem Ziegenhaar. Und als er sich mit einer Decke aus schwarzer Lammwolle zugedeckt hatte, schlief er ein.

Und drei Stunden vor dem Morgengrauen, und da es noch Nacht war, weckte ihn seine Seele und sprach zu ihm: »Steh auf und geh in das Gemach des Kaufmanns, in das Gemach, darin er schläft, und erschlage ihn und nimm ihm sein Gold, denn wir können es wohl gebrauchen.«

Und der junge Fischer stand auf und schlich sich nach dem Gemach des Kaufmanns, und quer über den Füßen des Kaufmanns lag ein krummes Schwert, und der Kasten zur Seite des Kaufmanns barg neun Beutel mit Gold. Und er streckte seine Hand aus und griff nach dem Schwert, und als er danach griff, fuhr der Kaufmann in die Höhe und erwachte, und er sprang auf und faßte selbst das Schwert und rief dem jungen Fischer zu: »Vergiltst du Gutes mit Bösem und zahlst mit Blutvergießen für die Gastfreundschaft, die ich dir erwiesen habe?«

Und die Seele sprach zu dem jungen Fischer: »Triff ihn«, und er traf den Kaufmann so hart, daß er bewußtlos niedersank. Da packte der junge Fischer die neun Beutel Goldes und floh in Hast durch den Granatapfelgarten und wandte sein Antlitz nach dem Gestirn, das der Stern des Morgens ist.

Und nachdem sie eine Wegstunde von der Stadt entfernt waren, schlug sich der junge Fischer an die Brust und sprach zu seiner Seele: »Warum hießest du mich den Kaufmann erschlagen und sein Gold rauben? Wahrlich, du bist böse.«

Aber die Seele antwortete ihm: »Sei getrost, sei getrost.«

»Nein«, rief der junge Fischer, »ich kann mich nicht getrösten, denn alles, was du mir zu tun gebotest, ist mir verhaßt. Auch du bist mir verhaßt, und ich befehle dir: sag mir, weshalb du mich solcherart in Unheil verstrickst.«

Und seine Seele antwortete ihm: »Als du mich in die Welt hinausstießest, gabst du mir kein Herz; so lernte ich all diese Dinge tun und mich daran erfreuen.«

»Was sagst du da?« fragte der junge Fischer leise.

»Du weißt es«, antwortete die Seele, »du weißt es wohl. Hast du etwa vergessen, daß du mir kein Herz mitgabest? Ich glaube kaum. Und so quäle weder dich noch mich, sondern sei getrost; denn es ist kein Leid, das du nicht antun sollst, und keine Freude, die du nicht empfangen sollst.«

Und da der junge Fischer diese Worte hörte, erbebte er und sprach zu seiner Seele: »Nicht also, aber du bist böse und hast mich meine Liebe vergessen machen und mich mit Versuchungen versucht und meinen Fuß auf den Weg der Sünde geführt.«

Und die Seele erwiderte ihm: »Du hast es nicht vergessen: als du mich in die Welt hinausstießest, gabst du mir kein Herz. Komm, laß uns nach einer anderen Stadt gehen und guter Dinge sein, denn wir haben neun Beutel Goldes.«

Aber der junge Fischer nahm die neun Beutel Goldes und schleuderte sie zu Boden und trat sie unter seine Füße.

»Nein«, rief er, »nein, ich will nichts mit dir zu schaffen haben, und nirgendwohin will ich mit dir wandern; nein, wie ich dich einst von mir stieß, so will ich dich jetzt aus mir verstoßen, denn du hast Unheil über mich gebracht.« Und er wandte seinen Rücken dem Monde zu, und mit dem kleinen Messer, dessen Heft aus grüner Vipernhaut war, versuchte er, rund um seine Füße den Schatten seines Leibes abzuschneiden, seiner Seele Leib.

Doch seine Seele wich nicht von ihm, noch achtete sie seines Befehls, sondern sie sprach zu ihm: »Der Zauber, den die Hexe dich gelehrt, nützt dir nicht mehr, denn ich kann dich nicht verlassen, und du kannst mich nicht aus dir vertreiben. Ein einziges Mal im Leben kann sich ein Mensch von seiner Seele scheiden; der aber, der seine Seele wieder bei sich aufnimmt, muß sie fürderhin behalten, und das ist seine Strafe und sein Lohn.«

Und der junge Fischer wurde bleich und ballte seine Fäuste und schrie: »Sie war eine trügerische Hexe, denn davon hat sie mir nichts gesagt.«

»Nein«, erwiderte die Seele, »sie war nur Ihm getreu, den sie anbetet und dessen Dienerin sie ewig sein wird.«

Und als nun der junge Fischer wußte, daß er seiner Seele nicht noch einmal ledig werden konnte und daß sie eine böse Seele war und immerdar bei ihm wohnen werde, da fiel er nieder auf die Erde und weinte bitterlich.

Und als es Tag geworden war, erhob sich der junge Fischer und sprach zu seiner Seele: »Ich will meine Hände binden, damit ich dein Geheiß nicht tun kann, und meine Lippen versiegeln, damit ich deine Worte nicht sprechen kann, und ich will an den Ort zurückkehren, wo sie, die ich liebe, ihre Wohnung hat. Ja, an das Meer will ich zurück und zu der kleinen Bucht, wo sie zu singen pflegt, und ich will sie rufen und ihr das Böse bekennen, das ich getan, und das Böse, das du in mir erregt hast.«

Und seine Seele versuchte ihn und sprach: »Wer ist deine Liebste, daß du zu ihr zurückkehren solltest? In der Welt gibt es viele, die schöner sind als sie. Da sind die Tänzerinnen von Samaris, die die Tänze aller Arten von Vögeln und Tieren tanzen. Ihre Füße sind mit Henna gefärbt, und in den Händen tragen sie kleine Kupferglöckchen. Sie lachen beim Tanzen, und ihr Lachen ist so hell wie das Lachen der Bäche. Komm mit mir, und ich will sie dir zeigen. Wozu nützt dir dein Kummer über Sünde und sündhafte Dinge?

Ist das, was angenehm zu essen ist, nicht für den Esser geschaffen? Ist Gift in dem Trank, der süß zu trinken ist? Also zage nicht, sondern komm mit mir in eine andere Stadt. Ganz nahe liegt eine kleine Stadt, in der ein Garten voller Tulpenbäume ist. Und in diesem lieblichen Garten wohnen weiße Pfauen und Pfauen mit blauer Brust. Schlagen sie ihr Rad sonnenwärts, so flirren ihre Schweife wie Scheiben aus Elfenbein und Scheiben aus Gold. Und das Mädchen, das ihnen Futter bringt, tanzt für sie, zu ihrer Lust; manchmal tanzt sie auf den Händen, und zu anderen Malen tanzt sie auf den Füßen. Ihre Augen sind mit Antimon geschwärzt, und ihre Nüstern sind geschwungen wie die Flügel einer Schwalbe. Von einem Häkchen in ihrer Nase hängt eine Blume herab, die aus einer Perle geschnitten ist. Wenn sie tanzt, lacht sie, und die silbernen Spangen um ihre Knöchel klingeln wie Silberglöckchen. Und so betrübe dich nicht länger, sondern komm mit mir in diese Stadt.«

Aber der junge Fischer gab seiner Seele keine Antwort; er verschloß seine Lippen mit dem Siegel des Schweigens und band seine Hände mit einem festen Band und wanderte zurück zu dem Ort, von dem er gekommen, zu jener kleinen Bucht, wo seine Liebste zu singen pflegte. Und immerfort, während sie reisten, versuchte ihn seine Seele; doch er erwiderte ihr nicht, noch tat er etwas von all dem Bösen, zu dem sie ihn verlocken wollte – so große Macht hatte die Liebe, die in ihm war.

Und als er das Gestade des Meeres erreicht hatte, löste er das Band von seinen Händen und nahm das Siegel des Schweigens von seinen Lippen und rief die kleine Meermaid. Doch sie erhörte sein Rufen nicht, obgleich er den ganzen Tag lang zu ihr rief und zu ihr flehte.

Und die Seele spottete sein und sprach: »Fürwahr, wenig Freude gewährt dir deine Liebe. Du bist wie einer, der in Dürrezeiten Wasser in ein durchlöchertes Gefäß gießt. Du gibst hin, was du besitzest, und nichts empfängst du dafür zurück. Es wäre besser für dich, wenn du mit mir kämest, denn ich weiß, wo das Tal der Lust gelegen ist und was dort getan und getrieben wird.«

Aber der junge Fischer gab seiner Seele keine Antwort, sondern baute sich in einer Felsenkluft eine Hütte aus Flechtwerk und verweilte dort ein volles Jahr. Und jeden Morgen rief er die Meermaid, und jeden Mittag rief er sie wieder, und zur Nachtzeit rief er ihren Namen. Doch niemals stieg sie aus der Flut hervor, ihm zu begegnen, und an keiner Stelle des Meeres konnte er sie finden, wiewohl er sie suchte in den Höhlen der Tiefe und im grünen Wasser, in den Wassern der Gezeiten und in den Brunnen, die am Grunde der See aufwallen.

Und immerfort versuchte ihn seine Seele mit Bösem und raunte ihm dunkle Lockungen zu. Doch sie vermochte nichts wider ihn, so groß war die Macht seiner Liebe.

Und als das Jahr verstrichen war, dachte die Seele in ihm: »Ich habe meinen Herrn mit Bösem versucht, aber seine Liebe ist stärker als ich. Ich will ihn nun mit Gutem versuchen; vielleicht, daß er dann mit mir kommt.«

Also redete sie zu dem jungen Fischer und sprach: »Ich habe dir von der Lust der Welt erzählt, und dein Ohr ist taub für mich geblieben. Gestatte mir nun, daß ich dir vom Leid der Welt erzähle; vielleicht, daß du mich hören wirst. Denn fürwahr, das Leid ist Gebieter über diese Welt, und keiner ist, der seinen Netzen entschlüpft. Den einen fehlt es an Kleidern, den anderen fehlt das Brot. Witwen sind, die schreiten in Purpur einher, und Witwen, die gehen in Lumpen. Hin und her über die Moore stehlen sich die Aussätzigen, und sind doch grausam gegeneinander. Die Bettler ziehen die Landstraßen auf und nieder, und ihre Bettelsäcke bleiben leer. Durch die Gassen der Städte schleicht der Hunger, und die Seuche sitzt an ihren Toren. Komm, laß uns ausgehen und all den Jammer lindern und machen, daß Not und Unrecht nicht mehr sind. Wozu solltest du hier ausharren und deine Liebste rufen, da du doch siehst, daß sie deinem Ruf nicht folgt? Und was ist die Liebe, daß du ihr so hohen Wert zuerkennst?«

Aber der junge Fischer erwiderte ihr mit keinem Wort, so groß war die Macht seiner Liebe. Und jeden Morgen rief er die Meermaid, und jeden Mittag rief er sie wieder, und zur Nachtzeit rief er ihren Namen. Doch niemals stieg sie aus der Flut hervor, ihm zu begegnen, und an keiner Stelle des Meeres konnte er sie finden, wiewohl er sie suchte in den Strömen der See und in den Tälern, die unter den Wogen sind, in dem Meere, das die Nacht purpurn färbt, und in dem Meere, das die Morgendämmerung grau hinter sich zurückläßt.

Und als das zweite Jahr verstrichen war, sprach die Seele des Nachts zu dem jungen Fischer, da er allein in der Hütte aus Flechtwerk saß: »Siehe! nun habe ich dich mit Bösem versucht, und ich habe dich mit Gutem versucht, und deine Liebe ist stärker als ich. Deshalb will ich dich nicht länger versuchen, aber ich bitte dich: gestatte mir, in dein Herz einzukehren, daß ich mit dir eins sein möge wie zuvor.«

»Wohl magst du in mein Herz einkehren«, sprach der

junge Fischer, »denn in den Tagen, da du ohne Herz durch die Welt gingest, mußt du viel gelitten haben.«
»Wehe!« rief die Seele, »ich kann keinen Eingang finden, so ganz von Liebe umschlossen ist dein Herz.«
»Und doch wollte ich, daß ich dir helfen könnte«, sagte der junge Fischer.
Und da er sprach, kam ein lauter Klageruf aus der See, der Ruf, den die Menschen hören, wenn einer vom Meervolk gestorben ist. Und der junge Fischer sprang auf und ging aus seinem Hause aus Flechtwerk und lief hinab ans Ufer. Und die schwarzen Wogen eilten dem Ufer zu, und ihnen aufgebürdet war etwas, das war weißer als Silber. Weiß wie die Brandung war es, und gleich einer Blume schwankte es auf den Wassern. Und die Brandung entriß es den Wogen, und der Schaum entriß es der Brandung, und das Ufer empfing es, und zu seinen Füßen liegen sah der junge Fischer den Körper der kleinen Meermaid. Tot lag sie zu seinen Füßen.
Weinend wie einer, der zu Tode getroffen ist vom Leid, warf er sich neben ihr nieder und küßte das kalte Rot des Mundes und spielte mit dem nassen Bernstein ihres Haares. Er warf sich neben ihr nieder auf den Sand und weinte wie einer, der in Lust erschauert, und in seinen braunen Armen hielt er sie fest an seiner Brust. Kalt waren die Lippen, jedoch er küßte sie. Salzig war der Honig ihres Haars, jedoch er schmeckte es mit einer bittern Freude. Er küßte die geschlossenen Lider, und der wilde Gischt, der auf den Hügeln ihrer Augen lag, war minder salzig als seine Tränen.
Und vor der toten Hülle legte er seine Beichte ab. In die Kelche ihrer Ohren ergoß er den herben Wein seiner Geschichte. Er legte sich ihre kleinen Hände

um den Nacken, und mit seinen Fingern fühlte er den schlanken Schaft ihres Halses. Bitter, bitter war seine Lust, und voll seltsamer Freudigkeit war sein Schmerz.

Die schwarze See rollte näher heran, und der weiße Schaum ächzte wie ein Aussätziger. Mit weißen Schaumtatzen griff die See nach dem Ufer. Aus dem Palast des Meerkönigs scholl abermals der Klageruf, und weit draußen auf den Wellen bliesen die großen Tritonen mißtönend auf ihren Hörnern.

»Flieh hinweg«, sprach die Seele, »denn näher und näher rollt die See, und zauderst du, wird sie dich verderben. Flieh hinweg, denn ich fürchte mich, da ich sehe, wie dein Herz sich gegen mich verschlossen hat wegen der Größe deiner Liebe. Flieh hinweg an einen sicheren Ort. Du wirst mich doch nicht ohne Herz in eine andere Welt hinüberschicken?«

Aber der junge Fischer hörte nicht auf seine Seele, sondern rief zu der kleinen Meermaid und sprach: »Liebe ist besser als Weisheit und reicher als Schätze und schöner als die Füße der Menschentöchter. Die Feuer können sie nicht verzehren, noch können die Wasser sie löschen. Ich rief dich, wenn der Morgen graute, und du kamst nicht auf mein Rufen. Der Mond hörte deinen Namen, du aber achtetest meiner nicht. Denn böse war, daß ich dich verlassen hatte, und mir selber tat ich weh, da ich davonging. Immer jedoch war deine Liebe bei mir, und immer war sie stark, und nichts vermochte etwas über sie, ob ich meine Augen auch auf Schlimmes wie auf Gutes richtete. Und nun du tot bist, will ich wahrlich mit dir sterben.«

Und seine Seele beschwor ihn aufzubrechen, aber er gab nicht nach, so groß war seine Liebe. Und die See rollte näher heran und wollte ihn unter ihre Wogen stampfen, und als er sah, daß sein Ende da war, küßte er mit rasenden Lippen die kalten Lippen der Meermaid, und das Herz, das in ihm war, zersprang. Und da in der Fülle seiner Liebe sein Herz zersprang, fand die Seele einen Eingang und kehrte ein in sein Herz und war eins mit ihm, so wie zuvor. Und die See bedeckte den jungen Fischer mit ihren Wogen.

Und am Morgen zog der Priester hinaus, das Meer zu weihen, denn es hatte im Aufruhr getost. Und mit ihm gingen die Mönche und die Musikanten, die Kerzenträger und die Knaben, die die Weihrauchfässer schwangen, und eine große Menge Volks.

Und als der Priester das Ufer erreichte, sah er den jungen Fischer ertrunken in der Brandung treiben, und seine Arme umfingen den toten Körper der kleinen Meermaid. Und er wandte sich grollend ab und schlug das Kreuzeszeichen; dann erhob er seine Stimme und sprach: »Nicht will ich das Meer weihen noch irgendein Wesen, das darin ist. Verflucht sei das Meervolk, und verflucht seien alle, die mit ihm Umgangs pflegen! Und was ihn anlangt, der um der Liebe willen Gott absagte und nun hier vor mir liegt mit seiner Buhle, geschlagen von Gottes Zorn – nehmt seinen Leichnam und den Leichnam seiner Buhle und begrabt sie in der Ecke des Schindangers, und errichtet über ihnen kein Mal noch Zeichen irgendwelcher Art, auf daß keiner ihre Stätte wisse. Denn verflucht waren sie in ihrer Lebenszeit, und verflucht sollen sie sein auch im Tode.«

Und die Leute taten, wie er ihnen gebot, und in der Ecke des Schindangers, wo keine süßen Kräuter wachsen, hoben sie eine tiefe Grube aus und legten die beiden toten Körper hinein.

Und da sich das dritte Jahr erfüllt hatte, und an einem Tage, der ein heiliger Tag war, ging der Priester hinauf zu der Kapelle, daß er dem Volke die Wundmale des Herrn wiese und zu ihnen spräche von Gottes Zorn.

Und er kleidete sich in die Kleider seines heiligen Amtes und trat in die Kapelle, und als er sich vor dem Altar neigte, sah er, daß der Altar mit fremdartigen Blumen bedeckt war, wie er sie nie zuvor erschaut. Fremdartig anzusehen waren sie und von seltsamer Schönheit, und ihre Schönheit verwirrte ihn, und ihr Duft war süß in seiner Nase. Und er fühlte sich froh und konnte nicht begreifen, warum er froh war.

Und er hatte das Tabernakel aufgetan und die Monstranz, die darin war, mit Weihrauch durchduftet und dem Volk die Hostie gezeigt und sie wieder geborgen hinter dem Schleier der Schleier; und nun hob er an zu sprechen vor dem Volke, denn ihn drängte es, ihnen zu sagen von Gottes Zorn. Doch die Schönheit der weißen Blumen verwirrte ihn, und ihr Duft war süß in seiner Nase, und ein anderes Wort glitt zwischen seine Lippen, und er sprach nicht von dem Zorne Gottes, sondern von dem Gott, dessen Name Liebe heißt. Und warum er so sprach, wußte er nicht.

Und als er seine Botschaft beendet hatte, weinte das Volk, und der Priester ging zurück in die Sakristei, und seine Augen waren voll Tränen. Und die Diakone traten herein und begannen, ihn der Meßgewänder zu entkleiden, und nahmen ihm die Alba und den Gürtel ab, die Armbinde und die Stola. Und er stand wie ein Träumender.

Und da sie ihm die heiligen Kleider abgenommen hatten, blickte er sie an und sprach: »Was sind das für

Blumen, die auf dem Altar stehen, und woher kommen sie?«

Und sie antworteten ihm: »Was für Blumen es sind, können wir nicht sagen, doch kommen sie von der Ecke des Schindangers.« Und der Priester erbebte und kehrte heim in sein Haus und betete.

Und des Morgens, als es noch dämmerte, zog er hinaus mit den Mönchen und den Musikanten, den Kerzenträgern, und den Knaben, die die Weihrauchfässer schwangen, und einer großen Menge Volks, und er stieg hinab ans Gestade des Meeres und segnete das Meer und all die wilden Geschöpfe, die darin sind. Auch die Faune segnete er und die kleinen Geschöpfe, die im Walde tanzen, und die helläugigen Wesen, die durch die Blätter spähen. Alle Geschöpfe der Gotteswelt segnete er, und das Volk war voller Freude und voll Staunens. Nie wieder aber sprossen in dem Winkel des Schindangers Blumen, gleichviel welcher Art, sondern der Acker blieb unfruchtbar wie zuvor. Auch kam das Meervolk nie wieder in die Bucht, wie sie sonst oft getan, denn sie zogen nach einem anderen Teil der See.

DAS STERNENKIND

Es waren einmal zwei arme Holzfäller, die gingen ihres Weges heimwärts durch einen großen Tannenwald. Es war Winter und eine bitterkalte Nacht. Der Schnee lag dick auf dem Boden und auf den Baumästen, und der Frost zerknackte unablässig die kleinen Zweige zu ihrer Rechten und zu ihrer Linken; und als sie zu dem Wassersturz des Gießbaches kamen, hing der reglos in der Luft, denn die Eiskönigin hatte ihn geküßt.

So kalt war es, daß selbst die Tiere des Waldes und die Vögel nicht wußten, was sie davon denken sollten.

»Hu!« knurrte der Wolf, als er durchs Dickicht humpelte, den Schwanz zwischen die Beine geklemmt, »das ist ein geradezu schauderhaftes Wetter. Warum schreitet die Regierung nicht dagegen ein?«

»Uitt! uitt! uitt!« zwitscherten die grünen Hänflinge, »die alte Erde ist tot, und sie haben sie in ihrem weißen Leichentuche aufgebahrt.«

»Die Erde will Hochzeit machen, und dies ist ihr Brautgewand«, gurrten die Turteltauben einander zu. Ihre kleinen rosenroten Füße waren ganz klamm vor Kälte, aber sie fühlten sich verpflichtet, die Lage in romantischem Lichte anzusehen.

»Nonsens!« brummte der Wolf. »Ich sage Ihnen, die Regierung ist an allem schuld, und wenn Sie mir's nicht glauben, freß ich Sie auf.« Der Wolf war eine durch und durch praktische Natur und nie um ein schlagendes Argument verlegen.

»Na, ich meinerseits«, sagte der Specht, der ein geborener Philosoph war, »ich kümmere mich keinen

Atomismus was um hypothetische Erklärungen. Wenn etwas so und so ist, dann ist es so, und gegenwärtig ist es fürchterlich kalt.«

Fürchterlich kalt war es in der Tat. Die kleinen Eichhörnchen, die im Innern des hohen Tannenbaumes wohnten, rieben in einem fort ihre Nasen gegeneinander, um sich ein bißchen anzuwärmen, und die Kaninchen lagen zusammengerollt in ihren Löchern und wagten nicht einmal, zur Tür hinauszugucken. Die einzigen, die sich bei der Kälte wohlzufühlen schienen, waren die großen Uhus. Ihr Gefieder war ganz steif vom Rauhfrost, aber das störte sie nicht, und sie funkelten mit ihren großen gelben Augen und riefen einanderzu, quer durch den Forst: »Tuwitt! Tuuhuu! Tuwitt! Tuuhuu! ein Wetterchen ist das – eine wahre Wonne!«

Weiter und weiter gingen die beiden Holzfäller und hauchten sich kräftig auf die starren Finger und stapften mit den schweren, eisenbeschlagenen Stiefeln über den zusammengebackenen Schnee. Einmal versanken sie in einer tiefen Wehe, und als sie herausgeklettert kamen, waren sie weiß wie die Müller, wenn die Mühlsteine Korn mahlen; und ein andermal glitten sie aus auf dem harten, glatten Eise über dem gefrorenen Sumpf, und ihr Reisig fiel aus den Bündeln, und sie mußten es auflesen und von neuem zusammenbinden; und einmal wieder dachten sie, sie hätten den rechten Weg verfehlt, und ein großer Schrecken ergriff sie, denn sie wußten, daß der Schnee grausam ist gegen jeden, der in seinen Armen einschläft. Aber sie setzten ihr Vertrauen auf den guten heiligen Martin, der über alle Wanderer wacht, und verfolgten ihre Spur zurück und gingen bedachtsam, und endlich erreichten sie den Waldsaum und

sahen tief unten im Tal zu ihren Füßen die Lichter des Dorfes, in dem sie wohnten.
So überfroh waren sie über ihre Rettung, daß sie aus vollem Halse lachten, und die Erde erschien ihnen wie eine Blume aus Silber und der Mond wie eine Blume aus Gold.
Allein nachdem sie gelacht hatten, wurden sie traurig, denn sie gedachten ihrer Armut, und der eine von ihnen sagte zu dem anderen: »Warum haben wir uns eigentlich gefreut, da Leben doch nur für die Reichen ist und nicht für solche, wie wir sind? Besser, wir wären im Wald vor Kälte umgekommen oder ein wildes Tier hätte uns angefallen und uns zerrissen.«
»Fürwahr«, erwiderte sein Gefährte, »manchen ist viel gegeben, nur wenig den anderen. Das Unrecht hat die Welt verteilt, und nichts ist mit gleichem Maße zugemessen, außer dem Kummer.«
Doch wie sie miteinander ihr Elend beklagten, geschah etwas Wunderbares: vom Himmel fiel ein schöner und hell leuchtender Stern. Er glitt seitlich am Himmel herab, kreuzte die anderen Sterne auf seiner Bahn, und da die beiden ihm staunend zuschauten, kam es ihnen vor, als ob er hinter einer Gruppe von Weidenbäumen niederginge, die dicht bei einer kleinen Schafhürde standen, nicht mehr als einen Steinwurf von ihnen entfernt.
»Hoho! das ist ein Topf voll Gold für den, der ihn findet!« riefen sie, und sie machten sich auf und rannten, so begierig waren sie nach dem Gold.
Und der eine der beiden rannte schneller als sein Geselle und überholte ihn und bahnte sich seinen Weg durch die Weiden und kam jenseits heraus – und siehe! es war wirklich etwas Goldenes, das da auf der weißen Schneedecke lag. Also eilte er darauf

zu und faßte es, sich niederbeugend, zwischen seine beiden Hände, und es war ein Tuch aus Goldgewebe, wundersam bestickt mit Sternen und vielfältig zusammengeknotet. Und er rief seinem Gefährten zu, er habe den Schatz gefunden, der vom Himmel gefallen war, und als sein Gefährte ihn eingeholt hatte, setzten sie sich nieder in den Schnee, und sie lösten die Knoten des Tuches, damit sie die Goldstücke unter sich teilten. Doch ach! nicht Gold war darin noch Silber noch sonst ein Schatz irgendwelcher Art – nur ein kleines Kind lag da und schlief.

Und der eine von ihnen sagte zu dem anderen: »Dies ist ein bitteres Ende für unsere Hoffnung, und gar kein Glück soll uns beschieden sein; denn was nützt einem Manne ein Kind? Wir wollen es hier liegenlassen und unserer Wege gehen, da wir ja arme Leute sind und selber Kinder haben, deren Brot wir nicht an ein fremdes wegschenken dürfen.«

Doch sein Gefährte erwiderte ihm: »Nein, übel wäre es getan, wollten wir das Kind liegenlassen und dem Tod im Schnee überantworten; und wenn ich auch ebenso arm bin wie du und viele Mäuler zu stopfen und nur wenig im Topfe habe, so will ich es doch zu mir heimbringen und mein Weib soll sich seiner annehmen.«

Also hob er das Kind ganz behutsam vom Boden auf und wickelte es in das Tuch, um es vor der grimmigen Kälte zu schützen, und ging den Hügel abwärts nach dem Dorfe, während sein Kamerad sich weidlich über seine Torheit und sein weichmütiges Herz verwunderte.

Und als sie ins Dorf kamen, sagte sein Gefährte zu ihm: »Du hast das Kind – gib mir also das Tuch, denn es ist recht und billig, daß wir teilen.«

Aber der andere erwiderte: »Nein, das Tuch ist weder mein noch dein, sondern es gehört einzig dem Kinde«, und er wünschte ihm guten Weg und ging zu seinem Haus und klopfte.
Und als sein Weib die Tür öffnete und sah, daß ihr Mann wohlbehalten heimgekehrt war, legte sie ihm die Arme um den Hals und küßte ihn und nahm das Reisigbündel von seinem Rücken und klopfte den Schnee von seinen Stiefeln und bat ihn ins Haus.
Er aber sprach zu ihr: »Ich habe etwas im Wald gefunden und bringe es dir, damit du dich seiner annähmest«, und er rührte sich nicht von der Schwelle.
»Was ist es?« rief sie. »Zeig es mir, denn unser Haus ist arm, und wir brauchen vieles.« Und er zog das Tuch weg und zeigte ihr das schlafende Kind.
»Ach, lieber Mann!« murrte sie, »haben wir nicht selbst Kinder genug, daß du um alles in der Welt noch einen Wechselbalg heimbringen und an unserem Herde sitzen lassen mußt? Und wer weiß, ob uns dieses Kind nicht Unheil bringen wird? Und wie sollen wir es pflegen?« Und sie war aufgebracht wider ihn.
»Ich weiß nicht«, erwiderte er, »doch es ist ein Sternenkind.« Und er erzählte ihr, auf wie seltsame Weise er es gefunden.
Sie aber wollte sich nicht beschwichtigen lassen und spottete seiner und sprach zornige Worte und schrie: »Unsere Kinder leiden Not – und anderer Leute Kind sollen wir füttern? Wer ist, der uns behütet? Und wer nähret uns?«
»Gott behütet auch die Sperlinge und nähret sie«, antwortete er.
»Sterben die Sperlinge nicht Hungers im Winter?« fragte sie. »Und ist jetzt nicht Winter?« Und der

Mann erwiderte nichts, rührte sich jedoch nicht von der Schwelle.
Und ein eisiger Wind wehte vom Walde her durch die offene Tür, so daß es die Frau kalt überlief, und sie schauderte und sprach zu ihm: »Willst du nicht die Türe schließen? Ein eisiger Wind weht ins Haus, und ich friere.«
»In ein Haus, darin ein Herz verhärtet ist, weht dahinein nicht allzeit ein eisiger Wind?« fragte er. Und die Frau erwiderte ihm nichts, sondern schlich nur näher ans Feuer.
Und nach einer Weile wandte sie sich und sah ihn an, und ihre Augen standen voll Tränen. Da kam er rasch herein und gab ihr das Kind in die Arme, und sie küßte es und legte es in ein kleines Bett, wo das jüngste ihrer Kinder schlief. Und am nächsten Morgen ergriff der Holzfäller das wundersame goldene Tuch und tat es in eine große Truhe, und eine Bernsteinkette, die sich um des Kindes Nacken schlang, nahm die Frau und barg sie gleichfalls in der Truhe.

Also wuchs das Sternenkind gemeinsam mit den Kindern des Holzfällers auf und saß mit ihnen an demselben Tisch und war ihr Spielgefährte. Und Jahr um Jahr ward es schöner anzuschauen, so daß es alle mit Staunen erfüllte, die in dem Dorfe wohnten; denn waren sie selber von dunkler Haut und schwarzem Haar, so war das Sternenkind weiß und zart, wie aus Elfenbein geschnitten, und seine Locken glichen den goldenen Blütenkronen der Osterglocke. Seine Lippen waren wie die Blätter einer roten Blüte und seine Augen wie Veilchen an klaren Wassern, und sein Leib war weiß wie die Narzisse auf einem Felde, das der Schnitter nicht abmäht.

Böses jedoch schuf ihm seine Schönheit. Denn sie machte es stolz und grausam und selbstsüchtig. Die Kinder des Holzfällers und die anderen Kinder im Dorfe verachtete es und sagte, sie seien niederer Geburt, es selber aber sei edel, einem Stern entsprossen, und es warf sich auf zum Herrn über sie und nannte sie seine Knechte. Kein Mitleid hatte es mit den Armen oder mit denen, die blind oder verkrüppelt waren oder irgendein Leid trugen – es warf mit Steinen nach ihnen und jagte sie hinweg auf die Heerstraße und hieß sie ihr Brot anderswo betteln, so daß keiner außer den Geächteten ein zweitesmal nach jenem Dorfe kam, um Almosen zu erbitten. Ja, das Sternenkind glich einem, der eifernd die Schönheit verehrt, und es höhnte die Kranken und die Häßlichen und verlachte sie; sich selbst aber liebte es, und im Sommer, wenn die Winde schwiegen, lag es oft neben dem Springquell in des Priesters Garten und blickte hinab auf das Wunder seines eigenen Angesichts und lachte voll der Freude, die seine Schönheit ihm gab.

Oftmals schalten der Holzfäller und sein Weib das Sternenkind, und sie sagten: »Wir haben nicht so an dir getan, wie du an denen tust, die ohne Tröstung sind und keinen haben, ihnen beizustehen. Warum bist du so grausam gegen alle, die des Mitleids bedürfen?«

Oftmals schickte der alte Priester nach ihm und suchte es zu belehren über die Liebe, die man allem Leben schuldet, und er sagte zu ihm: »Die Fliege ist deine Schwester. Tu ihr nichts zuleide. Den munteren Vögeln, die durch die Wälder schwärmen, gebührt ihre Freiheit. Stell ihnen nicht nach zu deinem Vergnügen. Gott schuf die Blindschleiche und den Maulwurf, und jedes hat seinen Ort. Wer bist du,

daß du Schmerzen bringest in Gottes Welt? Selbst die Tiere auf dem Felde preisen seinen Namen.«
Doch das Sternenkind hörte nicht auf diese Worte, sondern murrte und höhnte nur und ging zurück zu seinen Gefährten und war ihr Herr. Und seine Gefährten folgten ihm, denn es war schön und schnellfüßig und konnte tanzen und flöten und musizieren. Und wohin das Sternenkind sie auch führte, sie folgten ihm, und was immer das Sternenkind ihnen zu tun gebot, das taten sie. Und wenn es mit einem spitzen Schilfrohr die trüben Augen des Maulwurfs durchbohrte, so lachten sie, und wenn es mit Steinen nach dem Aussätzigen warf, so lachten sie wieder. Und in allen Dingen herrschte es über sie, und ihre Herzen wurden hart, so wie seines war.

Eines Tages nun begab es sich, daß ein armes Bettelweib durch das Dorf zog. Ihre Kleider waren zerrissen und zerlumpt, und ihre Füße bluteten von der rauhen Straße, auf der sie gewandert, und großer Jammer stand auf ihrer Stirn geschrieben. Und weil sie müde war, setzte sie sich nieder unter einem Kastanienbaum, um zu rasten.
Aber als das Sternenkind sie erblickte, sprach es zu seinen Gefährten: »Seht! Da sitzt ein schmutziges Bettelweib unter dem schönen, grünblätterigen Baum. Kommt, laßt uns sie von dannen jagen, denn sie ist häßlich und mißgestalt.«
Also ging es dicht an die Frau heran und schleuderte Steine nach ihr und höhnte sie, und sie schaute den Knaben an, Entsetzen im Blick, und wandte das Auge nicht von ihm. Und der Holzfäller, der in einem Gehege nahebei Kloben spaltete, sah, was das Sternenkind tat, und lief herzu und schalt es und

sagte zu ihm: »Wahrlich, du bist harten Herzens und kennst kein Erbarmen, denn was hat dieses arme Weib dir Böses getan, daß du ihm so begegnest?«
Und das Sternenkind errötete vor Zorn und stampfte mit dem Fuß auf den Boden und sagte: »Wer bist du, daß du mich zur Rede stellst über das, was ich tue? Ich bin nicht dein Sohn und brauche mich deinem Gebot nicht zu fügen.«
»Du sprichst wahr«, erwiderte der Holzfäller, »doch ich erwies dir Barmherzigkeit, als ich dich im Walde fand.«
Und da das Weib diese Worte vernahm, stieß sie einen lauten Schrei aus und sank bewußtlos nieder. Und der Holzfäller trug sie in sein Haus, und seine Frau nahm sich ihrer an, und als sie aus ihrer Ohnmacht erwachte, setzten sie Speise und Trank vor sie hin und hießen sie sich erquicken.
Aber sie wollte nicht essen noch trinken, sondern sprach zu dem Holzfäller: »Sagtest du nicht, das Kind sei im Walde gefunden worden? Und war das nicht zehn Jahre vor dem heutigen Tag?«
Und der Holzfäller antwortete: »Ja, es war im Walde, daß ich das Kind fand, und es ist heute zehn Jahre her.«
»Und was für Kennzeichen fandest du an ihn?« rief sie. »Trug es nicht eine Bernsteinkette um den Hals? War es nicht rings umhüllt von einem Tuch aus Goldgewebe, mit Sternen bestickt?«
»Wahrlich«, antwortete der Holzfäller, »es war so, wie du sagest.« Und er nahm das Tuch und die Bernsteinkette aus der Truhe, in der sie lagen, und zeigte ihr beides.
Und da sie die Dinge sah, weinte sie vor Freude und sprach: »Es ist mein kleiner Sohn, den ich im Wald

verloren habe. Ich bitte dich sehr, sende eilends nach ihm, denn ihn zu suchen bin ich über die ganze Welt gewandert.«

Da gingen der Holzfäller und seine Frau hinaus und riefen das Sternenkind und sagten zu ihm: »Geh ins Haus, und dort sollst du deine Mutter finden, die auf dich wartet.«

Da lief der Knabe hinein, und Staunen und große Freude erfüllten ihn. Doch als er sah, wer im Hause auf ihn wartete, lachte er verächtlich und sagte: »Nun, wo ist meine Mutter? Denn ich sehe hier niemanden als dieses garstige Bettelweib.«

Und das Weib erwiderte ihm: »Ich bin deine Mutter.«

»Du bist von Sinnen, so zu reden«, schrie das Sternenkind zornig. »Ich bin nicht dein Sohn, denn du bist eine Bettlerin und häßlich und in Lumpen. Darum scher dich weg und laß mich dein abscheuliches Gesicht nicht länger sehen.«

»Doch, du bist wirklich mein kleiner Sohn, den ich im Wald gebar«, rief sie, und sie warf sich auf die Knie und streckte ihre Arme nach ihm aus. »Die Räuber stahlen dich mir und gaben dich dem Tode preis«, sprach sie mit versagender Stimme, »doch ich erkannte dich sogleich, da ich dich sah, und auch die Zeichen habe ich erkannt, das Tuch aus Goldgewebe und die Bernsteinkette. Deshalb beschwöre ich dich: Komm mit mir, denn dich zu suchen bin ich über die ganze Welt gewandert. Komm mit mir, mein Sohn, denn ich bedarf deiner Liebe.«

Das Sternenkind aber rührte sich nicht von der Stelle, sondern verschloß die Türen seines Herzens gegen sie, und kein Laut war in der Stube vernehmlich außer dem Weinen der Frau in ihrem großen Leide.

Und endlich sprach der Knabe zu ihr, und seine Stimme war hart und böse. »Wenn du in Wahrheit meine Mutter bist«, sagte er, »so wäre es besser gewesen, du wärest fern von mir geblieben und nicht hierhergekommen, um mich in Schande zu bringen; denn ich glaubte, ich sei das Kind eines Sternes und nicht einer Bettlerin Kind, wie du mir sagest. Deshalb scher dich weg von hier und laß mich dich nicht wieder erschauen.«

»Wehe, mein Sohn!« rief sie, »willst du mich nicht küssen, bevor ich weitergehe? Denn ich habe viel erduldet, um dich zu finden.«

»Nein«, sagte das Sternenkind, »allzu häßlich bist du anzusehen, und eher wollte ich die Natter und die Kröte küssen als dich.«

Da stand das Weib auf und ging bitterlich weinend hinweg in den Wald, und als das Sternenkind sah, daß sie gegangen war, freute es sich und lief zurück zu seinen Spielgefährten, um mit ihnen zu spielen.

Doch als sie es kommen sahen, lachten sie es aus und sagten: »Oh, du bist häßlich wie die Kröte und widerwärtig wie die Natter. Scher dich weg von hier, denn wir wollen nicht, daß du mit uns spielst«, und sie trieben es aus dem Garten.

Und das Sternenkind zog die Stirn kraus und sagte zu sich selber: »Was war das, was sie zu mir sprachen? Ich will zu dem Quell gehen und hineinschauen, und er soll mir von meiner Schönheit sagen.«

Also ging es zu dem Quell und schaute hinein, und siehe! sein Gesicht war wie das Gesicht einer Kröte, und sein Leib war schuppig wie der einer Natter. Und es warf sich nieder ins Gras und weinte und sprach bei sich selber: »Wahrlich, dies ist über mich gekommen um meiner Sünde willen. Denn ich habe meine Mutter verleugnet und verjagt und bin stolz und grausam gegen sie gewesen. Deshalb will ich von dannen ziehen und sie suchen über die ganze Welt und nicht rasten noch ruhen, bis ich sie gefunden habe.«

Da kam das kleine Töchterchen des Holzfällers ihm nachgelaufen und legte ihm die Hand auf die Schulter und sagte: »Was tut es, wenn du nicht mehr schön und lieblich bist? Bleib bei uns, ich will gewiß nicht über dich höhnen.«

Und der Knabe sprach zu ihr: »Nein; denn ich bin grausam gegen meine Mutter gewesen, und diese Trübsal ist als Strafe über mich verhängt. Deshalb muß ich von hier gehen und die Welt durchwandern, bis ich sie finde und Vergebung von ihr erlange.«

Also lief er fort in den Wald und rief laut nach seiner Mutter, daß sie zu ihm käme, doch keine Antwort scholl zurück. Den ganzen Tag lang rief er sie, und als die Sonne sank, legte er sich zum Schlafe nieder auf ein Bett aus Blättern, und die Vögel und die Tiere des Waldes flohen vor ihm, denn sie gedachten seiner Grausamkeit; und alle ließen ihn allein, nur die Kröte wachte bei ihm und die träge Natter kroch vorüber.

Und am Morgen stand er auf und pflückte ein paar bittere Beeren von den Sträuchern und aß sie, und er ging seinen Weg durch den großen Wald und weinte sehr. Und bei jedem Wesen, das er traf, forschte er, ob es von ungefähr seine Mutter gesehen habe.

Er sprach zum Maulwurf: »Du kannst unter die Erde dringen. Sag mir, ist meine Mutter dort?«

Und der Maulwurf antwortete: »Du hast mir meine beiden Augen geblendet. Wie soll ich es wissen?«

Er sprach zum Hänfling: »Du kannst über die Wipfel der hohen Bäume fliegen und siehst die ganze Welt. Sag mir, kannst du meine Mutter sehen?«

Und der Hänfling antwortete: »Du hast mir die Flügel beschnitten aus böser Lust. Wie soll ich fliegen?«

Und zu dem kleinen Eichhörchnen, das im Tannenbaum wohnte und ganz verlassen war, sprach er: »Wo ist meine Mutter?«

Und das Eichhörnchen antwortete: »Du hast meine Mutter gemordet. Willst du auch die deine ermorden?«

Und das Sternenkind weinte und senkte sein Haupt und erbat Vergebung von Gottes Geschöpfen und wanderte weiter durch den Wald und suchte die Bettlerin. Und am dritten Tage gelangte es an die andere Seite des Waldes und stieg hinab in die Ebene.

Und wenn es durch die Dörfer zog, höhnten es die Kinder und warfen mit Steinen nach ihm, und die Bauern ließen es nicht einmal in den Scheunen schlafen, damit es nicht Meltau über das gespeicherte Korn brächte, so widerlich war es anzusehen, und die Tagelöhner jagten es davon, und keiner war, der Mitleid mit ihm hatte. Und nirgends konnte es etwas über die Bettlerin erfahren, die seine Mutter war, ob es gleich während dreier Jahre über die Welt hin wanderte und oft vermeinte, die Frau auf der Landstraße vor sich zu sehen, und sie rief und ihr nacheilte, bis die scharfen Kieselsteine seine Füße bluten machten. Sie einzuholen aber vermochte es nicht, und die Leute, die an seinem Wege wohnten, leugneten stets, sie gesehen zu haben, sie oder eine, die ihr glich, und sie trieben Scherz mit seinem Gram.

Während dreier Jahre wanderte der Knabe über die Welt, und die Welt hatte für ihn nicht Liebe noch Herzensfreundlichkeit noch Erbarmen: es war eine

Welt, wie er selbst sie sich erschaffen hatte in den Tagen seines großen Hochmuts.

Und eines Abends kam er an das Tor einer stark umwallten Stadt, die an einem Fluß aufragte, und so müde und fußwund er auch war, schickte er sich doch an, hineinzugehen. Aber die Soldaten, die am Tor Wache hielten, senkten ihre Hellebarden und versperrten den Eingang und fragten ihn barsch: »Was willst du hier in der Stadt?«

»Ich suche meine Mutter«, antwortete er, »und ich bitte euch herzlich, laßt mich vorbei, denn es könnte sein, daß sie in dieser Stadt ist.«

Sie aber verhöhnten das Sternenkind, und einer von ihnen schüttelte seinen schwarzen Bart und stieß den Schild auf den Boden und schrie: »Fürwahr, keine große Freude wird deine Mutter haben, wenn sie dich sieht, denn du bist häßlicher als die Kröte im Morast oder die Natter, die im Sumpfe kriecht. Hinweg mit dir! Hinweg! Deine Mutter wohnt nicht in dieser Stadt.«

Und ein anderer, der ein gelbes Banner in der Hand hielt, sagte zu ihm: »Wer ist deine Mutter, und weshalb suchst du sie?«

Und es antwortete: »Meine Mutter ist eine Bettlerin, so wie ich ein Bettler bin, und ich habe übel an ihr gehandelt; und deshalb flehe ich euch an: gestattet mir, das Tor zu durchschreiten, damit ich Vergebung von ihr erlangen könnte, falls sie von ungefähr in dieser Stadt weilt.« Aber sie ließen sich nicht erweichen und stachen nach ihm mit ihren Speeren.

Und da es sich weinend wegwandte, kam einer herzu, dessen Rüstung eingelegt war mit goldenen Blumen und auf dessen Helm ein geflügelter Löwe ruhte, und

er fragte die Soldaten, wer da Einlaß begehrt habe. Und sie sagten zu ihm: »Es ist ein Bettler, einer Bettlerin Kind, und wir haben ihn weggejagt.«
»Nicht doch«, rief er lachend, »lieber wollen wir den widerlichen Burschen als Sklaven verkaufen, und zu demselben Preis, für den man eine Schale süßen Weines kauft.«
Und ein alter Mann mit bösem Gesicht, der gerade vorüberkam, stimmte zu und sagte: »Für diesen Preis will ich ihn kaufen«, und als er den Preis gezahlt hatte, nahm er das Sternenkind bei der Hand und führte es in die Stadt.
Und sie gingen durch viele Straßen und gelangten endlich zu einem Pförtchen in einer Mauer, die von den Zweigen eines Granatapfelbaumes überwachsen war. Und der Alte berührte die Pforte mit einem Ring aus geschnittenem Jaspis, und sie sprang auf, und sie stiegen fünf erzene Stufen hinab in einen Garten voll schwarzer Mohnblüten und grüner Krüge aus gebranntem Ton. Und der Alte nahm aus seinem Turban eine Binde aus gemusterter Seide und legte sie dem Sternenkind vor die Augen und stieß es vor sich her. Und als die Binde von seinen Augen genommen war, sah es sich in einem Kerker, den eine Hornlaterne erhellte.
Und der Alte setzte schimmeliges Brot auf einem Brett vor das Sternenkind hin und sagte: »Iß!«, und brackiges Wasser in einem Becher und sagte: »Trink!«, und da es gegessen und getrunken hatte, ging der Alte hinaus und schloß die Tür hinter sich ab und versperrte sie mit einer eisernen Kette.

Und der Alte, der in Wahrheit der tückischste aller Magier Libyens war und seine Kunst von einem gelernt hatte, der in den Totenstädten am Nil hauste – der Alte kam am Morgen zu dem Sternenkind herein und blickte es finster an und sprach: »In einem Walde, der sich nahe dem Tor dieser Stadt von Ungläubigen erstreckt, liegen drei Stücke Gold verborgen. Das eine ist von weißem Gold, und das zweite ist von gelbem Gold, und das Gold des dritten ist rot. Heute sollst du mir das Stück weißen Goldes bringen, und bringst du es mir nicht hierher, so will ich dich mit hundert Hieben streichen. Mach schnell und geh, und bei Sonnenuntergang will ich an der Gartenpforte auf dich warten. Sieh zu, daß du das weiße Gold mitbringst, oder es soll dir schlimm ergehen, denn du bist mein Sklave, und ich habe dich gekauft für den Preis einer Schale süßen Weines.« Und er legte dem Sternenkind die Binde aus gemusterter Seide vor die Augen und führte es durch das Haus und durch den Garten voller Mohnblüten und die fünf erzenen Stufen hinan. Und als er das Pförtchen mit seinem Ring geöffnet hatte, drängte er es auf die Straße.

Und das Sternenkind ging hinaus aus dem Tor der Stadt und kam zu dem Walde, von dem der Zauberer ihm gesprochen hatte.

Nun war dieser Wald von außen her sehr lieblich anzusehen und schien voll singender Vögel und süßduftender Blumen, und das Sternenkind freute sich, als es hineinging. Jedoch die Schönheit des Waldes nützte ihm wenig, denn wo es auch wanderte, schossen rauhe Dornen und Stacheln aus dem Boden hervor und umstarrten es, und boshafte Nesseln stachen nach ihm, und die Distel bohrte ihm ihre Dolche ins Fleisch, so daß es in herbe Pein geriet. Und nirgends konnte es das Stück weißen Goldes finden, von dem der Zauberer gesagt hatte, obschon es danach suchte von Morgen bis Mittag und von Mittag bis Sonnenuntergang. Und bei Sonnenuntergang wandte es sein Antlitz zurück nach dem Hause des Zauberers und weinte bittere Tränen, denn es wußte, welches Geschick seiner wartete.

Doch als es den Saum des Waldes erreicht hatte, hörte es aus dem Dickicht einen Schrei wie von einem in Todesangst. Und seinen eigenen Kummer vergessend, lief es zurück zu der Stelle und sah dort einen kleinen Hasen in einer Schlinge gefangen, die der Jäger für ihn ausgelegt hatte.

Und das Sternenkind hatte Erbarmen mit dem Hasen und befreite ihn und sprach: »Ich bin selbst nur ein Sklave, dennoch kann ich dir deine Freiheit geben.«

Und der Hase antwortete ihm und sprach: »Wahrlich, du hast mir die Freiheit gegeben, und was soll ich dir als Gegengabe geben?«

Und das Sternenkind sagte zu ihm: »Ich suche nach einem Stück weißen Goldes und kann es nirgends finden, und wenn ich es meinem Herrn nicht bringe, wird er mich schlagen.«

»So komm mit mir«, sagte der Hase, »und ich will dich zu dem Golde hinführen, denn ich weiß, wo es versteckt ist und zu welchem Zweck.«

Da ging das Sternenkind mit dem Hasen, und siehe, in einem Spalt im Stamme eines großen Eichbaums erblickte es das Stück weißen Goldes, das es suchte. Und es war voller Freude und nahm das Gold und sagte zu dem Hasen: »Den Dienst, den ich dir geleistet, hast du mir vielmals und übergenug vergolten, und die Guttat, die ich dir erwies, hast du mir hundertfältig zurückgezahlt.«

»Nein«, erwiderte der Hase, »allein wie du mir getan, so habe ich an dir getan.« Und er lief hurtig davon, und das Sternenkind ging nach der Stadt.
Am Tore der Stadt nun saß einer, und es war ein Aussätziger. Über sein Gesicht hing eine Kapuze aus grauem Linnen, und durch zwei Schlitze glommen seine Augen gleich roten Kohlen. Und als er das Sternenkind kommen sah, schlug er auf einen hölzernen Napf und rasselte mit seiner Klapper und rief es an und sagte: »Gib mir ein Stück Geld, oder ich muß Hungers sterben. Denn sie haben mich aus der Stadt hinausgetrieben, und keiner ist, der sich meiner erbarmt.«
»Ach!« rief das Sternenkind, »ich habe nur ein einziges Stück Goldes in meiner Tasche, und bringe ich es nicht meinem Herrn, so wird er mich schlagen, denn ich bin sein Sklave.«
Doch der Aussätzige flehte zu ihm und bat und beschwor es, bis das Sternenkind sich seiner erbarmte, und es gab ihm das Stück weißen Goldes.
Und als es zum Hause des Zauberers kam, öffnete ihm der Zauberer und ließ es ein und sagte zu ihm: »Hast du das Stück weißen Goldes?« Und das Sternenkind antwortete: »Ich habe es nicht.« Da stürzte sich der Zauberer auf den Knaben und schlug ihn und setzte ein leeres Brett vor ihn hin und sagte: »Iß!«, und einen leeren Becher und sagte: »Trink!«, und stieß ihn wieder in den Kerker.

Und am Morgen kam der Zauberer abermals zu ihm und sagte: »Wenn du mir heute nicht das Stück gelben Goldes bringst, so sollst du wahrlich mein Sklave bleiben und ich will dir dreihundert Schläge geben.«

Da ging das Sternenkind in den Wald und suchte den ganzen Tag lang nach dem Stück gelben Goldes und konnte es doch nirgends finden. Und bei Sonnenuntergang setzte es sich nieder und begann zu weinen, und da es weinte, kam der kleine Hase angelaufen, den es aus der Schlinge gerettet hatte.

Und der Hase sprach zu ihm: »Warum weinst du? Und was suchest du im Wald?«

Und das Sternenkind antwortete: »Ich suche ein Stück gelben Goldes, das hier verborgen liegt, und wenn ich es nicht finde, wird mein Herr mich schlagen und ich muß fürderhin sein Sklave sein.«

»Folge mir!« rief der Hase, und er lief durch den Wald, bis er an einen Wassertümpel kam. Und auf dem Grunde des Tümpels lag das Stück gelben Goldes.

»Wie soll ich dir danken?« sagte das Sternenkind, »denn siehe, dies ist das zweite Mal, daß du mir beistehst.«

»Danke mir nicht, denn du zuerst hast dich meiner erbarmt«, sagte der Hase und lief hurtig davon.

Und das Sternenkind nahm das Stück gelben Goldes und barg es in seiner Tasche und eilte der Stadt zu. Aber der Aussätzige sah den Knaben kommen und lief ihm entgegen und fiel vor ihm auf die Knie und schrie: »Gib mir ein Stück Geld, oder ich werde Hungers sterben.«

Und das Sternenkind sagte zu ihm: »Ich habe in meiner Tasche nur ein einziges Stück gelben Goldes, und bringe ich es nicht meinem Herrn, so wird er mich schlagen und ich muß fürderhin sein Sklave sein.«

Doch der Aussätzige bestürmte das Sternenkind mit Bitten, so daß es sich seiner erbarmte, und es gab ihm das Stück gelben Goldes.

Und als es zum Hause des Zauberers kam, öffnete ihm der Zauberer und ließ es ein und sagte zu ihm: »Hast du das Stück gelben Goldes?« Und das Sternenkind erwiderte: »Ich habe es nicht.« Da stürzte sich der Zauberer auf den Knaben und schlug ihn und legte ihm schwere Ketten an und warf ihn wieder in den Kerker.

Und am Morgen kam der Zauberer abermals zu ihm und sagte: »Wenn du mir heute das Stück roten Goldes bringst, will ich dir die Freiheit geben, bringst du es aber nicht, so will ich dich fürwahr erschlagen.«

Da ging das Sternenkind in den Wald und suchte den ganzen Tag lang nach dem Stück roten Goldes und konnte es doch nirgends finden. Und als es Abend wurde, setzte es sich nieder und weinte, und da es weinte, kam der kleine Hase angelaufen.

Und der Hase sprach zu ihm: »Das Stück roten Goldes, das du suchst, liegt in der Höhle hinter dir. Darum weine nicht länger, sondern sei frohen Mutes.«

»Wie soll ich dir lohnen?« rief das Sternenkind, »denn siehe, dies ist das dritte Mal, daß du mir beistehst.«

»Danke mir nicht, denn du zuerst hast dich meiner erbarmt«, sagte der Hase und lief hurtig davon.

Und das Sternenkind trat ein in die Höhle, und in ihrem fernsten Winkel fand es das Stück roten Goldes. Da barg es das Gold in seiner Tasche und eilte der Stadt zu. Und als der Aussätzige den Knaben kommen sah, stellte er sich mitten auf seinen Weg und rief ihn an und sagte zu ihm: »Gib mir das Stück roten Goldes, oder ich muß sterben«, und das Sternenkind erbarmte sich sein abermals, und es gab ihm das Stück roten Goldes und sagte: »Dein Elend ist größer als das meine.« Allein sein Herz war bang, denn es wußte, welch bitteres Los seiner wartete.

Doch siehe! da es durch das Stadttor schritt, neigten sich die Wächter tief und huldigten ihm und sprachen: »Wie schön ist unser Herr!«, und ein großer Haufe Volks drängte ihm nach, und alle riefen laut: »Wahrlich, niemand auf der ganzen Welt ist so schön wie er!« Da weinte das Sternenkind und sprach bei sich selber: »Sie verhöhnen mich, und meine Trübsal gilt ihnen wenig.« Und so viele Menschen liefen zusammen, daß es seinen Pfad verfehlte und auf einen großen Platz geriet, an dem der Palast des Königs stand.

Und das Tor des Palastes sprang auf, und heraus eilten die Priester und die hohen Würdenträger der Stadt, es willkommen zu heißen, und sie demütigten sich vor ihm und sprachen: »Du bist unser Herr, auf den wir so lange gewartet haben, und der Sohn unseres Königs.«

Und das Sternenkind erwiderte ihnen und sprach also: »Ich bin nicht eines Königs Sohn, sondern das Kind eines armen Bettelweibes. Und wie wollt ihr sagen, ich sei schön, da ich doch weiß, daß ich häßlich anzusehen bin?«

Da hob der, dessen Rüstung mit goldenen Blumen eingelegt war und auf dessen Helm ein geflügelter Löwe ruhte, einen Schild empor und rief: »Wie mag mein Gebieter sagen, daß er nicht schön sei?«

Und das Sternenkind schaute hinein, und siehe! sein Antlitz war, wie es ehedem gewesen, und seine Lieblichkeit war ihm zurückgekehrt, in seinen Augen aber sah es etwas, das es früher nicht darin gesehen hatte.

Und die Priester und die hohen Würdenträger knieten nieder und sagten zu ihm: »Es war uns von alters geweissagt, daß am heutigen Tag der kommen werde, der über uns herrschen soll. Deshalb geruhe unser Herr, dies Zepter und diese Krone anzunehmen und in seiner Gerechtigkeit und Gnade König über uns zu sein.«

Das Sternenkind aber sprach zu ihnen: »Ich bin des nicht würdig, denn ich habe meine Mutter verleugnet, die mich gebar, und nicht ruhen will ich noch rasten, bis ich sie gefunden und ihre Vergebung erfahren habe. Deshalb laßt mich ziehen, denn weiter muß ich wandern all über die Welt und kann hier nicht verweilen, ob ihr mir auch Krone und Zepter bringt.« Und da es sprach, wandte es sein Antlitz von ihnen und kehrte sich zu der Straße, die zum Stadttor führte, und siehe! inmitten des Menschengedränges rings um die Soldaten erblickte es die Bettlerin, die seine Mutter war, und zu ihrer Seite stand der Aussätzige, der am Wege gesessen hatte.

Und ein Freudenschrei brach von seinen Lippen, und es lief hin und lag auf den Knien und küßte die Wunden an seiner Mutter Füßen und feuchtete sie mit seinen Tränen. Es beugte sein Haupt in den Staub, und schluchzend wie einer, dessen Herz brechen will, sprach es zu ihr: »Mutter, ich habe dich verleugnet in der Stunde meines Hochmuts. Nimm mich an in der Stunde meiner Niedrigkeit. Mutter, ich gab dir Haß. Gib du mir Liebe. Mutter, ich verschmähte dich. Laß nun mich dein Kind sein.« Aber die Bettlerin erwiderte ihm nicht ein Wort.

Und es streckte die Hände aus und umfaßte die narbigweißen Füße des Aussätzigen und sprach zu ihm: »Dreimal schenkte ich dir Barmherzigkeit. Bitte

meine Mutter ein einzig Mal, daß sie zu mir spreche.« Aber der Aussätzige erwiderte ihm nicht ein Wort.
Und wieder schluchzte es und sprach: »Mutter, mein Leid ist größer, als ich tragen kann. Gewähre mir Vergebung und laß mich heimkehren in den Wald.«
Und die Bettlerin legte ihm ihre Hand aufs Haupt und sprach zu ihm: »Steh auf!«, und der Aussätzige legte ihm seine Hand aufs Haupt, und auch er sprach zu ihm: »Steh auf!«
Und es erhob sich von seinen Knien und blickte sie an, und siehe! sie waren ein König und eine Königin.
Und die Königin sprach zu ihm: »Dies ist dein Vater, dem du beigestanden hast.«
Und der König sprach: »Dies ist deine Mutter, deren Füße du mit deinen Tränen gebadet hast.«
Und sie umhalsten und küßten ihren Sohn und führten ihn in den Palast und kleideten ihn in prächtige Gewänder und setzten ihm die Krone auf sein Haupt und gaben das Zepter in seine Hand, und über die Stadt, die am Fluß aufragte, gebot er und war ihr Herr. Große Gerechtigkeit und Gnade erzeigte er allen seinen Untertanen, und den bösen Zauberer verbannte er, und dem Holzfäller und seiner Frau sandte er viele reiche Gaben, und ihren Kindern erwies er hohe Ehre. Und niemals ließ er zu, daß jemand grausam gegen Vögel oder anderes Getier war, sondern er lehrte Liebe und Herzensgüte und Barmherzigkeit, und den Armen gab er Brot, und die Nackten kleidete er, und Friede und Fülle waren im Land.
Allein er herrschte nicht lange, allzu groß war sein Leid gewesen und allzu verzehrend das Feuer seiner Prüfung, und nach drei Jahren starb er. Und der nach ihm kam, herrschte böse.

DIE ERZÄHLUNGEN

LORD ARTHUR SAVILES VERBRECHEN

Eine Studie über die Pflicht

I

Es war Lady Windermeres letzter Jour vor Ostern, und in Bentinck-House drängten sich die Gäste noch dichter als sonst. Sechs Minister waren in ihren Sternen und Bändern direkt vom Empfang beim Unterhaussprecher herbeigeeilt, all die hübschen Frauen trugen ihre elegantesten Kleider, und oben am Ende der Bildergalerie stand Fürstin Sophia von Karlsruhe, eine gewichtige, tatarisch aussehende Dame mit winzigen schwarzen Augen und herrlichen Smaragden, sprach schlecht und überlaut französisch und lachte unmäßig über alles, was man zu ihr sagte. Lady Windermere hatte an diesem Abend eine wundervoll gemischte Gesellschaft zusammengebracht. Glänzende Aristokratinnen plauderten leutselig mit wilden Anarchisten, beliebte Kanzelredner saßen Schulter an Schulter neben blendenden Freigeistern, ein ganzes Rudel Bischöfe folgte einer korpulenten Primadonna unentwegt von einem Zimmer ins andere, auf dem Treppenaufgang standen mehrere Mitglieder der Royal Academy, die man beinahe für Künstler hätte halten können, und es hieß, zu einer Zeit habe der Speisesaal geradezu gestrotzt von Genies. In der Tat, es war einer von Lady Windermeres gelungensten Abenden, und die Fürstin blieb bis fast halb zwölf.

Sowie sie gegangen war, kehrte Lady Windermere in die Bildergalerie zurück, wo ein berühmter National-

ökonom einem entrüsteten ungarischen Virtuosen umständlich die wissenschaftliche Theorie der Musik entwickelte, und sie begann sich mit der Herzogin von Paisley zu unterhalten. Sie sah wunderbar schön aus mit ihrem stolzen elfenbeinschimmernden Hals, den großen blauen Vergißmeinnichtaugen und den schweren Locken goldenen Haars. Reines Gold waren diese Locken – nicht von der bleichen Strohfarbe, die sich heutzutage den schmeichlerisch holden Namen Gold anmaßt, sondern Gold, wie es in Sonnenstrahlen eingewoben oder in köstlichem Bernstein verborgen ist; und sie umrahmten ihr Gesicht wie mit der Gloriole einer Heiligen und gaben ihr zugleich nicht wenig von dem faszinierenden Reiz einer Sünderin. Sie war ein interessantes Objekt für den Seelenforscher. Schon früh hatte sie die bedeutsame Wahrheit entdeckt, daß nichts der Unschuld so ähnlich sieht wie die Unbesonnenheit; und durch eine Reihe leichtsinniger Streiche, zum Teil ganz harmloser Art, war sie zu allen Vorrechten gekommen, die man einer Persönlichkeit zugesteht. Mehr als einmal hatte sie ihren Gatten gewechselt – in Debretts Verzeichnis der englischen Pairs werden ihr drei Ehen zugeschrieben –; doch da sie nie ihren Liebhaber wechselte, hatte die Welt längst aufgehört, Skandalgeschichten über sie zu erzählen. Sie war jetzt vierzig Jahre alt, kinderlos, und von der unbändigen Leidenschaft für das Vergnügen, die das Geheimnis ewiger Jugend ist.
Plötzlich blickte sie lebhaft um sich und sagte mit ihrer klingenden Altstimme: »Wo ist mein Chiromant?«
»Ihr was, Gladys«, rief die Herzogin laut und fuhr unwillkürlich zusammen.
»Mein Chiromant, Herzogin; ich kann jetzt nicht ohne ihn leben.«

»Teure Gladys, Sie sind immer so originell!« sagte die Herzogin zerstreut: sie suchte sich zu erinnern, was ein Chiromant eigentlich ist, und hoffte, er sei nicht dasselbe wie ein Chirurg.

»Er kommt regelmäßig zweimal in der Woche, um meine Hand anzusehen«, fuhr Lady Windermere fort, »seine Diagnosen sind äußerst interessant.«

»Großer Gott!« sagte die Herzogin im stillen, »er ist also doch eine Art Chirurg. Wie schauderhaft! Hoffentlich ist er wenigstens ein Ausländer. Dann wäre es immerhin nicht ganz so schlimm.«

»Ich muß ihn Ihnen unbedingt vorstellen.«

»Ihn vorstellen!« rief die Herzogin. »Sie wollen doch nicht etwa sagen, er sei hier?« Und mit den Augen suchte sie nach einem kleinen Schildpattfächer und einem sehr zerschlissenen Spitzenschal, um jeden Moment zum Aufbruch bereit zu sein.

»Selbstverständlich ist er hier; um keinen Preis würde ich ohne ihn eine Gesellschaft geben. Er sagt, ich habe eine rein geistige Hand, und wenn mein Daumen ein ganz kleines bißchen kürzer wäre, würde ich eine ausgesprochene Pessimistin sein und mich ins Kloster zurückgezogen haben.«

»Ach so!« sagte die Herzogin sehr erleichtert, »er ist ein Hellseher und sagt den Leuten ihre Geschicke voraus, nicht wahr?«

»Und die Mißgeschicke ebenfalls«, erwiderte Lady Windermere, »und sogar in jeder beliebigen Menge. Nächstes Jahr zum Beispiel bin ich in großer Gefahr, zu Wasser wie zu Lande; ich werde deshalb in einem Luftballon wohnen und mein Souper jeden Abend in einem Körbchen zu mir heraufziehen. Das steht alles auf meinem kleinen Finger geschrieben, oder war es auf der Handfläche? ich habe vergessen wo.«

»Aber sicherlich bedeutet das, Gott versuchen, Gladys.«

»Meine liebe Herzogin, ebenso sicherlich wird Gott inzwischen der Versuchung widerstehen können. Ich finde, jeder müßte sich einmal im Monat die Hand lesen lassen, um zu wissen, was er nicht tun soll. Natürlich tut man es trotzdem, aber gewarnt zu werden ist so amüsant. Doch wenn jetzt nicht sofort jemand von den Herren geht und Mister Podgers herholt, werde ich selbst gehen müssen.«

»Erlauben Sie, daß ich ihn hole, Lady Windermere«, sagte ein schöner schlanker junger Mann, der dabeistand und belustigt lächelnd der Unterhaltung zugehört hatte.

»Vielen Dank, Lord Arthur; ich fürchte nur, Sie werden ihn nicht herausfinden.«

»Wenn er ein solches Wunder ist, wie Sie sagen, Lady Windermere, kann ich ihn schwerlich verfehlen. Beschreiben Sie mir, wie er aussieht, und ich bringe ihn sofort zu Ihnen.«

»Ja, wie sieht er aus? Nicht im mindesten wie ein Chiromant. Weder geheimnisvoll noch romantisch oder wie ein in die Mysterien Eingeweihter. Er ist ein kleiner dicker Mann mit einem spaßigen Glatzkopf und großer goldgerandeter Brille – ein Mittelding zwischen einem Hausarzt und einem Kleinstadtadvokaten. Leider, aber ich kann es nicht ändern. Man hat ja immer diesen Ärger mit den Leuten. Meine Pianisten sehen alle genau aus wie Dichter und alle meine Dichter genau wie Pianisten; und ich erinnere mich: im letzten Winter hatte ich einmal einen ganz fürchterlichen Verschwörer zum Dinner eingeladen, einen Menschen, der wer weiß wie viele Leute in die Luft gesprengt hat und stets ein Panzerhemd trug und einen Dolch im Hemdärmel; und stellen Sie sich vor, als er kam, sah er genau aus wie ein netter alter Pfarrer und riß den ganzen Abend lang Witze! Natürlich war er sehr unterhaltend und alles schön und gut; aber ich war gräßlich enttäuscht, und als ich ihn nach dem Panzerhemd fragte, lachte er nur und sagte, dafür sei es in England viel zu kalt. Ah, hier ist Mister Podgers! Mister Podgers, ich möchte Sie bitten, der Herzogin von Paisley die Hand zu lesen. Herzogin, Sie müssen Ihren Handschuh ausziehen. Nein, nicht die linke Hand, die andere.«

»Meine liebe Gladys, ich glaube doch, es ist nicht ganz schicklich«, sagte die Herzogin, während sie widerstrebend ihren ziemlich schmutzigen Glacéhandschuh aufknöpfte.

»Etwas Interessantes ist niemals schicklich«, sagte Lady Windermere, »on a fait le monde ainsi. Aber ich muß Sie vorstellen. Herzogin, das ist Mister Podgers, mein Lieblingschiromant. Mister Podgers, das ist die Herzogin von Paisley, und wenn Sie sagen, sie habe einen größeren Mondberg als ich, glaube ich Ihnen fortan kein Wort mehr.«

»Ich bitte Sie, Gladys, bestimmt ist nichts Derartiges in meiner Hand«, sagte die Herzogin sehr ernsthaft.

»Euer Gnaden haben vollkommen recht«, sagte Mister Podgers und blickte auf die kleine fette Hand mit den kurzen, gedrungenen Fingern, »der Mondberg ist nicht ausgebildet. Die Lebenslinie dagegen ist vorzüglich. Bitte, beugen Sie das Handgelenk. Danke sehr. Drei ausgeprägte Linien nebeneinander! Sie werden ein hohes Alter erreichen, Herzogin, und überaus glücklich sein. Ehrgeiz – unbedeutend, Verstandeslinie – nicht übermäßig, Herzlinie . . .«

»O ja, Mister Podgers«, rief Lady Windermere, »und halten Sie mit nichts zurück!«

»Ich wüßte nicht, was ich lieber täte«, sagte Mister Podgers, sich verbeugend, »wenn sich die Herzogin nicht stets zurückgehalten hätte. Zu meinem Bedauern aber muß ich sagen, ich sehe eine große Beständigkeit des Gefühls, verbunden mit starkem Pflichtbewußtsein.«

»Bitte sprechen Sie weiter, Mister Podgers«, sagte die Herzogin und sah sehr befriedigt aus.

»Sparsamkeit ist nicht die geringste Tugend Eurer Gnaden«, fuhr Mister Podgers fort, und Lady Windermere wollte sich ausschütten vor Lachen.

»Sparsamkeit ist etwas sehr Gutes«, bemerkte die Herzogin selbstgefällig. »Als ich Paisley heiratete, besaß er elf Burgen, und nicht ein einziges Haus, in dem man wohnen konnte.«

»Und jetzt besitzt er zwölf Häuser und nicht eine einzige Burg«, rief Lady Windermere.

»Ja, meine Teure«, sagte die Herzogin, »ich liebe . . .«

»Komfort«, sagte Mister Podgers, »und die Errungenschaften unserer Zeit und fließendes warmes Wasser in jedem Schlafzimmer. Euer Gnaden haben vollkommen recht. Komfort ist das einzige, was unsere Zivilisation uns zu geben vermag.«

»Sie haben den Charakter der Herzogin verblüffend richtig beschrieben, Mister Podgers, und nun müssen Sie uns etwas über Lady Flora sagen.« Und auf eine Kopfbewegung der lächelnden Gastgeberin kam ein hochaufgeschossenes Mädchen mit sandgelbem Haar und derben Schulterblättern linkisch hinter dem Sofa hervor und streckte eine lange, knochige Hand mit spatelförmigen Fingern hin.

»Ah, Sie spielen Klavier! Gewiß«, sagte Mister Podgers, »Sie spielen ganz ausgezeichnet, aber wohl nicht gerade musikalisch. Sehr reserviert, sehr ehrbar, und außerordentlich tierliebend.«

»Stimmt!« rief die Herzogin, zu Lady Windermere gewandt, »stimmt ganz genau! Flora hält sich in Macloskie zwei Dutzend schottische Schäferhunde, und wenn ihr Vater es zuließe, würde sie unser Stadthaus in eine Menagerie verwandeln.«

»Genau das mache ich jeden Donnerstagabend mit meinem Hause«, rief Lady Windermere lachend, »nur interessieren mich Salonlöwen mehr als Schäferhunde.«

»Ihr einziger Fehler, Lady Windermere«, sagte Mister Podgers mit einer pomphaften Verbeugung.

»Wenn eine Frau aus jedem ihrer Fehler nicht einen Reiz mehr machen kann, ist sie nur ein Weibchen«, war die Antwort. »Aber Sie müssen mehr Hände für uns lesen. Kommen Sie, Sir Thomas, zeigen Sie Mister Podgers Ihre Hand.« Und ein lustig aussehender alter Herr in weißer Weste trat heran und hielt ihm eine plumpe runzelige Hand mit einem sehr langen Mittelfinger entgegen.

»Eine unternehmende Natur, vier große Seereisen in der Vergangenheit und eine in der Zukunft. Dreimal Schiffbruch erlitten. Nein, nur zweimal, aber auf der nächsten Reise in Schiffbruchgefahr. Streng konservativ, sehr gewissenhaft und ein leidenschaftlicher Sammler. Hat zwischen sechzehn und achtzehn eine schwere Krankheit überstanden. Mit ungefähr dreißig Jahren ein Vermögen geerbt. Entschiedene Antipathie gegen Katzen und Anarchisten.«

»Großartig!« rief Sir Thomas begeistert. »Sie müssen auch meiner Gattin die Hand lesen.«

»Ihrer zweiten Gattin«, sagte Mister Podgers gelassen,

während er Sir Thomas' Hand noch in der seinen hielt. »Ihrer zweiten Gattin. Es wird mir ein Vergnügen sein.« Doch Lady Marvel, eine Frau mit schwermütigen Zügen, braunem Haar und sentimentalen Wimpern, wollte ihre Vergangenheit oder ihre Zukunft keinesfalls preisgeben; und der russische Botschafter Monsieur de Koloff ließ sich trotz aller Bemühungen Lady Windermeres nicht dazu bewegen, auch nur seine Handschuhe auszuziehen. Ja, es schien, daß viele den Blick des wunderlichen kleinen Mannes mit dem stereotypen Lächeln, der goldenen Brille und den blassen, kugelrunden Augen scheuten; und als er der armen Lady Fermor vor aller Ohren geradeheraus erklärte, sie habe nicht das mindeste übrig für Musik, dafür um so mehr für Musiker, da war man allgemein der Ansicht, die Chiromantie sei eine höchst gefährliche Wissenschaft und man solle sich lieber nicht mit ihr einlassen, es sei denn unter vier Augen.

Lord Arthur Savile aber, der nichts von Lady Fermors bedauerlichen Abenteuern wußte, hatte Mister Podgers interessiert zugesehen und war von unbezähmbarer Neugier erfaßt, was wohl aus seiner Hand zu lesen sei; und da ihn eine gewisse Schüchternheit zurückhielt, sich selber in den Vordergrund zu drängen, ging er hinüber zu Lady Windermere und fragte sie mit einem entzückenden Erröten, ob Mister Podgers nicht so liebenswürdig sein wolle.

»Selbstverständlich will er«, sagte Lady Windermere, »dazu ist er ja hier. Alle Löwen meines Salons, Lord Arthur, sind dressierte Löwen und springen durch Reifen, wenn ich's von ihnen verlange. Aber ich muß Ihnen im voraus sagen, daß ich Sybil alles wiedererzählen werde. Sie ist morgen zum Lunch bei mir, weil wir uns über Hüte aussprechen wollen; und wenn

Mister Podgers feststellt, Sie hätten einen schlechten Charakter oder Neigung zur Gicht oder in Bayswater bereits ein Eheweib, dann werde ich ihr das ganz bestimmt haarklein hinterbringen.«

Lord Arthur lächelte und schüttelte den Kopf. »Davor habe ich wenig Angst«, erwiderte er. »Sybil kennt mich so gut, wie ich sie kenne.«

»Ah! es tut mir leid, Sie so sprechen zu hören. Die rechte Grundlage für eine Ehe ist gegenseitiges Mißverstehen. Nein, ich bin durchaus nicht zynisch, ich habe nur meine Erfahrungen – was allerdings so gut wie dasselbe ist. Mister Podgers, Lord Arthur Savile stirbt vor Verlangen, seine Hand lesen zu lassen. Aber erzählen Sie ihm ja nicht, daß er mit einem der schönsten Mädchen von London verlobt ist, denn das hat schon vor vier Wochen in der ›Morning Post‹ gestanden.«

»Liebe Lady Windermere«, rief die Marquise von Jedburgh, »überlassen Sie mir Mister Podgers doch noch ein paar Minuten. Er hat mir eben gesagt, ich ginge zur Bühne, und ich bin so furchtbar gespannt.«

»Wenn er Ihnen so etwas gesagt hat, Lady Jedburgh, werde ich ihn Ihnen bestimmt entführen. Kommen Sie sofort zu mir, Mister Podgers, und lesen Sie Lord Arthurs Hand.«

»Na meinetwegen«, sagte Lady Jedburgh und verzog schmollend das Gesicht, während sie vom Sofa aufstand, »aber wenn ich nicht Theater spielen darf, will ich zum mindesten Publikum spielen dürfen.«

»Natürlich; wir alle wollen Publikum sein«, sagte Lady Windermere. »Und nun, Mister Podgers, erzählen Sie uns ja etwas recht Hübsches. Lord Arthur ist einer meiner besonderen Lieblinge.«

Doch als Mister Podgers die Hand Lord Arthurs ansah, wurde er seltsam bleich und sagte nichts. Ein Schauder schien ihn zu durchlaufen, und seine dicken buschigen Brauen zuckten krampfhaft, in einer eigentümlichen und aufreizenden Weise, die bei ihm Bestürzung anzeigte. Dann brachen große Schweißtropfen wie giftiger Tau aus seiner gelben Stirn, und seine fetten Finger wurden kalt und feucht.

Lord Arthur entgingen diese merkwürdigen Zeichen tiefer Unruhe nicht, und zum ersten Mal in seinem Leben befiel ihn Angst. Am liebsten wäre er davongelaufen, aber er bezwang sich. Es war besser, das Schlimmste zu wissen, was es auch sein mochte, als in dieser gräßlichen Ungewißheit zu bleiben.

»Ich warte, Mister Podgers«, sagte er.

»Wir alle warten«, rief Lady Windermere in ihrer raschen, ungeduldigen Art; aber der Handleser blieb stumm.

»Ich glaube, Arthur wird auch zur Bühne gehen«, sagte Lady Jedburgh, »und weil Sie vorhin gescholten haben, traut sich Mister Podgers nicht, es ihm zu sagen.«

Plötzlich ließ Mister Podgers die rechte Hand Lord Arthurs fallen, ergriff die linke und bückte sich so tief darüber, sie zu betrachten, daß die goldenen Ränder seiner Brille die Handfläche fast berührten. Für einen Augenblick erstarrte sein Gesicht zu einer weißen Maske des Grauens; bald aber gewann er seine Kaltblütigkeit zurück, und zu Lady Windermere aufblikkend, sagte er mit einem gezwungenen Lächeln: »Es ist die Hand eines reizenden jungen Mannes.«

»Gewiß ist sie das!« entgegnete Lady Windermere, »aber wird er auch ein reizender Ehemann sein? Das ist die Frage, auf die ich Antwort will.«

»Alle reizenden jungen Leute werden das«, erwiderte Mister Podgers.

»Ich finde, ein Ehemann sollte nicht allzu bezaubernd sein«, sagte Lady Jedburgh leise und nachdenklich, »das ist gefährlich.«

»Mein liebes Kind, Ehemänner sind niemals allzu bezaubernd«, rief Lady Windermere. »Aber ich wünsche Details. Details sind das einzige wirklich Interessante. Was wird Lord Arthur begegnen?«

»Innerhalb der allernächsten Monate wird Lord Arthur eine Reise antreten . . .«

»Na ja, seine Hochzeitsreise natürlich!«

». . . und eine Verwandte verlieren.«

»Hoffentlich doch nicht seine Schwester?« fragte Lady Jedburgh wehleidig.

»Nein, nein, nicht seine Schwester«, antwortete Mister Podgers mit einer verweisenden Handbewegung, »nur eine entfernte Verwandte.«

»Ich bin fürchterlich enttäuscht«, sagte Lady Windermere. »Es ist absolut nichts herausgesprungen, was ich Sybil morgen erzählen könnte. Kein Mensch macht sich heutzutage etwas aus entfernten Verwandten. Sie sind schon seit Jahren unmodern. Immerhin denke ich, sie sollte sich ein schwarzseidenes Kleid anschaffen; für die Kirche sieht das immer gut angezogen aus, nicht wahr. Und jetzt wollen wir hinuntergehen und essen. Sicher haben die anderen alles aufgegessen, aber einen Löffel warme Suppe werden wir schon noch bekommen. François kochte früher ausgezeichnete Suppen, aber neuerdings regt er sich so schrecklich über die Politik auf, daß ich kein rechtes Zutrauen mehr zu seinen Künsten habe. Von mir aus sollte General Boulanger ruhig Frieden halten. Herzogin, nicht wahr, Sie sind abgespannt?«

»Ganz und gar nicht, liebe Gladys«, antwortete die Herzogin und watschelte zur Tür. »Ich habe mich ungeheuer gut unterhalten, und ihr Chirurg, ich meine, der Chiromant, ist höchst interessant. Flora, wo kann nur mein Schildpattfächer geblieben sein? Oh, danke, Sir Thomas, vielen Dank. Und mein Spitzenschal, Flora? Oh, danke, Sir Thomas, sehr liebenswürdig, wirklich sehr liebenswürdig...«, und der trefflichen Dame gelang es schließlich, die Treppe hinunterzusteigen, ohne ihr Riechfläschchen öfter als zweimal fallen zu lassen.

Während dieser ganzen Zeit hatte Lord Arthur Savile still am Kamin gestanden, und dasselbe Grauen, dieselbe widerwärtige Empfindung kommenden Unheils lag auf ihm. Er lächelte seiner Schwester traurig zu, als sie an Lord Plymdales Arm vorüberschwebte, lieblich anzuschauen in ihrem rosa Brokatkleid mit den Perlen, und kaum hörte er Lady Windermere, die ihn aufforderte mitzukommen. Er dachte an Sybil Merton, und der Gedanke, daß sich irgend etwas zwischen sie und ihn stellen könnte, ließ Tränen seine Augen trüben.

Wer ihn ansah, hätte meinen können, die Göttin Nemesis habe Pallas Athene den Schild entwendet und ihm das Haupt der Grogo gezeigt. Er schien zu Stein geworden, und marmorgleich war sein Gesicht in seiner Schwermut. Er hatte bisher das leichte, elegante Leben eines jungen Mannes von Stand und Vermögen geführt – ein köstliches Leben, frei von niederen Alltagssorgen und voll schöner knabenhafter Unbekümmertheit; und nun gewahrte er zum ersten Mal das dunkeldrohende Rätsel des Schicksals, den fürchterlichen Sinn des Verhängnisses.

Wie wahnsinnig und ungeheuerlich schien das alles! Konnte es sein, daß in Schriftzeichen, die er selbst nicht lesen, doch die ein anderer entziffern konnte, auf seiner Hand ein grausiges Sündengeheimnis, ein blutrotes Kainszeichen geschrieben stand? War kein

Entrinnen möglich? Waren wir nichts anderes als Schachfiguren, die eine unsichtbare Hand bewegt, Gefäße, die der Töpfer nach seiner Laune formt, Gefäße der Ehre oder Gefäße der Schmach? Sein Verstand empörte sich dagegen, und dennoch fühlte er, daß eine Tragödie über seinem Haupte hing und daß er plötzlich aufgerufen war, eine unerträgliche Last zu tragen. Schauspieler haben es gut. Sie können wählen, ob sie in der Tragödie oder in der Komödie auftreten, ob sie leiden oder sich freuen wollen, lachen oder Tränen vergießen. Im wirklichen Leben aber ist es anders. Die meisten Männer und Frauen müssen Rollen spielen, für die sie sich nicht eignen. Unsere Güldensterns stellen für uns den Hamlet dar, und unsere Hamlets müssen scherzen wie Prinz Heinz. Die Welt ist ein Theater, aber das Stück ist falsch besetzt.

Plötzlich trat Mister Podgers ins Zimmer. Als er Lord Arthur erblickte, zuckte er zusammen, und sein grobes, dickes Gesicht wurde grünlichgelb. Die Augen der beiden Männer begegneten sich, für einen Augenblick herrschte Schweigen.

»Die Herzogin hat ihren Handschuh hier vergessen, Lord Arthur, und mich gebeten, ihn zu holen«, sagte Mister Podgers schließlich. »Ah, da liegt er auf dem Sofa! Guten Abend.«

»Mister Podgers, ich muß Sie ersuchen, mir unumwunden auf eine Frage zu antworten, die ich an Sie richten werde.«

»Ein andermal, Lord Arthur, die Herzogin ist in Unruhe. Ich muß jetzt leider gehen.«

»Sie gehen nicht. Die Herzogin hat keine Eile.«

»Damen darf man nicht warten lassen, Lord Arthur«, sagte Mister Podgers mit seinem widerlichen Lächeln. »Das schöne Geschlecht wird leicht ungeduldig.«

Lord Arthurs feingeschnittene Lippen schürzten sich in herrischer Verachtung. Die arme Herzogin schien ihm in diesem Augenblick höchst belanglos. Er durchquerte das Zimmer, blieb vor Mister Podgers stehen und hielt ihm seine Hand hin.

»Sagen Sie mir, was Sie hier gesehen haben«, rief er. »Sagen Sie die Wahrheit. Ich muß sie wissen. Ich bin kein Kind.«

Mister Podgers' Augen blinzelten hinter der goldenen Brille, und er trat unbehaglich von einem Fuß auf den andern, während seine Finger nervös mit einer protzigen Uhrkette spielten.

»Weshalb glauben Sie, Lord Arthur, daß ich in Ihrer Hand etwas mehr sah, als ich Ihnen sagte?«

»Ich weiß es, und ich ersuche Sie nochmals, mir zu sagen, was es ist. Ich will es Ihnen bezahlen. Ich will Ihnen einen Scheck über hundert Pfund geben.«

Die grünen Augen blitzten kurz auf und wurden dann wieder stumpf.

»Hundert Guineen?« fragte Mister Podgers endlich mit gedämpfter Stimme.

»Ja. Ich sende Ihnen den Scheck morgen zu. Welcher Klub?«

»Ich bin in keinem Klub. Das heißt, zur Zeit gerade nicht. Meine Adresse ist ... aber gestatten Sie, daß ich Ihnen meine Karte gebe.« Und er holte eine goldgerandete Visitenkarte aus seiner Westentasche. Mit einer tiefen Verbeugung reichte er sie Lord Arthur, der darauf las:

Mr. Septimus R. Podgers Berufs-Chiromant 103a West Moon Street

»Meine Sprechstunde ist von zehn bis vier«, plapperte Mister Podgers mechanisch, »für Familien ermäßigte Preise.«
»Schnell!« rief Lord Arthur; er sah sehr blaß aus, als er ihm die Hand entgegenstreckte.
Mister Podgers blickte unruhig um sich und zog die schwere Portiere vor die Tür.
»Es wird einige Zeit in Anspruch nehmen, Lord Arthur, Sie sollten sich setzen.«
»Schnell, Sir!« rief Lord Arthur wieder und stampfte wütend mit dem Fuß auf den spiegelblanken Boden.
Mister Podgers lächelte, holte ein kleines Vergrößerungsglas aus der Brusttasche und wischte es sorgfältig mit seinem Taschentuch ab.
»Ich bin bereit«, sagte er.

2

Zehn Minuten später stürzte Lord Arthur Savile mit schreckensfahlem Gesicht und von Schmerz verstörten Augen aus Bentinck-House, bahnte sich seinen Weg durch die Menge der Lakaien, die in ihren Pelzröcken im Schutze der breiten gestreiften Markise standen, und schien nichts um sich her zu sehen noch zu hören. Die Nacht war rauh und kalt, und die Gaslampen rings um den Vorplatz flackerten und flimmerten im scharfen Wind; aber seine Hände waren fieberheiß, und seine Stirn brannte wie Feuer. Weiter und weiter ging er, fast wie ein Betrunkener. Ein Polizist sah ihn neugierig an, als er vorüberwankte, und ein Bettler, der aus einem Torweg hervorschlurfte und um ein Almosen bat, erschrak von ihm; denn er sah ein Elend, größer als sein eigenes. Einmal blieb er unter einer Laterne stehen und blickte auf seine Hände. Er

meinte den Blutfleck schon auf ihnen zu gewahren, und ein schwacher Schrei entfuhr seinen bebenden Lippen.
Mord! das war es, was der Chiromant auf seiner Hand gesehen hatte. Mord! Selbst die Nacht schien es zu wissen und der Wind es jammernd in sein Ohr zu heulen. Die finsteren Straßenecken waren voll davon. Es grinste nach ihm von den Dächern der Häuser.
So kam er zum Park, dessen düstere Haine ihn magisch lockten. Er lehnte sich ermattet gegen das Gitter, um seine Stirn am feuchten Metall zu kühlen, und lauschte dem zitternden Schweigen der Bäume. »Mord! Mord!« sprach er endlos vor sich hin, als ob er durch die Wiederholung die Schrecken des Wortes zu dämpfen vermöchte. Der Laut seiner Stimme machte ihn schaudern, doch er hoffte beinahe, daß das Echo ihn höre und die schlummernde Stadt aus ihren Träumen wecke. Er fühlte ein wahnsinniges Verlangen, jeden zufällig Vorübergehenden anzuhalten und ihm alles zu sagen.
Dann wanderte er durch Oxford Street in enge verrufene Gassen. Zwei geschminkte Frauen spotteten über ihn, als er vorbeiging. Aus einem dunklen Hofe kam Lärm von Flüchen und von Schlägen und danach schrilles Gekreisch, und auf einer schmierigen Schwelle zusammengedrängt sah er die krummrückigen Gestalten der Armut und des Alters. Ein seltsames Mitleid überkam ihn. Waren diese Kinder der Sünde und der Not einem vorbestimmten Schicksal verfallen, so wie er dem seinen? Waren sie, so wie er, nur die Marionetten eines ungeheuerlichen Puppenspiels? Und doch, was ihn erschütterte, war nicht das Mysterium, sondern die Komödie des Leidens, seine völlige Nutzlosigkeit, sein grotesker Mangel an Sinn und Bedeutung.

Wie widersprüchlich das alles erschien! Wie bar jeder Harmonie! Er war bestürzt über den Mißklang zwischen dem seichten Optimismus der Zeit und den Wirklichkeiten des Daseins. Er war noch sehr jung.

Nach einer Weile fand er sich gegenüber der Marylebone-Kirche. Die stille Straße sah aus wie ein langes Band aus glänzendem Silber, hier und da getupft von den dunklen Arabesken bewegter Schatten. Weit in der Ferne wand sich die Reihe flackernder Gaslaternen, und vor einem mauerumfriedeten Häuschen stand eine einsame Mietdroschke, deren Kutscher im Wageninnern schlief. Er lief hastig weiter in der Richtung auf Portland Place und blickte hin und wieder um sich, als fürchtete er, daß jemand ihm folge. An der Ecke der Rich Street standen zwei Männer, in einen Anschlag vertieft, der an einem Bretterzaun klebte. Ein merkwürdiges Gefühl der Neugier trieb ihn hinüber. Als er näher kam, traf ein in dicker Fraktur gedrucktes Wort sein Auge: Mord! Er zuckte zusammen, und tiefe Röte stieg in sein Gesicht. Es war eine amtliche Bekanntmachung, in der eine Geldsumme ausgesetzt wurde für jede Mitteilung über einen dreißig- bis vierzigjährigen Mann mittlerer Größe, mit einer Narbe auf der rechten Wange und bekleidet mit flachem rundem Filzhut, schwarzem Rock und karierter Hose, sofern dieser Hinweis zur Festnahme des Gesuchten führte. Er las den Anschlag wieder und wieder und fragte sich, ob der Unglückliche gefaßt werden würde und wie er zu der Narbe gekommen sei. Vielleicht konnte eines Tages sein eigener Name öffentlich an den Mauern Londons angeschlagen werden. Eines Tages würde vielleicht auch auf seinen Kopf ein Preis gesetzt.

Bei dem Gedanken wurde ihm übel vor Entsetzen. Er wandte sich weg und eilte weiter in die Nacht. Wohin er ging, wußte er kaum. Unklar kam ihm zum Bewußtsein, daß er durch ein Labyrinth schmutziger Häuser irrte, sich in einem riesenhaften Spinnennetz unheimlicher Straßen verlor; und es war heller Morgen, als er endlich Piccadilly Circus erkannte. Während er langsam den Weg heimwärts nach Belgrave Square einschlug, begegneten ihm die großen Gemüsewagen, die zum Covent Garden Market rollten. Die Fuhrleute in weißen Kitteln, mit lustigen sonnverbrannten Gesichtern und wildem gelocktem Haar, schritten neben ihren Wagen kräftig aus, ließen die Peitschen knallen und riefen einander dann und wann ein paar Worte zu; auf einem großen grauen Pferde, dem Leitpferd eines rasselnden Gespanns, saß ein pausbäckiger Junge mit einem Primelsträußchen an seinem verbogenen Hut, hielt sich mit den kleinen Händen an der Mähne fest und lachte; und die hochaufgehäuften Gemüse sahen vor dem Morgenhimmel aus wie Blöcke von Jade – wie Blöcke grüner Jade gegen die roten Blütenblätter wundervoller Rosen. Lord Arthur fühlte sich seltsam bewegt, er konnte nicht sagen warum. In der zarten Lieblichkeit der Frühe war etwas, das ihm unsagbar rührend erschien, und er dachte an all die Tage, die in Schönheit aufgehen und in Sturm sich neigen. Und diese Bauern mit ihren lauten, gutmütigen Stimmen und ihrer unbekümmerten Art, was für ein sonderbares London sahen sie! Ein London ohne die Sünde der Nacht und den Qualm des Tages, eine bleiche, geisterhafte Stadt, eine öde Stadt der Gräber! Er fragte sich, was sie davon denken mochten und ob sie etwas wüßten vom Glanz und von der Schmach dieser Stadt, von ihren wilden, feuerfarbenen Freuden und ihrem grausigen Hunger, von allem, was sie vom Morgen bis zum Abend tat und trieb, zum Guten wie zum Bösen. Wahrscheinlich war die große Stadt für sie nur ein Markt, auf den sie ihre Früchte brachten und wo sie höchstens ein paar kurze Stunden verweilten, solange die Straßen noch schwiegen, die Häuser noch schliefen. Es machte ihm Vergnügen, sie zu betrachten, während sie vorübergingen. Wie bäurisch-derb sie auch waren mit ihren schweren Nagelschuhen und ihrer plumpen Haltung, sie brachten ein Stück Arkadien mit sich. Er fühlte, daß sie mit der Natur gelebt und daß die Natur sie Frieden gelehrt hatte. Er beneidete sie um alles, was sie nicht wußten.

Bis er Belgrave Square erreicht hatte, war der Himmel zu blassem Blau geworden, und die Vögel begannen in den Gärten zu zwitschern.

3

Als Lord Arthur erwachte, war es zwölf, und die Mittagssonne strömte voll durch die elfenbeinseidenen Vorhänge des Zimmers. Er stand auf und blickte hinaus. Ein duftiger Wärmedunst hing über der großen Stadt, und die Dächer waren wie stumpfes Silber. In dem flimmernden Grün des Platzes unten huschten Kinder umher wie weiße Schmetterlinge, und der Fußsteig war voll von Menschen, die zum Park gingen. Nie war ihm das Leben lieblicher erschienen, nie schien das Böse weiter von ihm entfernt.

Dann servierte ihm der Diener eine Tasse Schokolade. Nachdem er sie getrunken hatte, zog er eine schwere Portiere aus pfirsichfarbenem Plüsch zur Seite und trat in das Badezimmer. Das Licht senkte sich sanft von oben durch dünne durchsichtige Onyxplatten, und das Wasser in dem marmornen Becken schimmerte wie Mondstein. Er stieg hastig hinein, bis das kühle Gewell ihm Hals und Haar berührte, und tauchte dann den Kopf tief unters Wasser, als wollte er den Flekken einer schmachvollen Erinnerung wegwaschen. Danach verließ er das Bad und fühlte sich beinahe ruhig. Das augenblickliche physische Wohlbehagen, der Einfluß einer erlesenen Umgebung hatten Macht über ihn gewonnen, wie es bei feinorganisierten Naturen oft geschieht, denn die Sinne, wie das Feuer, können ebensowohl läutern wie zerstören.

Nach dem Frühstück streckte er sich auf einen Diwan und zündete sich eine Zigarette an. Auf dem Kaminsims stand, kostbar in alten Brokat gerahmt, eine große Photographie von Sybil Merton, so wie er sie zuerst auf dem Ball bei Lady Noel gesehen hatte. Der kleine, wundervoll geformte Kopf neigte sich leicht nach einer Seite, als ob der dünne, wie ein Rohr geschmeidige Hals die Last so vieler Schönheit kaum tragen könnte; die Lippen waren leicht geöffnet und schienen geschaffen für süße Melodien; und eine Welt zärtlich mädchenhafter Reinheit schaute staunend aus den verträumten Augen. In ihrem weichen, enganliegenden Crêpe-de-Chine-Kleid und mit dem breiten blattförmigen Fächer sah sie aus wie eins jener zierlichen Figürchen, die man in den Olivenhainen von Tanagra findet; und ein Hauch von griechischer Anmut umschwebte ihre Haltung und ihre Gestalt. Dennoch war sie nicht puppenhaft. Sie war nur von vollendetem Ebenmaß – eine Seltenheit in einem Zeitalter, in dem so viele Frauen entweder übergroß oder allzu winzig sind.

Als Lord Arthur sie betrachtete, durchdrang ihn das

schmerzhafte Mitleid, das aus Liebe geboren ist. Sein Gefühl sagte ihm: sie zu heiraten, solange das Verhängnis des Mordes über seinem Haupte hing, wäre ein Verrat, dem des Judas gleich, eine schlimmere Untat, als ein Borgia je verübt hatte. Was für ein Glück sollte ihm beschieden sein, wenn in jedem Augenblick der Ruf an ihn ergehen konnte, die schreckliche Prophezeiung zu erfüllen, die in seiner Hand geschrieben stand? Was für ein Leben würden sie führen, während das Schicksal dieses fürchterliche Los noch auf seiner Waage zurückbehielt? Die Hochzeit mußte um jeden Preis verschoben werden. Dazu war er fest entschlossen. Wie heiß er das Mädchen auch liebte, und wiewohl die bloße Berührung ihrer Finger, wenn sie beieinandersaßen, jede Fiber seines Körpers mit hoher Freude durchschauerte – er erkannte doch klar, was die Pflicht ihm vorschrieb, und war sich der Tatsache voll bewußt, daß er nicht heiraten durfte, bis er den Mord begangen hatte. War dies vollbracht, so konnte er mit Sybil Merton vor dem Altar stehen und sein Leben in ihre Hände legen, ohne Furcht, unrecht zu tun. War dies vollbracht, so konnte er sie in seine Arme nehmen; denn dann wußte er, niemals würde sie um seinetwillen zu erröten, nie den Kopf in Scham zu senken brauchen. Aber vollbracht sein mußte es erst, und je eher, desto besser für sie beide.
Viele Männer hätten in der gleichen Lage dem blumenbunten Pfad leichtsinniger Liebelei den Vorzug gegeben vor dem steilen Höhenweg der Pflicht; aber Lord Arthur war zu gewissenhaft, um das Vergnügen über den moralischen Grundsatz zu stellen. In seiner Liebe war mehr als bloße Leidenschaft, und Sybil bedeutete für ihn ein Sinnbild alles Guten und Edlen. Einen Augenblick lang empfand er einen begreiflichen

Widerwillen gegen das, was von ihm gefordert wurde; doch diese Regung ging schnell vorbei. Sein Herz sagte ihm, daß er keine Sünde begehen, sondern ein Opfer bringen werde; seine Vernunft mahnte ihn, daß ihm kein anderer Weg offenstand. Er hatte zu wählen, ob er für sich selbst oder für andere leben wollte, und so furchtbar die Aufgabe fraglos war, die auf ihm lastete – er wußte, daß er die Selbstsucht nicht über die Liebe triumphieren lassen durfte. Früher oder später werden wir alle herausgefordert, uns in dieser selben Grundfrage zu entscheiden; wir alle werden vor dieselbe Wahl gestellt. An Lord Arthur trat sie früh heran: bevor seine Natur durch die berechnende Kälte der mittleren Lebensjahre verdorben oder sein Herz von der seichten, eleganten Ichsucht unserer Zeit benagt war, und er zauderte nicht, seine Pflicht zu tun. Zu seinem Glück war er kein bloßer Träumer, kein müßiger Dilettant des Lebens. Wäre er das gewesen, so hätte er gezögert, wie Hamlet, und abgewartet, bis Bedenklichkeit seinen Entschluß zunichte gemacht hätte. Er aber war im tiefsten Wesen praktisch. Das Leben bedeutete für ihn eher Tun als Denken. Er besaß die seltenste aller Gaben: gesunden Menschenverstand.

Die wirren, ungestümen Gefühle der vergangenen Nacht waren unterdessen völlig verflogen, und fast mit Scham blickte er zurück auf seine unsinnigen Wanderungen von Straße zu Straße, auf die Pein seines aufgewühlten Herzens. Gerade die Echtheit seiner Qualen ließ sie ihm jetzt unwirklich erscheinen. Er fragte sich, wie er so töricht gegen das Unvermeidliche hatte rasen und aufbegehren können. Einzig die eine Frage beunruhigte ihn noch: wen er umbringen solle; denn er verschloß die Augen nicht vor der Tatsache, daß ein Mord, gleich den Religionen der heidnischen Welt, ebenso unbedingt ein Opfer erfordert wie einen Priester. Da er kein Genie war, hatte er keine Feinde, zudem fühlte er sehr deutlich: jetzt war nicht die Zeit, irgendwelchem persönlichen Groll oder einer Abneigung nachzugeben; denn die Mission, die das Schicksal ihm auferlegte, war von großer und ernster Feierlichkeit. Also stellte er auf einem Bogen Briefpapier eine Liste seiner Freunde und Verwandten zusammen und entschied nach reiflicher Überlegung zugunsten seiner Großtante mütterlicherseits, Lady Clementina Beauchamp, einer reizenden alten Dame, die im eigenen Haus in der vornehmen Curzon Street wohnte. Er hatte Lady Clem, wie alle Welt sie nannte, von jeher furchtbar gern gehabt, und da er selbst sehr reich war – er hatte, als er mündig wurde, Lord Rugbys sämtlichen Besitz geerbt –, konnte er sich von jedem Vorwurf freisprechen, daß er aus ihrem Tode etwa schnöden Geldgewinn ziehen wolle. Je länger er über die Sache nachdachte, desto mehr erschien ihm Lady Clem als die einzig richtige, und weil er meinte, jeder Aufschub sei unfair gegen Sybil, beschloß er, sofort ans Werk zu gehen.

Vor allem andern, das zu erledigen war, mußte selbstverständlich die Rechnung bei dem Chiromanten beglichen werden; er setzte sich also an einen kleinen Sheraton-Schreibtisch, der am Fenster stand, stellte einen Scheck aus über einhundertfünf Pfund, zahlbar an die Order von Mr. Septimus Podgers, steckte das Papier in einen Umschlag und befahl seinem Diener, es in der West Moon Street abzugeben. Dann telefonierte er zum Stall nach seinem Wagen und kleidete sich an. Als er das Zimmer verließ, schaute er zurück auf Sybil Mertons Bild und schwor sich zu: was auch immer kommen mochte, sie durfte niemals erfahren, was er ihretwegen zu tun im Begriffe stand; er wollte vielmehr das Geheimnis seiner Selbstaufopferung für ewig in seinem Herzen verschließen.

Auf dem Wege zum Buckingham-Klub ließ er bei einem Blumengeschäft halten und sandte Sybil einen schönen Korb Narzissen – liebliche weiße Blütenkronen mit dem grell scharlachroten Fasanenauge in der Mitte. Im Klub angekommen, ging er unverzüglich in die Bibliothek, läutete nach dem Waiter und bestellte ein Sodawasser mit Zitrone und ein Buch über Toxikologie. Es stand für ihn fest, daß er in dieser schwierigen Angelegenheit mit Gift am besten fahren werde. Alles, was mit Gewaltanwendung verbunden war, empfand er als äußerst geschmacklos, und überdies lag ihm sehr viel daran, Lady Clementina keinesfalls auf eine Weise zu ermorden, die die öffentliche Aufmerksamkeit auf ihn lenken konnte; denn der Gedanke, in Lady Windermeres Salon als Held des Tages bestaunt zu werden oder seinen Namen in den Spalten gemeiner Sensationsblätter zu lesen, erregte ihm Abscheu. Er mußte auch an Sybils Vater und Mutter denken, die ziemlich altmodische Leute waren und sich womöglich der Heirat widersetzten, falls die Sache zu etwas wie einem Skandal führte; andererseits war er überzeugt, daß sie die ersten wären, die seine Beweggründe billigten, wenn er ihnen die genauen Umstände der Angelegenheit erklärte. Also sprach alles für Gift. Es war gefahrlos, sicher und still und ersparte peinliche Szenen, gegen die er, wie die meisten Engländer, einen tiefeingewurzelten Widerwillen hegte.

Von der Lehre von den Giften verstand er freilich gar nichts, und da der Waiter nicht fähig schien, etwas anderes zu finden als Ruffs Reisehandbuch und Baileys Magazin, sah er selber die Bücherreihen durch und entdeckte schließlich eine hübsch gebundene Ausgabe der ›Pharmacopoeia Britannica‹, des amtlichen Arzneibuches für Großbritannien, und ein Exemplar von Erskines ›Toxicologie‹, herausgegeben von Sir Mathew Reid, dem Präsidenten der Königlichen Medizinischen Fakultät und einem der ältesten Mitglieder des Buckingham-Klubs, in den er versehentlich anstelle von irgend jemand anderem gewählt worden war – der peinliche Zwischenfall hatte die Herren vom Wahlausschuß dermaßen aufgeregt, daß sie, als der richtige Mann zur Ballotage erschien, diesen einstimmig durchfallen ließen. Lord Arthur war arg betroffen über die in beiden Büchern gebrauchten Fachausdrücke und fing eben an zu bedauern, daß er in Oxford bei seinen Studien der alten Klassiker nicht besser aufgepaßt hatte; da entdeckte er in Erskines zweitem Band eine interessante und vollständige, dabei in einigermaßen verständlichem Englisch geschriebene Abhandlung über die Eigenschaften des Akonitins. Es schien ihm genau das Gift, das er brauchte. Es wirkte rasch, ja nahezu augenblicklich, war völlig schmerzlos, und wenn man es in einer Gelatinekapsel nahm, wie Sir Mathew empfahl, schmeckte es nicht einmal schlecht. Also vermerkte er auf seiner Hemdmanschette die Höhe der tödlichen Dosis, stellte die Bücher an ihren Platz zurück und schlenderte St. James's Street hinauf nach der berühmten Apotheke von Pestle & Humbey. Mister Pestle, der die Mitglieder der Aristokratie stets persönlich bediente, wunderte sich gewaltig über den Auftrag und murmelte sehr unterwürfig einiges der Art, daß dafür eine ärztliche Verordnung notwendig sei. Als Lord Arthur ihm jedoch erklärte, er brauche das Gift, weil er eine große norwegische Dogge töten müsse, die Symptome beginnender Tollwut zeige und den Kutscher bereits zweimal in die Waden gebissen habe, sagte er, das sei natürlich ein völlig ausreichender Grund, beglückwünschte Lord Arthur zu seinen hervorragenden Kenntnissen in der Toxikologie und ließ das Medikament sofort anfertigen.

Lord Arthur legte die Kapsel in eine hübsche kleine Silberbonbonniere, die er in einem Schaufenster der Bond Street stehen sah, warf Pestle & Humbeys häßliche Pillenschachtel weg und fuhr unverzüglich zu Lady Clementina.

»Nun, monsieur le mauvais sujet«, rief die alte Dame, als er ins Zimmer trat, »warum sind Sie so lange nicht bei mir gewesen?«

»Liebe Lady Clem, ich gehöre keinen Augenblick mir selbst«, sagte Lord Arthur lächelnd.

»Damit meinen Sie wohl, daß Sie den ganzen Tag mit Miss Sybil Merton herumlaufen und allerhand Kinkerlitzchen einkaufen und Unsinn schwatzen? Ich kann nicht begreifen, warum die Leute soviel Wesens um das bißchen Heiraterei machen. Zu meiner Zeit haben wir uns nicht einfallen lassen, deshalb zu girren und zu gurren, weder in der Öffentlichkeit noch unter vier Augen.«

»Ich versichere Ihnen, Lady Clem, ich habe Sybil seit vierundzwanzig Stunden nicht gesehen. Soweit mir bekannt ist, sind ihre Modistinnen jetzt ihr einziger Umgang.«

»Und das ist natürlich der Grund, warum Sie eine häßliche alte Frau wie mich besuchen kommen. Ich kann es nicht fassen, daß ihr Männer euch durch nichts belehren laßt. On a fait des folies pour moi, und nun sitze ich hier, ein armes rheumatisches Weib mit falschem Haar und schlechter Laune. Ja, wenn mir die gute Lady Jansen nicht unausgesetzt die dümmsten französischen Romane schickte, die sie irgend auftreiben kann, dann wüßte ich gar nicht, wie ich den lieben langen Tag hinbringen soll. Die Ärzte taugen zu überhaupt nichts, außer Geld aus einem herauszuziehen. Sie können noch nicht einmal mein Sodbrennen kurieren.«

»Ich habe Ihnen eine Medizin dagegen mitgebracht, Lady Clem«, sagte Lord Arthur ernst. »Es ist ein Wundermittel, von einem Amerikaner erfunden.«

»Ich halte eigentlich nicht viel von amerikanischen Erfindungen, Arthur. Nein, ganz und gar nicht. Ich habe vor kurzem ein paar amerikanische Romane gelesen, und die waren der reinste Humbug.«

»Oh, das hier ist kein Humbug, Lady Clem! Glauben Sie mir, es ist eine Radikalkur. Sie müssen versprechen, es zu probieren.« Und Lord Arthur zog die kleine Dose aus der Tasche und reichte sie ihr.

»Das Döschen ist entzückend, Arthur. Soll es wirklich für mich sein? Das ist sehr lieb von Ihnen. Und dies hier ist die Wundermedizin? Sie sieht aus wie ein Bonbon? Ich will sie gleich einnehmen.«

»Um Gottes willen, Lady Clem!« rief Lord Arthur und hielt ihre Hand fest, »tun Sie das ja nicht. Es ist ein homöopathisches Mittel, und wenn Sie es nehmen, solange Sie kein Sodbrennen haben, könnte es Ihnen den gräßlichsten Schaden zufügen. Warten Sie unbedingt, bis Sie einen Anfall haben, und dann nehmen Sie es ein. Sie werden über die Wirkung staunen.«

»Ich würde es gern gleich einnehmen«, sagte Lady Clementina, während sie die kleine durchsichtige Kapsel mit dem darin schwimmenden Tropfen Akonitin ins Licht hielt.« Ich glaube, es muß etwas Gutes sein. Die Wahrheit zu sagen: Ärzte kann ich nicht ausstehen, aber Arzneien hab ich gern. Na ja, ich will sie mir trotzdem bis zu meinem nächsten Anfall aufheben.«

»Und wann wird der sein?« fragte Lord Arthur begierig. »Schon bald?«

»Hoffentlich läßt er sich noch mindestens acht Tage Zeit. Mir ist erst gestern früh sehr schlecht gewesen. Aber man kann nie wissen.«

»Und Sie meinen bestimmt, Sie werden vor Ende des Monats noch mal einen haben, Lady Clem?«

»Ich fürchte, ja. Aber wie teilnehmend Sie heute sind, Arthur! Der Umgang mit Sybil ist entschieden sehr vorteilhaft für Sie. Und nun müssen Sie verschwinden, denn zum Essen kommen ein paar höchst langweilige Leute zu mir, die nie Skandalgeschichten erzählen, und wenn ich jetzt nicht mein Schläfchen mache, kann ich unmöglich das Dinner wachend überstehen. Auf Wiedersehen, Arthur, grüßen Sie Sybil von mir, und vielen Dank für die amerikanische Medizin.«

»Sie werden nicht vergessen, sie einzunehmen, Lady Clem, nicht wahr?« sagte Lord Arthur und stand auf.

»Keinesfalls, Sie alberner Junge. Ich finde es sehr liebenswürdig von Ihnen, daß Sie an mich gedacht haben, und werde Ihnen schreiben, wenn ich mehr brauche.«

Lord Arthur verließ das Haus in froher Laune und mit dem Gefühl unendlicher Erleichterung.

Am Abend sprach er mit Sybil Merton. Er sagte ihr, er sei plötzlich in eine furchtbar schwierige Lage geraten, der auszuweichen ihm Ehre wie Pflicht verböten. Die Hochzeit müsse fürs erste aufgeschoben werden, denn bis er sich aus seinen gräßlichen Verwicklungen gelöst habe, sei er kein freier Mann. Er beschwor sie, ihm zu vertrauen und keinerlei Zweifeln über die Zukunft Raum zu geben. Alles werde sich regeln, nur sei Geduld vonnöten.

Die Unterredung fand im Wintergarten von Mister Mertons Haus in Park Lane statt, wo Lord Arthur wie alle Abende diniert hatte. Sybil schien glücklicher als je, und für einen Augenblick war Lord Arthur versucht gewesen, den Feigling zu spielen, an Lady Clementina zu schreiben, sie solle ihm die Pille zurücksenden, und der Heiratsangelegenheit ihren Lauf zu lassen, als gäbe es überhaupt keinen Mister Podgers auf dieser Welt. Doch bald gewann sein besseres Teil die Oberhand, und auch als Sybil sich weinend in seine Arme warf, wurde er in seinem Entschluß nicht wankend. Die Schönheit, die seine Sinne erregte, hatte auch an sein Gewissen gerührt. Er sagte sich, ein so holdes Leben um des Glückes weniger Monate willen zu zerstören, wäre übel gehandelt.

Er blieb bis nahe an Mitternacht bei Sybil, tröstete sie und wurde wieder getröstet und reiste früh am nächsten Morgen nach Venedig ab, nachdem er Mister Merton in einem männlich festen Brief den notwendigen Aufschub der Hochzeit mitgeteilt hatte.

4

In Venedig traf er seinen Bruder, Lord Surbiton, der zufällig mit seiner Jacht von Korfu herübergekommen war. Die beiden jungen Männer verlebten zwei köstliche Wochen miteinander. Am Morgen ritten sie am Lido spazieren oder glitten in ihrer langen schwarzen Gondel die grünen Kanäle auf und nieder, am Nachmittag empfingen sie gewöhnlich Gäste auf der Jacht, und am Abend dinierten sie bei Florian und rauchten danach auf der Piazza unzählige Zigaretten. Und dennoch war Lord Arthur nicht ganz glücklich. Er studierte jeden Tag die Spalte der Todesanzeigen in den ›Times‹ und erwartete, die Nachricht von Lady Clementinas Tod zu finden, aber jeden Tag wurde er enttäuscht. Er fürchtete fast, ein Unfall sei ihr zugestoßen, und bedauerte, daß er sie gehindert hatte, das Akonitin zu nehmen, als sie so begierig seine Wirkung erproben wollte. Auch Sybils Briefe, obgleich voller Liebe und Vertrauen und Zärtlichkeit, klangen oft sehr traurig, und manchmal meinte er, sie seien für immer voneinander getrennt.

Nach vierzehn Tagen war Lord Surbiton der Reize Venedigs überdrüssig geworden, und er beschloß, längs der Küste nach Ravenna zu segeln, da er gehört hatte, im Pinienhain vor der Stadt, der »Pineta«, sei Gelegenheit zu einer phantastischen Schnepfenjagd. Lord Arthur lehnte zunächst entschieden ab, mitzukommen, aber Surbiton, den er außerordentlich gern hatte, überredete ihn schließlich durch das Argument, wenn er allein bei Danielli zurückbliebe, würde er sich unfehlbar zu Tode langweilen. Und am Fünfzehnten früh, bei einem steifen Nordost und ziemlich bewegter See, reisten sie ab. Die Jagd war vortrefflich, und das Leben in der freien Luft gab Lord Arthurs Gesicht die Farbe wieder, doch ungefähr am Zweiundzwanzigsten ergriff ihn Unruhe wegen Lady Clementina, und trotz allem, was Surbiton dagegen einwandte, fuhr er mit der Bahn nach Venedig zurück.

Als er aus der Gondel stieg und die Stufen zum Hotel hinauf eilte, kam ihm der Besitzer mit einem Stoß Telegramme entgegen. Lord Arthur riß sie ihm aus der Hand und öffnete sie hastig. Alles war gut gegangen.

Lady Clementina war ganz plötzlich in der Nacht zum Siebzehnten gestorben!
Sein erster Gedanke galt Sybil, und er sandte ihr ein Telegramm, das seine sofortige Rückkehr nach London anzeigte. Dann befahl er dem Diener, seine Sachen für den Nachtzug zu packen, schickte seinen Gondolieri fünfmal soviel, als sie zu beanspruchen hatten, und lief leichten Schritts und heiteren Herzens hinauf in seinen Salon. Dort fand er drei Briefe vor. Der eine kam von Sybil und war voller Anteilnahme und Mitgefühl. Die beiden anderen waren von seiner Mutter und von Lady Clementinas Anwalt. Wie sich aus ihnen ergab, hatte die alte Dame noch an jenem Abend bei der Herzogin diniert und durch ihren Witz und Geist alle Anwesenden in Entzücken versetzt, war dann aber ziemlich früh nach Haus gefahren, da ihr Sodbrennen sie peinigte. Am Morgen fand man sie tot in ihrem Bett, allem Anschein nach hatte sie keine Schmerzen gelitten. Sir Mathew Reid, nach dem sofort geschickt worden war, konnte selbstverständlich nichts mehr ausrichten, und am Zweiundzwanzigsten sollte in Beauchamp Chalcote die Beisetzung stattfinden. Wenige Tage vor ihrem Tode hatte sie ihr Testament gemacht und Lord Arthur das kleine Haus in Curzon Street mit der ganzen Einrichtung hinterlassen, sowie ihre gesamte persönliche Habe und die Bilder, mit Ausnahme der Miniaturensammlung, die ihrer Schwester, Lady Margaret Rufford, zufallen, und ihres Amethysthalsbandes, das Sybil Merton erhalten sollte. Der Besitz war nicht allzuviel wert, aber Mister Mansfield, der Anwalt, bat Lord Arthur dringendst, wenn möglich sofort zurückzukommen, da eine große Menge unbezahlter Rechnungen vorlagen und Lady Clementina niemals genau Buch geführt hatte.

Lord Arthur war tief gerührt über Lady Clementinas gütiges Gedenken und fand, Mister Podgers habe eine gewaltige Verantwortung auf sich geladen. Doch seine Liebe zu Sybil besiegte jedes andere Gefühl, und das Bewußtsein, seine Pflicht getan zu haben, gab ihm Trost und Frieden. Als er in Charing Cross Station ankam, war er vollkommen glücklich.

Mister Merton und die Seinen empfingen ihn sehr herzlich. Sybil nahm ihm das Versprechen ab, daß er nie wieder irgend etwas zwischen sie treten lassen werde, und die Hochzeit wurde auf den siebenten Juni festgesetzt. Das Leben schien ihm von neuem hell und schön, und all sein früherer Frohsinn kehrte ihm zurück.

Eines Tages jedoch, als er gemeinsam mit Sybil und Lady Clementinas Anwalt das Haus in Curzon Street durchstreifte, Packen vergilbter Briefe verbrannte und Schubkästen voll unnützem Kram ausleerte, stieß das junge Mädchen plötzlich einen leisen Ruf des Entzükkens aus.

»Was hast du gefunden, Sybil?« fragte Lord Arthur lächelnd und blickte zu ihr hinüber.

»Diese reizende kleine Silberbonbonniere, Arthur. Ist das nicht altholländische Arbeit? Bitte, schenk sie mir! Ich weiß, Amethyste werden mir erst stehen, wenn ich über achtzig bin.«

Es war die Dose, in der er Lady Clementina das Akonitin gebracht hatte.

Lord Arthur fuhr zusammen, und ein schwaches Rot färbte sein Gesicht. Er hatte fast völlig vergessen, was er getan, und es schien ihm eine seltsame Fügung, daß Sybil, um derentwillen er all die fürchterlichen Ängste auf sich genommen hatte, nun die erste sein mußte, ihn daran zu erinnern.

»Selbstverständlich kannst du sie haben, Sybil. Ich selbst habe sie der armen Lady Clem geschenkt.«

»Oh, danke, Arthur! Und kann ich auch das Bonbon haben? Ich hatte keine Ahnung, daß Lady Clementina gern Süßigkeiten aß. Ich dachte, sie sei dafür viel zu intellektuell.«

Lord Arthur wurde totenblaß, und ein gräßlicher Gedanke durchzuckte ihn.

»Bonbon, Sybil? Was meint du damit?« sagte er mit unterdrückter, heiserer Stimme.

»In der Dose ist eins, weiter meine ich nichts. Es sieht ganz alt und verstaubt aus, und ich will es ja gar nicht essen. Was ist dir, Arthur? Wie blaß du geworden bist!«

Lord Arthur stürzte hinzu und ergriff die Dose. Darinnen lag die bernsteinfarbene Kapsel mit dem Gifttropfen. Lady Clementina war also eines natürlichen Todes gestorben!

Der Schrecken dieser Erkenntnis übermannte ihn fast. Er schleuderte die Kapsel ins Feuer und sank mit einem Verzweiflungsschrei in einen Sessel.

5

Mister Merton war ziemlich ungehalten, daß die Hochzeit ein zweitesmal aufgeschoben werden sollte, und Lady Julia, die bereits ihr Kleid für die Feier bestellt hatte, tat ihr möglichstes, um Sybil von der Verbindung mit Lord Arthur abzubringen. Doch wie zärtlich Sybil ihre Mutter auch liebte – sie hatte ihr Leben ganz in Lord Arthurs Hände gegeben, und nichts, was Lady Julia dagegen zu sagen vermochte, konnte sie in ihrer Treue wankend machen. Lord Arthur selbst brauchte Tage, bis er die bittere Enttäuschung verwunden hatte, und eine Zeitlang blieb sein seelisches Gleichgewicht total erschüttert. Indes, sein ausgezeichneter Menschenverstand setzte sich bald durch, und sein gesunder, praktischer Sinn ließ ihn nicht lange im Zweifel über das, was nun zu tun war. Da Gift sich als ein völliger Versager erwiesen hatte, war es offenbar geraten, Dynamit oder einen anderen Sprengstoff zu versuchen.

Also sah er von neuem die Liste seiner Freunde und Verwandten durch und beschloß nach gewissenhafter Überlegung, seinen Onkel, den Dean von Chichester, in die Luft zu jagen. Der Dean, ein hochgebildeter und sehr gelehrter Herr, war ein leidenschaftlicher Uhrenliebhaber und besaß eine wunderbare Sammlung von Uhren vom fünfzehnten Jahrhundert bis zu unserer Zeit, und Lord Arthur meinte, dieses Steckenpferd des guten Deans biete ihm eine hervorragende Gelegenheit, seinen Plan auszuführen. Wie und wo man zu einer Höllenmaschine kam, das war natürlich eine ganz andere Sache. Das Adreßbuch gab ihm in dieser Frage keine Auskunft, und er hatte das Gefühl, daß es wenig Sinn hätte, sich deshalb an Scotland Yard zu wenden; denn es schien, dort wußte man über die Unternehmungen der Dynamitmänner nie etwas, bis die Explosion stattgefunden hatte, und auch dann nicht viel.

Plötzlich fiel ihm sein Freund Rouvaloff ein, ein junger Russe extrem revolutionärer Richtung, den er im Winter bei Lady Windermere kennengelernt hatte. Es hieß, Graf Rouvaloff schreibe an einer Biographie Peters des Großen und sei nach England gekommen, um an Ort und Stelle die Dokumente über des Zaren dortigen Aufenthalt als Schiffszimmermann zu studieren; man vermutete jedoch allgemein, er sei ein nihilistischer Agent, und zweifellos sah die russische Botschaft seine Anwesenheit in London keineswegs mit Wohlwollen. Lord Arthur meinte, dies sei gerade der richtige Mann für sein Vorhaben, und fuhr eines Morgens zu ihm nach seiner Wohnung in Bloomsbury, um von ihm Rat und Hilfe zu erbitten.

»Sie wollen sich also ernstlich mit Politik beschäftigen?« fragte Graf Rouvaloff, als Lord Arthur ihm den Zweck seines Besuches auseinandergesetzt hatte; doch Lord Arthur, dem Prahlerei jeder Art verhaßt war, fühlte sich verpflichtet, ihm zu gestehen, daß er sich nicht im mindesten für soziale Fragen interessiere und die Höllenmaschine nur in einer reinen Familienangelegenheit brauche, die einzig und allein ihn selbst betreffe.

Graf Rouvaloff sah ihn ein paar Augenblicke verdutzt an, und als er sicher war, Lord Arthur scherze nicht, schrieb er eine Adresse auf ein Stück Papier, unterzeichnete mit seinen Initialen und reichte es ihm über den Tisch.

»Scotland Yard würde allerhand drum geben, mein Lieber, wenn sie dort diese Adresse wüßten.«

»Von mir bekommen sie sie nicht!« rief Lord Arthur lachend; und er schüttelte dem jungen Russen herzlich die Hand, lief die Treppe hinunter, las, was auf dem Zettel stand, und befahl dem Kutscher, nach Soho Square zu fahren.

Dort schickte er ihn weg und schlenderte die Greek Street entlang, bis er an ein großes Gebäude, den Bayle's Court, kam. Er trat durch den Torweg und sah sich in einer sonderbaren Sackgasse, die offensichtlich von einer Waschanstalt eingenommen wurde, denn ein Netz von Wäscheleinen spannte sich von Haus zu Haus, und ein Geflirr aus weißem Linnen wehte in der Morgenluft. Er ging bis ans Ende der Gasse und klopfte an ein niedriges grünes Häuschen. Nach einer Weile, während der sich jedes Fenster über dem Hof in ein getüpfeltes Etwas aus neugierigen Gesichtern verwandelte, wurde die Tür von einem ziemlich ruppig aussehenden Mann geöffnet, der ihn in sehr schlechtem Englisch fragte, was er wolle. Lord Arthur reichte ihm das Papier, das Graf Rouvaloff ihm gegeben hatte. Als der Mann es sah, dienerte er, bat Lord Arthur in ein schmuddliges Zimmer im Erdgeschoß, und herein eilte wenige Augenblicke später Herr Winckelkopf, wie er sich in England nannte, eine Serviette voller Weinflecke um den Hals und eine Gabel in seiner Linken.

»Graf Rouvaloff hat mich an Sie empfohlen«, sagte Lord Arthur sich verbeugend, »und ich wäre Ihnen sehr verbunden, wenn Sie mir in einer geschäftlichen Angelegenheit eine kurze Unterredung gewähren wollten. Mein Name ist Smith, Mr. Robert Smith; ich möchte Sie bitten, mir mit einer Uhr mit Sprengladung auszuhelfen.«

»Sehr erfreut, Sie zu sehen, Lord Arthur«, sagte der muntere kleine Deutsche lachend. »Schauen Sie nicht so erschrocken drein; es ist meine Pflicht, jeden zu kennen, und ich erinnere mich, daß ich Sie an einem Abend bei Lady Windermere gesehen habe. Ich hoffe, Mylady befindet sich wohl. Würden Sie mir nicht Gesellschaft leisten, bis ich mit Frühstücken fertig bin? Hier diese Pastete ist ausgezeichnet, und meine Freunde sind so liebenswürdig, zu behaupten, mein Rheinwein sei besser als jeder, den sie in der deutschen Botschaft bekommen.« Und ehe sich Lord Arthur von der Überraschung, erkannt worden zu sein, erholt hatte, saß er bereits im Hinterzimmer und trank aus einem zartgelben, mit dem kaiserlichen Monogramm gezeichneten Römer den köstlichsten Markobrunner und plauderte mit dem berühmten Verschwörer so freundschaftlich wie mit einem alten Bekannten.

»Uhren mit Sprengladung«, sagte Herr Winckelkopf, »eignen sich wenig für den Export, denn selbst wenn sie das Zollamt glücklich passieren – die Zugverbindungen im Ausland sind so unregelmäßig, daß die Uhren gewöhnlich explodieren, bevor sie ihren Bestimmungsort erreicht haben. Benötigen Sie indessen eine für den Gebrauch hier im Lande, so kann ich Ihnen einen ausgezeichneten Artikel liefern und garantiere für vollauf befriedigenden Erfolg. Darf ich fragen, für wen die Uhr bestimmt ist? Wenn für die Polizei oder irgend jemand, der mit Scotland Yard zusammenhängt, bin ich zu meinem Leidwesen nicht imstande, Ihnen zu helfen. Die englischen Detektive sind unsere besten Freunde, und ich habe immer gefunden: sobald wir uns nur auf ihre Dummheit verlassen, können wir genau das tun, was wir wollen. Ich möchte keinen von ihnen missen.«

»Seien Sie versichert«, sagte Lord Arthur, »daß meine Sache ganz und gar nichts mit der Polizei zu tun hat. Die Uhr ist dem Dean von Chichester zugedacht.«

»Gott im Himmel! Ich hätte keine so ausgeprägten Ansichten in religiösen Fragen bei Ihnen vermutet, Lord Arthur. Man findet das heutzutage bei wenigen jungen Leuten.«

»Ich fürchte, Sie überschätzen mich, Herr Winckelkopf«, sagte Lord Arthur errötend. »Die Wahrheit ist, daß ich nichts von Theologie verstehe.«

»Dann handelt es sich also um eine rein private Angelegenheit?«

»Eine rein private.«

Herr Winckelkopf zuckte die Achseln und ging hinaus. Als er nach einigen Minuten zurückkam, brachte er ein rundes Scheibchen Dynamit, etwa von der Größe eines Pennystückes, und eine niedliche kleine Stutzuhr, gekrönt von einer goldbronzierten Statuette der Freiheit, die der Hydra der Despotie den Fuß auf den Nacken setzt.
Lord Arthurs Gesicht erhellte sich bei ihrem Anblick. »Genau das, was ich brauche!« rief er. »Und nun sagen Sie mir, wie man das Ding zur Explosion bringt.«
»Oh, das ist mein Geheimnis«, antwortete Herr Winckelkopf und betrachtete seine Erfindung mit einem Blick entschuldbaren Stolzes. »Lassen Sie mich nur wissen, wann die Maschine losgehen soll, und ich werde sie genau nach Ihrem Wunsche einstellen.«
»Also sagen wir – heute ist Dienstag, und wenn Sie die Uhr gleich abschicken könnten . . .«
»Das ist nicht möglich; ich habe eine große Menge wichtiger Arbeiten zu erledigen für einige Moskauer Freunde. Trotzdem soll sie morgen weggehen.«
»Gewiß! es dürfte noch Zeit genug sein«, sagte Lord Arthur höflich, »wenn sie morgen abend oder Donnerstag früh zugestellt wird. Als Zeitpunkt der Explosion schlage ich vor: Freitag, Punkt zwölf Uhr. In der Mittagsstunde ist der Dean immer zu Hause.«
»Freitag, zwölf Uhr«, wiederholte Herr Winckelkopf und machte sich eine entsprechende Notiz in ein dikkes Hauptbuch, das auf einem Schreibtisch neben dem Kamin lag.
»Und nun«, sagte Lord Arthur und stand auf, »lassen Sie mich bitte wissen, wieviel ich Ihnen schuldig bin.«
»Es handelt sich um eine solche Lappalie, Lord Arthur, daß ich am liebsten gar nichts berechnen möchte.

Das Dynamit stellt sich auf sieben Schilling sechs Pence, die Uhr auf drei Pfund zehn Schilling, und Porto und Verpackung machen etwa fünf Schilling. Ich freue mich ja stets so sehr, wenn ich einem Freund von Graf Rouvaloff gefällig sein kann.«

»Aber Ihre Mühe, Herr Winckelkopf?«

»Oh, nicht der Rede wert! Es ist mir ein Vergnügen. Ich arbeite nicht für Geld; ich lebe ganz für meine Kunst.«

Lord Arthur legte vier Pfund zwei Schilling sechs Pence auf den Tisch, dankte dem kleinen Deutschen für seine Liebenswürdigkeit, und als es ihm glücklich gelungen war, eine Einladung zu einem Anarchistenmeeting mit Tee und kleinem Abendbrot für den kommenden Sonnabend abzulehnen, verließ er das Haus und ging nach dem Hyde Park.

Während der nächsten beiden Tage lebte er in einem Zustand gespanntester Erregung, und am Freitag, zwölf Uhr, fuhr er zum Buckingham-Klub, um dort auf Nachrichten zu warten. Den ganzen Nachmittag über heftete der Portier mit dem größten Gleichmut Telegramme aus allen Teilen des Landes ans Schwarze Brett: Ergebnisse von Pferderennen, Urteile in Scheidungsprozessen, den Wetterbericht und derlei mehr, und der Telegraphenapparat tickte langweilige Einzelheiten über eine Nachtsitzung des Unterhauses und eine kleine Panik an der Börse. Um vier kamen die Abendblätter, und mit der ›Pall Mall‹, der ›St. James's Gazette‹, dem ›Globe‹ und dem ›Echo‹ verschwand Lord Arthur in der Bibliothek – zur maßlosen Entrüstung von Colonel Goodchild, der die Berichte über eine Rede lesen wollte, die er heute vormittag im Mansion House gehalten und in der er über Fragen der südafrikanischen Missionen im allgemeinen und im besonderen über die Ratsamkeit der Einsetzung schwarzer Bischöfe in jeder Provinz gesprochen hatte; und aus irgendeinem Grunde konnte der Colonel die ›Evening News‹ nicht leiden. In keiner der Zeitungen aber wurde Chichester auch nur mit einem Wort erwähnt, und Lord Arthur sagte sich, das Attentat müsse mißlungen sein. Es war ein fürchterlicher Schlag für ihn, eine Weile fühlte er sich ganz entmutigt. Herr Winckelkopf, den er am nächsten Tag aufsuchte, strömte über von wohlgesetzten Entschuldigungen und bot Lord Arthur an, ihm eine zweite Uhr gratis oder einen Kasten Nitroglyzerinbomben zum Selbstkostenpreis zu liefern. Lord Arthur aber hatte jedes Vertrauen in Sprengstoffe verloren, und selbst Herr Winckelkopf mußte eingestehen, heutzutage werde alles so verfälscht, daß auch Dynamit kaum mehr rein zu beschaffen sei. Der kleine Deutsche gab ferner zu, der Mechanismus müsse irgendwie versagt haben; er war jedoch nicht ohne Hoffnung, daß die Uhr nachträglich noch losgehen könne, und führte einen Fall aus seiner Praxis als Beispiel an: er hatte dem Militärgouverneur von Odessa einmal ein Barometer zugeschickt, das nach zehn Tagen explodieren sollte, aber ungefähr drei Monate lang nicht dergleichen tat. Als es schließlich doch noch losging, brachte es allerdings nichts weiter zuwege, als ein Dienstmädchen in Atome zu zerblasen, da der Gouverneur bereits sechs Wochen vorher die Stadt verlassen hatte. Indessen war damit zum mindesten bewiesen, daß Dynamit, wenn ein Mechanismus seine zerstörerische Kraft auslöste, ein gewaltiges, nur freilich etwas unpünktliches Werkzeug der Vernichtung ist. Lord Arthur fühlte sich durch diesen Gedanken ein wenig getröstet, aber auch diesmal sollte er enttäuscht werden, denn als er zwei Tage später zu Hause nach seinem Zimmer hinaufging, rief ihn die Herzogin in ihr Boudoir und zeigte ihm einen Brief, den sie soeben aus Chichester erhalten hatte.

»Jane schreibt entzückende Briefe«, sagte die Herzogin, »du mußt diesen hier unbedingt lesen. Er ist genau so gut wie die Romane, die Mudie uns aus seiner Leihbibliothek herschickt.«

Lord Arthur riß ihr den Brief aus der Hand. Er lautete so:

Deanhaus Chichester,
den 27. Mai

Liebste Tante!

Meinen besten Dank für den Barchent und den gestreiften Baumwollstoff für den Wohltätigkeits-Frauenverein. Ich bin ganz Ihrer Ansicht, daß es Unsinn ist, wenn die gewöhnlichen Leute hübsche Sachen tragen wollen; aber da sie heutzutage alle so anarchistisch und irreligiös sind, kann man ihnen schwerlich beibringen, wie ungehörig es für sie ist, sich wie die oberen Klassen zu kleiden. Ich weiß wirklich nicht, wo das alles noch hinführen soll. Wie Papa schon oft in seinen Predigten gesagt hat, leben wir in einem Zeitalter des Unglaubens.

Großen Spaß hatten wir über eine Uhr, die ein unbekannter Verehrer vorigen Donnerstag an Papa sandte. Sie kam in einer Holzkiste aus London, fracht- und portofrei; und Papa hat das Gefühl, sie müsse von jemandem kommen, der seine bedeutende Predigt: ›Ist Zügellosigkeit Freiheit?‹ gelesen hat, denn oben auf der Uhr steht eine Frauensperson mit etwas auf dem Kopf, was, wie Papa sagte, die Freiheitsmütze ist. Ich finde sie weder sehr schicklich noch sehr kleidsam, aber Papa sagt, das ist historisch; also wird es schon

seine Richtigkeit haben. Parker packte die Uhr aus, und Papa stellte sie auf das Kaminsims in der Bibliothek. Freitag mittag saßen wir alle dort, und gerade als die Uhr zwölf schlug, hörten wir ein schwirrendes Geräusch, ein kleines Rauchwölkchen kam aus dem Sokkel der Figur, und die Göttin der Freiheit fiel herunter und zerbrach sich die Nase am Kaminvorsatz! Maria war ganz erschrocken, aber es sah so komisch aus, daß James und ich furchtbar lachen mußten, und sogar Papa amüsierte sich darüber. Als wir die Uhr untersuchten, entpuppte sie sich als eine Art Wecker; man braucht sie nur auf eine bestimmte Zeit zu stellen und ein bißchen Schießpulver und ein Zündhütchen unter einen kleinen Hammer zu tun, und sie geht so oft los, wie man will. Papa sagte, sie dürfe nicht in der Bibliothek bleiben, weil sie zuviel Lärm macht; darum brachte Reggie sie in die Schulstube und läßt sie nun den ganzen Tag lang knallen. Meinen Sie, daß Arthur sich freuen würde, wenn wir ihm eine solche Uhr zur Hochzeit schenkten? Ich denke mir, sie sind jetzt in London große Mode. Papa sagt, sie werden zweifellos sehr nützlich sein, weil sie zeigen, daß die Freiheit nicht dauern kann, sondern zum Schluß fallen muß. Papa sagt, die Freiheit ist zur Zeit der Französischen Revolution erfunden worden. Wie scheußlich!
Ich muß jetzt in den Wohltätigkeitsverein, wo ich unseren Gemeindearmen Ihren so überaus lehrreichen Brief vorlesen will. Wie richtig ist Ihre Meinung, liebe Tante, daß die unteren Schichten ruhig Sachen tragen mögen, die ihnen nicht stehen. Ich muß sagen, es ist absurd von diesen Leuten, sich für Kleider zu interessieren und nach vergänglichem Putz zu trachten, wo es doch so viele wichtigere Dinge gibt, in dieser Welt und in jener. Ich freue mich sehr, daß Ihr geblümtes

Taftkleid so schön geworden und daß die Spitze nicht zerrissen ist. Ich werde das gelbe Atlaskleid, das Sie mir so freundlich geschenkt haben, am Mittwoch anziehen, wenn wir zu unserem Bischof gehen, und ich denke, es wird nett aussehen. Würden Sie Schleifen daran machen lassen? Mrs. Jennings sagt, jeder trägt jetzt Schleifen, und an den Unterrock müßten Volants. Reggie hat die Uhr eben wieder explodieren lassen, und Papa hat angeordnet, die Uhr soll in den Stall. Ich glaube, sie gefällt Papa nicht mehr ganz so gut wie zuerst, obwohl es für ihn sehr schmeichelhaft ist, daß jemand ihm ein so hübsches und sinnreiches Spielzeug geschenkt hat. Es zeigt doch, daß die Leute seine Predigten lesen und Nutzen daraus ziehen.

Papa läßt herzlich grüßen, ebenso James und Reggie und Maria. In der Hoffnung, daß Onkel Cecils Gicht besser geworden ist, bin ich, liebe Tante,

Ihre Sie stets aufrichtig liebende Nichte
Jane Percy

PS. Schreiben Sie mir bitte wegen der Schleifen. Mrs. Jennings bleibt dabei, daß sie hochmodern sind.

Lord Arthur sah so ernst und unglücklich aus, während er den Brief überflog, daß die Herzogin laut lachte.

»Mein lieber Arthur«, rief sie, »ich werde dir niemals wieder den Brief einer jungen Dame zu lesen geben! Aber was meinst du zu dieser Uhr? Ich halte das für eine glänzende Erfindung und möchte am liebsten selber eine haben.«

»Ich halte nicht viel davon«, sagte Lord Arthur und lächelte traurig; dann küßte er seine Mutter und verließ das Zimmer.

Als er hinaufgegangen war, warf er sich auf ein Sofa, und Tränen stiegen in seine Augen. Zweimal hatte er sein möglichstes getan, diesen Mord zu begehen, aber beide Male war er gescheitert, und nicht durch eigene Schuld. Er hatte sich bemüht, seine Pflicht zu tun, aber es war, als ob das Schicksal seinen eigenen Spruch verleugnete. Bedrückt fühlte er, wie unfruchtbar alle gute Absicht war, wie nutzlos jeder Versuch, ehrenhaft zu handeln. Vielleicht wäre es besser, wenn er das Verlöbnis überhaupt löste. Sybil würde leiden, gewiß; aber Leid konnte eine so edle Natur nicht brechen. Und er selbst – was war an ihm gelegen? Stets ist irgendwo ein Krieg, in dem ein Mann sterben, eine Sache, für die ein Mann sein Leben hingeben kann, und wie das Leben keine Freude mehr für ihn hatte, so war ihm der Tod ohne Schrecken. Mochte das Schicksal vollstrecken, was es über ihn verhängt hatte. Er würde keinen Finger rühren, ihm zu helfen.

Um halb acht zog er sich an und ging in den Klub. Surbiton war da mit einer Menge junger Leute, und Arthur mußte mit ihnen zu Abend essen. Ihre platte Unterhaltung und ihre faden Witze langweilten ihn, und sobald der Kaffee serviert war, schützte er, um fortzukommen, eine Verabredung vor und verließ sie. Als er aus dem Klubgebäude trat, gab ihm der Portier einen Brief. Er war von Herrn Winckelkopf und forderte ihn auf, am nächsten Abend nach Bayle's Court zu kommen und einen explosiven Regenschirm zu erleben, der in die Luft ging, sowie man ihn öffnete. Er sei die allerneueste Erfindung und eben erst aus Genf eingetroffen. Lord Arthur riß den Brief in Fetzen. Er hatte die feste Absicht, sich auf keinerlei Experimente mehr einzulassen. Dann wanderte er hinunter zum

Themseufer und saß stundenlang am Fluß. Der Mond blickte durch eine Mähne lohbrauner Wolken, als wäre er das Auge eines Löwen, und zahllose Sterne sprenkelten das luftige Gewölbe, wie Goldstaub, der eine Purpurkuppel überpudert. Dann und wann schaukelte ein Schiff vorüber auf der trüben Flut und trieb mit der Strömung davon, und die Signale der Eisenbahn wechselten von Grün zu Rot, wenn die Züge mit schrillen Pfiffen über die Brücke rasten. Nach einer Weile dröhnte es zwölf vom schlanken Westminsterturm, und bei jedem Schlag der weithallenden Glocke schien die Nacht zu beben. Dann gingen die Eisenbahnlichter aus, nur eine einzige einsame Lampe glühte noch wie ein gewaltiger Rubin an einem Riesenmast, und das Gebrüll der Stadt wurde schwächer.

Um zwei stand er auf und ging langsam in der Richtung auf Blackfriars Bridge. Wie unwirklich alles aussah! Wie seltsam traumhaft! Die Häuser am jenseitigen Ufer schienen aus Finsternis gebaut. Es war, als ob Silber und Schatten die Welt neu erschaffen hätten. Die mächtige Kuppel der Sankt-Pauls-Kathedrale tauchte wie eine Blase aus der zwielichtigen Luft.

Als er sich dem Obelisken, der »Nadel der Kleopatra«, näherte, sah er einen Mann über das Geländer lehnen, und als er dichter heran war, blickte der Mann auf, und das Gaslicht fiel voll auf sein Gesicht.

Es war Mister Podgers, der Chiromant! Niemand konnte das flache, schlaffe Gesicht verkennen, die goldgerandete Brille, das widerlich matte Lächeln, den sinnlichen Mund.

Lord Arthur blieb stehen. Ein blendender Gedanke durchzuckte ihn, er schlich sachte näher, hinter den anderen. Im Nu hatte er Mister Podgers bei den Beinen gepackt und in die Themse geschleudert. Ein grober Fluch, ein schweres Klatschen – und alles war still. Lord Arthur blickte begierig hinab, konnte von dem Handleser aber nichts sehen als einen breiten Hut, der in einem Strudel mondhellen Wassers herumgewirbelt wurde. Nach einiger Zeit versank auch er, und keine Spur von Mister Podgers war mehr sichtbar. Einmal glaubte er die schwere, unförmige Gestalt zu erkennen, wie sie auf die Treppe neben der Brücke zuschwamm, und ein gräßliches Gefühl der Ohnmacht überkam ihn; doch die Gestalt erwies sich als ein Trugbild, und als der Mond hinter einer Wolke hervorkam, war sie verschwunden. Was das Schicksal über ihn verhängt hatte, schien endlich erfüllt. Befreit atmete er auf, und Sybils Name drängte sich auf seine Lippen.

»Ist Ihnen etwas hinuntergefallen, Sir?« sagte plötzlich eine Stimme hinter ihm.

Er wandte sich um und sah einen Polizisten mit einer Blendlaterne.

»Nichts von Bedeutung, Sergeant«, antwortete er lächelnd, und er winkte einer vorüberkommenden Droschke, sprang hinein und befahl dem Kutscher, ihn nach Belgrave Square zu fahren.

Während der nächsten Tage war er zwischen Furcht und Hoffnung hin und her gerissen. Es gab Augenblicke, in denen er beinah erwartete, daß Mister Podgers zu ihm ins Zimmer trete, zu anderen Zeiten indessen glaubte er, das Schicksal könne nicht so ungerecht gegen ihn sein. Zweimal ging er nach West Moon Street, zu dem Hause, in dem Mister Podgers wohnte; aber er brachte es nicht über sich, zu klingeln. Er dürstete nach Gewißheit und fürchtete sich vor ihr.

Endlich kam sie. Er saß im Rauchzimmer des Klubs beim Tee und hörte ziemlich gelangweilt an, was Surbiton von dem neuesten Couplet aus dem Gaiety-Theater erzählte, als der Waiter mit den Abendzeitungen eintrat. Er griff nach der ›St. James's‹ und wendete achtlos die Blätter – da fesselte eine merkwürdige Überschrift sein Auge:

SELBSTMORD EINES CHIROMANTEN!

Er erblaßte vor Aufregung und begann zu lesen. Die Notiz lautete:
Gestern morgen um sieben Uhr wurde die Leiche des hervorragenden Chiromanten Mr. Septimus R. Podgers in Greenwich gegenüber dem Ship-Hotel ans Ufer gespült. Der Unglückliche war seit mehreren Tagen vermißt, so daß in Chiromantenkreisen bereits einige Besorgnis über seinen Verbleib bestand. Vermutlich hat er den Selbstmord unter der Einwirkung einer durch Übermaß an Arbeit hervorgerufenen zeitweiligen Geistesgestörtheit begangen; ein Gutachten dieses Inhalts wurde heute nachmittag von der amtlichen Leichenschaukommission herausgegeben. Mr. Podgers hatte soeben eine tiefschürfende Abhandlung zum Thema ›Die menschliche Hand‹ vollendet, die in Kürze erscheinen und zweifellos großes Aufsehen erregen wird. Der Verblichene war fünfundsechzig Jahre alt; soweit bekannt, hinterläßt er keine Angehörigen.
Die Zeitung noch in der Hand, stürmte Lord Arthur aus dem Klub – zum ungeheuren Staunen des Portiers, der ihn vergebens aufzuhalten suchte – und fuhr sogleich nach Park Lane. Sybil sah ihn vom Fenster aus, und irgend etwas sagte ihr, er bringe freudige

Nachricht. Sie lief hinunter, ihm entgegen, und als sie ihm ins Gesicht schaute, wußte sie, daß alles gut war.

»Meine liebste Sybil«, rief Lord Arthur, »morgen wollen wir uns trauen lassen!«

»Kleiner Dummer! Der Hochzeitskuchen ist doch noch nicht einmal bestellt!« sagte Sybil und lachte unter Tränen.

6

Als die Trauung stattfand, etwa drei Wochen danach, herrschte in St. Peter's Church ein wahres Getümmel von elegantem Volk. Den Gottesdienst hielt der Dean von Chichester auf das ergreifendste, und alles war sich darüber einig, daß man niemals ein schöneres Paar gesehen hatte als diese Braut und diesen Bräutigam. Die beiden aber waren nicht nur schön – sie waren glücklich. Keinen noch so kurzen Augenblick bedauerte Lord Arthur, was er Sybils wegen gelitten hatte, und sie gab ihm das Beste, was eine Frau einem Mann zu geben hat: Achtung, Zärtlichkeit und Liebe. Für beide wurde die Romantik nicht durch die Wirklichkeit getötet. Sie blieben unwandelbar jung.

Einige Jahre später, als ihnen zwei reizende Kinder geboren waren, kam Lady Windermere, sie in Alton Priory zu besuchen, auf dem bezaubernden alten Herrensitz, den der Herzog seinem Sohne zur Hochzeit geschenkt hatte. Eines Nachmittags saß sie mit Lady Arthur im Garten unter einem Lindenbaum und sah dem kleinen Jungen und dem Mädelchen zu, die auf der Rosenallee hin und her hüpften gleich launischen Sonnenstrahlen; da nahm sie plötzlich ihrer Freundin Hand in ihre Hände und fragte: »Sind Sie glücklich, Sybil?«

»Liebe Lady Windermere, gewiß bin ich glücklich. Sind Sie es nicht?«

»Ich habe keine Zeit, glücklich zu sein, Sybil. Stets liebe ich den, der zuletzt bei mir eingeführt worden ist; aber sowie ich die Leute kennenlerne, bin ich ihrer unfehlbar überdrüssig.«

»Genügen Ihnen Ihre Löwen nicht mehr, Lady Windermere?«

»Ach Gott, nein! Löwen taugen nur für eine Saison. Sobald ihnen die Mähnen geschnitten sind, werden sie die langweiligsten Geschöpfe von der Welt. Überdies benehmen sie sich sehr schlecht, wenn man wahrhaft nett zu ihnen ist. Erinnern Sie sich an diesen gräßlichen Mister Podgers? Er war ein furchtbarer Betrüger. Natürlich war mir das ganz gleich, und ich habe es ihm nicht einmal übelgenommen, wenn er Geld von mir borgen wollte; aber nicht ausstehen konnte ich, daß er mir den Hof machte. Er hat mir die Chiromantie direkt verleidet. Ich schwärme jetzt für Telepathie. Die ist viel amüsanter.«

»Bei uns hier dürfen Sie nichts gegen die Chiromantie sagen, Lady Windermere; sie ist das einzige, worüber man sich in Arthurs Gegenwart nicht lustig machen darf. Im Gegenteil, er nimmt sie völlig ernst.«

»Sie wollen doch nicht behaupten, daß er daran glaubt, Sybil?«

»Fragen Sie ihn selbst, Lady Windermere; hier ist er.«

Lord Arthur kam den Gartenweg entlang, einen großen Strauß gelber Rosen in der Hand, und seine beiden Kinder tanzten um ihn her.

»Lord Arthur . . .«

»Ja, Lady Windermere?«

»Wollen Sie im Ernst behaupten, daß Sie an Chiromantie glauben?«
»Gewiß glaube ich daran«, sagte der junge Mann lächelnd.
»Aber warum?«
»Weil ich ihr alles Glück meines Lebens verdanke«, sagte er leise und warf sich in einen Korbsessel.
»Mein lieber Lord Arthur – was verdanken Sie ihr?«
»Sybil«, antwortete er, reichte seiner Gattin die Rosen und sah in ihre Veilchenaugen.
»Welch ein Unsinn!« rief Lady Windermere. »In meinem Leben habe ich noch keinen solchen Unsinn gehört.«

DAS GESPENST VON CANTERVILLE

Eine materio-idealistische romantische Erzählung

I

Als Mr. Hiram B. Otis, der amerikanische Gesandte, Canterville Chase kaufte, erklärte ihm jeder, er tue daran sehr töricht, denn ganz bestimmt spuke es dort im Schlosse. Auch Lord Canterville selbst, der äußerst heikel in Dingen der Ehre war, hatte sich verpflichtet gefühlt, Mr. Otis auf die Tatsache hinzuweisen, bevor man über die Kaufbedingungen einig wurde.

»Wir hatten keine Lust mehr, dort zu wohnen«, sagte Lord Canterville, »seit meine Großtante, die Herzoginwitwe von Bolton, einen Nervenanfall erlitt, den sie nie völlig überwand, weil zwei Knochenhände sich auf ihre Schultern legten, als sie zum Dinner Toilette machte; und ich kann nicht umhin, Ihnen zu sagen, Mr. Otis, daß der Geist von mehreren lebenden Mitgliedern meiner Familie gesehen worden ist sowie von dem Pfarrer des Kirchspiels, Reverend Augustus Dampier, Fellow von King's College zu Cambridge. Nach dem unheilvollen Erlebnis der Herzogin wollte niemand von unserer jüngeren Dienerschaft mehr bei uns bleiben, und Lady Canterville vermochte in vielen Nächten kaum Schlaf zu finden wegen der unerklärlichen Geräusche, die vom Korridor und aus der Bibliothek zu uns drangen.«

»Mylord«, entgegnete der Gesandte, »ich will die ganze Einrichtung mitsamt dem Gespenst zum Schätzungspreis übernehmen. Ich komme aus einem modernen Lande, wo wir alles haben, was für Geld zu kaufen ist; und wenn ich bedenke, wie unsere unternehmungslustigen fixen Jungen die Alte Welt unsicher machen und euch eure besten Schauspielerinnen und Primadonnen ausspannen, dann meine ich: gäbe es in Europa etwas wie ein Gespenst, so hätten wir es in allerkürzester Zeit bei uns in einem unserer öffentlichen Museen oder in einem Wanderzirkus auf den Landstraßen.«

»Ich fürchte, das Gespenst existiert wirklich«, sagte Lord Canterville lächelnd, »wenn es den Angeboten Ihrer geschäftstüchtigen Manager bisher auch widerstanden hat. Es ist seit drei Jahrhunderten allgemein bekannt, genauer gesagt seit 1584, und es erscheint immer, unmittelbar bevor ein Mitglied unserer Familie stirbt.«

»Genau wie der Hausarzt also, Lord Canterville. Gespenster aber gibt es nicht, und ich kann mir nicht denken, daß die Gesetze der Natur der britischen Aristokratie zuliebe aufgehoben werden sollten.«

»In Amerika sieht man sicher alles sehr natürlich an«, erwiderte Lord Canterville, der Mr. Otis' letzte Bemerkung nicht ganz verstand, »und wenn ein Gespenst im Haus Ihnen nichts ausmacht, ist ja alles in Ordnung. Nur dürfen Sie nicht vergessen, daß ich Sie vorher gewarnt habe.«

Wenige Wochen nach dieser Unterredung war der Kauf abgeschlossen, und zu Ende der Londoner Season übersiedelte der Gesandte mit seiner Familie nach Canterville Chase. Mrs. Otis, die als Miss Lucretia R. Tappan, New York West, 53. Straße, eine gefeierte Schönheit ihrer Stadt gewesen, war jetzt eine sehr stattliche Frau mittleren Alters, mit schönen Augen und einem herrlichen Profil. Viele amerikanische Damen geben sich, sowie sie ihr Heimatland verlassen haben, als siechten sie an einem chronischen Leiden, denn sie halten das für eine Form europäisch verfeinerter Kultur; Mrs. Otis aber war diesem Irrtum niemals unterlegen. Ihr Körper funktionierte ausgezeichnet und barg ein wahrhaft erstaunliches Maß robuster Lebenstüchtigkeit. In vieler Hinsicht war sie also durchaus englisch, ja sie bot ein vorzügliches Beispiel für die Tatsache, daß England und Amerika heute alles miteinander gemein haben – ausgenommen natürlich die Sprache. Ihr ältester Sohn, den seine Eltern in einer Aufwallung patriotischer Gefühle auf den Namen Washington getauft hatten, was zu beklagen er nie aufhörte, war ein blonder, recht gut aussehender junger Mann und hatte seine Befähigung für die amerikanische Diplomatenlaufbahn dadurch nachgewiesen, daß er im Strandkasino von Newport drei Sommer nacheinander den Kotillon anführte und selbst in London als hervorragender Tänzer galt. Gardenien und englischer Hochadel waren seine einzigen Schwächen. In allem übrigen war er ungemein vernünftig. Miss Virginia E. Otis, ein kleines Fräulein von fünfzehn Jahren, geschmeidig und hübsch wie ein junges Reh und mit schönem Freimut in ihren großen blauen Augen, war eine wundervolle Reiterin, eine wahre Amazone, und hatte kürzlich auf ihrem Pony ein Rennen zweimal rund um den Hyde Park gegen den alten Lord Bilton ausgetragen und gerade vor der Achilles-Statue mit anderthalb Längen vor ihm gewonnen. Das entzückte den jungen Herzog von Cheshire dermaßen, daß er ihr auf der Stelle einen Heiratsantrag machte und noch an demselben Abend, in Tränen gebadet, von seinen Vormündern nach Eton zurückgeschickt wurde. Nach Virginia kamen die Zwillinge, gemeinhin »das Sternenbanner« genannt,

weil sie wegen ihrer Streiche immerzu verprügelt werden mußten und daher meistens voller »Sterne und Streifen« prangten. Sie waren reizende Knaben und, abgesehen von dem trefflichen Gesandten, die einzigen echten Republikaner der Familie.
Da Schloß Canterville sieben Meilen von Ascot, der nächsten Bahnstation, entfernt liegt, hatte Mr. Otis nach einem Break telegraphiert, der die Familie abholen sollte, und frohgemut fuhren sie los. Es war ein lieblicher Juliabend, und die Luft schmeckte köstlich herb vom Duft der Fichtenwälder. Dann und wann hörten sie eine Waldtaube ihrer eigenen sanften Stimme nachlauschen oder sahen tief im raschelnden Farn die braunglänzende Brust des Fasans. Kleine Eichhörnchen guckten von den Rotbuchen auf sie nieder, wenn sie vorüberfuhren, und die Kaninchen stoben durchs Unterholz und über die bemoosten Wurzelknorren, die weißen Schwänzchen hoch in der Luft. Doch als Mr. Otis und die Seinen in die Allee von Canterville Chase einbogen, verdüsterten Wolken plötzlich den Himmel, eine sonderbare Stille schien der Luft den Atem abzudrücken, ein großer Flug Krähen schwebte lautlos über ihre Köpfe dahin, und ehe sie das Haus erreichten, waren einige schwere Regentropfen gefallen.
Auf der Freitreppe empfing sie eine alte Frau in würdiger schwarzer Seide und mit weißer Haube und Schürze. Das war Mrs. Umney, die Haushälterin, die Mrs. Otis auf Lady Cantervilles inständige Bitte in ihrer bisherigen Stellung übernommen hatte. Als sie ausstiegen, machte sie vor jedem einen tiefen Knicks und sagte in eigentümlich altmodischer Ausdrucksweise: »Ich heiße Sie willkommen auf Schloß Canterville.« Von ihr geführt, ging man durch die schöne

Tudorhalle nach der Bibliothek, einem langen, niedrigen, mit schwarzem Eichenholz getäfelten Raum, an dessen Ende sich ein großes Fenster mit bunten Glasscheiben befand. Hier war der Tisch schon zum Tee für sie gedeckt, und als sie ihre Mäntel abgelegt hatten, nahmen sie Platz und begannen sich umzuschauen, während Mrs. Umney sie bediente.

Plötzlich erblickte Mrs. Otis einen trübroten Fleck auf dem Fußboden, gerade vor dem Kamin, und sagte zu Mrs. Umney, ohne im mindesten zu ahnen, was es damit auf sich hatte: »Ich glaube fast, jemand hat dort etwas vergossen.«

»Ja, gnädige Frau«, erwiderte die alte Haushälterin mit gedämpfter Stimme, »Blut ist an jener Stelle vergossen worden.«

»Wie gräßlich!« rief Mrs. Otis. »Blutflecke im Wohnzimmer kann ich nicht ausstehen. Er muß sofort entfernt werden.«

Die Alte lächelte und sprach mit derselben leisen, geheimnisvollen Stimme: »Es ist das Blut der Lady Eleanore de Canterville, die an eben jener Stelle von ihrem eigenen Gemahl, Sir Simon de Canterville, im Jahr 1575 ermordet wurde. Sir Simon überlebte sie um neun Jahre und verschwand plötzlich unter rätselhaften Umständen. Sein toter Leib ward niemals aufgefunden, doch sein schuldbeladener Geist geht noch heute hier im Schlosse um. Der Blutfleck wird von Touristen und anderen Besuchern viel bewundert und kann durch nichts entfernt werden.«

»Unsinn!« rief Washington Otis. »Pinkertons Ia Fleckweg und Universal-Reinigungsstift wird ihn sofort wegbringen«, und ehe die entsetzte Haushälterin dazwischentreten konnte, hatte er sich auf die Knie niedergelassen und rieb behende den Fußboden mit etwas, das aussah wie ein Stümpfchen schwarze Pomade. Nach ein paar Augenblicken war von dem Blutfleck keine Spur mehr zu sehen.

»Ich wußte, Pinkerton schafft's!« schrie er triumphierend, während sein Blick reihum über die staunende Familie wanderte; doch kaum hatte er die Worte ausgesprochen, da erleuchtete ein greller Blitzstrahl das düstere Zimmer, ein furchtbarer Donnerschlag ließ alle von ihren Stühlen aufspringen, und Mrs. Umney fiel in Ohnmacht.

»Was für ein schauderhaftes Klima!« sagte der amerikanische Gesandte ruhig und zündete sich eine lange Manilazigarre an. »Ich glaube, das alte England ist so übervölkert, daß sie nicht genug anständiges Wetter für alle haben. Meine Ansicht war stets: nur Auswanderung kann England retten.«

»Lieber Hiram«, rief Mrs. Otis, »was sollen wir mit einer Frau anfangen, die ohnmächtig wird?«

»Zieh es ihr vom Lohn ab wie das zerbrochene Geschirr«, antwortete der Gesandte, »dann wird sie nicht wieder in Ohnmacht fallen«, und wirklich kam Mrs. Umney nach ein paar Sekunden wieder zu sich. Allein sie war zweifellos im Tiefsten aufgewühlt, und sie mahnte Mr. Otis mit Grabesstimme, sich auf Ungemach vorzubereiten, das sein Haus treffen werde.

»Ich habe mit meinen eigenen Augen Dinge gesehen, Sir«, sagte sie, »daß sich jedem Christenmenschen die Haare sträuben würden, und manch eine Nacht habe ich kein Auge zugetan zum Schlaf, um des Grauenvollen willen, das hier geschieht.« Doch Mr. Otis und seine Gattin versicherten der ehrlichen Haut mit allem Nachdruck, daß sie sich nicht vor Gespenstern fürchteten, und die alte Haushälterin flehte den Segen der

Vorsehung auf ihre neue Herrschaft herab, murmelte einiges betreffs Lohnerhöhung und humpelte davon in ihr Zimmer.

2

Der Sturm tobte die ganze Nacht hindurch, aber nichts Absonderliches ereignete sich. Am nächsten Morgen indessen, als sie zum Frühstück herunterkamen, sahen sie den grausigen Blutfleck von neuem auf dem Fußboden. »Ausgeschlossen, der Universal-Reinigungsstift kann nicht versagt haben«, meinte Washington, »er ist von mir selbst an allem möglichen ausprobiert. Es muß das Gespenst gewesen sein.« Also rieb er den Fleck zum zweitenmal weg, aber am nächsten Morgen erblickte man ihn wieder. Auch am dritten Morgen war er da, obwohl Mr. Otis die Bibliothek am Abend eigenhändig abgeschlossen und den Schlüssel nach oben mitgenommen hatte. Die ganze Familie interessierte sich nun für die Angelegenheit: Mr. Otis hielt es für möglich, daß er sich doch wohl zu entschieden festgelegt hatte, als er die Existenz von Gespenstern rundweg ableugnete; Mrs. Otis tat kund, sie beabsichtige dem Spiritistenklub beizutreten; und Washington verfaßte einen langen Brief an Messrs. Myers & Podmore über das Problem der Dauerhaftigkeit von Blutflecken, sofern diese kriminellen Ursprungs sind. In der folgenden Nacht sollte mit allen Zweifeln an der tatsächlichen Existenz von Geistererscheinungen ein für allemal aufgeräumt werden.

Der Tag war warm und sonnig gewesen, und in der Abendkühle fuhr die ganze Familie ein Stück spazieren. Sie kehrten erst um neun Uhr nach Haus zurück und nahmen dann ein leichtes Abendessen ein. Bei Tisch war keineswegs von Gespenstern die Rede, so daß auch die Vorbedingungen für jene Aufnahmebereitschaft fehlten, die so oft die Wahrnehmung übersinnlicher Phänomene begünstigt. Wie ich später von Mr. Otis erfuhr, waren die behandelten Gesprächsthemen durchweg solche, wie sie unter gebildeten Amerikanern der besseren Stände üblich sind: daß zum Beispiel Miss Fanny Davenport der Sarah Bernhardt als Schauspielerin enorm überlegen ist; daß man selbst in den besten englischen Häusern unmöglich frische Maiskolben, Buchweizenkuchen und Maisbrei bekommen kann; daß Boston aus der Entwicklung der Weltseele nicht wegzudenken ist; daß das amerikanische Gepäckscheinsystem den Eisenbahnreisenden unbestreitbare Vorteile bietet und daß der New Yorker Akzent unvergleichlich melodischer klingt als das Londoner Geklöne. Das Übernatürliche wurde mit keinem Wort erwähnt und auf Sir Simon de Canterville auch nicht beiläufig Bezug genommen. Um elf ging die Familie zu Bett, und halb zwölf waren alle Lichter ausgelöscht. Eine Weile später wurde Mr. Otis durch ein sonderbares Geräusch auf dem Korridor vor seinem Schlafzimmer geweckt. Es klang, als ob Metall klirrte, und schien mit jedem Augenblick näher zu kommen. Er stand sogleich auf, zündete ein Streichholz an und sah nach, wie spät es war. Die Uhr zeigte Punkt eins. Er war ganz ruhig und fühlte sich den Puls: der ging durchaus normal. Das seltsame Geräusch dauerte noch fort, zugleich damit hörte Mr. Otis deutlich das Scharren von Tritten. Er fuhr in seine Pantoffeln, nahm ein längliches Fläschchen aus seinem Nachttischkasten und öffnete die Tür. Gerade vor sich erblickte er im blassen Mondlicht einen alten Mann von gräßlichem Aussehen. Seine Augen glichen rotglühenden Kohlen, langes graues Haar fiel ihm in wirren Locken über die Schultern, seine Kleider, von Urvätermachart, waren schmutzig und zerfetzt, und von seinen Hand- und Fußgelenken hingen schwere, rostige Fesseln.

»Mein lieber Herr«, sagte Mr. Otis, »ich muß Sie dringendst ersuchen, Ihre Ketten zu ölen, und ich habe Ihnen zu diesem Zwecke ein Fläschchen ›Tammany-Morgensonnen-Salböl‹ mitgebracht. Es soll bereits bei einmaliger Anwendung von höchster Wirksamkeit sein, auf dem Etikett stehen verschiedene Gutachten darüber von einigen unserer hervorragendsten amerikanischen Kanzelredner. Ich stelle es Ihnen hierher neben den Leuchter und werde Sie gern mit mehr versorgen, falls Sie es brauchen.« Mit diesen Worten deponierte der Gesandte der Vereinigten Staaten die Flasche auf einem Marmortischchen, schloß die Tür hinter sich und ging wieder zur Ruhe.

Das Gespenst von Canterville stand einen Augenblick erstarrt in gerechter Entrüstung; dann schmetterte es die Flasche hitzig auf den blankpolierten Fußboden und floh den Korridor entlang, wobei es hohle Wehelaute ausstieß und ein grausiggrünes Licht entsandte. Doch als es eben die breite eichene Treppe hinunterwollte, wurde plötzlich eine Tür aufgerissen, zwei kleine Gestalten in weißen Nachtkitteln erschienen, und ein großes Kissen sauste ihm dicht am Kopf vorbei! Jetzt war offensichtlich keine Zeit zu verlieren, und so ergriff es in aller Hast die vierte Dimension als Rettungsanker, verflüchtigte sich durch die Wandtäfelung, und das Haus lag wieder still und schweigend.

Das Gespenst hatte unterdessen ein kleines verborgenes Gemach im linken Flügel erreicht; dort lehnte es sich an einen Mondstrahl, um erst mal tief Luft zu holen, und versuchte sich seine Lage klarzumachen.

Niemals in einer blendenden, während dreier Jahrhunderte nicht unterbrochenen Karriere war man ihm so gröblich zu nahe getreten. Es dachte an die Herzoginwitwe, der es einen Nervenanfall verursacht hatte, als sie in ihren Diamanten und Spitzen vor dem Spiegel stand; an die vier Hausmädchen, die es nur durch die Gardinen der Fremdenzimmer anzugrinsen brauchte, und sie fielen in Krämpfe; an den Pfarrer des Kirchspiels, dem es die Kerze ausgeblasen hatte, als er einmal spät in der Nacht aus dem Bibliothekszimmer trat, und der seitdem bei Sir William Gull in ständiger Behandlung war, ein wahrer Märtyrer nervöser Störungen; und es dachte an die alte Madame de Tremouillac, die eines Morgens früh beim Aufwachen ein Gerippe in ihrem Lehnstuhl am Kamin hatte sitzen und in ihrem Tagebuch lesen sehen, worauf sie sechs Wochen mit einem Anfall von Gehirnfieber das Bett hüten mußte und, als sie dann doch genas, ihren Frieden mit der Kirche machte und jede Verbindung mit dem berüchtigten Freigeist Monsieur de Voltaire löste. Es gedachte jener schaurigen Nacht, da der ruchlose Lord Canterville röchelnd und fast erstickt in seinem Ankleidezimmer aufgefunden wurde, mit dem Karobuben tief in der Kehle, und wie er im Angesicht des Todes gerade noch beichten konnte, er habe Charles James Fox beim Spiel im Crockford's Club fünfzigtausend Pfund abgeluchst, und zwar vermittels ebendieses Karobuben, den, das schwöre er, das Cantervillegespenst ihm danach in den Rachen gestopft hatte. All seine großen Erfolge kamen ihm ins Gedächtnis zurück, angefangen mit dem Kellermeister, der sich in der Speisekammer erschoß, weil er eine grüne Hand leise an der Fensterscheibe hatte rühren sehen, bis hinauf zu der schönen Lady Stutfield, die stets ein schwarzes Samtband um ihren weißen Hals tragen mußte, um das Brandmal von fünf Knochenfingern zu verstecken, und die sich schließlich im Karpfenteich am Ende der Königsallee ertränkte. Mit der enthusiastischen Selbstbespiegelungslust des echten Künstlers ließ das Gespenst seine glorreichsten Rollen an sich vorüberziehen und lächelte bitter, als es sich seines letzten Auftretens als ›Roter Ruben oder der erdrosselte Säugling‹ erinnerte, seines Debüts als ›Der dürre Gibeon, der Blutsäufer vom Bexley-Moor‹ und des rasenden Beifalls, der an einem lieblichen Juniabend einer ganz schlichten Darbietung zuteil geworden: es hatte damals auf dem Tennisplatz mit seinen eigenen Knochen Kegel geschoben. Und nach all dem sollten da ein paar niederträchtige moderne Amerikaner hereingeschneit kommen und ihm Morgensonnen-Salböl anbieten und mit Kissen nach ihm werfen! Das ging denn doch zu weit. Nein, nie in der Geschichte war ein Gespenst auf solche Art behandelt worden. Es schnob also Rache und verblieb bis zum Morgengrauen in der Haltung tiefen Sinnens.

3

Als Familie Otis sich am nächsten Morgen zum Frühstück versammelte, erörterte man die nächtliche Erscheinung mit einiger Ausführlichkeit. Den Gesandten der Vereinigten Staaten verdroß es begreiflicherweise ein bißchen, daß sein Geschenk verschmäht worden war. »Es liegt mir ferne«, sagte er, »dem Gespenst eine persönliche Kränkung zuzufügen, und ich muß sagen, in Anbetracht der langen Jahre, die es in diesem Hause zugebracht hat, finde ich es keineswegs höflich, mit Kopfkissen nach ihm zu werfen« – eine sehr richtige Bemerkung, die von den Zwillingen leider mit Lachsalven beantwortet wurde. »Andererseits«, fuhr er fort, »falls das Gespenst es tatsächlich ablehnen sollte, das Morgensonnenöl zu benutzen, werden wir ihm wohl oder übel seine Ketten wegnehmen müssen. Bei so einem dauernden Geklapper vor dem Zimmer kann man ja unmöglich schlafen.«

Den Rest der Woche verbrachte die Familie indes ungestört, das einzige Bemerkenswerte war die Tatsache, daß der Blutfleck am Boden der Bibliothek sich ständig erneute. Dies war allerdings sehr merkwürdig, denn Mr. Otis verschloß die Tür jeden Abend und hielt die Fenster stets fest verriegelt. Auch die chamäleonhafte Färbung des Fleckes regte zu zahlreichen Deutungsversuchen an. Manchen Morgen zeigte er ein mattes Rot, nahezu ein Indischrot, dann war er scharlachfarben, dann von tiefem Purpur; und als einmal alle Otis, den schlichten Riten der Freien Amerikanischen Reformierten Episkopalkirche gemäß, zum gemeinsamen Familiengebet zusammentraten, prangte er in leuchtendem Smaragdgrün. Dieser kaleidoskopartige Wechsel erfreute die Gesellschaft natürlich sehr, und alle Abende wurden Wetten jeder Höhe darüber abgeschlossen. Die einzige, die sich an dieser Belustigung nicht beteiligte, war die kleine Virginia, der – wer weiß warum – der Anblick des Blutflecks immer das Herz schwer machte, und an dem Morgen, als er smaragdgrün aussah, hätte sie um ein Haar richtig losgeweint.

Das zweitemal erschien das Gespenst Sonntag nacht. Kurz nachdem alle Familienmitglieder schlafen gegangen waren, wurden sie jählings durch ein fürchterliches Gerassel in der Halle aufgestört. Sie liefen hinunter und sahen, daß eine komplette alte Ritterrüstung von ihrem Ständer herabgerissen und auf den steinernen Fußboden gefallen war; in einem hochlehnigen Armstuhl aber saß das Gespenst von Canterville und rieb sich die Knie, den Ausdruck tiefster Seelenqual in den Zügen. Die Zwillinge, die sich vorsorglich mit ihren Blasrohren bewaffnet hatten, schossen sogleich zwei Kügelchen auf den Geist ab, mit einer Treffsicherheit, wie sie nur durch lange und gründliche Übung an einem Schreiblehrer erworben wird; der Gesandte der Vereinigten Staaten hingegen feuerte aus seinem Revolver auf das Gespenst und rief ihm in der zeremoniösen Sprache des Wilden Westens ein »Hände hoch!« zu. Mit gellendem Wutgeheul sprang das Gespenst in die Höhe und wehte wie ein Nebelschleier mitten durch die Amerikaner hindurch, wobei es im Vorüberstreichen Washington Otis die Kerze auslöschte und alle in totaler Finsternis stehen ließ. Erst auf den höchsten Treppenstufen ermannte es sich und beschloß, seine gefeierte dämonische Lache aufzuschlagen. Diese hatte es bei mehr als einer Gelegenheit äußerst wirkungsvoll und nützlich gefunden. Man erzählte sich, Lord Rakers Haupthaar sei davon in einer einzigen Nacht ergraut, und bestimmt wurden drei von Lady Cantervilles französischen Gesellschafterinnen durch die Wucht dieses Geschmetters zur Kündigung bewogen, bevor noch der Monat um war. Also stieß das Gespenst sein gräßlichstes Lachen aus, daß die alten Gewölbe hallten und widerhallten; doch kaum war das schauerliche Echo erstorben, als eine Tür sich öffnete und Mrs. Otis in einem himmelblauen Morgenrock herauskam. »Ich fürchte, Ihnen ist nicht ganz recht«, sagte sie, »und habe Ihnen deshalb eine Flasche Dr. Dobells Tropfen mitgebracht. Sollten Sie an Koliken leiden, so werden Sie sich über die prompte Wirkung freuen.« Das Gespenst stierte sie wütend an und traf sogleich Anstalten, sich in einen riesigen schwarzen Hund zu verwandeln – ein Kunststück, dessentwegen es mit Recht in hohem Ansehen stand und dem der Hausarzt die chronische Idiotie des Onkels von Lord Canterville, des Hochedlen Thomas Horton, zuschrieb. Der Schall näherkommender Schritte ließ den Geist jedoch in seinem unmenschlichen Vorsatz wankend werden; so begnügte er sich damit, schwach zu phosphoreszieren, und entschwand mit einem dumpfen Kirchhofseufzer, gerade als die Zwillinge heran waren.

Das Gespenst floh in seine Kammer und brach kraftlos in sich zusammen, eine Beute des grausamsten Aufruhrs der Gefühle. Das pöbelhafte Betragen der Zwillinge und Mrs. Otis' unvornehmer Materialismus waren selbstverständlich im höchsten Grade verstimmend, am schlimmsten aber peinigte es der Gedanke, daß es nicht imstande gewesen war, die Rüstung zu tragen. Es hatte gehofft, selbst neuzeitlichen Amerikanern werde der Anblick eines »Geistes im Harnisch« Schauer über den Rücken jagen – wenn schon aus keinem vernünftigeren Grunde, so doch zum mindesten aus Respekt vor ihrem Nationalpoeten Longfellow, dessen anmutige und liebenswerte Gedichte dem Gespenst selber manch öde Stunde gekürzt hatten, wenn Cantervilles nach London gefahren waren. Vor allem aber: diese Rüstung war seine eigene gewesen! Es hatte sie mit großem Erfolg beim Turnier von Kenilworth getragen und von niemand Geringerem als der jungfräulichen Königin in Person die schmeichelhaftesten Komplimente geerntet. Als es die Rüstung jedoch heute anlegen wollte, war es von dem Gewicht des mächtigen Brustharnischs und des stählernen Helmes buchstäblich zu Boden gedrückt worden, so daß es mit aller Wucht auf das Steinpflaster schlug und sich schwere Abschürfungen an beiden Knien sowie blaue Flecke an den Knöcheln der rechten Hand zuzog.

Ein paar Tage fühlte es sich ganz elend nach diesem Ereignis, und verließ kaum je sein Gemach, außer um den Blutfleck in anständigem Zustand zu erhalten. Doch da es in diesen Tagen nur seiner Gesundheit lebte, brachte es sich glücklich wieder auf die Beine und faßte den Entschluß, ein drittes Mal zu versuchen, ob es den Gesandten der Vereinigten Staaten und seine Familie nicht doch das Fürchten lehren könne. Es erkor Freitag, den 13. August, für sein Erscheinen und verbrachte den größten Teil dieses Tages mit der Durchsicht seiner Garderobe; schließlich entschied es sich für einen breiten Schlapphut mit roter Feder, ein Leichenhemd, an Hals und Handgelenken reich gefältelt, und einen rostigen Dolch. Gegen Abend ging ein heftiger Regenguß nieder, und der Wind blies so stark, daß alle Fenster und Türen in dem alten Hause schütterten und klappten. Ja, das war genau das Wetter, das es liebte. Sein Feldzugsplan war dieser: es wollte ganz leise nach Washington Otis' Zimmer schleichen, ihm vom Fußende seines Bettes her etwas wirr Phantastisches zulallen und sich dabei zu den Klängen einer getragenen Musik dreimal den Dolch in die Gurgel bohren. Das Gespenst grollte Washington ganz besonders, denn es war sich wohl bewußt, daß er es war, der mit Hilfe von Pinkertons Ia Fleckweg den berühmten Blutfleck der Cantervilles täglich von neuem entfernte. War dieser Tollkopf, dieser unbedachte Jüngling erst im Zustand zitternden Entsetzens, so wollte das Gespenst sich in das Zimmer begeben, das der Gesandte der Vereinigten Staaten und seine Frau innehatten, und dort eine feuchtklebrige kalte Hand auf Mrs. Otis' Stirn legen, dabei aber in des bebenden Gatten Ohr die grauenhaften Geheimnisse des Beinhauses zischen. Bezüglich der kleinen Virginia war das Gespenst noch nicht ganz mit sich im reinen. Sie hatte es niemals irgendwie gekränkt und war hübsch und nett. Ein paar hohle Seufzer aus dem Kleiderschrank, meinte der Geist, würden für sie reichlich genügen, oder falls sie davon nicht aufwachte, konnte er ja mit krampfhaft zuckenden Fingern an ihrer Bettdecke zerren. Die Zwillinge aber, die sollten ihre Lektion erhalten – das stand für ihn fest. Vor allem übrigen mußte er sich ihnen natürlich auf die Brust setzen, um das erstickende Angstgefühl eines Alpdrucks hervorzurufen. Dann wollte er in der Gestalt eines grünen, eisigkalten Leichnams zwischen ihre dicht beieinanderstehenden Betten treten und dort angewurzelt bleiben, bis die Furcht sie lähmte, dann als Schlußeffekt das Totenhemd abwerfen und mit weißgebleichten Knochen und seinem einzigen Augapfel rollend an den Wänden entlangkriechen in der Rolle des »Stummen Daniel oder das Selbstmördergerippe«, und das war eine Partie, die mehr als einmal die stärkste Wirkung getan hatte und die er seiner berühmten Verkörperung des »Martin der Tobsüchtige oder das maskierte Geheimnis« für ebenbürtig erachtete.

Um halb elf hörte das Gespenst die Familie zu Bett gehen. Eine Zeitlang wurde es durch die zügellosen Lachausbrüche der Zwillinge gestört, die lustig und leichtfertig, wie Schuljungen sind, wohl noch Allotria trieben, bevor sie sich schlafen legten; doch um viertel zwölf war alles still, und als die Uhr Mitternacht schlug, brach das Gespenst vor. Die Eule flatterte gegen die Fensterläden, der Rabe krächzte vom alten Eibenbaum hernieder, und der Wind lief stöhnend rings ums Haus wie eine verdammte Seele, aber Familie Otis schlief, des nahenden Verhängnisses unbewußt, und sieghaft Sturm und Regen übertönend erklang dem Gespenst das unerschütterliche Schnarchen des Vertreters der Vereinigten Staaten. Das Gespenst trat verstohlen aus dem Wandgetäfel hervor, ein böses Lächeln um den blutdürstigen, welken Mund, und der Mond verbarg sein Antlitz in einer Wolke, als es dicht an dem großen Erkerfenster vorüberschlich, auf dem sein eigenes Wappen und das seines gemordeten Weibes in Blau und Gold gemalt waren. Weiter und weiter glitt es gleich einem unheilvollen Schatten, und selbst der Finsternis schien vor ihm und seinem Weg zu grausen. Einmal meinte es rufen zu hören und blieb stehen; aber es war nur Hundegebell, das vom Roten Gutshof herüberscholl, und das Gespenst schritt weiter, seltsame Verwünschungen auf den Lippen, wie sie im sechzehnten Jahrhundert Mode gewesen, und hin und wieder schwang es den rostigen Dolch in der mitternächtigen Luft. Endlich erreichte es die Biegung des Ganges, der in des unseligen Washington Zimmer führte. Einen Augenblick verhielt es hier, und der Wind wehte ihm die langen grauen Locken um den Kopf und raffte das namenlose Grauen des Totenkleides zu wunderlichen und grotesken Falten. Da schlug die Uhr ein Viertel, und das Gespenst wußte, daß seine Zeit gekommen war. Es kicherte in sich hinein und bog in den Gang; doch kaum hatte es das getan, als es mit einem jammervollen Schreckensschrei zurückwich und sein erblichenes Gesicht in den langen Knochenhänden verbarg. Gerade vor ihm stand ein scheußliches Gespenst, reglos wie eine Statue und ungeheuerlich wie eines Wahnwitzigen Traumbild! Sein Kopf war kahl und glänzend, das Gesicht rund und fett und weiß, und ein widerwärtiges Lachen schien seine Züge zu einem ewigen Grinsen zu verzerren. Aus den Augen schossen Strahlen Scharlachlicht, der Mund war ein gähnender Feuerschlund, und ein grausiges Gewand, seinem eigenen gleich, umhüllte grabesstill und schneeig die Riesengestalt. Auf der Brust trug es ein Schild mit einer seltsamen Aufschrift in altertümlichen Lettern: ein Verzeichnis von wilden Schandtaten, schien es, ein Register unausdenkbarer Sünden, eine entsetzliche Liste von Verbrechen; und in der Rechten hocherhoben hielt es ein Schwert aus lichtem Stahl.

Da das Gespenst von Canterville nie zuvor ein Gespenst gesehen hatte, war es natürlich furchtbar erschrocken; nach einem zweiten hastigen Blick auf die greuliche Erscheinung flüchtete es zurück in sein Gemach, und bei dem eiligen Lauf den Korridor hinunter stolperte es in einem fort über sein schleppendes Leichentuch und ließ schließlich den rostigen Dolch in des Gesandten Reitstiefel fallen, wo er am Morgen vom Butler gefunden wurde. Als es wieder in der Geborgenheit seiner Klause war, warf es sich auf ein kleines Feldbett und steckte das Gesicht unter das Bettzeug. Nach einer Weile jedoch obsiegte der alte Heldengeist der Cantervilles, und das Gespenst beschloß, sobald es Tag geworden, vor das andere Gespenst hinzutreten und es anzureden. Also machte es sich auf, als die Morgendämmerung die Berge eben silbern überhauchte, und kehrte zu dem Ort zurück, wo ihm das schaurige Phantom zuerst erschienen war; es meinte nämlich, am Ende seien zwei Gespenster besser als eins und mit Hilfe seines neuen Freundes könne es in aller Gemütlichkeit auch mit den Zwillingen fertig werden. Doch an der bewußten Stelle traf ein niederschmetternder Anblick sein Auge. Dem Geist mußte wohl irgend etwas zugestoßen sein, denn das Licht in seinen hohlen Augen war erloschen, das schimmernde Schwert seinen Händen entglitten, und sein Körper lehnte sich in einer gezwungenen, unbequemen Stellung gegen die Wand. Das Gespenst von Canterville stürzte vorwärts und packte das andere an den Armen: da fiel zu seinem Entsetzen der Kopf ab und rollte auf den Boden, der Rumpf sank schlaff zurück, und das Gespenst mußte erkennen, daß es einen weißen barchentenen Bettvorhang in den Händen hielt; ein Besen, ein Wiegemesser und eine ausgehöhlte Futterrübe lagen zu seinen Füßen! Unfähig, diese sonderbare Wandlung zu begreifen, faßte es in fieberhafter Hast das Schild, und in dem grauen Morgenlicht las es darauf die Schreckensworte:

Wir das Gespenst der Otis
Nur Wir sind der einzig echte Originalspuk
Vor Imitationen wird gewarnt
Nachahmungen werden gerichtlich verfolgt

Nun war ihm alles klar. Man hatte es betrogen, getäuscht, überlistet! Der alte Cantervilleblick sprühte aus seinem Auge; es knirschte mit den zahnlosen Kiefern; und die welken Hände hoch über sein Haupt aufreckend, schwor es in den pittoresken Redewendungen der alten Schule: wenn Chante-clair, der Hahn, zum zweiten Mal hell in sein heiteres Horn ge-

stoßen habe, würden blutige Taten vollbracht und auf verschwiegenen Sohlen werde Mord im Hause umgehen.
Kaum hatte es den gräßlichen Eid ausgesprochen, als vom roten Ziegeldach eines entfernten Gehöftes der Hahn krähte. Es lachte ein langes, hohles, boshaftes Lachen, und wartete. Stunde um Stunde wartete es, aber aus einem unerfindlichen Grunde krähte der Hahn kein zweites Mal. Schließlich, morgens um halb acht Uhr, beendete das Nahen der Hausmädchen seine fürchterliche Wacht, und das Gespenst stahl sich zurück in seine Kammer und dachte seiner eitlen Hoffnungen, seiner durchkreuzten Pläne. Zu Hause schlug es in mehreren alten Ritterbüchern nach, seiner Lieblingslektüre, und stellte fest, daß jegliches Mal, wenn jener Eid geschworen worden war, Chanteclair, der Hahn, ein zweites Mal gekräht hatte. »Verderben treff das arge Vieh«, murmelte das Gespenst. »Ich hab den Tag gesehn, da ich ihm meinen kühnen Speer tät in die Kehle rennen, daß es mir krähte, wär es auch im Tod!« Dann zog es sich in einen behaglichen Bleisarg zurück und verharrte dort bis zum Abend.

4

Am nächsten Tage war das Gespenst sehr schwach und müde. Die entsetzlichen Aufregungen der letzten vier Wochen begannen sich auszuwirken. Seine Nerven waren völlig zerrüttet, und bei dem leisesten Geräusch zuckte es zusammen. Fünf Tage lang blieb es zurückgezogen in seiner Behausung und kam schließlich mit sich überein, im Kampf um den Blutfleck auf dem Fußboden der Bibliothek nachzugeben. Wenn die Familie Otis den Fleck nicht mochte, so zeigte sie sich damit deutlich seiner unwert. Man sah aus dem Gehaben dieser Leute, daß sie auf einer niederen, grobmaterialistischen Daseinsstufe standen und den Symbolwert sinnfälliger Formen des Wunderbaren in keiner Weise zu schätzen wußten. Geistererscheinungen und das Entstehen von Astralleibern waren selbstverständlich Fragen ganz anderer Art als so ein Blutfleck und nicht seinem freien Ermessen anheimgestellt. Seine heilige Pflicht war es, einmal in der Woche auf dem Korridor zu spuken und an jedem ersten und dritten Mittwoch des Monats von dem großen Erkerfenster herab dummes Zeug zu schwatzen, und das Gespenst sah keine Möglichkeit, wie es sich diesen Aufgaben auf eine ehrenvolle Weise entziehen könne. Es hatte ein sehr übles Leben geführt, zugestanden; auf der andern Seite aber nahm es alles peinlich genau, was mit dem Übernatürlichen zusammenhing. An den nächsten drei Sonnabenden ging es also wie gewöhnlich von Mitternacht bis morgens drei auf dem Korridor um, ergriff indessen jede erdenkliche Vorsichtsmaßregel, damit niemand es sehe oder höre. Es zog seine großen Stiefel aus, trat so leicht als irgend möglich auf die alten wurmstichigen Dielen, hüllte sich in einen weiten nachtschwarzen Samtmantel und gebrauchte treulich das Morgensonnenöl, um seine Ketten damit zu schmieren. Zur Anwendung dieses letzteren Schutzmittels hatte sich der Geist, wie ich bekennen muß, furchtbar schwer durchgerungen. Eines Abends jedoch, während die Familie beim Dinner saß, schlüpfte er in Mr. Otis' Schlafzimmer und holte sich die Flasche. Er fühlte sich zunächst ein bißchen gedemütigt, später aber war er vernünftig genug, einzusehen, daß eine Menge zugunsten dieser neumodischen Erfindung gesagt werden konnte und daß sie bis zu einem gewissen Grade seinen Zwecken sogar dienlich war. Allein – diesen sämtlichen weisen Maßnahmen zum Trotz blieb er nicht unbehelligt. Quer über den Korridor fand er beständig Stricke gespannt, über die er in der Dunkelheit stolperte, und einmal, als er gerade als »Schwarzer Isaak oder der Jäger vom Hogley-Wald« gekleidet ging, stürzte er der Länge nach hin, weil er auf eine Rutschbahn aus Butter getreten war, die die Zwillinge vom Eingang des Gobelinzimmers bis zur großen Treppe angelegt hatten. Diese letzte Kränkung brachte das Gespenst dermaßen auf, daß es beschloß, mit einem Gesamtaufgebot all seiner Geisteskräfte seine Würde und seine gesellschaftliche Stellung zu verteidigen; und zu diesem Behuf wollte es die nichtsnutzigen jungen Etonboys in der folgenden Nacht in einer seiner berühmtesten Rollen, als »Kecker Ruprecht oder der Graf ohne Kopf« heimsuchen.

Der Geist war seit mehr denn siebenzig Jahren nicht in dieser Gestalt erschienen: seit er damit der reizenden Lady Barbara Modish einen solchen Schrecken eingejagt hatte, daß sie umgehend ihr Verlöbnis mit dem Großvater des derzeitigen Lord Canterville löste, mit dem schönen Jack Castleton nach Gretna Green durchging und erklärte, nichts in der Welt könne sie dazu bewegen, in eine Familie zu heiraten, bei der so ein Scheusal von einem Gespenst unangefochten im Zwielicht auf der Terrasse umherspazieren durfte. Der arme Jack war später von Lord Canterville zu Wandsworth Common im Duell erschossen worden, und Lady Barbara starb in Tunbridge Wells an gebrochenem Herzen, bevor noch das Trauerjahr um war – der Kecke Ruprecht hatte also einen in jeder Hinsicht großartigen Erfolg gehabt. Allerdings stellten Maske und Kostüm das Gespenst vor gewaltige Schwierigkeiten, wenn ich mich solcher Ausdrücke aus der Theatersphäre bedienen darf in Verbindung mit einem der tiefsten Geheimnisse des Übernatürlichen oder, um einen mehr wissenschaftlichen Terminus anzuwenden, mit einem Phänomen der höherorganisierten Welt. Das Gespenst brauchte volle drei Stunden, bis es seine Vorbereitungen getroffen hatte. Endlich war es mit allem fertig, und sein Aussehen gefiel ihm außerordentlich wohl. Die mächtigen ledernen Reitstiefel, die zu dem Kostüm gehörten, schlappten zwar ein bißchen an seinen Füßen, und es konnte nur die eine der beiden schweren Sattelpistolen finden; alles in allem aber war es mit sich durchaus zufrieden, und um viertel zwei trat es aus der Wandtäfelung und schlich den Korridor hinunter. Als es ans Zimmer der Zwillinge gelangte – wie ich erwähnen möchte, wurde es nach der Farbe seiner Tapeten das »Blaue Schlafzimmer« genannt –, fand es die Tür einen Spalt breit offen. Da der Geist sich gern einen effektvollen Auftritt verschaffen wollte, stieß er die Tür sperrangelweit auf – und im selben Augenblick stürzte ein schwerer Krug Wasser gerade auf ihn nieder, durchnäßte ihn bis auf die Haut und hätte um ein Haar seine linke Schulter getroffen. Zu gleicher Zeit vernahm er unterdrücktes Lachen von dem großen Doppelbett her. Sein gesamtes Nervensystem erlitt einen fürchterlichen Schock, in rasender Flucht rannte er nach seinem Gemach zurück, und den ganzen nächsten Tag lag er mit schwerem Schnupfen fest zu Bett. Das einzige, was ihn bei dieser Katastrophe zu trösten vermochte, war der Umstand, daß er seinen Kopf nicht aufgehabt hatte; andernfalls hätten die Folgen leichtlich sehr ernst für ihn sein können.

Nein, diese dickfellige Amerikanerfamilie konnte ein Geist niemals in Schrecken setzen, jede derartige Hoffnung war eitel; und das Gespenst begnügte sich nun in der Regel damit, in Filzpantoffeln auf den Gängen umherzuschlurfen, einen dicken roten Wollschal um den Hals, aus Furcht vor Zugluft, und mit einer kleinen Armbrust für den Fall, daß die Zwillinge zu neuen Feindseligkeiten schritten. Den letzten, entscheidenden Schlag empfing es dann am 19. September. Es war in die große Eingangshalle hinabgestiegen, weil es sich wenigstens da vor jeder Belästigung sicher fühlte, und vergnügte sich damit, ironische Bemerkungen über die pompösen Saroni-Photographien des Gesandten der Vereinigten Staaten und seiner Gattin zu machen, die jetzt anstelle der Cantervilleschen Ahnenbilder dort hingen. Das Gespenst war einfach, aber schmuck in ein langes Bahrtuch mit Tupfen von Kirchhofserde gekleidet, hatte sich die Kinnlade mit einem Streifen gelben Linnens hochgebunden und trug in der einen Hand eine kleine Laterne, in der andern einen Totengräberspaten. Ja, es hatte das Kostüm für »Jona ohne Grab oder der Leichenräuber von Chertsey Barn« angelegt, eine seiner Glanzrollen und überdies eine, deren zu gedenken die Cantervilles allen Grund hatten, denn sie bildete die eigentliche Ursache des Zwistes zwischen ihnen und ihrem Nachbarn, Lord Rufford. Es war gegen viertel drei am Morgen, und soweit der Geist feststellen konnte, rührte sich nichts im Hause. Allein als er seine Schritte nach der Bibliothek lenkte, um nachzusehen, ob von dem Blutfleck vielleicht doch noch irgendwelche Spuren übrig seien, sprangen mit einem Mal zwei Gestalten aus einem dunklen Winkel auf ihn los, fuchtelten mit den Armen wild über ihren Köpfen und brüllten ihm »Buuuh!« in die Ohren.

Von einer unter diesen Umständen nur allzu begreiflichen Panik erfaßt, wollte das Gespenst zur Treppe stürzen, lief aber Washington Otis in die Arme, der ihm dort mit einer großen Gartenspritze auflauerte; und da es sich solchergestalt von seinen Feinden auf allen Seiten umstellt und fast ausweglos in die Enge getrieben sah, entwich es in den mächtigen eisernen Ofen, der glücklicherweise nicht geheizt war, und mußte durch Rauchfänge und Kamine heim in sein Zimmer, wo es nach vieler Beschwer in einem gräßlichen Zustand ankam, schmutzig, verstört und trostlos.

Danach wurde es nicht wieder auf nächtlichen Expeditionen angetroffen. Die Zwillinge lagen bei verschiedenen Gelegenheiten nach ihm auf der Lauer und bestreuten jeden Abend zum großen Mißvergnügen ihrer Eltern und der Dienerschaft alle Korridore mit Nußschalen, aber alle Bemühungen waren nutzlos. Man hatte das Gespenst offenbar so im Innersten verletzt, daß es sich nicht mehr zeigen mochte. Mr. Otis nahm daraufhin die Arbeit an seinem grundlegenden Werk über die Geschichte der Demokratischen Partei der Vereinigten Staaten von Nordamerika wieder auf, das ihn bereits seit einigen Jahren beschäftigte; Mrs. Otis veranstaltete ein riesenhaftes Gartenfest mit originalecht amerikanischem Muschelbacken und versetzte damit die ganze Gegend in helle Aufregung; die Jungen widmeten sich Vergnügungen wie Lacrosse, Euchre und Poker sowie anderen Nationalspielen ihres Heimatlandes; und Virginia ritt auf ihrem Pony über Land, begleitet von dem jungen Herzog von Cheshire, der nach Canterville Chase gekommen war, um dort seine letzte Ferienwoche zu verbringen. Man nahm allgemein an, das Gespenst sei vom Schlosse weggezogen, und Mr. Otis schrieb in diesem Sinne sogar einen Brief an Lord Canterville, der in Erwiderung desselben seine aufrichtige Freude über diese Nachricht aussprach und der verehrten Gattin des Gesandten seine herzlichsten Glückwünsche übermittelte.

Jedoch die Otisse irrten, denn das Gespenst weilte noch im Hause; und obgleich es nun recht gebrechlich war, fühlte es durchaus keine Neigung, die Dinge auf sich beruhen zu lassen – vor allem seit es hörte, unter den Gästen befinde sich der junge Herzog von Cheshire, dessen Großonkel, Lord Francis Stilton, einst um hundert Guineen mit Oberst Carbury gewettet hatte, er werde mit dem Gespenst von Canterville knobeln, und der dann am nächsten Morgen so hilflos gelähmt auf dem Fußboden des Spielzimmers gefunden ward, daß er, der zwar noch ein hohes Alter erreichte, nie wieder imstande war, etwas anderes zu sagen als »Doppelte Sechs!« Die Geschichte kannte seinerzeit jeder Mensch, wiewohl man sie natürlich mit Rücksicht auf die beiden vornehmen Familien sorgfältig zu vertuschen suchte; ein ausführlicher Bericht über alle mit der Sache zusammenhängenden Umstände findet sich jedoch im dritten Bande von Lord Tattles ›Erinnerungen an den Prinzregenten und seine Freunde‹. Selbstverständlich wollte das Gespenst nun furchtbar gern zeigen, daß es seine Macht über die Stiltons nicht eingebüßt hatte, mit denen es obendrein entfernt verwandt war: seine Cousine ersten Grades war in zweiter Ehe mit dem Sieur de Bulkeley verheiratet gewesen, und wie jedermann weiß, stammen von diesem die Herzöge von Cheshire in direkter Linie ab. Es bereitete sich also, vor Virginias jugendlichem Verehrer zu erscheinen, und zwar in seiner berühmten Verkörperung »Der Vampirmönch oder der blutleere Benediktiner«, einem so gruseligen Schauspiel, daß die alte Lady Startup, als sie es an jenem schicksalsschweren Silvesterabend des Jahres 1764 sah, in gellende Schreikrämpfe ausbrach, die sich dann zu einem verhängnisvollen Schlagfluß steigerten; sie starb daran nach Ablauf von drei Tagen und nachdem sie schnell noch die Cantervilles – und diese waren ihre nächste Verwandtschaft! – enterbt und ihr sämtliches Geld ihrem Londoner Apotheker vermacht hatte. Im letzten Augenblick bannte die Angst vor den Zwillingen das Gespenst jedoch in seine Kammer, und der kleine Herzog schlief friedlich unter dem großen federgeschmückten Betthimmel des »Königlichen Schlafzimmers« und träumte von Virginina.

5

Einige Tage danach ritten Virginia und ihr lockenköpfiger Kavalier über die Brockley-Wiesen; dort setzte sie über eine Hecke, zerschliß dabei ihr Reitkleid und wollte deshalb bei der Heimkehr über die Hintertreppe nach oben gehen, damit ihr niemand begegne. Als sie am Gobelinzimmer vorüberlief, dessen Tür zufällig nur angelehnt war, schien ihr, sie sehe jemand drinnen, und in der Meinung, es sei Mrs. Otis' Kammermädchen, das zuweilen seine Näharbeit dorthin mitnahm, ging sie hinein, um sich das Kleid ausbessern zu lassen. Doch zu ihrer unermeßlichen Überraschung war es das Gespenst von Canterville selber! Es saß am Fenster und schaute zu, wie das welke Gold der gilbenden Bäume durch die Luft flog und die roten Blätter in tollem Wirbel die lange Allee hinuntertanzten. Sein Kopf ruhte in die Hand geschmiegt, und seine ganze Haltung drückte tiefste Niedergeschlagenheit aus. Und wie die kleine Virginia das Gespenst so gottverlassen und so greisenhaft hinfällig sah, erfüllte sie Mitleid; sie widerstand ihrer ersten Regung, davonzulaufen und sich in ihr Zimmer einzuschließen, und wollte versuchen, ob sie es trösten könnte. So leicht war ihr Schritt und des Gespenstes Schwermut so tief, daß es ihrer Anwesenheit erst gewahr wurde, als sie zu ihm sprach.

»Sie tun mir herzlich leid«, sagte sie, »aber morgen gehen meine Brüder nach Eton zurück, und wenn Sie sich gesittet benehmen, wird Sie dann niemand mehr ärgern.«

»Zu verlangen, daß ich mich gesittet benehmen soll, ist absurd«, erwiderte das Gespenst und blickte erstaunt auf zu dem hübschen Mädchen, das gewagt hatte, es anzureden, »völlig absurd. Ich muß mit meinen Ketten rasseln und durch Schlüssellöcher stöhnen und nachts umgehen, wenn Sie das etwa meinen. Es ist mein einziger Lebenszweck.«

»Es ist ganz und gar keiner, und Sie wissen selbst, daß Sie es zu Ihrer Zeit sehr arg getrieben haben. Mrs. Umney hat uns alles erzählt, als wir kaum angekommen waren: Sie haben Ihre Frau umgebracht.«

»Na ja, das geb ich ja ganz gerne zu«, sagte das Gespenst störrisch, »aber das war eine reine Familienangelegenheit und ging niemanden weiter was an.«

»Morden ist stets eine große Sünde«, sagte Virginia, die mitunter eine entzückende puritanische Feierlichkeit an sich hatte, ein spätes Erbteil von irgendeinem alten Neu-Engländer Vorfahren.

»Oh, wie hasse ich die billige Strenge abstrakter Moral! Meine Frau war sehr reizlos, außerdem stärkte sie mir die Halskrausen nie ordentlich und kochte jammervoll. Da hatte ich mal im Hogley-Wald einen jungen Hirsch geschossen, einen kapitalen Burschen – und wissen Sie, wie sie den auf den Tisch gebracht hat? Na ja, reden wir nicht davon, 's ist ja nun alles einerlei und vorüber; aber ich dächte, es war nicht gerade sehr nett von ihren Brüdern, daß sie mich haben Hungers sterben lassen, und wenn ich zehnmal meiner Frau den Garaus gemacht habe.«

»Hungers sterben lassen? Oh, Mister Gespenst ... ich wollte sagen, Sir Simon, möchten Sie etwas zu essen? Ich habe ein Butterbrot in der Tasche. Wollen Sie es haben?«

»Nein, danke, ich esse jetzt niemals mehr; aber trotzdem ist es sehr liebenswürdig von Ihnen. Sie gefallen mir überhaupt viel besser als die anderen aus Ihrer gräßlichen, rüden, vulgären Räuberfamilie.«

»Still!« rief Virginia und stampfte mit dem Fuße auf, »nur Sie sind das! Sie sind rüde und gräßlich und vulgär, und was die Räuberei angeht – Sie wissen ganz genau, wer mir immer die Farben aus meinem Malkasten gestohlen hat: das waren Sie, weil Sie diesen lächerlichen Blutfleck in der Bibliothek damit nachmalen wollten. Zuerst nahmen Sie alle meine Sorten Rot, und sogar mein Zinnoberrot, und ich konnte keine Sonnenuntergänge mehr malen; dann holten Sie sich Smaragdgrün und Chromgelb, und zum Schluß hatte ich bloß Indigo und Zinkweiß übrig, und da konnte ich nur noch Mondscheinlandschaften machen, und die sehen immer so langweilig aus und sind dabei gar nicht mal so leicht. Ich habe Sie niemals angegeben, obwohl ich furchtbar ärgerlich war. Und albern finde ich sie im höchsten Grade, diese ganze Geschichte;

denn wer hat je etwas von smaragdgrünem Blut gehört?«

»Ach Gott!« sagte der Geist ganz kleinlaut, »was sollte ich schon tun? Heutzutage ist es äußerst schwierig, richtiges Blut zu bekommen, und als Ihr Bruder mit seinem Prima Fleckweg losging, sah ich wirklich keinen Grund, warum ich mich nicht an Ihren Malkasten halten sollte. Und das mit den Farben ist immer Geschmacksache: wir Cantervilles haben zum Beispiel blaues Blut, das allerblaueste in England; aber ich weiß, ihr Amerikaner interessiert euch nicht für solche Fragen.«

»Sie wissen gar nichts, und ich kann Ihnen nur raten, auszuwandern und sich eines Bessern belehren zu lassen. Mein Vater wird Ihnen mit Vergnügen die Überfahrt bezahlen, und wenn die Zollgebühren für Geistiges aller Art auch sehr hoch sind, so werden Sie doch keine Schwierigkeiten bei der Einreise haben, denn die Zollbeamten gehören alle zur Demokratischen Partei. Und sind Sie erst mal in New York, dann garantiere ich Ihnen einen Riesenerfolg. Ich kenne massenhaft Leute, die hunderttausend Dollar für einen Großvater gäben und noch viel, viel mehr, wenn sie ein Familiengespenst kriegten.«

»Ich glaube nicht, daß es mir in Amerika gefallen würde.«

»Wohl weil wir keine Altertümer und keine Sehenswürdigkeiten haben?« sagte Virginia schnippisch.

»Keine Altertümer? keine Sehenswürdigkeiten?« erwiderte das Gespenst, »Sie haben doch Ihre Kriegsschiffe und Ihre Manieren.«

»Gute Nacht. Ich gehe und werde Papa bitten, daß er den Zwillingen zusätzlich acht Tage Ferien bewilligt.«

»Bitte, bitte, gehen Sie nicht fort, Miss Virginia«, rief der Geist. »Ich bin so mutterseelenallein und unglücklich, und ich weiß wirklich nicht, was ich tun soll. Ich möchte so gerne schlafen und kann es nicht.«

»Das ist ja Unsinn! Sie brauchen nur ins Bett zu gehen und die Kerze auszupusten. Wach bleiben ist manchmal schwierig, besonders in der Kirche; aber Schlafen ist doch kinderleicht. Sogar die Babys können das, und die sind gewiß nicht sehr gescheit.«

»Ich habe seit dreihundert Jahren nicht mehr geschlafen«, sagte er traurig, und Virginia schlug verwundert ihre schönen blauen Augen auf, »seit dreihundert Jahren nicht mehr, und ich bin so müde.«

Virginia wurde ganz ernst, und ihre kleinen Lippen zitterten wie Rosenblätter. Sie trat zu ihm, kniete neben ihm nieder und blickte in sein altes, welkes Gesicht.

»Armes, armes Gespenst«, sagte sie leise, »haben Sie kein Fleckchen, wo Sie schlafen können?«

»Fern, fern, hinter den Fichtenwäldern«, antwortete der Geist mit dunkel träumerischer Stimme, »liegt ein kleiner Garten. Dort wächst das Gras hoch und voll, dort schimmern die großen weißen Schierlingssterne, dort singt die Nachtigall die ganze Nacht. Die ganze Nacht singt sie, und der kühle, kristallene Mond schaut hernieder, und der Eibenbaum breitet seine Riesenarme über die Schläfer.«

Virginias Augen dunkelten in Tränen, und sie barg ihren Kopf zwischen den Händen.

»Sie meinen den Garten des Todes«, flüsterte sie.

»Ja, den Tod. Der Tod muß so schön sein. Schön, in der zärtlichen braunen Erde zu liegen, wenn das Gras über einem wogt, und der Stille zu lauschen. Kein Gestern haben und kein Morgen. Die Zeit vergessen, dem Leben vergeben, im Frieden sein. Du kannst mir helfen. Du kannst die Pforten des Todeshauses für mich auftun, denn um dich ist allzeit Liebe, und Liebe ist stärker als der Tod.«

Virginia zitterte, ein kalter Schauder durchlief sie, und eine kurze Weile herrschte Schweigen. Ihr war, als läge sie in einem schweren Traum.

Dann sprach der Geist weiter, und seine Stimme klang wie die Klage des Windes.

»Hast du die alte Prophezeiung gelesen, die am Fenster der Bibliothek geschrieben steht?«

»Oh, oftmals!« rief die kleine Virginia und sah zu ihm auf, »ich kann sie sogar auswendig. Sie ist in altmodischen Schnörkelbuchstaben gemalt und schwer zu lesen. Es sind nur sechs Zeilen:

Wenn's ein güldne Maid vollbringt,
Sündenmund zum Beten zwingt,
Wenn die tote Mandel sprießt,
Kindes Mitleidsträne fließt:
Endlich wird's im Haus dann still,
Friede wohnt in Canterville.

Aber ich weiß nicht, was das bedeutet.«

»Es bedeutet«, sagte er schwermütig, »daß du mit mir um meine Sünden weinen mußt, denn ich habe keine Tränen, und mit mir für meine Seele beten mußt, denn ich habe keinen Glauben; und wenn du immer lieb und gut und freundlich gewesen bist, wird sich der Todesengel mein erbarmen. Du wirst im Dunkel schreckliche Gestalten sehen, und teuflische Stimmen werden dir in die Ohren flüstern; aber sie werden dir nichts zuleide tun, denn gegen die Reinheit eines Kindes vermögen die Höllenmächte nichts.«

Virginia antwortete nicht, und der Geist rang wildverzweifelt die Hände, als er auf ihren gesenkten goldenen Scheitel niedersah. Plötzlich stand sie auf, sehr bleich und mit einem seltsamen Leuchten in den Augen. »Ich fürchte mich nicht«, sagte sie entschlossen, »und ich will den Engel bitten, daß er sich dein erbarmt.«

Mit einem schwachen Freudenschrei erhob er sich von seinem Sitze, und ihre Hand ergreifend, beugte er sich mit altväterlicher Galanterie darüber und küßte sie. Seine Finger waren kalt wie Eis, und seine Lippen brannten gleich dem Feuer; aber Virginia zauderte nicht, als er sie durch den dämmrigdüsteren Raum führte. Auf die verblichenen grünen Wandteppiche waren kleine Jäger gestickt. Sie stießen in ihre quastengeschmückten Hörner und winkten ihr mit den winzigen Händen, umzukehren. »Kehre um, kleine Virginia!« riefen sie, »kehre um!« Aber der Geist packte ihre Hand noch fester, und sie verschloß ihre Augen gegen die Warner. Gräßliche Tiere mit Eidechsenschwänzen und Glotzaugen starrten vom geschnitzten Kaminsims nach ihr und raunten: »Hüte dich, kleine Virginia! hüte dich! Kann sein, daß wir dich niemals wiedersehen.« Doch der Geist eilte noch schneller dahin, und Virginia hörte nicht auf die Stimmen. Als sie den Raum durchquert hatten, hielt er ein und murmelte Worte, die sie nicht verstand. Sie öffnete die Augen und sah die Wand allmählich schwinden wie Nebel, und eine weite dunkle Höhle gähnte vor ihr. Ein schneidendkalter Wind raste um sie beide, und Virginia fühlte, wie etwas an ihrem Kleid zerrte. »Rasch, rasch!« rief der Geist, »oder es wird zu spät.« Und im nächsten Augenblick hatte sich die Wandtäfelung hinter ihnen geschlossen, und das Gobelinzimmer war leer.

6

Etwa zehn Minuten später läutete der Gong zum Tee, und als Virginia nicht herunterkam, sandte Mrs. Otis einen Bedienten, sie zu rufen. Nach einer kleinen Weile kam er wieder und sagte, er könne Miss Virginia nirgends finden. Da sie gewöhnlich abends in den Garten ging, um Blumen für den Dinnertisch zu holen, war Mrs. Otis zunächst keineswegs beunruhigt; als es jedoch sechs schlug und Virginia immer noch nicht erschien, geriet sie in ernste Sorge und schickte die Jungen auf die Suche, sie selbst und Mr. Otis durchforschten unterdessen alle Räume des Hauses. Um halb sieben kehrten die Jungen zurück und berichteten, von ihrer Schwester sei keine Spur zu entdekken. Alle waren nun in höchster Aufregung und wußten nicht, was tun, bis Mr. Otis sich plötzlich erinnerte, daß er ein paar Tage zuvor einer Zigeunerbande gestattet hatte, im Park ihr Lager aufzuschlagen. Also brach er mit seinem ältesten Sohne und zwei Bauernburschen schleunigst nach Blackfell Hollow auf, wo, wie er wußte, die Zigeuner sich aufhielten. Der kleine Herzog von Cheshire, der vor Angst um Virginia ganz außer sich war, bestürmte ihn um die Erlaubnis, mitgehen zu dürfen; Mr. Otis aber lehnte ab, da er fürchtete, es könne zu einer Schlägerei kommen. An der betreffenden Stelle angelangt, mußte er jedoch sehen, daß die Zigeuner weitergezogen waren, und zwar augenscheinlich in großer Hast, denn das Lagerfeuer brannte noch und ein paar Teller lagen im Grase. Er schickte Washington und die beiden Männer, die Gegend abzusuchen, eilte selber zum Haus zurück und jagte Telegramme an alle Polizeiinspektionen des Distrikts, mit der Bitte, man möge Nachforschungen nach einem Kinde anstellen, das von Landstreichern oder Zigeunern entführt worden sei. Dann ließ er sein Pferd satteln, und nachdem er dringend gemahnt hatte, daß seine Frau und die drei Jungen sich zum Dinner niedersetzen sollten, ritt er mit einem Reitknecht davon, die Straße nach Ascot hinunter. Er war jedoch noch keine zwei Meilen weit gekommen, als er jemand hinter sich her galoppieren hörte; er schaute sich um und sah den kleinen Herzog auf seinem Pony heranpreschen, krebsrot im Gesicht und ohne Hut. »Tut mir schrecklich leid, Mr. Otis«, keuchte der Junge, »aber ich kann nichts essen, solange Virginia nicht da ist. Bitte, seien Sie mir nicht böse; hätten Sie voriges Jahr erlaubt, daß wir uns verloben, wäre das ganze Unglück nicht passiert. Nicht wahr, Sie schicken mich nicht fort? Ich kann nicht zurück, und ich will nicht zurück!«

Der Gesandte mußte lächeln über den hübschen kleinen Tollkopf, und des Jungen Schwärmerei für Virginia rührte ihn; er beugte sich vom Pferd, klopfte ihm freundlich auf die Schulter und sagte: »Schön, Cecil, wenn Sie nicht zurückwollen, müssen Sie schon mit mir mitkommen; aber zunächst müssen Sie in Ascot einen Hut kriegen.«

»Zum Teufel mit dem Hut! Ich will Virginia wiederkriegen!« rief der kleine Herzog, und sie galoppierten zum Bahnhof. Dort erkundigte sich Mr. Otis beim Stationsvorsteher, ob ein Mädchen auf dem Bahnsteig gesehen worden sei, auf das Virginias Beschreibung zutraf, konnte aber nichts über sie erfahren. Immerhin telegraphierte der Beamte nach allen Stationen an der Strecke und versicherte, man werde scharf aufpassen; und nachdem Mr. Otis in einem Schnittwarengeschäft gerade noch bei Ladenschluß einen Hut für den kleinen Herzog erstanden hatte, ritten sie weiter nach Bexley, einem etwa vier Meilen entfernten Dorf, weil dieser Ort, wie ihnen gesagt worden war, wegen der nahegelegenen großen Gemeindewiese von den Zigeunern mit Vorliebe aufgesucht wurde. In Bexley scheuchten sie den Landgendarm aus seinem Schlummer, konnten jedoch keine Auskunft von ihm erhalten. Sie ritten die Wiese nach allen Richtungen ab und mußten schließlich schweren Herzens umkehren, zurück nach Canterville Chase, wo sie gegen elf Uhr anlangten, todmüde und der Verzweiflung nahe. Washington und die Zwillinge erwarteten sie mit Laternen schon am Pförtnerhäuschen, denn in der zum Schloß führenden Allee war es sehr dunkel. Von Virginia war nicht die mindeste Spur entdeckt worden. Man hatte die Zigeuner auf den Brockley-Wiesen angetroffen, aber das Mädchen befand sich nicht bei ihnen, und sie konnten ihren überstürzten Aufbruch glaubwürdig erklären: sie sagten, sie hätten sich im Datum des Jahrmarkts von Chorton geirrt und seien Hals über Kopf weitergezogen, um nicht zu spät zu kommen. Die Nachricht von Virginias plötzlichem Verschwinden hatte sie ehrlich betrübt, denn sie waren Mr. Otis sehr dankbar, daß er sie in seinem Park hatte lagern lassen, und vier von ihnen waren zurückgeblieben, um bei den Nachforschungen zu helfen. Der Karpfenteich war mit dem Grundnetz abgesucht und im ganzen Schlosse das Unterste zuoberst gekehrt worden – allein ohne jeden Erfolg. Offensichtlich mußte man Virginia verloren geben, zum mindesten für diese Nacht; und im Zustand tiefster Niedergeschlagenheit gingen Mr. Otis und die Jungen nach dem Hause, während der Reitknecht ihnen mit den beiden Pferden und dem Pony folgte. In der Halle fanden sie eine Gruppe aufgeregter Bedienter, die arme Mrs. Otis lag auf einem Sofa in der Bibliothek, fast von Sinnen vor Kummer und Sorge, und die alte Haushälterin tupfte ihr die Stirn mit Eau de Cologne. Mr. Otis drang vor allem darauf, daß sie etwas zu sich nehme, und ließ das Supper für die ganze Familie auftragen. Es wurde ein trübseliges Mahl, kaum einer sprach ein Wort, selbst die Zwillinge hielt die Bangigkeit im Zaume, denn sie hatten ihre Schwester sehr lieb. Als das Supper beendet war, schickte Mr. Otis, trotz der inständigen Bitten des kleinen Herzogs, alle zu Bett: in der Nacht könne doch nichts mehr unternommen werden, sagte er, und am Morgen wolle er ein Telegramm an Scotland Yard absenden, damit unverzüglich einige Detektive nach Canterville Chase herauskämen. Alle verließen das Speisezimmer, und im selben Augenblick begann die Uhr Mitternacht vom Turm zu dröhnen; als aber der letzte Schlag erscholl, hörten sie ein Krachen und einen kurzen gellenden Schrei; ein fürchterliches Donnerrollen erschütterte das Haus, überirdische Musik wehte melodisch durch die Luft, ein Stück Tafelwerk ganz oben im Treppenhaus sprang mit lautem Getöse aus der Wand, und auf die Treppe heraus trat, weiß und geisterblaß und mit einem Kästchen in der Hand – Virginia. Schon waren alle zu ihr hinaufgestürzt, Mrs. Otis schloß sie leidenschaftlich in ihre Arme, der Herzog erstickte sie mit ungestümen Küssen, und die Zwillinge vollführten einen wilden Indianertanz rings um die Gruppe.

»Gott im Himmel! Kind, wo bist du gewesen?« fragte Mr. Otis, und es klang ziemlich verärgert, denn er meinte, sie habe ihnen einen mutwilligen Streich gespielt. »Cecil und ich sind im ganzen Lande nach dir umhergeritten, und deine Mutter ist vor Angst fast gestorben. Daß du mir nie wieder solche schlechten Späße machst!«

»Außer mit dem Gespenst! außer mit dem Gespenst!« brüllten die Zwillinge und sprangen wie die Böckchen.

»Mein geliebtes Kind, Gott sei Dank, wir haben dich wieder! Du darfst mir nicht mehr von der Seite gehen«, flüsterte Mrs. Otis, während sie ihre zitternde Tochter küßte und sanft über das Goldgeflecht ihres Haares strich.

»Papa«, sagte Virginia ruhig, »ich war bei dem Geist. Er ist tot, und ihr müßt mitkommen und ihn sehen. Er ist im Leben sehr böse gewesen, aber er hat alle seine schlimmen Taten von Herzen bereut, und bevor er starb, hat er mir dieses Kästchen voll herrlicher Edelsteine gegeben.«

Die ganze Familie starrte sie an, stumm vor Verwunderung, aber sie sprach ganz ernst und gesammelt, und sich umwendend, führte sie alle durch die Öffnung im Wandgetäfel und einen engen geheimen Gang hinunter; Washington ging als letzter, mit einer brennenden Kerze, die er vom Tisch gerafft hatte. Endlich kamen sie zu einer großen, mit verrosteten Nägeln beschlagenen Eichentür. Virginia berührte sie, und sie flog auf in ihren schweren Angeln, und alle fanden sich in einem kleinen niedrigen Raum mit gewölbter Decke und einem einzigen, winzigkleinen Gitterfenster. In die Mauer war ein starker Eisenring eingelassen, und an ihn gekettet lag ein schauerliches Gerippe längelang auf dem steinernen Boden ausgestreckt und schien mit seinen langen Knochenfingern nach einem altertümlichen Wasserkrug und einem Holzteller greifen zu wollen, die um ein weniges außer der Reichweite seiner Hand aufgestellt waren. Der Krug mußte einstmals mit Wasser gefüllt gewesen sein, denn grüner Moder überzog seine Innenseite. Auf dem Teller war nichts als ein Häufchen Staub. Virginia kniete neben dem Gerippe nieder, faltete ihre kleinen Hände und begann still zu beten; die anderen blickten staunend auf die grausige Tragödie, deren Geheimnis sich ihnen nun entschleiert hatte.

»Hallo!« rief plötzlich der eine der Zwillinge, der zum Fenster hinausschaute, um festzustellen, in welchem Flügel des Hauses die Kammer eigentlich lag. »Hallo! der alte verdorrte Mandelbaum blüht ja. Der Mond scheint drauf, da kann ich es ganz deutlich sehen.«

»Gott hat ihm verziehen«, sagte Virginia ernst. Sie erhob sich, und ein schöner Glanz leuchtete auf ihrem Gesicht.

»Sie sind ein Engel!« rief der junge Herzog, und er legte seinen Arm um ihren Hals und küßte sie.

7

Vier Tage nach diesen sehr wunderbaren Ereignissen bewegte sich gegen elf Uhr nachts ein Trauerzug aus Canterville Chase. Der Leichenwagen wurde von acht schwarzen Pferden gezogen, die große Büschel nickender Straußenfedern auf den Köpfen trugen, und den bleiernen Sarg bedeckte ein prächtiges purpurnes Bahrtuch mit dem in Gold gestickten Wappen der Cantervilles. Zur Seite der Bahre und der Trauerwagen schritten die Bedienten mit brennenden Fackeln – der ganze Zug hätte nicht malerischer sein können. Lord Canterville, der Hauptleidtragende, war von Wales eigens hergekommen, um dem Leichenbegängnis beizuwohnen, und saß neben der kleinen Virginia im ersten Wagen. Dann kamen der Gesandte der Vereinigten Staaten mit seiner Gemahlin, dann Washington und die drei Jungen, und im letzten Wagen fuhr Mrs. Umney. Alle hatten gleichermaßen das Gefühl gehabt: da die alte Haushälterin mehr als fünfzig Jahre ihres Lebens von dem Gespenst in Schrecken gehalten worden war, habe sie ein Recht, auch sein letztes Auftreten mit anzusehen. Ein tiefes Grab war in der Ecke des Kirchhofs ausgehoben, gerade unter dem alten Eibenbaum, und der Trauergottesdienst wurde von Reverend Augustus Dampier in der eindrucksvollsten Weise gehalten. Am Ende der Feier löschten die Bedienten nach einem alten, in der Familie Canterville geübten Brauch ihre Fackeln, und als man den Sarg in die Grube hinuntersenkte, trat Virginia vor und legte ein großes Kreuz aus weiß und rosa Mandelblüten darauf nieder. In diesem Augenblick kam der Mond hinter einer Wolke hervor und überflutete den kleinen Friedhof mit stillem Silberlicht, und aus einem fernen Gebüsch begann eine Nachtigall zu schlagen. Virginia erinnerte sich, wie der Geist ihr den Garten des Todes beschrieben hatte; ihre Augen wurden trüb von Tränen, und während der Heimfahrt sprach sie kaum ein Wort.

Am nächsten Morgen, ehe Lord Canterville nach London abreiste, hatte Mr. Otis mit ihm eine Unterredung betreffs der Juwelen, die das Gespenst der kleinen Virginia geschenkt hatte. Sie waren von ganz außerordentlicher Schönheit, vor allem ein Halsband aus Rubinen in altvenezianischer Fassung, ein wahrhaft prachtvolles Stück Goldschmiedearbeit des sechzehnten Jahrhunderts; und wegen des hohen Wertes der Gegenstände empfand Mr. Otis beträchtliche Skrupel, ob er seiner Tochter erlauben dürfe, sie anzunehmen.

»Mylord«, sagte er, »wie mir bekannt ist, gilt Familienschmuck nach englischem Recht ebenso als unveräußerliches Gut wie Grund und Boden, und es steht für mich außer Frage, daß die Edelsteine Erbeigentum Ihrer Familie sind oder doch sein sollten. Daher muß ich Sie bitten, sie nach London mitzunehmen und als nichts anderes als einen Teil Ihres Vermögens zu betrachten, der Ihnen unter gewissen merkwürdigen Umständen zurückerstattet worden ist. Was meine Tochter anlangt, so ist sie noch ein Kind und hat bis jetzt, wie ich mit Genugtuung feststelle, bloß geringes Vergnügen an solchen Artikeln nichtiger Pracht. Von Mrs. Otis, die, ich darf sagen, keine unbedeutende Autorität in der Materie der Kunst ist, da sie den Vorzug genoß, als junges Mädchen mehrere Winter in Boston zu verleben – von Mrs. Otis wurde ich auch davon unterrichtet, daß dieses Flitterwerk großen Geldwert besitzt und einen kolossalen Preis erbrächte, falls man die Absicht hegte, es zu verkaufen. Sie werden sicherlich begreifen, Lord Canterville, wie unmöglich es bei dieser Lage der Dinge für mich ist, den Schmuck im Besitz eines Mitglieds meiner Familie zu belassen; überdies wäre solch eitler Putz und Tand, so angemessen, ja notwendig derlei für das Ansehen des britischen Adels auch sein mag, keineswegs bei denen am Platze, die in den strengen und meiner Überzeugung nach unsterblichen Grundsätzen republikanischer Einfachheit erzogen worden sind. Vielleicht sollte ich noch erwähnen, daß Virginia sich sehr freuen würde, wenn Sie ihr das Kästchen als Erinnerung an Ihren unglücklichen, aber irregeleiteten Vorfahren zu behalten gestatteten. Da es sehr alt und folglich nicht im besten Erhaltungszustand ist, wären Sie vielleicht nicht abgeneigt, ihr den Wunsch zu erfüllen. Für mein

Teil muß ich gestehen: ich sehe mit einigem Befremden eins meiner Kinder Interesse äußern für Mittelalterliches, ganz gleich welcher Art, und kann es mir nur durch die Tatsache erklären, daß Virginia in einem Ort der Londoner Umgebung geboren wurde, kurz nachdem Mrs. Otis von einem Abstecher nach Athen zurückgekehrt war.«

Lord Canterville hörte der langen Rede des wackeren Gesandten sehr ernsthaft zu und zupfte nur dann und wann an seinem grauen Schnurrbart, um ein unwillkürliches Lächeln zu verbergen; als Mr. Otis zu Ende gekommen war, schüttelte er ihm herzlich die Hand und sagte: »Mein lieber Mr. Otis, Ihr reizendes Töchterchen hat meinem unseligen Ahnherrn Sir Simon einen sehr wertvollen Dienst geleistet, und ich sowie meine Familie sind ihr für ihren unerhörten Mut und ihre Kühnheit zutiefst verpflichtet. Der Schmuck ist unstreitig ihr Eigentum, ja ich glaube, wenn ich so herzlos wäre, ihn ihr vorzuenthalten, würde der wüste alte Geselle binnen kurzem aus seinem Grabe steigen und mir ein Höllenleben bereiten. Was den Begriff des Erbeigentums betrifft, so ist er nur auf solche Dinge anwendbar, die in einem Testament oder in einem rechtsgültigen Akt erwähnt sind; das Vorhandensein der Juwelen jedoch war gänzlich unbekannt. Seien Sie versichert, ich habe nicht mehr Anspruch darauf als Ihr Butler, und wenn Miss Virginia heranwächst, wird sie sich freuen, meine ich, so hübsche Dinge tragen zu können. Überdies vergessen Sie, Mr. Otis, daß Sie damals die ganze Einrichtung samt dem Gespenst zum Schätzungspreis übernommen haben, und alles, was dem Gespenst gehört hat, ist somit in Ihren Besitz übergegangen; denn wieviel Lebendigkeit Sir Simon nachts auf dem Korridor auch entfaltet haben mag

– juristisch war er tot, und Sie haben durch Kauf sein Eigentum erworben.«

Mr. Otis war aufrichtig betrübt, weil Lord Canterville die Juwelen ausschlug, und er bat ihn, seinen Entschluß nochmals zu erwägen; aber der liebenswürdige Lord blieb fest und brachte den Gesandten schließlich dahin, daß er seiner Tochter erlaubte, das Geschenk des Gespenstes zu behalten, und als im Frühjahr 1890 die junge Herzogin von Cheshire anläßlich ihrer Vermählung bei der ersten Galacour der Königin vorgestellt wurde, waren ihre Juwelen Gegenstand der allgemeinen Bewunderung. Denn Virginia erhielt die Adelskrone, die der Lohn für alle braven kleinen Amerikanermädchen ist, und heiratete ihren jugendlichen Verehrer, den Herzog, sobald er mündig wurde. Sie waren beide so hübsch und liebten einander so sehr, daß an dieser Heirat jeder seine Freude hatte, mit Ausnahme der alten Marquise von Dumbleton – sie hatte den Herzog für eine ihrer sieben unverehelichten Töchter kapern wollen und zu diesem Zweck nicht weniger als drei sehr kostspielige Abendgesellschaften gegeben – und, seltsam aber wahr, mit Ausnahme von Mr. Otis selber. Dem Gesandten gefiel der junge Herzog persönlich zwar über die Maßen, aber er war grundsätzlich gegen Adelstitel und, um seine eigenen Worte zu gebrauchen, »nicht ohne Befürchtungen, daß inmitten der entnervenden Einflüsse einer vergnügungssüchtigen Aristokratie die echten und wahren Prinzipien republikanischer Einfachheit verlorengehen könnten«. Seine Einwände wurden jedoch auf der ganzen Linie überstimmt, und ich glaube, als er mit seiner Tochter am Arm durch das Schiff der St. George's Church, Hanover Square, schritt, gab es in ganz England von

Nord bis Süd und von Ost bis West keinen stolzeren Mann als ihn.

Nach den Flitterwochen begaben sich der Herzog und die Herzogin nach Canterville Chase, und gleich am folgenden Tage gingen sie nachmittags hinüber zu dem einsamen Friedhof hinter den Fichtenwäldern. Die Inschrift auf Sir Simons Grabstein hatte zunächst viel Kopfzerbrechen gemacht, dann aber war beschlossen worden, einfach die Initialen des alten Herrn einzumeißeln und dazu den Spruch vom Fenster der Bibliothek. Die Herzogin hatte schöne Rosen mitgebracht und streute sie über das Grab, und nachdem sie ein Weilchen geblieben waren, schlenderten sie weiter, nach dem verfallenen Chor der alten Abtei. Dort setzte sich die Herzogin auf eine umgestürzte Säule, und der Herzog lagerte sich ihr zu Füßen, um eine Zigarette zu rauchen und seiner Gattin in die schönen Augen zu sehen. Plötzlich warf er die Zigarette weg, nahm Virginias Hand und sagte: »Virginia, eine Frau sollte vor ihrem Mann keine Geheimnisse haben.«

»Lieber Cecil, ich habe keine Geheimnisse vor dir!«

»O doch«, antwortete er lächelnd, »du hast mir nie erzählt, was dir geschah, als du mit dem Gespenst eingeschlossen warst.«

»Das habe ich niemand erzählt, Cecil«, sagte Virginia ernst.

»Ich weiß, aber mir könntest du es sagen.«

»Bitte, frag mich nicht, Cecil; ich kann es dir nicht sagen. Der arme Sir Simon! Ich bin ihm zu großem Dank verpflichtet. Jawohl, Cecil, lach nicht, es ist wahr. Er lehrte mich erkennen, was das Leben ist und was der Tod bedeutet, und warum die Liebe stärker ist als sie beide.«

Der Herzog stand auf und küßte seine Frau sehr zärtlich.
»Du kannst dein Geheimnis so lange bewahren, wie mir dein Herz gehört«, sagte er leise.
»Das gehört dir immer, Cecil.«
»Und unseren Kindern wirst du's eines Tages mal erzählen, nicht wahr?«
Virginia errötete.

DIE SPHINX OHNE GEHEIMNIS

Eine Radierung

Ich saß eines Nachmittags an einem Tischchen vor dem Café de la Paix, betrachtete Glanz und Elend des Pariser Lebens und sann bei meinem Glase Vermouth den seltsamen Bildern von Stolz und Armut nach, die rastlos an mir vorüberzogen; da hörte ich jemand meinen Namen ausrufen. Ich sah mich um und erkannte Lord Murchison. Wir waren einander nicht mehr begegnet, seit wir vor fast zehn Jahren zusammen studiert hatten; deshalb freute ich mich außerordentlich, ihn jetzt so unerwartet wiederzutreffen, und wir begrüßten uns mit großer Wärme. In Oxford waren wir vertraute Freunde gewesen. Ich hatte ihn überaus gern gehabt: er war so schön so schwungvoll, so aufrichtig und offen. Wir sagten damals von ihm, er wäre der feinste Kerl von der Welt, wenn er bloß nicht immer die Wahrheit spräche; aber ich glaube, in Wirklichkeit bewunderten wir ihn seines Freimuts wegen nur um so mehr. Ich fand ihn sehr verändert. Er sah bedrückt und vergrübelt aus und schien von irgendeinem Zweifel gequält. Moderne Skepsis kann es nicht sein, sagte ich mir, denn Murchison war stets ein felsenfest überzeugter Tory gewesen und sein Glaube an die fünf Bücher Mosis nicht weniger unerschütterlich als sein Glaube ans Haus der Lords; also zog ich den Schluß, eine Frau müsse dahinterstecken, und ich fragte ihn, ob er verheiratet sei.

»Ich verstehe die Frauen nicht gut genug«, antwortete er.

»Mein lieber Gerald«, sagte ich, »die Frauen sind dazu da, daß man sie liebt, nicht aber, daß man sie versteht.«
»Ich kann nicht lieben, wo ich nicht vertrauen kann«, entgegnete er.
»Mir scheint, in Ihrem Leben gibt es ein Geheimnis, Gerald«, rief ich, »erzählen Sie mir's.«
»Wir wollen ein wenig hinausfahren«, erwiderte er, »hier sind mir zuviel Menschen. Nein, keinen gelben Wagen; jede andere Farbe – dort, ja, den dunkelgrünen ...« Und eine Minute später trabten wir den Boulevard entlang, auf die Madeleine zu.
»Wohin fahren wir?« fragte ich.
»Oh, wohin Sie wollen!« antwortete er. »Vielleicht nach dem Restaurant im Bois? Wir können dort essen, und Sie berichten mir recht ausführlich von Ihrem Leben.«
»Ich möchte erst von dem Ihren hören«, sagte ich. »Erzählen Sie mir Ihr Geheimnis.«
Er zog eine kleine, mit einer silbernen Spange verschlossene Saffiankapsel aus der Tasche und reichte sie mir. Ich öffnete sie. Drinnen lag die Photographie einer Frau. Sie war schlank und zart und von seltsam malerischer Schönheit mit dem fernen Blick ihrer übergroßen Augen und dem lose fließenden Haar. Sie sah aus wie eine Hellseherin und war in kostbares Pelzwerk gehüllt.
»Was halten Sie von diesem Gesicht?« fragte er. »Ist es treu oder falsch?«
Ich betrachtete es mit großer Aufmerksamkeit. Es schien mir das Gesicht einer Frau, die ein Geheimnis hat; ob das Geheimnis aber gut oder böse war, vermochte ich nicht zu entscheiden. Die Schönheit dieses Gesichtes war eine Schönheit aus Rätseln gebildet –

eine interessante, aber keine formvollendete Schönheit –, und das leise Lächeln, das kaum wahrnehmbar auf den Lippen spielte, war zu vieldeutig, um wirklich reizend zu sein.

»Nun«, rief er ungeduldig, »was sagen Sie?«

»Sie ist die Mona Lisa in Zobel«, antwortete ich. »Erzählen Sie, was Sie von ihr wissen.«

»Nicht jetzt. Nach dem Dinner«, erwiderte er und begann von etwas anderem zu reden.

Als der Kellner uns den Kaffee und die Zigaretten brachte, erinnerte ich Gerald an sein Versprechen. Er stand auf, ging zwei-, dreimal im Zimmer auf und ab; dann ließ er sich in einen Sessel sinken und erzählte mir die folgende Geschichte.

»Eines Abends«, sagte er, »spazierte ich gegen fünf die Bond Street hinunter. Ein fürchterliches Gedränge von Wagen herrschte, und der Verkehr stockte fast. Dicht am Trottoir hielt ein kleiner gelber Brougham, der aus irgendeinem Grunde meine Aufmerksamkeit erregte. Als ich vorüberging, schaute das Gesicht heraus, das ich Ihnen heute nachmittag gezeigt habe. Es bezauberte mich augenblicks. Die ganze Nacht über mußte ich daran denken, und den ganzen folgenden Tag. Ich ging in den Hyde Park und wanderte wer weiß wie oft die widerwärtige Rotten Row hin und her, starrte in jeden Wagen und wartete auf den gelben Brougham; ma belle inconnue aber blieb unauffindbar, und schließlich fing ich zu glauben an, sie sei nur ein Traumgebilde. Ungefähr acht Tage später dinierte ich bei Madame de Rastail. Es sollte eigentlich um acht Uhr zu Tisch gegangen werden, aber um halb neun warteten wir noch im Salon. Endlich riß der Diener die Tür auf und meldete Lady Alroy. Es war die Frau, die ich so verzweifelt gesucht hatte. Sie kam sehr langsam herein, anzusehen wie ein Mondstrahl in grauen Spitzen, und zu meinem unermeßlichen Entzücken sollte ich sie zu Tisch führen. Als wir uns gesetzt hatten, bemerkte ich ganz arglos: ›Ich glaube Sie vor kurzem in Bond Street gesehen zu haben, Lady Alroy.‹ Sie wurde sehr blaß und sagte mit leiser Stimme: ›Bitte, sprechen Sie nicht so laut; man könnte Sie hören.‹ Ich fühlte mich todunglücklich, daß ich einen so ungeschickten Anfang gemacht hatte, und stürzte mich Hals über Kopf in eine Unterhaltung über französische Theaterstücke. Sie sprach sehr wenig, immer mit der gleichen leisen, melodischen Stimme und wie in Angst, jemand könne uns zuhören. Ich verliebte mich leidenschaftlich, sinnlos, und die unbestimmbar geheimnisvolle Atmosphäre, die sie umgab, erregte meine glühende Neugier. Als sie fortging – schon sehr bald nach dem Dinner –, fragte ich sie, ob ich sie besuchen dürfe. Sie zögerte einen Augenblick, schaute um sich, ob jemand in unserer Nähe sei, und sagte dann: ›Ja, morgen um dreiviertel fünf.‹ Ich bat Madame de Rastail, mir Genaueres über sie zu erzählen, aber ich konnte nur erfahren, daß sie Witwe war und ein sehr schönes Haus in Park Lane besaß; und da hierauf irgendein gelehrter Schwätzer loslegte mit einer Dissertation über Witwen im allgemeinen als Beispiel für das Überleben des ehetauglichsten Teils, stand ich auf und ging heim.

Am nächsten Tage erschien ich auf die Minute pünktlich in Park Lane, wo mir der Butler jedoch mitteilte, Lady Alroy sei soeben ausgefahren. Ich ging in den Klub, ganz unglücklich und wie vor den Kopf geschlagen, und nach langem Überlegen schrieb ich ihr einen Brief, in dem ich um die Erlaubnis bat, an einem anderen Nachmittag mein Glück nochmals versuchen zu dürfen. Mehrere Tage blieb ich ohne Antwort, endlich aber erhielt ich ein paar Zeilen des Inhalts, sie werde am folgenden Sonntag um vier zu Hause sein, und mit dem befremdlichen Postskriptum: ›Bitte, schreiben Sie mir keinesfalls wieder nach meiner Wohnung; wenn ich Sie sehe, werde ich Ihnen den Grund angeben.‹ Am Sonntag empfing sie mich und war wahrhaft bezaubernd; doch als ich fortging, bat sie, sofern ich je wieder Veranlassung hätte, ihr zu schreiben, solle ich meinen Brief an Mrs. Knox, per Adresse Whittakers Buchhandlung, Green Street, senden. ›Es gibt gewisse Gründe‹, sagte sie, ›aus denen ich in meinem Hause keine Briefe empfangen darf.‹

Während der ganzen Season sah ich sie oft, und die Atmosphäre von Rätsel und Geheimnis verließ sie niemals. Bisweilen dachte ich, sie befinde sich in der Gewalt eines Mannes, aber sie erschien mir so unnahbar, daß ich das nicht glauben konnte. Es war sehr schwierig für mich, Klarheit über sie zu gewinnen, denn sie glich jenen seltsamen Kristallen, die man im Museum sieht und die in dem einen Augenblick durchsichtig und im nächsten trübe sind. Endlich beschloß ich, sie um ihre Hand zu bitten: es bedrückte mich, ja ich war es müde, daß nach ihrem Geheiß alle meine Besuche und die wenigen Briefe, die ich an sie sandte, von steter Heimlichkeit umgeben sein sollten. Ich schrieb ihr nach der Buchhandlung und fragte an, ob sie mich am folgenden Montag, sechs Uhr, empfangen könne. Sie antwortete zustimmend, und ich war im siebenten Himmel des Entzückens. Ich war in sie vernarrt: trotz des Geheimnisses, dachte ich damals – wegen des Geheimnisses, erkenne ich jetzt. Doch nein, die Frau selbst war's die ich liebte. Das Geheimnis quälte mich, trieb mich zur Verzweiflung. Warum mußte der Zufall mich auf seine Spur führen?«

»Sie entdeckten es also?« rief ich.

»Ich fürchte«, antwortete er. »Urteilen Sie selbst.«

Der Montag kam, ich ging zum Lunch zu meinem Onkel und fand mich gegen vier in der Marylebone Road. Sie wissen vielleicht, mein Onkel wohnt in Regent's Park. Ich wollte nach Piccadilly, und um abzukürzen, nahm ich meinen Weg durch eine Menge ärmlicher kleiner Sträßchen. Plötzlich erblickte ich Lady Alroy, die tiefverschleiert und sehr rasch vor mir herging. Als sie zum letzten Haus der Straße kam, stieg sie die Stufen hinauf, zog einen Schlüssel aus der Tasche und öffnete die Tür. Hier ist das Geheimnis, sagte ich mir; und ich eilte hin und betrachtete prüfend das Haus. Es schien, daß dort möblierte Zimmer vermietet wurden. Auf der Schwelle lag Lady Alroys Taschentuch, das ihr entfallen war. Ich hob es auf und steckte es zu mir. Dann begann ich zu überlegen, was ich tun solle. Ich kam zu dem Schluß, daß ich kein Recht hätte, ihr nachzuspionieren, und fuhr in den Klub. Um sechs ließ ich mich bei ihr melden. Sie lag auf dem Sofa, ihr Tea-gown aus Silbergewebe wurde von Mondsteinen gerafft – jenen blaßkühlen, rätselvollen Steinen, die sie immer trug. Sie sah wunderschön aus. ›Ich freue mich sehr, Sie zu sehen‹, sagte sie, ›ich bin den ganzen Tag nicht aus dem Haus gegangen.‹ Ich starrte sie betroffen an, zog das Tuch aus meiner Tasche und reichte es ihr. ›Sie haben das heute nachmittag in Cumnor Street verloren, Lady Alroy‹, sagte ich sehr ruhig. Sie sah mich voller Schrecken an, rührte aber keine Hand, um das Taschentuch an sich zu nehmen. ›Was hatten Sie dort zu schaffen?‹ fragte ich. – ›Mit welchem Recht wollen Sie mich verhören?‹

gab sie zur Antwort. – ›Mit dem Recht des Mannes, der Sie liebt‹, erwiderte ich; ›ich kam hierher, um Sie zu bitten, meine Frau zu werden.‹ Sie barg ihr Gesicht in den Händen und brach in einen Strom von Tränen aus. ›Sie müssen es mir erklären‹, fuhr ich fort. Sie erhob sich, und mir gerade in die Augen blickend, sagte sie: ›Lord Murchison, es ist nichts zu erklären.‹ – ›Sie haben sich dort mit einem Mann getroffen‹, rief ich; ›dies ist Ihr Geheimnis.‹ Sie wurde leichenblaß und sagte: ›Ich habe mich mit niemandem getroffen.‹ – ›Können Sie mir nicht die Wahrheit sagen?‹ schrie ich. – ›Ich habe sie gesagt‹, entgegnete sie. Ich war verrückt, rasend; ich weiß nicht, was ich noch sagte, aber ich sagte ihr fürchterliche Dinge. Zum Schluß stürmte ich aus dem Hause. Sie schrieb mir am nächsten Tag; ich schickte den Brief uneröffnet zurück und verreiste mit Alan Colville nach Norwegen. Einen Monat später war ich wieder in England, und das erste, was ich in der ›Morning Post‹ las, war die Nachricht von Lady Alroys Tode. Sie hatte sich in der Oper erkältet und war binnen fünf Tagen an Lungenentzündung gestorben. Ich schloß mich in meiner Wohnung ein und wollte keinen Menschen sehen. Ich hatte sie so sehr, so wahnsinnig geliebt. Mein Gott! wie habe ich sie geliebt, diese Frau!«

»Und Sie gingen wieder in die Straße und zu jenem Hause?« fragte ich.

»Ja«, antwortete er.

»Eines Tages ging ich nach Cumnor Street. Ich konnte nicht anders; der Zweifel folterte mich. Ich klopfte an die Tür, und eine würdig aussehende Frau öffnete mir. Ich fragte, ob sie Zimmer zu vermieten habe. ›Sir‹, erwiderte sie, ›eigentlich sind die Zimmer vermietet; aber ich habe die Dame seit drei Monaten nicht mehr gesehen, und da die Miete nicht bezahlt ist, können Sie die Zimmer haben.‹ – ›Ist dies die Dame?‹ fragte ich und zeigte ihr das Bild. – ›Das ist sie, jawohl!‹ rief sie, ›und wann kommt sie zurück, Sir?‹ – ›Die Dame is tot‹, erwiderte ich. – ›Oh, Sir, das tut mir leid!‹ sagte die Frau; ›sie war meine beste Mieterin. Sie zahlte mir drei Guineen in der Woche, einzig um hin und wieder in meinen Zimmern zu sitzen.‹ – ›Sie traf sich hier mit jemand?‹ fragte ich; aber die Frau versicherte mir, das sei nicht der Fall gewesen: Lady Alroy sei stets allein gekommen und habe niemals irgendwelchen Besuch empfangen. ›Was um alles in der Welt tat sie dann hier?‹ rief ich. – ›Sie saß nur im Zimmer, Sir, las Bücher und ließ sich mitunter Tee bringen‹, antwortete die Frau. Ich wußte nichts darauf zu sagen; so gab ich ihr einen Sovereign und ging. – Was meinen Sie nun ... was hat das alles zu bedeuten? Würden Sie glauben, daß die Frau die Wahrheit gesprochen hat?«

»Gewiß.«

»Aber warum ging Lady Alroy dann dorthin?«

»Mein lieber Gerald«, antwortete ich, »Lady Alroy war einfach eine Frau mit der Sucht nach dem Unenträtselbaren. Sie hatte die Zimmer gemietet, nur um des Vergnügens willen, mit herabgelassenem Schleier hinzugehen und sich vorzustellen, sie sei die Heldin eines romantischen Abenteuers. Sie hatte eine Leidenschaft für alles Heimliche, Geheimnisvolle; sie selbst jedoch war nur eine Sphinx ohne Geheimnis.«

»Glauben Sie das wirklich?«

»Ich bin fest davon überzeugt«, erwiderte ich.

Er nahm das Saffianetui heraus, öffnete es und sah das Bild lange an. »Wer weiß?« sagte er schließlich.

DER MILLIONÄR

Ein Ausruf der Bewunderung

Solange einer kein Geld hat, nützt es ihm nichts, wenn er ein reizender Junge ist. Romantik ist das Vorrecht des reichen Mannes und nicht der Beruf des Arbeitslosen. Der Arme muß praktisch und nüchtern sein. Besser, ein geregeltes Einkommen haben, als alle Welt bezaubern. Dies sind die großen Wahrheiten des modernen Lebens, die Hughie Erskine niemals einsehen wollte. Der arme Hughie! Geistig – das müssen wir eingestehen – war er nicht eben bedeutend. Zeit seines Lebens sagte er nichts, was witzig oder wenigstens boshaft gewesen wäre. Aber dafür sah er wunderbar gut aus mit seinem krausen Braunhaar, dem makellos geschnittenen Profil und den grauen Augen. Er war bei Männern ebenso beliebt wie bei Frauen und besaß alle erdenklichen Talente, außer dem, Geld zu verdienen. Sein Vater hatte ihm seinen Kavalleriesäbel hinterlassen und die fünfzehnbändige ›Geschichte des englischen Krieges in Spanien gegen Frankreich von 1808 bis 1814‹. Hughie hängte den Säbel über seinen Spiegel, stellte die fünfzehn Bände auf ein Bücherbrett, zwischen Ruffs ›Reisehandbuch‹ und Baileys ›Magazin‹, und lebte von zweihundert Pfund im Jahr, die eine alte Tante ihm zukommen ließ. Er hatte sich in allem möglichen versucht. Sechs Monate lang war er zur Börse gegangen; aber was sollte ein Schmetterling zwischen Hausse-Tigern und Baisse-Hyänen? Ein wenig später hatte er mit Tee gehandelt, bald aber den Pekoe wie den Souchong satt bekommen. Dann hatte er Sherry Extra Trocken verkauft. Das lag ihm nicht, der Sherry war ein bißchen allzu trocken. Zum Schluß wurde er gar nichts – nur ein entzückender, unnützer junger Mann mit vollkommenem Profil und keiner Profession.

Um das Maß des Übels voll zu machen, war er verliebt. Das Mädchen, das er liebte, war Laura Merton, die Tochter eines Obersten außer Dienst, dessen gute Laune und gute Verdauung in Indien draufgegangen und seitdem nicht wiedergekehrt waren. Laura betete Hughie an, und er war bereit, ihr die Schuhbänder zu küssen. Es gab kein schöneres Paar in ganz London, und beide zusammen besaßen keinen roten Penny. Der Oberst mochte Hughie furchtbar gern, wollte aber nichts von Verlobung hören.

»Komm wieder, mein Junge, wenn du zehntausend Pfund verdient hast, und wir werden sehen«, pflegte er zu sagen; und Hughie schaute dann sehr düster drein und mußte sich Trost bei Laura holen.

Eines Morgens, als er nach Holland Park wollte, wo die Mertons wohnten, ging er erst mal auf einen Sprung zu Alan Trevor, einem guten Freund von ihm. Trevor war Maler. Nun, wenige Leute können sich heutzutage rühmen, das nicht zu sein. Aber er war auch Künstler, und Künstler sind ziemlich rar. Von Aussehen war er ein sonderbarer, ungehobelter Kerl mit Sommersprossen im Gesicht und einem zottigen roten Bart. Nahm er aber den Pinsel in die Hand, so war er ein wirklicher Meister, und seine Bilder wurden reißend gekauft. Er hatte sich zu Hughie sofort sehr hingezogen gefühlt, zunächst allerdings, wie zugegeben werden muß, nur wegen seiner äußeren Vorzüge. »Die einzigen Leute, mit denen ein Maler umgehen sollte«, sagte er oft, »sind die Leute, die dumm und schön sind – Leute, die anzusehen ein künstlerischer Genuß und mit denen zu reden geistige Muße ist. Männer wie Puppen und Frauen wie Püppchen regieren die Welt, oder sollten es wenigstens tun.« Als er Hughie indessen näher kennenlernte, hatte er ihn ebenso gern wegen seines leichten, heiteren Sinnes und seines großzügigen, unbekümmerten Wesens, und deshalb durfte Hughie ihn jederzeit in seinem Atelier besuchen.

Als er jetzt bei ihm eintrat, fand er Trevor beschäftigt, die letzte Hand an das wundervolle lebensgroße Bildnis eines Bettlers zu legen. Der Bettler selbst stand auf einem erhöhten Podium in einem Winkel des Ateliers. Er war ein verschrumpelter Greis, mit einem Gesicht wie faltiges Pergament und einem ganz herzzerreißenden Ausdruck in den Zügen. Um seine Schultern hing ein grober brauner Mantel, an allen Ecken und Enden zerfledert und zerfetzt; seine schweren Stiefel waren voller Riester und Flicken, und mit der einen Hand stützte er sich auf einen knotigen Stab, während die andere den zerbeulten Hut almosenheischend ausstreckte.

»Was für ein einzigartiges Modell!« flüsterte Hughie, als er seinem Freunde die Hand schüttelte.

»Ein einzigartiges Modell?« schrie Trevor, so laut er konnte, »das will ich meinen! Solche Bettler wie den hier sieht man nicht alle Tage. Ein glücklicher Fund, mon cher, ein lebender Velasquez! Götter! welch eine Radierung hätte Rembrandt aus ihm gemacht!«

»Das arme alte Würmchen!« sagte Hughie. »Wie erbarmenswürdig er aussieht! Aber ich glaube, für euch Maler ist sein Gesicht sein Vermögen, nicht?«

»Natürlich«, erwiderte Trevor, »würdest du einen Bettler brauchen können, der glücklich aussieht?«

»Wieviel bekommt ein Modell für eine Sitzung?« fragte Hughie, als er sich's auf einem Diwan bequem machte.

»Einen Schilling die Stunde.«

»Und wieviel bekommst du für dein Bild, Alan?«

»Oh, für das da zweitausend!«

»Pfund?«

»Guineen. Maler, Dichter und Ärzte kriegen ihre Honorare stets in Guineen.«

»Na, da könntest du dem Modell ruhig ein paar Prozent abgeben«, rief Hughie lachend, »seine Arbeit ist genau so sauer wie deine.«

»Unsinn, Unsinn! Bedenke allein die Mühe, die Farben aufzutragen und den ganzen Tag vor der Staffelei zu stehen! Ja, ja, du hast gut reden, Hughie; doch du kannst mir glauben, es gibt in unserem Metier Momente, in denen die Kunst sich beinahe zu der Würde harter handwerklicher Arbeit erhebt. Aber jetzt schwatze nicht, ich habe sehr viel zu tun. Rauch eine Zigarette und halt den Mund.«

Nach einer Weile kam der Diener herein und meldete Trevor, daß der Rahmenmacher ihn zu sprechen wünsche.

»Bleib hier, Hughie«, sagte er, als er hinausging, »ich bin in einer Minute wieder da.«

Der alte Bettler benutzte Trevors Abwesenheit, um sich einen Augenblick auf einer Holzbank auszuruhen, die hinter ihm stand. Er sah so verzagt und erbärmlich aus, daß Hughie sich des tiefsten Mitleids nicht erwehren konnte – er fingerte in seinen Taschen und suchte, wieviel Geld er bei sich hatte. Alles, was er fand, waren ein Sovereign und ein paar Kupfermünzen. »Der arme alte Knabe«, dachte er im stillen, »er braucht es dringender als ich; freilich bedeutete das vierzehn Tage keinen Wagen.« Und er ging zu dem Bettler hinüber und ließ das Goldstück in seine Hand gleiten.

Der Alte fuhr zusammen, und ein mattes Lächeln huschte über seine vertrockneten Lippen. »Danke, Sir«, sagte er, »vielen Dank.«

Dann kam Trevor zurück, und Hughie verabschiedete sich, ein bißchen verschämt beim Gedanken an das, was er getan hatte. Er verbrachte den Rest des Tages bei Laura, empfing eine bezaubernde Strafpredigt wegen seiner Verschwendungssucht und mußte zu Fuß nach Hause gehen.

Am selben Abend gegen elf bummelte er nach dem Paletten-Klub und fand Trevor im Rauchzimmer, wo er allein bei Rheinwein und Selters saß.

»Nun, Alan, ist dein Bild fertig?« fragte er und zündete sich eine Zigarette an.

»Fix und fertig gemalt und gerahmt, mein Junge!« antwortete Trevor. »Und, nebenbei bemerkt, du hast eine Eroberung gemacht. Das alte Modell, das du bei mir im Atelier gesehen hast, ist Feuer und Flamme für dich. Ich mußte ihm bis in alle Einzelheiten von dir erzählen – wer du bist, wo du wohnst, wie hoch dein Einkommen ist, was du für Aussichten hast . . .«

»Mein lieber Alan«, rief Hughie, »wenn ich nach Haus komme, werde ich den armen alten Greis bestimmt schon auf mich wartend finden. Aber du machst natürlich nur Spaß. Das Häufchen Elend! Ich wünschte, ich könnte etwas für ihn tun. Es muß entsetzlich sein, wenn einer dermaßen arm ist. Ich habe ganze Packen alte Sachen zu Hause – meinst du, daß ihm daran gelegen wäre? Seine Lumpen fallen ihm ja schon in Fetzen vom Leibe.«

»Aber er sieht großartig darin aus«, sagte Trevor.

»Um keinen Preis möchte ich ihn im Gehrock malen. Was du Lumpen nennst, nenne ich Romantik. Was dir armselig scheint, ist für mich malerisch und schön. Auf alle Fälle aber werde ich ihm von deinem Angebot erzählen.«

»Alan«, sagte Hughie ernst, »ihr Maler seid doch eine herzlose Sippschaft.«

»Des Künstlers Herz ist sein Kopf«, erwiderte Trevor, »und überdies ist es unser Geschäft, die Welt nachzubilden, wie wir sie sehen und nicht, sie umzubilden – obwohl wir sie kennen. A chacun son métier. Und nun erzähle mir, was Laura macht. Das alte Modell hat sich sehr für sie interessiert.«

»Du willst doch nicht etwa sagen, daß du mit ihm von Laura gesprochen hast?« fragte Hughie.

»Aber sicher. Ich habe ihm alles erzählt: von dem unerbittlichen Obersten, der schönen Laura und den zehntausend Pfund.«

»Was? Du hast dem alten Bettler meine sämtlichen Privatverhältnisse aufgetischt?« schrie Hughie empört und sah ganz puterrot und wütend aus.

»Mein lieber Junge«, sagte Trevor lächelnd, »dieser alte Bettler, wie du ihn nennst, ist einer der reichsten Männer von Europa. Er könnte morgen ganz London kaufen und würde damit sein Konto nicht überziehen. Er hat Bankhäuser in allen Hauptstädten, speist von goldenen Schüsseln, und wenn es ihm gerade paßt, kann er den Zaren hindern, in den Krieg zu ziehen.«

»Was in aller Welt soll das heißen?« rief Hughie.

»Genau das, was ich sage«, antwortete Trevor. »Der alte Mann, den du heute in meinem Atelier gesehen hast, war Baron Hausberg. Er ist ein guter Freund von mir, kauft alle meine Bilder und dergleichen und gab mir vor vier Wochen den Auftrag, ihn als Bettler zu malen. Que voulez-vous? La fantaisie d'un millionnaire! Und ich muß sagen, er machte sich prachtvoll in seinen Lumpen – oder vielleicht sollte ich lieber sagen, in meinen Lumpen; er trug nämlich lauter alte Sachen, die ich aus Spanien mitgebracht habe.«

»Baron Hausberg!« schrie Hughie. »Grundgütiger Himmel! Und ich habe ihm einen Sovereign gegeben!« Und er sank in einen Sessel, ein Bild der Zerknirschung.

»Du hast ihm einen Sovereign gegeben!« brüllte Trevor und brach in dröhnendes Gelächter aus. »Mein lieber Junge, den siehst du niemals wieder. Son affaire, c'est l'argent des autres.«

»Das hättest du mir aber vorher sagen können, Alan«, rief Hughie ärgerlich, »dann hätte ich mich doch nicht so albern benommen.«

»Na, weißt du, Hughie«, sagte Trevor, »erstens mal ist es mir nicht in den Sinn gekommen, daß du vorhättest, auf so leichtfertige Weise milde Gaben auszuteilen. Ich kann verstehen, daß einer einem hübschen Modell einen Kuß gibt, aber einem häßlichen einen Sovereign – beim Zeus, das ahnte ich nicht! Außerdem war ich heute für niemanden zu sprechen; und als du hereinkamst, wußte ich nicht, ob es Hausberg recht wäre, wenn ich seinen Namen nenne. Du weißt ja, er sah nicht so ganz repräsentativ aus.«

»Für was für einen Trottel muß er mich halten!« sagte Hughie.

»Für gar keinen. Als du uns verlassen hattest, war er in der allervergnügtesten Laune; er kicherte in sich hinein und rieb sich in einem fort seine alten verrunzelten Hände. Warum er sich so sehr für dich und deine Angelegenheiten interessierte, verstand ich natürlich nicht; aber jetzt ist mir alles klar. Er wird deinen Sovereign für dich anlegen, Hughie, dir alle halbe Jahre Zinsen auszahlen und eine kapitale Geschichte nach dem Dinner zu erzählen haben.«

»Ich bin schon ein Unglücksrabe«, jammerte Hughie. »Das beste ist, ich gehe jetzt ins Bett; und, mein lieber Alan, du darfst niemand von der Sache erzählen. Ich würde ja nicht mehr wagen, mein Gesicht im Hyde Park sehen zu lassen.«

»Unsinn! Sie wirft ein strahlendes Licht auf dein philanthropisches Gemüt, Hughie. Und lauf jetzt nicht fort. Rauch noch eine Zigarette, und du darfst dabei soviel von Laura reden, wie du willst.«

Aber Hughie wollte nicht bleiben, sondern ging nach Hause; er fühlte sich sterbensunglücklich, und Alan Trevor wollte fast ersticken vor Lachen.

Als Hughie am nächsten Morgen beim Frühstück saß, brachte ihm der Diener eine Karte, auf der geschrieben war: Monsieur Gustave Naudin, im Auftrage von M. le Baron Hausberg.

Wahrscheinlich kommt er, weil ich mich entschuldigen soll, dachte Hughie bei sich; und er befahl, den Besucher heraufzuführen.

Ein alter Herr mit goldener Brille und grauem Haar trat zu ihm ins Zimmer und sagte mit leicht französischem Akzent: »Habe ich die Ehre mit Monsieur Erskine?«

Hughie verbeugte sich.

»Ich komme von Baron Hausberg«, fuhr er fort. »Der Herr Baron . . .«

»Ich wäre Ihnen sehr verbunden, Sir, wenn Sie ihm meine aufrichtigste Bitte um Verzeihung übermitteln wollten«, stammelte Hughie.

»Der Herr Baron«, sagte der alte Herr mit leisem Lächeln, »hat mich beauftragt, Ihnen diesen Brief zu bringen«, und er streckte Hughie einen gesiegelten Umschlag hin.

Außen stand darauf geschrieben: »Ein Hochzeitsgeschenk für Hugh Erskine und Laura Merton, von einem alten Bettler«, und drinnen lag ein Scheck über zehntausend Pfund.

Bei der Hochzeit war Alan Trevor Brautführer, und der Baron hielt beim Hochzeitsmahl eine Rede.

»Ein Millionär«, bemerkte Alan, »der Modell für ein Bild steht, ist selten genug; aber, beim Zeus, ein Millionär, der als ein Vorbild dasteht, ist noch viel seltener!«

DAS BILDNIS DES MR. W. H.

I

Ich hatte bei Erskine diniert, in seinem hübschen kleinen Haus in Birdcage Walk, und als wir bei Kaffee und Zigaretten in der Bibliothek saßen, traf es sich, daß im Gespräch die Frage der literarischen Fälschungen auftauchte. Heute kann ich mich nicht mehr erinnern, wie wir auf diesen zu jener Zeit einigermaßen abgelegenen Gegenstand gekommen waren; aber ich weiß, wir unterhielten uns lange und lebhaft über Macpherson, Ireland und Chatterton und ich betonte in Hinsicht auf den letzteren, daß seine sogenannten Fälschungen nur der Ausdruck eines künstlerischen Verlangens nach vollkommener Gestaltung seien; daß wir kein Recht hätten, mit einem Künstler um die Bedingungen zu hadern, unter denen sein Werk vorzulegen er für gut befindet; und daß es heiße, ein ästhetisches Problem mit einem ethischen verwechseln, wenn man den Künstler der Fälschung anklagt – denn alle Kunst sei bis zu einem gewissen Grade eine Art theatralischen Spiels, ein Versuch, die eigene Persönlichkeit auf einer geistigen Ebene darzustellen, jenseits der hemmenden Zufälle und der Grenzen wirklichen Lebens.

Erskine, der beträchtlich älter war als ich, hatte mir mit der belustigten Nachsicht eines Mannes von vierzig Jahren zugehört; plötzlich legte er mir die Hand auf die Schulter und fragte: »Was würden Sie von einem jungen Manne sagen, der eine seltsame Theorie

über ein bestimmtes Kunstwerk aufstellte, an seine Theorie glaubte und, um sie zu beweisen, eine Fälschung beging?«
»Oh, das ist etwas ganz anderes«, antwortete ich.
Erskine schwieg ein paar Augenblicke und sah den dünnen grauen Rauchfäden nach, die aus seiner Zigarette aufstiegen. »Ja«, sagte er dann, »etwas ganz anderes.«
Im Klang seiner Stimme war etwas – ein leiser schmerzlicher Ton vielleicht –, das meine Neugier wachrief. »Haben Sie jemanden gekannt, der das tat?« rief ich.
»Ja«, erwiderte er und warf seine Zigarette ins Feuer, »es war ein naher Freund von mir, Cyril Graham. Er war sehr faszinierend, und sehr töricht, und sehr herzlos. Immerhin hinterließ er mir die einzige Erbschaft, die ich in meinem Leben erhalten habe.«
»Was war es?« fragte ich lebhaft interessiert. Erskine erhob sich; er ging an einen hohen Intarsienschrank, der zwischen den beiden Fenstern stand, schloß ihn auf, und als er zu mir zurückkam, hielt er in der Hand ein kleines viereckiges Bild, auf Holz gemalt und in einem alten und etwas fleckigen Rahmen aus der Zeit der Königin Elisabeth.
Es war das Bildnis eines nach der Mode des ausgehenden sechzehnten Jahrhunderts gekleideten jungen Mannes, der an einem Tisch stand und seine rechte Hand auf einem aufgeschlagenen Buche ruhen ließ. Er schien etwa siebzehn Jahre alt und war von ganz ungewöhnlicher, obzwar entschieden etwas allzu weicher Schönheit. Wären nicht die Kleidung und das kurzgeschnittene Haar gewesen, so hätte man das Gesicht mit den träumerischen, schmachtenden Augen und den zarten Scharlachlippen für das eines Mädchens gehalten. In der Manier und vor allem in der Behandlung

der Hände erinnerte das Porträt an die späten Bilder François Clouets. Das schwarze Samtwams mit seinen phantastischen goldenen Spitzen und der pfauenblaue Hintergrund, von dem es sich dem Auge so wohlgefällig abhob und solch leuchtkräftiges Kolorit empfing, waren ganz in Clouets Stil; und die beiden, ein wenig steif an dem Marmorsockel hängenden Masken der Tragödie und der Komödie hatten jene herbe Strenge des Pinselstrichs – so fern der leichten Anmut der Italiener –, die der große niederländische Meister selbst am französischen Hofe nie ganz verlor und die an sich schon ein charakteristisches Merkmal nördlichen Temperamentes ist.

»Ein bezauberndes Bildchen!« rief ich, »wer aber ist dieser wundervolle junge Mann, dessen Schönheit die Kunst so glücklich bewahrt hat?«

»Es ist das Bildnis des Mr. W. H.«, sagte Erskine traurig lächelnd. Vielleicht war es eine zufällige Wirkung des Lichtes: aber mir schien, daß seine Augen von Tränen glänzten.

»Mr. W. H.?« sagte ich, »wer war Mr. W. H.?«

»Erinnern Sie sich nicht?« antwortete er. »Schauen Sie das Buch an, auf dem seine Hand liegt.«

»Ich sehe Schriftzeichen darauf, aber ich kann sie nicht entziffern«, erwiderte ich.

»Nehmen Sie mein Vergrößerungsglas und versuchen Sie, damit zu lesen«, sagte Erskine, und dasselbe traurige Lächeln spielte noch immer um seinen Mund.

Ich nahm das Glas, rückte die Lampe etwas näher heran und begann die kritzelige altertümliche Handschrift zu buchstabieren. »To the onlie begetter of these insuing sonnets... Mein Gott!« rief ich, »ist dies Shakespeares Mr. W. H.?«

»Cyril Graham behauptete es«, sagte Erskine leise.

»Aber«, erwiderte ich, »er hat nicht die mindeste Ähnlichkeit mit Lord Pembroke. Ich kenne die Porträts der Galerie von Penshurst Place sehr genau. Erst vor wenigen Wochen bin ich dort gewesen.«

»Sie glauben also wirklich, daß die Sonette an Lord Pembroke gerichtet sind?« fragte er.

»Ich bin davon überzeugt«, antwortete ich. »Pembroke, Shakespeare und Mrs. Mary Fitton sind die drei Gestalten der Sonette; daran kann gar kein Zweifel bestehen.«

»Gut, ich meine das auch«, sagte Erskine, »aber ich habe nicht immer so gedacht. Früher glaubte ich ... nun ... früher glaubte ich wohl an Cyril Graham und seine Theorie.«

»Und welches war seine Theorie?« fragte ich, das wundervolle Porträt anblickend, das bereits einen seltsamen Zauber auf mich auszuüben begann.

»Das ist eine lange Geschichte«, sagte Erskine und nahm mir das Bild aus der Hand – ziemlich unvermittelt, wie mir damals vorkam –, »eine sehr lange Geschichte. Aber wenn Ihnen daran gelegen ist, will ich sie Ihnen erzählen.«

»Ich höre gern Hypothesen über die Sonette«, rief ich, »nur halte ich es nicht für wahrscheinlich, daß ich zu einer neuen Deutung zu bekehren bin. Die Angelegenheit ist für niemand mehr ein Rätsel. Ja, ich kann kaum begreifen, daß sie je eins war.«

»Da ich selbst nicht an die Hypothese glaube, ist es höchst unwahrscheinlich, daß ich Sie zu ihr bekehren werde«, sagte Erskine lachend; »aber vielleicht interessiert Sie die Geschichte.«

»Bestimmt! Erzählen Sie nur«, antwortete ich. »Wenn die Deutung auch bloß halb so reizvoll ist wie das Bild, werde ich mehr als befriedigt sein.«

»Schön«, sagte Erskine und zündete sich eine Zigarette an, »ich muß Ihnen zunächst erzählen, wer Cyril Graham war. Er und ich, wir wohnten in Eton im selben Hause. Ich war ein paar Jahre älter als er, trotzdem waren wir eng befreundet, unzertrennlich bei der Arbeit und beim Spiel. Natürlich spielten wir viel mehr, als wir arbeiteten, aber ich kann nicht sagen, daß ich es bedaure. Keine pedantisch geregelte, auf praktische Ziele gerichtete Ausbildung erhalten zu haben, ist immer von Vorteil, und was ich auf den Sportplätzen von Eton lernte, war mir genauso nützlich wie irgend etwas, das man mich in Cambridge gelehrt hat. Ich muß noch vorausschicken, daß Cyrils beide Eltern tot waren. Sie ertranken bei einem gräßlichen Jachtunglück vor der Insel Wight. Sein Vater war im diplomatischen Dienst gewesen und hatte eine Tochter – sogar die einzige Tochter – des alten Lord Crediton geheiratet, der nach dem Tode der Eltern Cyrils Vormund wurde. Ich glaube, für Cyril hat er kaum viel übrig gehabt. Er konnte seiner Tochter diese Heirat mit einem Mann ohne Titel nie wirklich verzeihen. Lord Crediton war ein absonderlicher alter Aristokrat, er fluchte wie ein Höker und hatte die Manieren eines Bauern. Ich erinnere mich, wie ich ihn einmal in Eton bei einer Schulfeier gesehen habe. Er knurrte mich an, gab mir einen Sovereign und sagte, ich solle ja nicht so ein ›gottverfluchter Radikaler‹ werden wie mein Vater. Cyril hegte nur sehr wenig Zuneigung für ihn und war immer herzlich froh, den größten Teil der Ferien bei uns in Schottland verleben zu dürfen. Sie kamen ausgesprochen schlecht miteinander aus. Cyril nannte ihn einen Bären, und er hielt Cyril für unmännlich. In mancher Hinsicht traf das wohl auch zu, obwohl Cyril ein sehr guter Reiter und ein blendender Fechter war. Bevor er Eton verließ, erhielt er sogar den Preis im Florettfechten. Aber er war sehr weich geartet und nicht wenig eitel auf sein gutes Aussehen und hatte überdies eine heftige Abneigung gegen Fußball. Die beiden einzigen Dinge, für die er sich wirklich begeistern konnte, waren Dichtkunst und Theaterspiel. In Eton kostümierte er sich oft und rezitierte Shakespeare, und als wir nach Cambridge aufs Trinity College kamen, wurde er gleich in seinem ersten Semester Mitglied im Amateur Dramatic Club. Ich erinnere mich, daß ich ihn immer um sein schauspielerisches Talent beneidete. Überhaupt liebte und bewunderte ich ihn ganz unsinnig, vermutlich weil wir uns in manchem so gar nicht glichen. Ich war ein recht linkischer, schwächlicher Bursche mit riesengroßen Füßen und schauderhaften Sommersprossen. Schottische Familien sind geradeso mit Sommersprossen behaftet wie englische mit der Gicht. Cyril sagte zuweilen, ihm sei die Gicht lieber; aber er legte ja stets ungeheuer viel Wert auf die äußere Erscheinung und hielt einmal in unserem Debattierklub einen Vortrag, in dem er beweisen wollte, daß es moralischer sei, gut auszusehen als gut zu sein. Er selbst war wirklich wunderbar schön. Leute, die ihn nicht leiden mochten: Philister und Einpauker und Kandidaten der Theologie, pflegten zu sagen, er sei nur hübsch; aber in seinem Gesicht war weit mehr als bloße Hübschheit. Ich glaube, er war das herrlichste Menschenwesen, das ich je gesehen habe, und nichts konnte die Anmut seiner Bewegungen übertreffen, das Bezwingende seiner Person. Er bezauberte jeden, bei dem es sich lohnte, und auch sehr viele, die es nicht verdienten. Oft war er eigensinnig und gereizt, und ich hielt ihn für furchtbar unaufrichtig. Das kam wohl in der Hauptsache von seinem unmäßigen Verlangen zu gefallen. Armer Cyril! Ich sagte einmal zu ihm, er gebe sich mit sehr billigen Triumphen zufrieden; da lachte er nur. Er war entsetzlich verdorben. Alle faszinierenden Menschen sind verdorben, denke ich mir. Das ist das Geheimnis ihres Reizes.

Doch ich muß Ihnen von Cyrils Theaterspiel erzählen. Sie wissen, daß Schauspielerinnen im A. D. C. nicht auftreten dürfen. Zum mindesten durften sie's zu meiner Zeit nicht. Mir ist unbekannt, ob es heute noch so ist. Selbstverständlich gab man Cyril immer die Mädchenrollen, und als ›Wie es euch gefällt‹ aufgeführt wurde, war er Rosalinde. Er spielte die Rolle unglaublich. In der Tat, Cyril Graham war die einzige vollkommene Rosalinde, die ich je gesehen habe. Unmöglich kann ich Ihnen schildern, wie schön, wie zart, wie erlesen adlig er in jeder Gebärde war. Es gab einen ungeheuren Erfolg, und das damals so scheußliche kleine Theater war jeden Abend überfüllt. Selbst wenn ich das Stück heute lese, muß ich an Cyril denken. Es hätte für ihn geschrieben sein können. Im folgenden Jahr promovierte er und kam nach London, um sich auf die diplomatische Laufbahn vorzubereiten. Aber er arbeitete überhaupt nicht. Seine Tage verbrachte er damit, Shakespeares Sonette zu lesen, und seine Abende verbrachte er im Theater. Natürlich wollte er unbedingt zur Bühne. Nur mit Müh und Not konnten Lord Crediton und ich ihn daran hindern. Wer weiß? wäre er zur Bühne gegangen, so lebte er vielleicht noch. Einen Rat zu geben, ist stets Torheit, aber einen guten Rat zu geben, ist im höchsten Grade gefährlich. Ich hoffe, daß Sie sich von diesem Fehler immer fernhalten werden. Wenn Sie ihn doch begehen sollten, wird es Ihnen später leid tun.

Nun, um zur Hauptsache der Geschichte zu kommen: eines Tages erhielt ich einen Brief von Cyril, in dem er mich aufforderte, ich solle mich am Abend bei ihm einfinden. Er hatte eine entzückende Junggesellenwohnung in Piccadilly, mit Blick auf den Green Park, und da ich ihn jeden Tag zu besuchen pflegte, wunderte es mich, daß er sich die Mühe machte, mir zu schreiben. Selbstverständlich ging ich hin, und als ich bei ihm eintrat, fand ich ihn in großer Erregung. Er sagte mir, daß er endlich das Geheimnis der Shakespeare-Sonette geklärt habe, daß alle Gelehrten und Textkritiker einer ganz falschen Fährte gefolgt seien und daß er als erster, und zwar durch reine Intuition, die Frage gelöst habe, wer Mr. W. H. in Wahrheit gewesen ist. Er war ganz außer sich vor Begeisterung und wollte eine lange Weile mit seiner Deutung nicht herauskommen. Endlich brachte er ein Bündel Notizen zum Vorschein, nahm sein Exemplar der Sonette vom Kaminsims, setzte sich und hielt mir einen ausführlichen Vortrag über den gesamten Gegenstand.

Er legte zunächst dar, daß der junge Mann, an den Shakespeare diese seltsam leidenschaftlichen Gedichte richtet, jemand gewesen sein müsse, der von bestimmendem Einfluß auf die Entwicklung seiner dramatischen Kunst war, und daß dies weder auf Lord Pembroke noch auf Lord Southampton zutreffe. Wer er auch war, keinesfalls könne er ein Mann von hoher Geburt gewesen sein, wie sehr deutlich aus dem 25. Sonett hervorgehe; denn dort stellt sich Shakespeare in Gegensatz zu denen, die ›großer Fürsten Günstling‹ sind, und sagt freimütig:

Laß jene, die in Gunst bei ihrem Stern,
Mit Titeln stolz sich blähn und Ruhmeszeichen:

Ich, den das Los hält solchem Glanze fern,
Darf still mich freun, verehrend ohnegleichen ...

und am Ende des Sonetts, sich zu dem niederen Stande des so heiß Verehrten beglückwünschend:

Drum glücklich ich, der liebt und Lieb empfängt,
Wo er nicht fortdrängt und ihn nichts verdrängt.

Cyril erklärte, dieses Sonett wäre ganz unverständlich, wenn man annehmen wollte, daß es an Graf Pembroke oder an Graf Southampton gerichtet sei; sie beide waren Männer von höchstem Rang in England und vollauf berechtigt, ›große Fürsten‹ genannt zu werden; und um seine Meinung zu stützen, las er mir das 124. und das 125. Sonett, in denen Shakespeare sagt, seine Liebe sei nicht ›das Kind des Glanzes‹, sie ›dulde nicht in heitrem Pomp‹, sondern sei ›gegründet weit von Wechselfällen‹. Ich hörte lebhaft gespannt zu, denn ich glaube nicht, daß diese wichtige Feststellung schon einmal gemacht worden ist; was jedoch weiter folgte, war noch viel interessanter, und zu jener Zeit schien mir Lord Pembrokes Anspruch damit ein für allemal erledigt. Durch Shakespeares Zeitgenossen Meres wissen wir, daß die Sonette vor 1598 geschrieben sind, und wie uns im 104. Sonett mitgeteilt wird, hat Shakespeares Freundschaft mit Mr. W. H. damals bereits seit drei Jahren bestanden. Nun ist Lord Pembroke, der 1580 geboren wurde, erst im Alter von achtzehn Jahren nach London gekommen, das heißt, nicht vor 1598; Shakespeares Bekanntschaft mit Mr. W. H. aber muß bis in das Jahr 1594 oder spätestens bis 1595 zurückreichen. Der Dichter kann also Lord Pembroke erst kennengelernt haben, nachdem die Sonette schon vollendet waren.

Cyril wies mich weiter darauf hin, daß Pembrokes Vater 1601 gestorben ist, der Vater des Mr. W. H. hingegen müsse im Jahr 1598 bereits tot gewesen sein; das gehe klar aus der Verszeile hervor:

Dir war ein Vater. So sag auch dein Sohn!

Überdies sei es ein absurder Gedanke, daß ein Verleger der damaligen Zeit – und die Zueignung ist ja von des Verlegers Hand – William Herbert, Grafen von Pembroke, als Mr. W. H. anzureden gewagt hätte. Das Beispiel des Lord Buckhurst, der in ›England's Parnassus‹ einmal als Mr. Sackville erwähnt wird, bedeute keinen wirklichen Parallelfall, denn Lord Buckhurst war kein Pair, sondern nur der jüngere Sohn eines Pairs und sein Titel nichts als ein Höflichkeitstitel; auch sei die betreffende Stelle in ›England's Parnassus‹ keine förmliche und pomphafte Widmung, sondern bloß ein beiläufiger Hinweis. So weit von Lord Pembroke, dessen vorgebliche Ansprüche Cyril mit leichter Hand zerstörte, indes ich staunend dabeisaß. Mit Lord Southampton hatte Cyril sogar noch weniger Schwierigkeiten. Southampton wurde in sehr jungen Jahren der Liebhaber von Elizabeth Vernon, also brauchte es keiner beschwörenden Bitten an ihn, sich zu verheiraten; er war nicht schön, er glich seiner Mutter nicht, wie das bei Mr. W. H. der Fall war:

Bist deiner Mutter Spiegel, und in dir
Sieht sie der eignen Jugend holden Mai . . .

und vor allem, er hieß Henry mit Vornamen; aus den Wortspielen der Sonette 135 und 143 aber gehe hervor, daß Shakespeares Freund den gleichen Vornamen trug wie er selbst: Will.

Mit den übrigen Vermutungen unseliger Kommentatoren – daß Mr. W. H. ein Druckfehler sei und es Mr. W. S., nämlich Mr. William Shakespeare, heißen müsse; daß das in der Zueignung auf den Namen folgende Wort ›all‹ mit dem H zusamemn zu lesen sei, so daß sich ›Mr. W. Hall‹ ergibt; daß Mr. W. H. einen Mr. William Hathaway bedeute; und daß ein Punkt hinter ›wünschet‹ gesetzt werden müsse, wodurch Mr. W. H. zum Schreiber statt zum Gegenstand der Widmung würde – mit all diesen Vermutungen räumte Cyril in sehr kurzer Zeit auf. Seine Gründe im einzelnen anzuführen, erübrigt sich wohl, so amüsant sie waren: ich weiß zum Beispiel noch, wie herzhaft ich lachen mußte, als er mir – zum Glück nicht im Original – Auszüge aus der Abhandlung eines deutschen Kommentators namens Barnstoff vorlas, der beteuerte, Mr. W. H. sei kein Geringerer als ›Mr. William Höchstselbst‹. Den Gedanken, daß die Sonette etwa bloße Parodien der Werke von Drayton und John Davies von Hereford seien, lehnte Cyril unbedingt ab. Für ihn, wie übrigens auch für mich, bedeuteten sie Dichtungen von ernster und tragischer Größe, der Bitternis von Shakespeares Herzen abgerungen und süß vom Honig seines Mundes. Noch weniger wollte er die Ansicht gelten lassen, sie seien nur eine philosophische Allegorie und Shakespeare spreche in ihnen zu seinem idealen Ich oder zu dem Idealbild der Männlichkeit oder zum Geist der Schönheit, zu der Vernunft oder zum göttlichen Logos oder zur katholischen Kirche. Er glaubte, wie meiner Überzeugung nach wohl jeder glauben muß, daß die Sonette ein Einzelwesen ansprechen, einen bestimmten jungen Mann, dessen Persönlichkeit aus irgendeinem Grunde die Seele Shakespeares mit wilder Freude und nicht weniger wilder Verzweiflung erfüllt haben muß.

Als Cyril auf diese Art gleichsam den Schutt weggeräumt hatte, bat er mich, alle vorgefaßten Meinungen beiseite zu setzen, die ich mir über die Frage etwa gebildet haben mochte, und seine Theorie willig und unbefangen anzuhören. Das Problem, erklärte er, sei dieses: wer war jener junge Mann in Shakespeares Leben, der, ohne edel von Geburt oder edlen Wesens zu sein, in Worten voll solch leidenschaftlicher Glut angeredet wird, daß wir nur betroffen staunen können vor so seltsamer Verehrung und uns fast scheuen, den Schlüssel umzudrehen, der das Geheimnis in des Dichters Herzen öffnet? Wer war der, dessen äußere Schönheit so mächtig war, daß nur sie der wahre Eckstein von Shakespeares Kunst, der wahre Quell von Shakespeares dichterischer Inspriration, die wahre Verwirklichung von Shakespeares Träumen wurde? Ihn einfach als den Gegenstand einiger Liebesgedichte ansehen, hieße die volle Bedeutung dieser Gedichte verkennen; denn die Kunst, von der Shakespeare in den Sonetten spricht, ist nicht die Kunst der Sonette allein – sie waren für ihn nur Werke geringeren Wertes und nicht zur Veröffentlichung bestimmt –, nein, die Kunst, auf die er immer wieder anspielt, ist die Kunst des Dramatikers, und der, zu dem Shakespeare sagte:

Du bist all meine Kunst, und deine Wahrheit
Hebt meinen dumpfen Sinn zu Wissens Klarheit...

der, dem er Unsterblichkeit verhieß:

Wo atmend Leben lebt: in Menschenmund...

war sicherlich kein anderer als der knabenhafte Schauspieler, für den er Viola und Imogen, Julia und Rosalinde, Porzia und Desdemona und selbst Kleopatra schuf. So lautete Cyril Grahams Theorie, und Sie sehen, sie war einzig aus den Worten der Sonette entwickelt, und die Bereitschaft, sie zu billigen, hing nicht so sehr von greifbaren Beweisen oder sinnfälligen Zeugnissen ab als vielmehr von einer Art geistiger und künstlerischer Empfänglichkeit, mit der allein, behauptete Cyril, der echte Sinn der Gedichte zu erfassen sei. Ich erinnere mich, daß er mir das schöne Sonett vorlas:

Hat meine Muse andren Stoffs Begehr,
Solang du lebst? Du strömst in mein Gedicht
Dein eignes süßes Thema, viel zu hehr,
Als daß es aus gemeinen Strophen spricht.

O danke du dir selbst, wenn je in mir
Sich etwas deines Anschauns würdig weist:
Wer ist so stumpf, daß er nicht sänge dir,
Da selber du Erfindung ihm verleihst?

Du zehnte Muse, zehnmal mehr an Rang
Als jene Neun, zu denen Reimer flehn –
Die zu dir rufen, kröne mit Gesang,
Der noch in fernsten Zeiten soll bestehn.

Er betonte, wie vollkommen dieses Gedicht seine Theorie bekräftige; und so untersuchte er alle hundertvierundfünfzig Sonette mit großer Sorgfalt und zeigte – oder meinte zu zeigen –, daß nach seiner neuen Deutung Dinge, die bisher dunkel oder schlecht oder übertrieben erschienen waren, klar und sinnvoll und von hoher künstlerischer Bedeutsamkeit wurden; denn sie erhellten Shakespeares Begriff von den wahren Beziehungen zwischen der Kunst des Schauspielers und der Kunst des Dramatikers.

Selbstverständlich muß sich in Shakespeares Truppe ein wundervoller jugendlicher Schauspieler von großer Schönheit befunden haben, dem der Dichter die Darstellung seiner edlen Heldinnen anvertraute: Shakespeare war ja ebensosehr ein Mann der theatralischen Praxis der Direktor seiner Truppe, wie ein phantasievoller Poet. Und Cyril Graham hatte den Namen dieses Schauspielerknaben tatsächlich entdeckt. Er hieß Will, oder, wie Cyril ihn zu nennen liebte, Willie Hughes. Den Vornamen fand er natürlich in den Wortspielsonetten 135 und 143, der Zuname war seiner Meinung nach in der siebenten Zeile des 20. Sonetts versteckt, wo Mr. W. H. beschrieben wird als:

A man in hue, all Hues in his controlling
An Form ein Mann, den Formen all befehlend.

In der Originalausgabe der Sonette ist ›Hues‹ mit großem Anfangsbuchstaben und in Kursiv gedruckt, und nach Cyrils Ansicht zeigt das deutlich, daß ein Wortspiel mit dem gleichklingenden Namen des Angeredeten beabsichtigt ist. In der Tat wird diese Ansicht recht überzeugend durch verschiedene Sonette gestützt, die merkwürdige Spielereien mit dem ebenfalls genau wie Hughes ausgesprochenen Wort ›use‹ enthalten. Ich war selbstverständlich sofort für die Theorie gewonnen, und Willie Hughes wurde für mich eine ebenso reale Persönlichkeit wie Shakespeare. Mein einziger Einwand gegen Cyrils Deutung war, daß der Name Willie Hughes nicht in der Schauspielerliste von Shakespeares Truppe erscheint, die der ersten Folioausgabe seiner Werke beigegeben ist. Cyril erklärte jedoch, das Fehlen von Willie Hughes' Namen auf dieser Liste bestätige im Gegenteil seine Theorie, denn durch Sonett 86 sei erwiesen, daß Willie Hughes die Truppe Shakespeares verlassen hatte, um an einem Konkurrenztheater, vermutlich in einigen Stücken von Chapman, zu spielen. Darauf deuteten die Zeilen des großartigen Sonetts auf Chapman, in dem Shakespeare zu Willi Hughes sagt:

Doch als dein Bild aus seinen Versen sprach,
Da fehlt' es mir, und meine wurden schwach.

Die Worte: ›doch als dein Bild aus seinen Versen sprach‹, bezögen sich offenbar auf die Schönheit des jungen Schauspielers, die nun Chapmans Versen Leben und Wahrheit und reichere Anmut spende. Derselbe Gedanke werde auch im 79. Sonett ausgedrückt:

Als ich allein um deinen Beistand warb,
Mein Vers allein war hold von dir durchblüht;
Jedoch in Anmut meiner Verse starb,
Und meine Muse, krank, vor andern flieht ...

und in dem unmittelbar vorhergehenden, in dem Shakespeare sagt:

Daß jeder Schreiber tut nach meinem Brauch
Und Verse ausstreut unter deinem Schutz.

Cyril meinte, hier liege ein Wortspiel vor (use, Brauch = Hughes), und die Zeile ›und Verse ausstreut unter deinem Schutz‹ bedeute: mit deiner, des Schauspielers, Hilfe bringen sie ihre Stücke vor das Publikum.

Es war ein wunderbarer Abend, wir saßen fast bis zum Morgen beisammen und lasen die Sonette wieder und wieder. Nach einiger Zeit jedoch kam mir die Erkenntnis: bevor die Theorie in wahrhaft unangreifbarer Form der Welt vorgelegt werden konnte, mußten wir ein gültiges Zeugnis für die Existenz unseres jungen Schauspielers Willie Hughes beibringen. War diese erst einmal erwiesen, so konnte kein Zweifel an seiner Identität mit Mr. W. H. bestehen, sonst aber war Cyrils Theorie hinfällig. Ich stellte ihm das sehr nachdrücklich vor, und er zeigte sich über meine – wie er sagte – philiströse Sinnesart recht aufgebracht; mein Bedenken erbitterte ihn geradezu. Trotzdem nahm ich ihm das Versprechen ab, daß er in seinem eigenen Interesse seine Entdeckung nicht veröffentlichen werde, bis sie in allen Teilen über jeden Zweifel erhaben war; und Wochen um Wochen durchsuchten wir die Kirchenregister, die Manuskripte von Alleyn's College in Dulwich, das Staatsarchiv, die Papiere des Lord Chamberlain – kurz, alles und jedes, von dem wir dachten, es könne irgendeinen Hinweis auf Willie Hughes enthalten. Wir fanden nichts, versteht sich, und mit jedem Tage schien mir die Existenz von Willie Hughes problematischer zu werden. Cyril war in einer fürchterlichen Verfassung, er ging Tag für Tag die ganze Frage von neuem durch und beschwor mich, zu glauben; ich aber sah die eine schwache Stelle in seiner Theorie und wollte mich nicht überzeugen lassen, solange die tatsächliche Existenz von Willie Hughes, dem Schauspielerknaben aus Elisabeths Zeit, nicht aus dem Bereich jedes Zweifels und aller Krittelei gerückt war.

Eines Tages verreiste Cyril – um seinen Großvater zu besuchen, glaubte ich damals, später jedoch hörte ich von Lord Crediton, daß dies nicht der Fall gewesen war. Nach etwa vierzehn Tagen erhielt ich von ihn ein in Warwick aufgegebenes Telegramm, in dem er mich bat, unter allen Umständen am selben Abend um acht Uhr zu ihm zu kommen und bei ihm zu speisen. Als ich eintrat, sagte er zu mir: ›Der heilige Thomas war der einzige Apostel, der des sichtbaren Beweises nicht würdig war, und Thomas war der einzige Apostel, der ihn empfing.‹ Ich fragte ihn, was er damit meine. Er antwortete, er habe nicht nur feststellen können, daß im sechzehnten Jahrhundert ein jugendlicher Schauspieler mit Namen Willie Hughes gelebt habe, sondern er könne sogar den schlüssigsten Beweis führen, daß dieser der Mr. W. H. der Sonette gewesen sei. Mehr wollte er mir zunächst nicht verraten; doch nach dem Dinner holte er feierlich das Bild herbei, das ich Ihnen vorhin gezeigt habe, und erzählte mir, er habe es durch den reinsten Zufall entdeckt, und zwar sei es an die innere Seitenwand eine Truhe genagelt gewesen, die er in einem Bauernhaus in Warwickshire gekauft hatte. Die Truhe selbst, ein sehr schönes Stück aus elisabethanischer Zeit, hatte er natürlich auch mitgebracht, und in der Mitte der vorderen Füllung waren die Initialen W. H. deutlich lesbar eingeschnitzt. Dieses Monogramm hatte seine Aufmerksamkeit erregt, und wie er sagte, war die Truhe bereits mehrere Tage in seinem Besitz gewesen, ehe er daran dachte, ihr Inneres gründlich zu untersuchen. Da fiel ihm eines Morgens auf, daß die eine Wand der Truhe viel dicker war als die anderen, und bei genauer Prüfung entdeckte er an ihrer Innenseite eine gerahmte, mit einer Klammer dort befestigte Bildtafel. Als er sie herausnahm, erblickte er das Porträt, das jetzt hier auf dem Sofa liegt. Es war sehr schmutzig und von Moder bedeckt; aber in mühsamer Arbeit konnte er es reinigen, und er erkannte zu seiner Freude, daß ein Zufall ihm gerade das in die Hände gespielt hatte, was er suchte. Hier war ein authentisches Bildnis von Mr. W. H., dessen Hand auf der Widmungsseite der Sonette ruhte, und auf dem Rahmen stand in schwarzen Unzialbuchstaben auf verblichenem Gold der Name des jungen Mannes geschrieben: Master Will. Hews.

Nun, was sollte ich sagen? Es kam mir nicht einen Augenblick in den Sinn, daß Cyril Graham mich zum besten haben könnte oder daß er versuchte, seine Theorie durch eine Fälschung zu beweisen.«

»Aber ist es denn eine Fälschung?« fragte ich.

»Selbstverständlich ist es eine«, sagte Erskine. »Es ist eine sehr gute Fälschung, darum aber nicht weniger eine Fälschung. Ich fand damals, Cyril sehe die ganze Sache recht gelassen an; wie ich mich jetzt jedoch erinnere, sagte er mehr als einmal zu mir, für ihr selbst brauche es keines derart handgreiflichen Beweises, er halte seine Theorie auch ohne ihn für unanfechtbar. Ich lachte ihn aus und erklärte ihm, ohne den Beweis wäre seine Theorie erledigt gewesen, und ich beglückwünschte ihn herzlich zu seinem wunderbaren Fund. Dann verabredeten wir, daß eine Reproduktion des Bildes angefertigt und Cyrils geplanter Neuausgabe der Sonette als Titelblatt vorangestellt werden solle; und drei Monate lang taten wir nichts anderes, als jedes Gedicht Zeile für Zeile durchzugehen, bis wir alle Schwierigkeiten in Text oder Bedeutung geklärt hatten. Eines unseligen Tages war ich in Holborn in einer Kunsthandlung; da sah ich auf dem Ladentisch ein paar außerordentlich schöne Silberstiftzeichnungen liegen. Sie gefielen mir so sehr, daß ich sie kaufte, und der Besitzer des Ladens, ein Mann namens Rawlings, sagte mir, sie stammten von einem jungen Künstler, Edward Merton, der sehr begabt, aber arm wie eine Kirchenmaus sei. Ich ging einige Tage danach, ihn aufzusuchen – seine Adresse hatte ich mir von dem Kunsthändler geben lassen –, und fand einen blassen, interessanten jungen Mann mit einer recht gewöhnlich aussehenden Frau, seinem Modell, wie ich später erfuhr. Ich sagte ihm, wie hoch ich seine Zeichnungen schätzte, was ihn sehr zu freuen schien, und bat, er möge mir doch einiges mehr von seinen Arbeiten zeigen. Als wir in einer Mappe mit wirklich sehr schönen Sachen blätterten – Merton hatte einen äußerst zarten und ausdrucksvollen Strich –, erblickte ich plötzlich eine Skizze zu dem Bildnis des Mr. W. H. Jeder Zweifel war ausgeschlossen. Es war beinahe ein Faksimile, mit dem einzigen Unterschied, daß die beiden Masken der Tragödie und der Komödie nicht von dem Marmorsockel niederhingen wie auf dem Gemälde, sondern zu Füßen des jungen Mannes am Boden lagen. ›Woher um alles in der Welt haben Sie das?‹ fragte ich. Er wurde sehr verlegen und sagte: ›Oh, das ist nichts weiter. Ich wußte nicht, daß es in der Mappe steckt. Es taugt nicht viel.‹ – ›Das ist doch das Ding, das du für Mr. Cyril Graham gemacht hast!‹ rief seine Frau. ›Wenn der Herr es kaufen will, laß es ihm nur.‹ – ›Für Mr. Cyril Graham?‹ sagte ich. ›Haben denn Sie das Bildnis des Mr. W. H. gemalt?‹ – ›Ich verstehe nicht, was Sie meinen‹, erwiderte er und wurde sehr rot. Es war eine ganz widerwärtige Szene. Die Frau schwatzte alles aus. Als ich wegging, gab ich ihr fünf Pfund. Ich kann die Erinnerung noch heute nicht ertragen; aber selbstverständlich war ich wütend. Ich lief sofort in Cyrils Wohnung, wartete dort drei Stunden, bis er kam, und ich sah nur noch die abscheuliche Lüge auf seiner Stirn geschrieben; da sagte ich ihm, daß ich seine Fälschung entdeckt hätte. Er wurde totenblaß und erwiderte: ›Ich habe es nur deinetwegen getan. Du wärest auf keine andere Art zu überzeugen gewesen. Die Wahrheit der Theorie wird dadurch nicht beeinträchtigt.‹ – ›Die Wahrheit der Theorie!‹ schrie ich, ›je weniger wir über sie reden, desto besser. Auch du selber hast nicht daran geglaubt. Sonst hättest du keine Fälschung begangen, um sie zu beweisen.‹ Zornige Worte wurden zwischen uns gewechselt, wir stritten bis aufs Blut. Ich gebe zu, ich war ungerecht. Am nächsten Morgen war er tot."

»Tot!« rief ich.

»Ja. Er erschoß sich mit einem Revolver. Ein paar Tropfen Blut spritzten auf den Rahmen des Bildes, gerade auf die Stelle, wo der Name stand. Als ich in seine Wohnung kam – der Diener hatte sofort nach mir geschickt –, war die Polizei bereits da. Er hatte einen Brief an mich hinterlassen, der sichtlich in größter Erregung und Seelenqual geschrieben war.«

»Und was stand darin?« fragte ich.

»Oh, daß er unbedingt an Willie Hughes glaube, daß die Fälschung des Bildes einzig als ein Zugeständnis an mich geschehen sei und sie die Wahrheit der Theorie nicht im allermindesten entkräfte; und um zu beweisen, wie fest und ungebrochen sein Glaube sei, wolle er sein Leben dem Geheimnis der Sonette zum Opfer bringen. Es war ein törichter, ein wahnsinniger Brief. Ich erinnere mich, daß er zum Schluß schrieb, er gebe die Willie-Hughes-Theorie in meine Obhut und es sei nun an mir, sie der Welt darzulegen und das Geheimnis von Shakespeares Herzen zu enthüllen.«

»Das ist eine tieftragische Geschichte«, rief ich. »Aber warum haben Sie sein Vermächtnis nicht ausgeführt?«

Erskine hob die Schultern. »Weil die Theorie von Anfang bis zu Ende unzutreffend ist«, antwortete er.
»Mein lieber Erskine«, sagte ich und stand von meinem Sessel auf, »Sie sehen die ganze Frage durchaus falsch. Die Theorie ist die einzige vollkommene Deutung von Shakespeares Sonetten, die je gefunden wurde. Sie geht auf bis in die kleinste Einzelheit. Ich glaube an Willie Hughes.«
»Sagen Sie das nicht«, erwiderte Erskine sehr ernst. »Ich glaube, es ist etwas Unheilvolles an dem Gedanken, und der Verstand kann nichts zu seinen Gunsten vorbringen. Ich habe mich gewissenhaft in das Ganze vertieft, und ich versichere Ihnen, die Theorie ist durch und durch irrig. Sie ist bis zu einem gewissen Punkt einleuchtend. Dann kommt sie nicht weiter. Ums Himmels willen, mein lieber Junge, lassen Sie das Thema Willie Hughes ruhen. Sie würden sich das Herz daran zerbrechen.«
»Erskine«, entgegnete ich, »es ist Ihre Pflicht, die Theorie der Welt bekanntzugeben. Tun Sie es nicht, so will ich es tun. Ihr Schweigen ist ein Unrecht an dem Andenken Cyril Grahams, des jüngsten und glänzendsten aller Märtyrer der Literatur. Ich beschwöre Sie, vollstrecken Sie seinen Auftrag, redlich und ohne Groll. Er ist für die Sache gestorben – sein Tod darf nicht umsonst gewesen sein.«
Erskine sah mich betroffen an. »Das Pathos dieser Geschichte reißt Sie fort«, sagte er. »Sie vergessen, daß eine Sache nicht notwendig wahr sein muß, weil ein Mensch für sie stirbt. Ich habe Cyril Graham sehr geliebt. Sein Tod war ein entsetzlicher Schlag für mich. Jahrelang bin ich nicht darüber hinweggekommen. Ich glaube, ich bin es noch heute nicht. Aber Willie Hughes? Der Gedanke an einen Willie Hughes

ist unfruchtbar. Kein solcher Mensch hat je gelebt. Und wie sollte ich das Ganze vor die Welt bringen? Die Welt glaubt, ein zufällig losgegangener Schuß habe Cyril Graham getötet. Den einzigen Beweis, daß er Selbstmord verübte, enthielt sein Brief an mich, und von diesem Brief hat die Öffentlichkeit nie etwas erfahren. Bis auf den heutigen Tag ist Lord Crediton überzeugt, es habe sich um einen Unglücksfall gehandelt.«

»Cyril Graham opferte sein Leben für einen großen Gedanken«, entgegnete ich, »und wenn Sie nicht über sein Märtyrertum sprechen wollen, so sprechen Sie wenigstens von seinem Glauben.«

»Sein Glaube«, sagte Erskine, »hing an etwas Falschem, an etwas, das nicht stichhaltig war, an etwas, das kein Shakespeareforscher auch nur einen Augenblick gelten lassen könnte. Man würde die Theorie verlachen. Halten Sie sich doch nicht selbst zum Narren, indem Sie eine Spur verfolgen, die nirgendwohin führt! Sie gehen davon aus, daß Sie die Existenz ebender Person voraussetzen, deren Existenz bewiesen werden soll. Überdies weiß jedermann: die Sonette sind an Lord Pembroke gerichtet. Die Frage ist ein für allemal entschieden.«

»Sie ist nicht entschieden!« rief ich aus. »Ich will die Theorie da wieder aufnehmen, wo Cyril Graham sie verließ, und ich will der Welt beweisen, daß er recht hatte.«

»Törichter Junge!« sagte Erskine. »Gehen Sie nach Hause; es ist zwei Uhr vorbei. Und denken Sie nicht mehr an Willie Hughes. Es tut mir leid, daß ich Ihnen überhaupt von der Sache gesprochen habe, und dreimal leid würde es mir tun, wenn ich Sie zu etwas bekehrt hätte, woran ich selbst nicht glaube.»

»Sie haben mir den Schlüssel zu dem tiefsten Rätsel der neuen Literatur gegeben«, erwiderte ich, »und ich werde nicht ruhen noch rasten, bis ich Sie, bis ich alle Welt habe erkennen lassen, daß Cyril Graham der scharfsinnigste Shakespearedeuter unserer Zeit gewesen ist.«

Als ich durch St. James's Park heimwärts ging, begann eben der Morgen über London zu grauen. Die weißen Schwäne schliefen auf dem schimmernd glatten See, und der düstere Palast stand purpurn vor dem blaßgrünen Himmel. Ich dachte an Cyril Graham, und meine Augen füllten sich mit Tränen.

2

Es war nach zwölf Uhr mittags, als ich erwachte, und durch die Gardinen vor meinen Fenstern strömte die Sonne in langen schrägen Strahlen staubigen Goldes. Ich sagte meinem Diener, daß ich für niemand zu Hause sei, nahm eine Tasse Schokolade und ein Brötchen, und dann holte ich mein Exemplar der Shakespeare-Sonette vom Bücherbrett und fing an, mich aufmerksam darein zu vertiefen. Jedes Gedicht schien mir Cyril Grahams Theorie zu bestätigen. Mir war, als hätte ich meine Hand auf Shakespeares Herzen und zählte jeden einzelnen Pulsschlag, jedes Aufwallen der Leidenschaft. Ich dachte an den berückenden knabenhaften Schauspieler, und in jeder Zeile erschaute ich sein Antlitz.

Ich entsinne mich, daß zwei Sonette mir besonders auffielen, das 53. und das 67. In dem ersten preist Shakespeare den Darsteller Willie Hughes wegen seiner Vielseitigkeit, wegen des weiten Bereiches seiner Rollen, der sich von Rosalinde bis Julia und von Beatrice bis Ophelia erstreckt, und er sagt zu ihm:

> Was ist dein Stoff, woraus bist du gemacht,
> Daß tausend fremde Schatten dir zu eigen?
> Da jeder doch mit einem nur bedacht,
> Und du allein kannst alle Schatten zeigen.

Diese Verse wären unverständlich, wenn sie sich nicht an einen Schauspieler richteten; denn »Schatten« war zu Shakespeares Zeit ein Wort der Theatersprache. »Die Besten dieser Art sind nur Schatten«, sagt Theseus im ›Sommernachtstraum‹ von den Schauspielern, und in der Literatur jener Tage sind viele ähnliche Anspielungen zu finden. In den genannten Sonetten erörtert Shakespeare offenbar, welcher Natur die Kunst des Schauspielers ist und welcher Art die besondere und seltene Veranlagung, die den vollendeten Theaterspieler ausmacht. »Wie kommt es, daß du so viele Persönlichkeiten in dir vereinst?« fragt er Willie Hughes; und dann fährt er fort und erklärt: dank seiner Schönheit vermag der junge Schauspieler jede Gestalt und jedes Spiel der Phantasie Wirklichkeit werden zu lassen, jedem Traum des schöpferischen Dichtergeistes Körper zu leihen. Diese Überlegung wird in dem unmittelbar folgenden Sonett noch weitergesponnen, in dem Shakespeare, von dem schönen Gedanken ausgehend:

> O wieviel schöner scheint die Schönheit doch
> Durch jenen holden Schmuck, den Wahrheit gibt! ...

uns erkennen läßt, wie die Wahrheit des Spiels, die Wahrheit der sichtbaren Darstellung auf der Bühne das Wunder der Dichtung erhöht, ihrer Anmut Leben und ihrer idealen Form reale Gegenwart verleiht.

Und dennoch fordert der Dichter im 67. Sonett den Schauspieler auf, die Bühne zu verlassen – die Bühne mit ihrer Künstlichkeit, ihrem trügerischen Scheinleben geschminkter Gesichter und unwahren Kostüms, mit ihren sittenlosen Einflüssen und Verführungen, ihrer Ferne von der echten Welt edler Tat und unverstellter Rede:

Ach, warum muß er in Befleckung leben,
Mit seiner Gegenwart das Laster weihn,
Daß Frevel sich durch ihn kann überheben
Und Sünde stolz auf seinen Umgang sein?

Warum malt falsche Schminke seine Wangen,
Stiehlt matten Schein von ihrem Rosenpaar?
Muß arme Schönheit listig denn verlangen
Nach Schattentrug – da seine Rose wahr?

Daß ein so großer Dramatiker wie Shakespeare, der seine eigene Vollendung als Künstler und seinen höchsten menschlichen Wert in der idealen Sphäre der Bühnendichtung und des Bühnenspiels erwarb, in solchen Worten über das Theater geschrieben haben sollte, mag befremden; aber man darf nicht vergessen, daß er in den Sonetten 110 und 111 bekennt, er sei der Welt der Puppen müde und voll der Scham, sich selbst zu einem »Narrenkleid dem Auge« gemacht zu haben. Besonders das 111. Sonett ist von schmerzlicher Bitterkeit:

Oh, meinethalb Fortunen klage an,
Die schuldige Göttin meiner schlimmen Fahrt,
Die für mein Leben Beßres nicht ersann
Als niedern Dienst, der zeuget niedre Art.

So trägt mein Nam ein Brandmal eingebrannt,
Und all mein Wesen ist von dem bedräut,

Darin es wirkt – gleich wie des Färbers Hand:
Hab Mitleid drum und wünsche mich erneut!

Auch sonst klingt dieses selbe Gefühl oftmals an, in Wendungen, die jedem Shakespearekenner vertraut sind.

Über etwas wunderte ich mich außerordentlich, als ich die Sonette las, und erst nach mehreren Tagen kam ich auf die richtige Deutung, die auch Cyril Graham entgangen zu sein scheint. Ich konnte nicht verstehen, weshalb Shakespeare so viel daran gelegen ist, daß sein junger Freund sich verheiratet. Er selbst hatte jung geheiratet, und seine Ehe war unglücklich gewesen; warum verlangte er da von Willie Hughes, er solle denselben Fehler begehen wie er? Für den Knaben, der Rosalinde verkörperte, konnten weder eine Heirat noch die Leidenschaften des wirklichen Lebens von Vorteil sein. Die Anfangssonette mit ihren sonderbar flehentlichen Bitten an Willie Hughes, Kinder zu zeugen, berührten mich wie ein Mißton. Das Rätsel löste sich mir ganz überraschend, und zwar durch die merkwürdige Zueignung. Wie man sich erinnern wird, hat sie folgenden Wortlaut:

Dem • einzigen • Erzeuger •
dieser • nachfolgenden • Sonette •
Mr. W. H. Alles • Glück •
und • jene • Ewigkeit •
gelobt •
von •
unserem • immerlebenden • Dichter •
wünschet •
der • wohlwünschende •
Verleger •
dies • an • den • Tag •
gebend.
T. T.

Manche Gelehrte haben vermutet, das in der ersten Zeile dieser Widmung stehende Wort »begetter« bezeichne nur den »Beschaffer«, also denjenigen, der dem Verleger Thomas Thorpe die Sonette besorgt hat; aber diese Meinung ist jetzt allgemein verlassen, und die höchsten Autoritäten sind übereinstimmend der Ansicht, das Wort müsse in dem Sinn von Erschaffer, Erzeuger aufgefaßt werden, die Metapher sei demnach in Analogie zum physischen Leben gebildet. Nun bemerkte ich, daß Shakespeare dieselbe Metapher in einer großen Anzahl von Gedichten verwendet, und das führte mich auf die rechte Spur. Schließlich gelang mir meine große Entdeckung. Die Heirat, die er Willie Hughes vorschlägt, ist die »Vermählung mit der Muse«. Dieser Ausdruck erscheint buchstäblich im 82. Sonett; in dem herben Schmerz seines Herzens über den Treubruch dessen, für den er seine herrlichsten Rollen geschrieben und dessen Schönheit sie ihm eingegeben hatte, beginnt er seine Klage mit den Worten:

Du warst zwar meiner Muse nicht vermählt...

Die Kinder, die zu zeugen er ihn so inständig bittet, sind also nicht Kinder aus Fleisch und Blut, sondern minder sterbliche Kinder unvergänglichen Ruhmes. Die ganze Gruppe der Anfangssonette ist nichts anderes als Shakespeares Aufforderung an Willie Hughes, zur Bühne zu gehen und Schauspieler zu werden. Wie unfruchtbar und sinnlos ist all deine Schönheit, sagt er, wenn du sie nicht nützest:

Wenn vierzig Winter erst dein Haupt berannt,
Mit Gräben tief der Schönheit Flur verheert –

Was jetzt so hold, der Jugend Prachtgewand,
Zu Lumpen wird es, keines Anschauns wert.

Und fragt man dann, wo all die Schönheit wohl
Und all der Reichtum deiner Jugend hin –
Zu sagen, in den Augen tief und hohl,
Wär Schmach, die frißt, und Lob, das ohne Sinn.

Du mußt als Künstler etwas schaffen: mein Gedicht »ist dein, aus dir gezeugt«, nur höre auf mich, und ich will »fruchtbar sein an Liedern, die Ewigkeiten unverloren sind«, und du sollst mit Gestalten nach deinem Bilde die Bilderwelt der Bühne erfüllen. Diese von dir gezeugten Kinder, fährt er fort, werden nicht hinwelken wie sterbliche Kinder, sondern du sollst in ihnen und in meinen Stücken leben, deshalb:

Daß Schönheit leb in ihm, wenn nicht in dir!
Schaff dir ein Ebenbild, aus Lieb zu mir.

Ich stellte alle Verse zusammen, die mir diese Deutung zu bestätigen schienen; sie machten einen starken Eindruck auf mich und bewiesen mir, wie richtig Cyril Grahams Theorie war. Ich sah auch, daß es ganz leicht ist, die Strophen, in denen Shakespeare nur von den Sonetten spricht, von denen zu sondern, die sich auf sein großes dramatisches Werk beziehen. Dieser Punkt war von allen Kritikern vor Cyril Graham völlig übersehen worden. Und doch glaubte ich, es sei einer der wichtigsten in dem ganzen Gedichtzyklus. Den Sonetten gegenüber verhielt sich Shakespeare mehr oder weniger gleichgültig. Er hatte nicht den Wunsch, seinen Ruhm auf sie zu gründen. Sie bedeuteten ihm nur, wie er selbst sagt, seine »geringe Muse«, und Meres berichtet, daß er sie nur einem engen Kreis weniger, sehr weniger Freunde zugänglich machen wollte. Auf der anderen Seite war er sich des außerordentlichen künstlerischen Wertes seiner Dramen im höchsten Maße bewußt, und er zeigt sich voll edlen Selbstvertrauens in sein dramatisches Genie. Wenn er zu Willie Hughes sagt:

Dein ewiger Sommer, nie soll er ermatten,
Noch schwinden deiner Jugendschöne Kleid;
Nie prahle Tod, du gingst in seinem Schatten –
In ewigen Versen blühst du in die Zeit.

Solange Menschen atmen, Augen sehn,
Solang lebt dies und gibt dir Fortbestehn ...

so spielen die Worte »ewige Verse« deutlich auf eins seiner Theaterstücke an, das er ihm damals gesandt haben mag, und die beiden Schlußzeilen sprechen die Zuversicht aus, daß seine Werke wohl in alle Zeit auf der Bühne erscheinen werden. In seinem Anruf an die dramatische Muse (Sonette 100 und 101) finden wir dasselbe Gefühl.

Wo bist du, Muse, daß du säumst so lang,
Des, was dir alle Macht schenkt, Mund zu sein?
Wirfst du dein Feuer weg an eitlen Sang,
Vergeudest dich, um Niedrem Glanz zu leihn?

ruft er, und dann schilt er die Herrin von Tragödie und Komödie, weil sie »unterläßt, das Wahre schön zu malen«, und er sagt:

Du schweigst, weil er nicht Rühmens nötig hab?
Entschuldige so dich nicht! Denn dir obliegt,
Mehr Dauer ihm zu leihn als golden Grab,
Damit sein Ruhm die Zeiten überfliegt.

Drum, Muse, tu dein Amt! Ich lehr dich ihn
Der Nachwelt zeigen, wie er heut erschien.

Vielleicht aber ist das 55. Sonett dasjenige, in dem Shakespeare diesem Gedanken am stärksten Ausdruck gibt. Wer annehmen wollte, die »mächtigen Verse« der zweiten Zeile bezögen sich auf das Sonett selbst, würde ganz und gar nicht verstehen, was Shakespeare meint. Nach dem allgemeinen Charakter dieses Sonetts hielt ich es für höchst wahrscheinlich, daß es auf ein bestimmtes Drama hindeutet und daß dieses Drama kein anderes ist als ›Romeo und Julia‹.

Nicht Marmor, nicht vergoldet Standbild lebt
So lang wie dieser mächtigen Verse Maß;
Und heller sich dein Bild darin erhebt
Als schmutziger Stein, den ekle Zeit zerfraß.

Wenn grimmer Krieg die Statuen niederrennt
Und Zwietracht stürzt der Mauern festen Grund:
Nicht Schwert des Mars, nicht Kriegesfeuer brennt
Dein lebend Denkmal, das dich machet kund.

Durch Tod und schnöde Allvergessenheit
Gehst du gefeit, und dieser Lobpreis ragt
Noch vor dem Aug der Künftigen, die das Kleid
Der Welt abtragen, bis das Ende tagt.

So lebst du, bis du aufstehst zum Gericht,
Im Aug der Liebenden und im Gedicht.

Äußerst aufschlußreich war es mir auch, daß Shakespeare hier wie anderwärts Willie Hughes die Unsterblichkeit in einer Form verhieß, die sich an der Menschen Auge wendet – das heißt, in einer sichtbaren Form, in einem Schauspiel auf der Schaubühne.

Zwei Wochen lang arbeitete ich angestrengt über den Sonetten, ich ging kaum aus dem Hause und lehnte alle Einladungen ab. An jedem Tage glaubte ich etwas Neues zu entdecken, und Willie Hughes wurde für mich eine Art geistiger Gesellschaft, eine allbeherrschende Persönlichkeit. Fast war mir, als sähe ich ihn im Dunkel meines Zimmers stehen, so vollkommen hatte Shakespeare ihn geschildert: sein goldenes Haar, die zärtliche blumenhafte Anmut und die träumerisch tiefen Augen, die schlanken geschmeidigen Glieder und die weißen Lilienhände. Schon der Name allein bezauberte mich. Willie Hughes! Willie Hughes! Welche Musik klang darin! Ja, wer anders als er konnte Herr-Herrin von Shakespeares Leidenschaft gewesen sein (Sonett 20,2), der Gebieter seiner Liebe, dem er in Lehenspflicht gebunden war (Sonett 26,1), der zarte Liebling der Freude (Sonett 126,9), die Weltenrose (Sonett 109,14), der Herold des Frühlings (Sonett 1,10), gekleidet in der Jugend Prachtgewand (Sonett 2,3), der holde Knabe, den zu hören süßer Wohlklang (Sonett 8,1) und dessen Schönheit die Zier von Shakespeares Herzen war (Sonett 22,6), so wie sie den Grundpfeiler seines dramatischen Vermögens bildete! Wie schmerzvoll erschien nun die Tragödie seines Abfalls und seiner Schmach – der Schmach, die er durch den Zauber seines Wesens süß und lieblich werden ließ (Sonett 95,1) und die dennoch Schmach blieb. Da Shakespeare ihm jedoch vergab, sollten nicht auch wir ihm vergeben? Ich war nicht begierig, in das Geheimnis seines Falls zu spähen.

Anders stand es mit der Tatsache, daß er Shakespeares Theater verließ, und ich untersuchte das sehr eingehend. Endlich kam ich zu dem Schluß, Cyril

Graham habe geirrt, wenn er Chapman für den dramatischen Rivalen des 80. Sonetts ansah. Offenbar war hier einzig Marlowe gemeint. Zu der Zeit, als die Sonette geschrieben wurden, konnte ein Bild wie »das stolze Segel seines großen Sangs« nicht für Chapmans Werk gebraucht werden, wie anwendbar es auch auf den Stil seiner späteren Stücke sein mag. Nein. Unbedingt muß Marlowe der Nebenbuhler gewesen sein, von dem Shakespeare in so preisenden Worten sprach, und jener

vertraute Hausgeist,
Der nächtens ihn mit Geisteskunde narrt...

deutete auf den Mephistopheles seines ›Doktor Faustus‹. Marlowe war zweifellos von der Schönheit und Anmut des jungen Schauspielers bezaubert, und so lockte er ihn vom Blackfriars Theatre weg, damit er den Gaveston in seinem ›Edward II.‹ spiele. Daß Shakespeare den rechtlichen Anspruch hatte, Willie Hughes bei seiner Truppe festzuhalten, ergibt sich deutlich aus dem 87. Sonett, in dem er sagt:

Leb wohl! Für mich zu kostbar Gut erfunden
Bist du, der jetzt den eignen Preis erkennt:
Der Freibrief deines Werts hat dich entbunden,
Mein Recht auf dich ist völlig nun zu End.

Könnt ich dich ohne dein Gewähren binden?
Verdien ich solchen Reichtum zu empfangen?
In mir ist nicht des Schenkens Grund zu finden –
So ist mein Lehn an dich zurückgegangen.

Du gabst dich damals, deinen Wert nicht sehend
Und mich vielleicht in desto schönrer Prägung;

Nun dein Geschenk, aus Irrtum nur entstehend,
Kehrt heim zu dir, nach reiferer Erwägung.

So hatt ich dich, wie Traumes trügend Zeichen:
Im Schlaf ein König, wachend nichts dergleichen.

Doch den er nicht durch Liebe halten konnte, wollte er nicht durch Gewalt halten. Willie Hughes ging zu Lord Pembrokes Truppe, und vielleicht hat er auf dem offenen Hof der Red Bull Tavern die Rolle von König Edwards zartem Liebling gespielt. Nach Marlowes Tode scheint er zu Shakespeare zurückgekehrt zu sein, der, was die Mitglieder seiner Gesellschaft über die Sache auch gedacht haben mögen, dem treulosen und eigenwilligen jungen Schauspieler gern verzieh.

Wie richtig hat Shakespeare in den Sonetten das Wesen des Komödianten gezeichnet! Willie Hughes war einer von denen,

Die das nicht tun, was sie am meisten zeigen,
Und, andre rührend, selber kalt wie Stein.

Er konnte Liebe spielen, aber sie nicht empfinden, konnte Leidenschaft darstellen, ohne von ihr zu wissen.

Auf vieler Stirnen steht des Herzens Trug
In Zornesrunzeln, finsterm Blick geschrieben.

Doch bei Willie Hughes war es anders. Dich aber, sagt Shakespeare in einem Sonett voll überschwenglicher Vergötterung,

Dich aber schuf der Himmel so, daß nun
Der süßen Liebe Sitz dein Angesicht;

Was auch dein Sinn und deines Herzens Tun –
Aus deinem Auge nichts als Süße spricht.

In seinem »unbeständigen Geist«, in seines »Herzens Trug« waren leicht die Unaufrichtigkeit und die Verräterei zu erkennen, die von der Künstlernatur untrennbar scheinen, und ebenso in seiner Freude am Lob jenes Verlangen nach spontaner Huldigung, das allen Schauspielern eignet. Und doch – vom Glück mehr begünstigt als andere, war Willie Hughes der Unsterblichkeit bestimmt. Da er unlöslich mit Shakespeares Dramen verbunden war, sollte er in ihnen weiterleben.

Dein Name soll fortan unsterblich sein,
Mir, einmal tot, bleibt nicht, der mein gedenkt;
Nur schlichtes Grab kann mir die Erde weihn,
Du liegst in Menschenaugen eingesenkt.

Dein Grabmal sei mein liebendes Gedicht,
Das heut noch nicht erschaffne Augen lesen,
Und spätste Zunge geb von dir Bericht,
Wenn alle Atmer dieser Zeit verwesen.

Ohne Zahl waren auch die Anspielungen auf Willie Hughes' Gewalt über die Zuschauer, die »Gaffer«, wie Shakespeare sie nennt; am vollkommensten aber fand ich das bezaubernd Zwingende seiner Darstellungskunst vielleicht in ›Einer Liebenden Klage‹ geschildert, wo Shakespeare von ihm sagt:

Geschmeidiger Stoffe viel in ihm sich einen
Und schlau genutzt in alle Formen fügen,
Sei's glühendes Erröten, strömend Weinen,
Vergehende Blässe; und in seinen Zügen
Gebietet er, wie's tauglich scheint zu trügen,

Dem Rot bei frechem Wort, beim Leid den Tränen
Und blasser Ohnmacht Farb bei Unheilsszenen.

. . . .

Stets zu Gebote dem beredten Mund
Sind hohes Wissen, Fragen tiefgedacht,
Schlagfertige Antwort, Grund und Gegengrund;
Zu seinem Zweck verstummt bald und bald wacht,
Was Weiner lachen, Lacher weinen macht:
Er hat des Worts Gewalt, den starken Geist,
Der alle Herzen bannt und mit sich reißt.

Einmal glaubte ich Willie Hughes wirklich in der elisabethanischen Literatur gefunden zu haben. In einem wunderbar anschaulichen Bericht über die letzten Tage des großen Grafen von Essex erzählt sein Kaplan Thomas Knell, in der Nacht bevor der Graf starb, habe er »William Hewes, der sein Musiker war, herbeigerufen, daß er auf dem Spinett spiele und singe. ›Spiel‹, sagte er, ›mein Lied, Will Hewes, und ich selbst will es mir singen.‹ Also sang er gar frohgemut, nicht wie der singende Schwan, der, gesenkten Blickes noch, sein Ende beklagt, sondern wie eine süße Lerche; er hob seine Hände auf und schlug die Augen empor zu seinem Gott, und damit flog er zu dem kristallenen Himmel hinan und stieg unerschöpften Mundes zum Gipfel der höchsten Seligkeiten.« Gewiß, dachte ich, der Knabe, der für den sterbenden Vater von Sidneys Stella das Spinett spielte, wird kein anderer gewesen sein als der Will Hews, dem Shakespeare die Sonette weihte und der selbst, so sagt er uns, süße »Musik dem Ohr« war. Doch Shakespeare zählte erst zwölf Jahre, als Lord Essex im Jahre 1576 starb. So konnte sein Musiker unmöglich der Mr.

W. H. der Sonette gewesen sein. Vielleicht war Shakespeares junger Freund der Sohn des Spinettspielers? Ich hatte immerhin etwas durch die Entdeckung gewonnen, daß der Name Will Hews in elisabethanischer Zeit genannt wurde. Und in der Tat schienen die Hews eng mit Musik und Theater verknüpft gewesen. Die erste englische Schauspielerin war die schöne Margaret Hews, die Prinz Rupert so wahnsinnig liebte. Was lag näher als der Gedanke, daß der Generation zwischen ihr und Lord Essex' Musiker der Schauspielerknabe der Shakespearedramen angehört hatte? Aber die Beweise, die Bindeglieder – wo waren sie? Ach, ich konnte sie nicht finden. Mir schien, ich stünde immerfort nur einen Schritt weit von der unumstößlichen Bestätigung, aber ich könne sie nie wirklich erreichen.

Vom Leben Willie Hughes' glitten meine Gedanken bald weiter zu seinem Tode. Ich fragte mich, welches wohl sein Ende gewesen sein mag.

Vielleicht war er einer jener englischen Schauspieler, die 1604 übers Meer nach Deutschland gingen und vor dem großen Herzog Heinrich Julius von Braunschweig – selbst einem Dramatiker nicht geringen Ranges – spielten und vor jenem seltsamen Kurfürsten von Brandenburg, der in die Schönheit so über alles Maß verliebt war, daß er der Überlieferung nach den jungen Sohn eines durchreisenden griechischen Kaufmanns um sein Gewicht in Bernstein kaufte und zu Ehren seines Sklaven prunkvolle Feste gab, das ganze entsetzliche Notjahr 1606/07 hindurch, als auf den Straßen der Städte das Volk Hungers starb und sieben Monate lang kein Tropfen Regen fiel. Bestimmt wissen wir, daß ›Romeo und Julia‹ im Jahre 1613 in Dresden aufgeführt wurde, zugleich mit ›Hamlet‹ und ›König Lear‹, und gewiß war es kein anderer als Willie Hughes, dem 1616 von der Hand eines aus dem Gefolge des englischen Gesandten Shakespeares Totenmaske überbracht ward – ein bleiches Zeugnis für das Verscheiden des großen Dichters, der ihn so heiß geliebt hatte. Es läge in der Tat etwas eigentümlich Bestechendes in dem Gedanken, der jugendliche Schauspieler, dessen Schönheit ein so fruchtbares Element in Realismus und Romantik von Shakespeares Kunst gewesen ist, habe als erster die Saat einer neuen Kultur nach Deutschland gebracht und sei auf seine Art der Wegbereiter der Aufklärung geworden, jener glänzenden Bewegung des achtzehnten Jahrhunderts, die, zwar von Lessing und Herder eingeleitet und von Goethe zu ihrer vollen und höchsten Entfaltung gebracht, zu einem nicht geringen Teil von einem anderen Schauspieler, Friedrich Ludwig Schröder, vorangetrieben wurde: er weckte das Volk zur Bewußtheit seiner selbst und zeigte durch die gespielten Leidenschaften und mit den mimischen Mitteln der Bühne den innigen, den lebenspendenden Zusammenhang zwischen Wirklichkeit und Literatur. Traf das zu – und wer wollte den Gegenbeweis führen? –, so war es wohl möglich, daß Willie Hughes einer der englischen Komödianten gewesen ist (mimae quidam ex Britannia, nennt sie die alte Chronik), die bei einem plötzlichen Aufruhr in Nürnberg erschlagen und heimlich in einem kleinen Weingarten vor der Stadt von einigen jungen Männern begraben wurden, »die Vergnügen an ihren Vorführungen gefunden und von denen etliche nachgesucht hatten, in den Geheimnissen der neuen Kunst unterwiesen zu werden«. Ja, für ihn, zu dem Shakespeare sagte: »Du bist all meine Kunst«, konnte wohl keine Stätte besser taugen als dieser kleine Weingarten vor den Stadtmauern. Denn waren es nicht die Schicksale des Dionysos, des leidenden Gottes, denen die Tragödie entsprang? War das helle Lachen der Komödie mit ihrer sorglosen Lustigkeit und ihrem raschen Witz nicht zuerst auf den Lippen sizilischer Winzer erklungen? Und wies nicht der schäumende Traubensaft, der Gesicht und Glieder rot und purpurn färbte, zuerst den Reiz, den Zauber der Verkleidung? – denn die Lust, sein Ich zu verhehlen, der Sinn für das Erhabene der Entpersönlichung: offenbarten sie sich nicht unter solcher Gestalt in den unbeholfenen Anfängen der Kunst? Wie es auch sei, ob er in dem kleinen Weingarten vor den Toren der mittelalterlichen Stadt begraben lag oder auf einem düsteren Londoner Friedhof, inmitten von Lärm und Hast der Metropole – kein prächtiges Monument bezeichnete seinen letzten Ruheplatz. Sein wahres Grabmal, wie Shakespeare es prophezeite, war des Dichters Vers, sein wahres Monument die Unsterblichkeit des Dramas. So war das Los auch anderer gewesen, deren Schönheit ihrem Zeitalter einen neuen schöpferischen Impuls verliehen hatte. Der Elfenbeinkörper des Antinoos fault im grünen Nilschlamm, und auf den gelben Hügeln des Kerameikos staubt die Asche des Charmides; aber der bithynische Sklave lebt im Bildwerk und der athenische Jüngling im Werk des Philosophen.

3

Als drei Wochen verstrichen waren, beschloß ich, Erskine ernstlich zu bitten, er möge dem Andenken Cyril Grahams Gerechtigkeit widerfahren lassen und der Welt seine wunderbare Deutung der Sonette bekanntgeben – die einzige Deutung, die das Problem von Grund auf kläre. Leider besitze ich keine Abschrift des Briefes, noch bin ich in der Lage, das Original in meine Hände zu bekommen; aber ich entsinne mich, daß ich den ganzen Gegenstand ausführlich erörterte und Bogen auf Bogen mit der leidenschaftlichen Wiederholung der Gründe und Beweise füllte, die sich mir beim Studium der Sonette aufgedrängt hatten. Mir war, als ob ich nicht allein Cyril Graham den Platz in der Literaturgeschichte gäbe, der ihm gebührte, sondern als ob ich zugleich auch Shakespeares Namen von der schalen Erinnerung an einen Allerweltsroman befreite. Ich legte in den Brief all meine Begeisterung. Ich legte in ihn all meinen Glauben. Kaum aber hatte ich ihn abgeschickt, so trat eine sonderbare Wandlung in mir ein. Mir schien, ich hätte meine Fähigkeit, an die Willie-Hughes-Theorie der Sonette zu glauben, dahingegeben, irgend etwas sei mir gleichsam abhanden gekommen und ich stünde dieser Angelegenheit ganz gleichgültig gegenüber. Was war das? was war geschehen? Es ist schwer zu sagen. Vielleicht hatte ich, als ich den vollkommenen Ausdruck für eine Leidenschaft fand, die Leidenschaft selbst ausgeschöpft. Gefühlskräfte, gleich den Kräften physischen Lebens, haben ihre unübersteiglichen Grenzen. Vielleicht schließt der bloße Versuch, jemanden zu einer Lehre zu bekehren, eine Art Verzicht auf die eigene Glaubensfähigkeit in sich. Vielleicht auch war ich der ganzen Sache einfach überdrüssig geworden, und da meine Begeisterung erloschen war, blieb es nun meinem Verstande anheimgestellt, sein leidenschaftsloses Urteil zu fällen. Gleichviel, wie es geschehen sein mochte – und ich maße mir nicht an, es erschöpfend zu erklären –, jedenfalls wurde Willie Hughes für mich plötzlich ein reiner Mythos, ein eitler Traum, die kindische Erfindung eines jungen Mannes, der, wie die meisten Feuergeister, begieriger war, andere zu überzeugen als selbst überzeugt zu sein.

Da ich Erskine in meinem Brief einige sehr ungerechte und verletzende Dinge gesagt hatte, entschloß ich mich, ihn sofort aufzusuchen und wegen meines Verhaltens Abbitte bei ihm zu tun. Also fuhr ich am nächsten Morgen nach Birdcage Walk und fand Erskine in seiner Bibliothek sitzend, mit dem gefälschten Bildnis Willie Hughes' vor sich.

»Mein lieber Erskine!« rief ich, ich komme, um mich bei Ihnen zu entschuldigen.«

»Bei mir entschuldigen?« sagte er. »Weswegen?«

»Wegen meines Briefes«, antwortete ich.

»Sie brauchen von dem, was Sie mir schrieben, nichts zurückzunehmen«, sagte er. »Im Gegenteil: Sie haben mir den größten Dienst geleistet, der in Ihrer Macht steht. Sie haben mir gezeigt, daß Cyril Grahams Theorie völlig zutreffend ist.«

»Damit wollen Sie doch nicht sagen, Sie glaubten an Willie Hughes?« rief ich.

»Warum nicht?« erwiderte er. »Sie haben mich überzeugt. Meinen Sie denn, ich wüßte den Wert augenscheinlicher Beweise nicht zu schätzen?«

»Aber nichts ist hier bewiesen!« widersprach ich seufzend und warf mich in einen Sessel. »Als ich Ihnen schrieb, stand ich unter der Einwirkung einer durch und durch törichten Schwärmerei. Ich war erschüttert durch die Geschichte von Cyril Grahams Tode, hingerissen von seiner romantischen Theorie, überwältigt von der Größe und Neuartigkeit seiner Idee. Jetzt sehe ich, daß die Theorie auf einem Wahn errichtet ist. Das einzige Zeugnis für Willie Hughes' Existenz ist das Bild, das da vor Ihnen steht, und das Bild ist gefälscht. Lassen Sie sich in dieser Sache nicht vom bloßen Gefühl verleiten. Was die Phantasie auch für die Willie-Hughes-Theorie vorzubringen wissen mag – der Verstand lehnt sie bedingungslos ab.«

»Ich begreife Sie nicht«, sagte Erskine und sah mich sehr verwundert an. »Sie selbst haben mich durch Ihren Brief überzeugt, daß Willie Hughes wirklich gelebt hat. Warum haben Sie Ihre Meinung mit einemmal geändert? Oder war alles, was Sie mir schrieben, nur ein Scherz?«

»Ich kann es Ihnen nicht erklären«, entgegnete ich, »aber ich erkenne jetzt, daß überhaupt nichts zugunsten von Cyril Grahams Deutung spricht. Die Sonette sind an Lord Pembroke gerichtet. Ums Himmels willen, verschwenden Sie Ihre Zeit nicht an den närrischen Versuch, einen jungen Schauspieler der elisabethanischen Epoche entdecken zu wollen, der nie gelebt hat, und ein Trugbild, eine Marionette zur tragenden Figur von Shakespeares gewaltigem Sonettenzyklus zu machen.«

»Ich sehe, Sie verstehen die Theorie nicht«, erwiderte er.

»Ich sie nicht verstehen?« rief ich. »Mein lieber Erskine, mir ist, als hätte ich sie selbst erdacht. Mein Brief muß Ihnen ja gezeigt haben, daß ich mich nicht nur in die ganze Angelegenheit versenkt, sondern daß ich auch Beweise aller Art beigebracht habe. In der Theorie ist nur ein einziger schwacher Punkt: sie setzt die Existenz ebender Person voraus, um deren Existenz der Streit geht. Wenn wir als erwiesen annehmen, daß sich in Shakespeares Truppe ein junger

Schauspieler namens Willie Hughes befunden hat, so ist es nicht schwer, in ihm den Gegenstand der Sonette zu sehen. Da wir aber wissen, daß es keinen Schauspieler dieses Namens in der Gesellschaft des Globe-Theaters gegeben hat, ist es müßig, ihm weiter nachzujagen.«

»Aber das gerade wissen wir nicht«, sagte Erskine. »Es trifft durchaus zu, daß sein Name nicht auf der Liste steht, die der ersten Folioausgabe von Shakespeares Werken beigegeben ist; wie Cyril jedoch nachwies, spricht das eher zugunsten der Existenz Willie Hughes' als gegen sie, wenn wir uns erinnern, daß er abtrünnig wurde und Shakespeare eines dramatischen Nebenbuhlers wegen verließ.«

Wir erörterten die Sache stundenlang weiter, aber nichts, was ich vorbringen konnte, vermochte Erskine in seinem Glauben an Cyril Grahams Auslegung wankend zu machen. Er erklärte mir, er beabsichtige, sein Leben dem Beweis der Theorie zu weihen, und er sei entschlossen, Cyril Grahams Gedächtnis zu Ehren zu bringen. Ich beschwor ihn, verlachte ihn, flehte ihn an; doch alles war vergebens. Schließlich gingen wir auseinander – nicht gerade im Zorn, aber sicherlich mit einem Schatten zwischen uns. Er hielt mich für oberflächlich, ich hielt ihn für verblendet. Als ich ihn wieder aufsuchte, sagte mir sein Diener, er sei nach Deutschland verreist.

Zwei Jahre danach kam ich eines Tages in meinen Klub; da überreichte mir der Portier einen Brief mit ausländischer Marke. Er war von Erskine, im Hôtel d'Angleterre in Cannes geschrieben. Als ich ihn gelesen hatte, war ich tief entsetzt, obwohl ich nicht ganz glaubte, daß er so wahnsinnig sein könne, seinen Entschluß auszuführen. In dem Brief stand im wesentlichen, er habe nichts unversucht gelassen, um die Willie-Hughes-Theorie zu beweisen, und sei gescheitert; und da Cyril Graham sein Leben für diese Theorie hingegeben habe, wolle auch er sein Leben derselben Sache opfern. Der Brief schloß mit folgenden Worten: »Ich glaube noch immer an Willie Hughes; und wenn Sie mein Schreiben erhalten, werde ich durch meine eigene Hand um Willie Hughes' willen gestorben sein: um seinetwillen und um Cyril Grahams willen, den ich durch meine platten Zweifel und meinen verständnislosen Unglauben in den Tod getrieben habe. Die Wahrheit war Ihnen einst offenbart, und Sie verwarfen sie. Sie tritt nun wieder vor Sie hin, befleckt mit dem Blut zweier Leben – wenden Sie sich nicht nochmals von ihr.«

Es war ein gräßlicher Augenblick. Ich fühlte mich krank vor Traurigkeit, und doch konnte ich das Ganze nicht glauben. Für seine religiösen Überzeugungen sterben, ist der schlechteste Gebrauch, den ein Mensch von seinem Leben machen kann; aber für eine literarische Theorie ...! Es erschien mir unmöglich.

Ich sah nach dem Datum des Briefes. Er war acht Tage alt. Durch einen unglücklichen Zufall hatte ich mehrere Tage nicht in den Klub gehen können, sonst hätte ich den Brief gerade noch zur Zeit erhalten, um Erskine zu retten. Vielleicht war es noch nicht zu spät. Ich fuhr in meine Wohnung, packte, und mit dem Nachtzug reiste ich von Charing Cross ab. Die Fahrt war unerträglich. Ich glaubte, nie würde ich Cannes erreichen. Dort angekommen, fuhr ich sogleich zum Hôtel d'Angleterre. Man sagte mir, daß Erskine zwei Tage zuvor auf dem englischen Friedhof begraben worden sei. Etwas grausig Groteskes war

um die ganze Tragödie. Ich sprach allerhand verrückte Dinge, und die Leute in der Halle schauten sich neugierig nach mir um.
Da ging Lady Erskine durch das Vestibül; sie war in tiefe Trauer gekleidet. Als sie mich erblickte, kam sie zu mir, murmelte ein paar Worte über ihren armen Sohn und brach in Tränen aus. Ich führte sie in ihren Salon. Ein älterer Herr erwartete sie dort. Es war der englische Arzt.
Wir redeten vielerlei über Erskine, aber ich schwieg über die Ursache seines Selbstmordes. Offensichtlich war seiner Mutter der Grund nicht bekannt, der ihn zu einer so verhängnisvollen, so wahnsinnigen Tat getrieben hatte. Schließlich stand Lady Erskine auf und sagte: »George hat Ihnen etwas als Andenken hinterlassen. Es ist etwas, das er immer sehr hochgeschätzt hat. Ich will es Ihnen holen.«
Sobald sie das Zimmer verlassen hatte, wandte ich mich zu dem Arzt und sagte: »Was für ein entsetzlicher Schlag muß es für Lady Erskine gewesen sein! Ich wundere mich, daß sie es mit solcher Fassung trägt.«
»Oh, sie wußte seit Monaten, was kommen wird«, erwiderte er.
»Sie wußte es seit Monaten?« rief ich. »Aber warum hat sie ihn nicht davon zurückgehalten? Warum ließ sie ihn nicht bewachen? Er muß wahnsinnig gewesen sein.«
Der Arzt sah mich verständnislos an. »Ich weiß nicht, was Sie meinen«, sagte er.
»Mein Gott!« rief ich, »wenn eine Mutter weiß, daß ihr Sohn im Begriff ist, Selbstmord zu verüben ...«
»Selbstmord?« entgegnete er. »Der arme Erskine hat keinen Selbstmord verübt. Er starb an der Schwind-

sucht. Er kam hierher, um zu sterben. Ich hatte ihn kaum gesehen, so wußte ich, daß er nicht zu retten war. Der eine Lungenflügel war fast ganz zerstört und der andere weitgehend befallen. Drei Tage bevor er starb, fragte er mich, ob noch irgendeine Aussicht auf Heilung bestehe. Ich erklärte ihm unumwunden, daß keine Hoffnung sei und daß er nur noch wenige Tage zu leben habe. Er schrieb dann ein paar Briefe und war völlig in sein Schicksal ergeben; bis zum Ende blieb er bei klarem Bewußtsein.«

In diesem Augenblick trat Lady Erskine wieder ein, Willie Hughes' unheilvolles Bildnis in der Hand. »Als George starb, bat er mich, Ihnen dies zu geben«, sagte sie. Ich nahm es, und ihre Tränen fielen auf meine Hand.

Das Bild hängt jetzt bei mir in der Bibliothek, wo es von meinen kunstverständigen Freunden sehr bewundert wird. Sie sind zu dem Schluß gekommen, daß es kein Clouet ist, sondern ein Ouvry. Es hat mich nie gedrängt, ihnen seine wahre Geschichte zu erzählen. Aber wenn ich es ansehe, glaube ich bisweilen, es spreche doch wohl manches für die Willie-Hughes-Theorie der Shakespeareschen Sonette.

GEDICHTE IN PROSA

DER KÜNSTLER

Eines Abends kam der Wunsch in seine Seele, ein Bild zu schaffen der »Lust, die einen Augenblick verweilet.« Und er ging aus in die Welt, um nach Bronze zu suchen. Denn er konnte nur in Bronze denken.
Aber alle Bronze der ganzen Welt war verschwunden, und nirgends auf der ganzen Welt war Bronze zu finden, außer der des Bildwerks »Das Leid, das ewig währet«.
Diese Bildwerk nun hatte er selbst mit seinen eigenen Händen geschaffen und es auf das Grab des einzigen Wesens gestellt, das er in seinem Leben geliebt. Auf das Grab des toten Wesens, das er zutiefst geliebt, hatte er dies Bildwerk, seiner Hände Arbeit, gestellt, daß es als Zeichen diene für des Menschen Liebe, die nicht vergeht, und als Sinnbild für das Menschenleid, das ewig währet. Und auf der ganzen Welt war keine Bronze außer der dieses Bildes.
Und er nahm das Bildwerk, das er geschaffen hatte, und stellte es in einen großen Schmelzofen und überantwortete es dem Feuer.
Und aus der Bronze des Bildwerkes »Das Leid, das ewig währet«, schuf er ein Bild der »Lust, die einen Augenblick verweilet«.

DER HEILBRINGER

Es war zur Nachtzeit, und Er war allein.
Und Er sah in weiter Ferne eine rundumwallte Stadt und ging auf die Stadt zu.
Und da Er näher kam, hörte Er aus der Stadt den Tanzschritt der Füße der Freude und das Lachen des

Mundes der Fröhlichkeit und die lärmende Musik vieler Lauten. Und Er klopfte an das Tor, und die Torwächter öffneten Ihm.

Und Er gewahrte ein Haus, das war von Marmor, und schöne Marmorsäulen ragten vor ihm. Die Säulen waren mit Blumengewinden behangen, und innen und außen brannten Fackeln aus Zedernholz. Und Er trat in das Haus.

Und da Er durch die Halle aus Chalzedon und durch die Halle aus Jaspis geschritten und zu der großen Halle der Schwelger gelangt war, sah Er auf einem purpurnen Pfühl einen liegen, des Haar rote Rosen kränzten und dessen Lippen rot waren vom Wein.

Und Er trat hinter ihn und berührte seine Schulter und sprach zu ihm: »Warum lebst du auf solche Art?«

Und der Jüngling wandte sich und erkannte Ihn, und er antwortete und sprach: »Einst war ich ein Aussätziger, und du heiltest mich. Wie sonst sollte ich leben?«

Und Er schritt aus dem Haus und trat wieder auf die Straße.

Und nach einer kleinen Weile sah Er eine, deren Antlitz war geschminkt und deren Kleid war bunt, und an den Füßen trug sie Perlen. Und hinter ihr ging, sacht schleichend wie ein Jäger, ein junger Mann in einem zwiefarbenen Mantel. Aber das Antlitz des Weibes war wie das schöne Antlitz eines Götzenbildes, und die Augen des jungen Mannes funkelten vor Begierde.

Und Er folgte rasch und berührte die Hand des jungen Mannes und sprach zu ihm: »Warum blickst du nach diesem Weibe, und mit solchen Augen?«

Und der junge Mann wandte sich und erkannte Ihn

und sprach: »Einst war ich blind, und du machtest mich sehend. Nach was sonst sollte ich blicken?«
Und Er eilte vorwärts und berührte das bunte Kleid des Weibes und sprach zu ihr: »Ist denn kein anderer Pfad, darauf zu wandeln, als der Pfad der Sünde?«
Und das Weib wandte sich und erkannte Ihn, und sie lachte und sprach: »Du selbst vergabst mir meine Sünden, und dieser Pfad ist lustig zu wandeln.«
Und Er schritt aus der Stadt.
Und da Er aus der Stadt geschritten war, sah Er am Wegrand einen Jüngling sitzen und weinen.
Und Er ging zu ihm hin und berührte die langen Lokken seines Haars und sprach zu ihm: »Warum weinest du?«
Und der Jüngling blickte auf und erkannte Ihn und antwortete: »Einst war ich tot, und du erwecktest mich von den Toten. Was sonst sollte ich tun als weinen?«

DER SCHÜLER

Als Narziß starb, verwandelte sich der Weiher seiner Wonne aus einer Schale süßen Wassers in eine Schale voll salziger Tränen, und die Oreaden kamen weinend durch den Wald herbei, daß sie dem Weiher sängen und ihm Tröstung gäben.
Und als sie sahen, daß sich der Weiher aus einer Schale süßen Wassers in eine Schale voll salziger Tränen verwandelt hatte, lösten sie die grünen Flechten ihres Haars und riefen zu dem Weiher und sagten: »Wir wundern uns nicht, daß du auf solche Art um Narziß trauerst, so schön war er.«
»War Narziß denn schön?« fragte der Weiher.
»Wer sollte das besser wissen als du?« antworteten

die Oreaden. »An uns ging er stets achtlos vorüber; dich aber suchte er auf und lag an deinen Ufern und schaute auf dich nieder, und im Spiegel deiner Wasser spiegelte er seine eigene Schönheit.«
Und der Weiher antwortete: »Ich aber liebte Narziß, weil ich, wenn er an meinen Ufern lag und auf mich niederschaute, im Spiegel seiner Augen immer meine eigene Schönheit gespiegelt sah.«

DER MEISTER

Als nun Dunkelheit über die Erde kam, entzündete Joseph von Arimathia eine Fackel aus Kiefernholz und stieg von dem Hügel hinab ins Tal. Denn er hatte bei sich zu Hause zu tun.
Da sah er auf den Kieseln im Tal der Tränen einen Jüngling knien, der war nackt und weinte. Sein Haar war von der Farbe des Honigs, und sein Leib war wie eine weiße Blume; aber er hatte seinen Leib mit Dornen zerrissen und Asche auf sein Haar gehäuft wie eine Krone.
Und er, der reich an Gütern war, sprach zu dem Jüngling, der nackt war und weinte: »Ich verwundere mich nicht, daß dein Gram so groß ist, denn wahrlich, Er war ein Gerechter.«
Und der Jüngling antwortete: »Nicht um Seinetwillen weine ich, sondern um meinetwillen. Auch ich verwandelte Wasser in Wein und heilte die Aussätzigen und gab den Blinden das Gesicht. Ich wandelte auf den Wassern, und ich hieß die bösen Geister ausfahren aus denen, die in den Gräbern wohnen. Ich speiste die Hungrigen in der Wüste, wo es keine Nahrung gab, und weckte die Toten aus ihren engen Häusern,

und auf mein Gebot und vor einer großen Menge Volkes verdorrte ein Feigenbaum, der nicht Früchte trug. Alles, was dieser Mann getan hat, habe auch ich getan. Und dennoch hat man mich nicht gekreuzigt.«

DAS HAUS DES GERICHTS

Und Stille war in dem Hause des Gerichts, und der Mensch trat nackt vor Gott.
Und Gott schlug das Lebensbuch des Menschen auf.
Und Gott sagte zum Menschen: »Dein Leben ist böse gewesen, und du hast dich grausam erzeigt gegen die, denen Beistand not war, und kalten und harten Herzens gegen die, denen Hilfe mangelte. Die Armen riefen zu dir, und du hörtest sie nicht, und deine Ohren verschlossen sich dem Schrei Meiner Betrübten. Das Erbe der Waisen nahmst du dir zu eigen, und du jagtest Füchse in den Weinberg deines Nachbarn. Du nahmst den Kindern das Brot und gabst es den Hunden zu fressen, und Meine Aussätzigen, die in den Sümpfen wohnten und im Frieden waren und Mich lobten, triebest du hinaus auf die Straßen, und auf Meiner Erde, daraus Ich dich schuf, hast du unschuldiges Blut vergossen.«
Und der Mensch antwortete und sagte: »Also tat ich.«
Und abermals schlug Gott das Lebensbuch des Menschen auf.
Und Gott sagte zum Menschen: »Dein Leben ist böse gewesen, und nach dem Schönen, das Ich vor das Auge stellte, hast du getrachtet, und an dem Guten, das Ich verbarg, bist du vorübergegangen. Die Wände deiner Wohnung waren mit Bildern bemalt, und vom

Bett deiner Greuel standest du auf bei Flötenklang. Du hast sieben Altäre gebaut den Sünden, die in Meiner Welt sind, und hast von dem gegessen, das nicht gegessen werden darf, und der Purpur deines Gewandes war bestickt mit den drei Zeichen der Schande. Deine Götzen waren nicht aus Gold noch aus Silber, welche dauern, sondern aus Fleisch, das vergehet. Du färbtest ihr Haar mit Wohlgerüchen und gabest ihnen Granatäpfel in die Hände. Du färbtest ihre Füße mit Safran und breitetest Teppiche vor ihnen aus. Mit Antimon färbtest du ihre Augenlider, und ihren Leib salbtest du mit Myrrhen. Du neigtest dich vor ihnen bis zur Erde, und die Throne deiner Götzen waren in der Sonne errichtet. Du wiesest der Sonne deine Schande und dem Monde deinen Wahn.«

Und der Mensch antwortete und sagte: »Also tat ich.«

Und zum drittenmal schlug Gott das Lebensbuch des Menschen auf.

Und Gott sagte zum Menschen: »Böse war dein Leben, und mit Bösem hast du Gutes vergolten, und mit Unbill lohntest du Wohltat. Die Hände, die dir Speise boten, hast du verwundet, und die Brüste, die dich säugten, hast du geschmäht. Der zu dir kam mit Wasser, ging durstig davon, und die Geächteten, die dich in ihren Zelten bargen zur Nacht, verrietest du vor Morgen. Deinem Feinde, der dich verschonte, legtest du Schlingen in einem Hinterhalt, und deinen Freund, der mit dir wanderte, verkauftest du um Geld, und denen, die dir Liebe schenkten, gabest du dafür nur Lust.«

Und der Mensch antwortete und sagte: »Also tat ich.«

Und Gott schloß das Lebensbuch des Menschen und

sagte: »Fürwahr, Ich will dich zur Hölle schicken. Ja, hinab in die Hölle will Ich dich schicken.«
Und der Mensch schrie laut: »Du kannst es nicht.«
Und Gott sagte zum Menschen: »Weshalb kann Ich dich nicht zur Hölle schicken, und aus welchem Grunde?«
»Weil ich immer nur in der Hölle gelebt habe«, antwortete der Mensch.
Und Stille war in dem Hause des Gerichts.
Und nach einer Zeit sprach Gott und sagte zum Menschen: »Da Ich dich nicht in die Hölle schicken kann, fürwahr, so will Ich dich zum Himmel schicken. Ja, empor zum Himmel will Ich dich schicken.«
Und der Mensch schrie laut: »Du kannst es nicht.«
Und Gott sagte zum Menschen: »Weshalb kann Ich dich nicht empor zum Himmel schicken, und aus welchem Grunde?«
»Weil ich niemals und an keinem Ort vermochte, ihn zu glauben«, antwortete der Mensch.
Und Stille war in dem Hause des Gerichts.

DER LEHRER DER WEISHEIT

Von seiner Kindheit an war er wie einer gewesen, der voll ist der Erkenntnis Gottes, und als er noch ein Knabe war, wurden viele Heilige sowie manch fromme Frauen, die in der freien Stadt wohnten, darin er geboren ward, zu hohem Staunen erregt von der ernsten Weisheit seiner Rede.
Und da seine Eltern ihm das Kleid und den Ring der Mannbarkeit gegeben, küßte er sie und ging von ihnen und zog hinaus in die Welt, damit er zu der Welt spräche von Gott. Denn zu jener Zeit waren in

der Welt viele, die nichts von Gott wußten oder nur eine unvollkommene Kenntnis von ihm hatten, oder die falsche Götter anbeteten – Götter, die in Hainen wohnen und derer nicht achten, die sie anbeten.

Und er wendete sein Antlitz gegen die Sonne und wanderte, ohne Sandalen an den Füßen, wie er die Heiligen hatte wandern sehen, und an seinem Gürtel trug er einen ledernen Beutel und eine kleine Wasserflasche aus gebranntem Ton.

Und da er die Straße entlangschritt, war er erfüllt von der Freude, die aus der vollkommenen Erkenntnis Gottes kommt, und ohne Unterlaß lobsang er Gott; und nach einer Zeit gelangte er in ein fremdes Land, das reich an Städten war.

Und er wanderte durch elf Städte. Manche dieser Städte lagen in Tälern, und andere an den Ufern großer Flüsse, und wieder andere waren auf Hügeln erbaut. Und in jeder Stadt fand er einen Schüler, der ihn liebte und ihm folgte, und auch ein großer Haufe Volks folgte ihm aus jeder Stadt, und die Erkenntnis Gottes verbreitete sich im ganzen Lande, und viele der Mächtigen wurden bekehrt, und die Priester der Tempel voller Götzenbilder mußten die Hälfte ihrer Einnahmen verlorengeben, und wenn sie des Mittags ihre Trommeln schlugen, sahen sie keinen, oder doch nur wenige, mit Pfauen und mit anderen lebenden Opfergaben nahen, wie es der Brauch des Landes gewesen, bevor er kam.

Allein, je mehr Leute ihm folgten und je größer die Zahl seiner Schüler wurde, desto größer wurde sein Kummer. Und er wußte nicht, warum dieser Kummer so groß war. Denn immer sprach er von Gott, und aus der Fülle jener vollkommenen Erkenntnis Gottes, die Gott selbst ihm verliehen hatte.

Und eines Abends schritt er aus der elften Stadt, welche eine Stadt in Armenien war, und seine Schüler und ein großes Gewimmel von Leuten folgten ihm; und er stieg auf einen Berg und setzte sich, und seine Schüler umstanden ihn, und die Menge kniete im Tale.

Und er neigte sein Haupt auf seine Hände und weinte und sprach zu seiner Seele: »Wie kommt es, daß ich voller Angst und Kummer bin und daß jeder meiner Schüler wie ein Feind für mich ist, der in Mittagshelle geht?«

Und seine Seele antwortete ihm und sprach: »Gott erfüllte dich mit seiner vollkommenen Erkenntnis, du aber hast diese Erkenntnis an andere weggegeben. Die köstliche Perle hast du zerstückt, und das Kleid ohne Naht hast du auseinandergeschnitten. Wer Weisheit wegschenkt, beraubt sich selber. Er ist wie einer, der seine Schätze einem Räuber gibt. Ist Gott nicht weiser als du? Wer bist du, das Geheimnis wegzuschenken, das Gott dir anvertraut hat? Ich war einst reich, du aber hast mich arm gemacht. Einst schaute ich Gott, und nun hast du ihn mir verborgen.«

Und wieder weinte er, denn er wußte, daß seine Seele ihm wahr gesprochen und daß er an andere die vollkommene Erkenntnis Gottes weggegeben hatte und daß er war wie einer, der dem Saum von Gottes Kleid anhangt, und daß sein Glaube von ihm wich wegen der großen Zahl derer, die an ihn selbst glaubten.

Und er sprach bei sich: »Ich will nicht länger von Gott reden. Wer Weisheit wegschenkt, beraubt sich selber.«

Und als einige Stunden verstrichen waren, traten

seine Schüler zu ihm heran und verneigten sich bis zur Erde und sprachen: »Meister, rede zu uns von Gott, denn du besitzest die vollkommene Erkenntnis Gottes, und keiner außer dir besitzet sie.«
Und er antwortete ihnen und sprach: »Ich will zu euch von allem anderen reden, das im Himmel und auf Erden ist, aber von Gott will ich euch nicht reden. Nicht jetzt noch zu irgendeiner Zeit will ich euch von Gott reden.«
Und sie wurden ihm gram und sprachen: »Du hast uns in die Wüste geführt, damit wir dich hörten. Willst du uns hungrig fortschicken, uns und die große Menge Volks, die du mit dir kommen hießest?«
Und er antwortete ihnen und sprach: »Ich will zu euch nicht von Gott reden.«
Und die Menge murrte wider ihn und sagte: »Du hast uns in die Wüste geführt und hast uns keine Speise gegeben. Sprich uns von Gott, und du hast uns Genüge getan.«
Aber er antwortete ihnen nicht mit einem Wort. Denn er wußte, wenn er ihnen von Gott spräche, würde er seinen Schatz dahingeben.
Und seine Schüler gingen traurig von dannen, und die Menge Volkes kehrte heim in ihre Häuser. Und viele starben unterwegs.
Und als er allein war, erhob er sich und wendete sein Antlitz gegen den Mond und wanderte sieben Monde lang; zu keinem Menschen aber sprach er, noch gab er jemandem Antwort. Und als der siebente Mond abnahm, gelangte er zu der Wüste, welche die Wüste des Großen Flusses heißt. Und er fand eine Höhle, in der einstmals ein Kentaur gewohnt hatte; die nahm er als seine Wohnung und flocht sich eine Matte aus Schilf, darauf zu liegen, und wurde ein Eremit.

Und zu jeder Stunde pries der Eremit den Herrn, daß er ihm gestattet hatte, noch einiges von der Erkenntnis Gottes und seiner wunderbaren Größe zu bewahren.

Eines Abends nun, da der Eremit vor der Höhle saß, in der er seine Wohnstatt aufgeschlagen hatte, erblickte er einen jungen Mann von bösem und schönem Antlitz, der in geringer Kleidung und mit leeren Händen vorüberging. Allabendlich mit leeren Händen ging der junge Mann vorüber, und jeden Morgen kehrte er wieder, die Hände gefüllt mit Purpur und Perlen. Denn er war ein Räuber und raubte die Karawanen der Kaufleute aus.

Und der Eremit sah ihn an und fühlte Mitleid mit ihm. Aber er sprach nicht ein Wort. Denn er wußte, wer auch nur ein Wort spricht, verliert seinen Glauben.

Und eines Morgens, da der junge Mann wiederkehrte, die Hände gefüllt mit Purpur und Perlen, hielt er ein und runzelte die Stirn und stampfte mit dem Fuß auf den Sand und sagte zu dem Eremiten: »Warum blickt Ihr mich immerfort in solcher Art an, wenn ich vorübergehe? Was ist das, was ich in Euren Augen sehe? Denn niemals hat ein Mensch mich so angesehen. Und es ist ein Stachel für mich und ein Ärgernis.«

Und der Eremit antwortete ihm und sprach: »Was Ihr in meinen Augen seht, ist Mitleid. Mitleid ist, was aus meinen Augen auf Euch blickt.«

Und der junge Mann lachte verächtlich und rief in schneidendem Hohne: »Ich trage Purpur und Perlen in den Händen, und Ihr besitzt nur eine Schilfmatte, darauf zu liegen. Welches Mitleid könnt Ihr mit mir haben? Und aus welchem Grunde habt Ihr dieses Mitleid?«

»Ich habe Mitleid mit Euch«, sagte der Eremit, »weil Ihr nicht die Erkenntnis Gottes besitzt.«
»Ist diese Erkenntnis Gottes etwas Kostbares?« fragte der junge Mann, und er trat dicht an die Öffnung der Höhle.
»Sie ist kostbarer als aller Purpur und alle Perlen der Welt«, erwiderte der Eremit.
»Und Ihr besitzt sie?« sagte der junge Räuber und kam noch näher heran.
»Einstmals«, antwortete der Eremit, »besaß ich die vollkommene Erkenntnis Gottes. Ich Tor gab sie jedoch dahin und verteilte sie unter andere Menschen. Doch auch das wenige, das mir jetzt noch von ihr geblieben, ist kostbarer als Purpur und Perlen.
Und als der junge Räuber dieses hörte, warf er von sich, was er in den Händen trug, den Purpur und die Perlen, und er zog ein krummes Schwert aus scharfem Stahl und sagte zu dem Eremiten: »Gebt mir auf der Stelle die Erkenntnis Gottes, die Ihr besitzt, oder ich will Euch fürwahr erschlagen. Weshalb sollte ich den nicht erschlagen, der einen Schatz hat, größer als der meine?«
Und der Eremit breitete seine Arme aus und sprach: »Wäre es mir nicht besser, wenn ich hinginge bis zu den fernsten Vorhöfen Gottes und ihn lobte, als in der Welt zu leben und keine Kenntnis von ihm zu haben? Erschlagt mich, wofern Euer Sinn danach steht. Aber meine Erkenntnis Gottes will ich nicht dahingeben.«
Und der junge Räuber kniete nieder und flehte ihn an, doch der Eremit wollte zu ihm nicht von Gott sprechen, ihm nicht seinen Schatz geben; und der junge Räuber stand auf und sagte zu dem Eremiten: »Sei es, wie Ihr wollt. Ich aber will nach der Stadt

der sieben Sünden gehen, die nur drei Tagereisen von diesem Ort hier entfernt ist, und dort wird man mir Genuß für meinen Purpur geben, und für meine Perlen verkauft man mir Freude.« Und er raffte den Purpur und die Perlen auf und ging eilends davon. Und der Eremit schrie laut und folgte ihm und flehte ihn an. Während dreier Tage folgte er dem jungen Räuber auf der Straße und beschwor ihn, umzukehren und die Stadt der sieben Sünden nicht zu betreten. Und dann und wann blickte der junge Räuber zurück nach dem Eremiten und rief ihm zu und sagte: »Wollt Ihr mir die Erkenntnis Gottes geben, die kostbarer ist als Purpur und Perlen? Gebt Ihr sie mir, so will ich jene Stadt nicht betreten.«

Und jedesmal antwortete der Eremit: »Alles, was ich habe, will ich Euch geben, nur dieses eine nicht. Denn dies wegzugeben, ist mir verwehrt.«

Und im Abenddämmer des dritten Tages näherten sie sich den hohen scharlachenen Toren der Stadt der sieben Sünden. Und von der Stadt her scholl der Lärm lauten Gelächters.

Und der junge Räuber lachte zur Antwort und eilte an das Tor, um Einlaß zu begehren. Da lief der Eremit hinzu und faßte ihn bei den Schößen seines Kleides und sprach zu ihm: »Breitet Eure Hände aus und legt Eure Arme um meinen Nacken und drückt Euer Ohr eng an meine Lippen, und ich will Euch geben, was mir von der Erkenntnis Gottes geblieben ist.« Und der junge Räuber hielt ein.

Und als der Eremit seine Erkenntnis Gottes dahingegeben hatte, fiel er nieder auf die Erde und weinte, und ein tiefes Dunkel verbarg ihm die Stadt und den jungen Räuber, so daß er sie nicht mehr sah.

Und da er weinend lag, ward er Eines gewahr, der

stand an seiner Seite; und der an seiner Seite stand, hatte Füße von Erz und Haar gleich feiner Wolle. Und Er hob den Eremiten auf und sprach zu ihm: »Einstmals hattest du die vollkommene Erkenntnis Gottes. Nun aber sollst du die vollkommene Liebe Gottes haben. Warum also weinst du?« Und er küßte ihn.

DIE ZWEI GESICHTER OSCAR WILDES

Von Günter Walch

»Lieber Colonel Morse«, schreibt Oscar Wilde im Februar 1882 dem mit der Organisation seiner Vortragsreise in den USA Beauftragten, »würden Sie so freundlich sein, eine gute (Bühnen-) Schneiderei aufzusuchen und für mich – ohne meinen Namen zu nennen – zwei Überröcke machen zu lassen, die man bei Matineen und vielleicht auch abends tragen kann. Sie sollen schön sein; anliegendes Samtwams mit weiten, geblümten Ärmeln und, unter dem Kragen hervorschauend, kleine Batistkrausen ... Jeder gute Kostümschneider wird wissen, was ich haben will – etwas à la François Ier: nur Kniehosen statt der langen Strümpfe ... In Cincinnati war man bitter enttäuscht, weil ich keine Kniehosen trug ...« In seinen Reisebriefen an Freunde kostet er den Triumph über das Aufsehen aus, das seine Auftritte überall erregen, über die ihm zu Ehren mit Lilien geschmückten Räume, über seine beiden Sekretäre, von denen der eine an ihn gerichtete Wünsche nach Autogrammen, der andere solche nach Haarlocken zu erfüllen hat: »Er wird zusehends kahl.« Oscar Wilde von Herren und ekstatischen Damen der Gesellschaft umringt, die ihm entzückt und schockiert seine mit müder Eleganz artikulierten Bonmots von den Lippen lesen; Oscar Wilde im Phantasiekostüm, das Evangelium von der Autonomie der Kunst, der Kunst um der Kunst willen, verkündend, in seinem achtundzwanzigsten Lebensjahr bereits erklärtes Haupt der »ästhetischen Bewegung«, als Dandy eine internationale Leitfigur des sich neigenden 19. Jahrhunderts: das ist der Solist, den nordamerikanische Geschäftstüchtigkeit für diese Exotenschau in siebzig Städten des Kontinents eingekauft hatte.

Wilde, immer in Geldnot, gibt seinen Part, wie man

es von ihm erwartet. Er tut es im großen und ganzen nicht ungern. Es schmeichelt seinem von jeher beträchtlichen Ichgefühl, als »ein *petit roi*« wie nie zuvor im Mittelpunkt zu stehen. Dabei nutzt er die Vortragstournee ganz bewußt, um rührig Reklame zu machen – für Oscar Wilde. Daher die umsichtige Inszenierung seiner Auftritte, daher auch die Kostümierung, denn, was immer behauptet wurde und wird, privatim war er sorgsam darauf bedacht, sich als Gentleman und nach der gängigen Mode zu kleiden.

Und doch, allem oberflächlichen Rummel und aller Egozentrik zutrotz, hat Wildes Amerikareise auch eine andere Seite. Den Vorträgen, die er hier hält, eignen im Keim alle Elemente seiner Kunstauffassungen. Später neu gefaßt und mit den funkelnden Halbedelsteinen seiner Paradoxe besetzt, bleiben sie bis zu »De Profundis« (postum 1905) so gut wie unverändert. Und wie seine privaten Äußerungen geben sie zu erkennen, wie Wilde die Neue Welt im Bewußtsein bereist, eine Mission zu erfüllen. In einem Brief, ebenfalls vom Februar 1882, berichtet er: ». . . was meinen praktischen Einfluß anlangt, so übertrifft der Erfolg meine kühnsten Hoffnungen. In jeder Stadt werden nach meinem Besuch Schulen für Dekorationskunst gegründet, öffentliche Museen eingerichtet, wobei ich bei der Wahl der Gegenstände und der Art des Gebäudes um Rat gefragt werde.«

Wilde fühlt sich als Kulturbote, als Apostel einer Bewegung der Lebenserneuerung durch Schönheit, als Fortsetzer jener aus der Mitte des 19. Jahrhunderts datierenden Traditionslinie, die von den Präraffaeliten, also vor allem Dante Gabriel Rossetti, im Zeichen John Keats' initiiert und von Edward Burne-Jones und William Morris weitergeführt wurde.

Vor allem Morris war es, dem sich Wilde verehrungsvoll verbunden fühlte. Denn für eine ästhetische Lebenserneuerung, für das Heranführen und Gewöhnen des Menschen an das Schöne von Kind auf, das ihm nach und nach das Eindringen in das Wesen der Kunst gestatten sollte, hatte der Maler und Dichter ein Kunsthandwerk begründet, das sich an der vorindustriellen Schönheit des von der Hand geschaffenen Gegenstandes orientierte.

Morris und seine Mitarbeiter formten Ton, Metall und Holz; 1890 gründete er die Kelmscott Press, aus der eine Vielzahl wertvoller Buchausgaben hervorging – alles Bestrebungen, die nicht nur ihre Zeit prägten, sondern auch die Entwicklung des Kunsthandwerks in unserem eigenen Jahrhundert. Aber bei aller Nähe mancher ästhetischen Ansichten, in einem Punkt unterschieden sich Morris und sein Bewunderer wesentlich voneinander: Während Morris nicht zuletzt durch sein Nachdenken über Gesellschaft und Kunst und ihr Verhältnis zueinander einen politischen Weg fand, der ihn in die Social Democratic Federation und 1884 in die Socialist League, der auch Eleanor Aveling, die Tochter von Karl Marx, angehörte, führte, mündete Wildes Programm in einen ästhetischen Hedonismus, den er in Kunst und Leben zu übersetzen trachtete. Nichtsdestoweniger umfaßt es gleichzeitig jenes das eigene Subjekt transzendierende ästhetische Wollen, das, ohne freilich weiterreichende Konsequenzen zu ziehen, auf seine Weise die Spitze kehrte gegen die Verhäßlichung des Lebens durch die Industriegesellschaft der letzten Dekaden des vorigen Jahrhunderts, gegen ihren strikten Utilitarismus und erbarmungslosen Kommerzialismus.

Jene Übel erlebte Wilde in Amerika sozusagen in reinster Form. Sie waren überdies gekoppelt mit einem Banausentum, das den geschmäcklerisch feinsinnigen Wilde beinahe physisch schmerzen mußte. Wie er später zu berichten wußte, war es dortzulande möglich, daß der ebenso reiche wie kunstignorante Käufer eines Gipsabgusses der Venus von Milo die Transportgesellschaft wegen des Verlustes der Arme auf Schadenersatz verklagte – mit Erfolg. Fünf Jahre nach seiner Amerikareise verdichtete Wilde sein Erleben der das ganze 19. Jahrhundert hindurch literarisch ergiebigen Antinomie von Neuer und Alter Welt, von Yankee-Geist und dem zähen Überleben feudaler Konventionen in England zum »Gespenst von Canterville« (*The Canterville Ghost*, 1887). Scheinbar mit leichter Hand hingeworfen, erzielt die Erzählung ihre Wirkung gerade durch das Liebenswerte ihres Spotts, der darüber hinwegtäuschen kann, daß Wilde den Gegenstand seiner Satire mit einer durchaus nicht simplen Dialektik erfaßt. Er kontrastiert ja nicht schlechthin eine Seite mit der anderen, um etwa nur das Verhalten der Amerikaner zu kritisieren, die aus Verhältnissen kommen, »wo wir alles haben, was für Geld zu kaufen ist«. Wilde lobt und tadelt in einem die eine Seite wie die andere, die Schattenseiten an sich positiver Eigenschaften wie Furchtlosigkeit und Nüchternheit des Urteils ans Licht kehrend und andererseits verheißungsvolle Umkehrungen aufspürend: noch in der märchenhaften Auflösung erweist eine Vertreterin der kaltherzig respektlosen Otis, die junge und ursprünglich empfindende Virginia, durch Mitgefühl und Opferbereitschaft menschliche Qualitäten.

Der Eindruck, Wildes Persönlichkeit und Werk lasse

sich kaum auf einen Generalnenner reduzieren, bestätigt sich, wenn man beispielsweise bedenkt, daß zwei so grundverschiedene Werke wie der Essay »Der Sozialismus und die Seele des Menschen« (The Soul *of Man under Socialism,* 1890) und Wildes einziger Roman »Das Bildnis des Dorian Gray« (*The Picture of Dorian Gray,* 1891) aus derselben Feder und in zeitlicher Nachbarschaft entstehen konnten und daß ihr Verfasser obendrein der Dichter von Kunstmärchen war, die zu den schönsten der Weltliteratur zählen.

In »Der Sozialismus und die Seele des Menschen« setzt der Hedonist nämlich durch sein durchaus kreditwürdiges aktives Interesse an einer humanen Zukunft der Menschheit in Erstaunen. Er kann zwar seinen bürgerlichen Individualismus auch hier nicht verleugnen. Auch ist seine Prognose durchaus eklektisch. In einem Atemzug schreibt er von der Selbstverwirklichung des Menschen, nicht mehr durch aufgezwungene Selbstisolierung – Wilde nennt Keats, Darwin und Flaubert als Beispiele –, sondern auf der Grundlage der Beseitigung des Privateigentums, und ergeht sich in ausführlichen Schmähungen der Journalisten und des Publikums, von dem der wahre Künstler keine Notiz nehme, zumal das Kunstwerk mit den Bedürfnissen anderer nichts zu tun habe. Wie hier das ästhetizistische Kunstprogramm, wird anarchistischer Einfluß bei Wildes Definition der Rolle des Staates im Sozialismus spürbar. Ohne ein faßbares revolutionäres Programm zu kennen, billigt er aber das Mittel der Revolution zur Umwälzung einer Gesellschaft, die auf privatem Eigentum beruht, die den Menschen mit seinem Eigentum verwechselt, die geschützt ist durch ein Recht, das, eben weil darin seine Hauptfunktion besteht, Klassenrecht ist. Von dieser Warte aus lehnt er die Mildtätigkeit, die soziale Patentmedizin des Viktorianismus, ab: »Warum sollten die Armen für die Krumen, die von der Tafel des Reichen fallen, dankbar sein? Sie sollten mit bei dem Mahle sitzen, das beginnen sie jetzt zu merken.« Mehr noch, es sind »gerade die Wohltäter die größten Schädlinge«, weil sie Schleier über die Verhältnisse der Unterdrückung breiten, somit lähmende Illusionen nährend. Und gerade im Unvermögen des manipulierten Bewußtseins, die eigene Entwürdigung zu erkennen, erblickt Wilde auf bis in die heutige Zeit überraschend relevante Weise den höchsten Triumph der Ausbeuter und die tiefste Erniedrigung der Ausgebeuteten: »Für den Denkenden bedeutet nicht der Tod der Marie Antoinette, die sterben mußte, weil sie eine Königin war, den tragischen Höhepunkt der Französischen Revolution, sondern die Erhebung der ausgehungerten Bauern der Vendée, die freiwillig aufstanden, um für die häßliche Sache des Feudalismus zu sterben.« Den Menschen befreien heißt, ihn von solchen Erniedrigungen frei machen, von Elend und Hunger, von Arbeitslosigkeit, aber auch – Wilde ist hier im Gegensatz zu manchem auch progressiven Zeitgenossen ganz unromantisch – von schwerer und schmutziger körperlicher Arbeit, die von immer besseren Maschinen verrichtet werden wird. Erst dann wird der Mensch, dessen Wesen für ihn veränderbar ist, sein Menschentum voll entfalten können: »Der Sozialismus, Kommunismus, oder wie immer man ihn nennen mag, wird dadurch, daß er das Privateigentum in allgemeinen Reichtum umwandelt, dadurch, daß er an Stelle der Konkurrenz die Kooperation setzt, der Gesellschaft die ihr eigentümliche Form eines gesunden Organismus zurückgeben und die materielle Wohlfahrt eines jeden Mitgliedes dieser Gemeinschaft sichern.«

Wie anders, um wie vieles »oscarianischer« präsentiert sich uns Wilde im »Dorian Gray«, jenem sofort erfolgreichen und höchst widersprüchlich beurteilten Roman, der von schrankenloser Sinnenlust als letztem Lebensziel handelt. Ihr gibt sich Dorian Gray hin. Doch zeichnen die Spuren seiner Ausschweifungen nicht sein Antlitz, sondern ein von Freundeshand gemaltes Porträt Dorians. So lange lebt er in einem ständig stärkerer Stimuli bedürfenden Sinnenrausch, bis er nach seiner ersten guten Tat den Anblick des Bildes, das ihm sein wahres Wesen, die Tiefe des Abgrunds zwischen Schein und Sein vor Augen führt, nicht mehr ertragen kann. Er erhebt die Hand gegen das Bild. Allein, der Stoß, der den Beweis seines verpfuschten Lebens beseitigen soll, kehrt sich gegen ihn selbst. Einen verwüsteten häßlichen Mann findet man am Morgen tot vor einem Bildnis, das Dorian Gray in strahlend schöner Jugend zeigt.

Gewiß, die Geschichte gibt sich als warnendes Exempel. Tradierte Moralbegriffe werden deutlich als Maßstab des Geschehens erkennbar. Manche Motive sind durchaus viktorianisch vorgebildet. Huysmans' »Gegen den Strich« (*A Rebours,* 1884), eine der wichtigsten Hervorbringungen der kontinentalen *décadence,* ein Roman, der nachhaltige Spuren im Kolorit des »Dorian Gray« hinterlassen hat, wird dort selbst als das »giftige« Buch apostrophiert. Andererseits ist aber Wildes kritischer Abstand speziell zu der Figur Lord Henry Wottons, des schlimmen Mentors Dorians, viel zu gering, als daß sich der Roman in dieser moralischen Funktion erschöpfte, die ihm der wohlmeinende Flügel der Kritik bescheinigt hat. Der Autor ist viel zu fasziniert von seinen Geschöpfen, von ihrem Witz und ihrer Frivolität wie von ihrem elegant-dekadenten Lebensstil, er hat zu viel von seiner Persönlichkeit in sie hineingelegt, um sich ernsthaft von ihnen distanzieren zu können. Und spätestens bei dem Gedanken an die metaphorische Parallelität des Endes von Autor und Titelfigur wird man nicht umhin können, zu konstatieren, in welch außergewöhnlichem Maße sie, die Titelfigur, Resultat intensivster Ich-Bespiegelung, ja Ich-Besessenheit ist. Jedes mit Gefühl gemalte Porträt sei ein Porträt nicht des Modells, sondern des Künstlers, besagt ein Kernsatz des Romans. Wilde muß sich der Narzißhaftigkeit des Aperçus bewußt gewesen sein.

Das Werk weist nicht nur auf die sprühenden Dialoge der Dramen voraus, durch seinen Sentenzenreichtum, der Manier wie dem Inhalt und sogar den Formulierungen nach: Wilde fand seine Epigramme und Paradoxe viel zu gut und auch viel zu gut verkäuflich, als daß er es bei einmaligem Gebrauch hätte bewenden lassen; in den Komödien verschießt er sie erneut im Feuerwerk seiner Dialoge. Der »Dorian Gray« hat aber in wichtigerem Sinn Schlüsselbedeutung für Wildes Œuvre.

André Gide, mit dem Wilde befreundet war, spielt mit seinem Urteil, der Roman sei ein »verfehltes Meisterwerk«, auf jene Wiederholungen und sogar konventionellen Bestandteile an, die ihm dessen ästhetische Essenz zu verwässern schienen. Wilde hatte ja auf Veranlassung seines Verlegers und durchaus als Konzession an den Publikumsgeschmack – ein echt Wildescher Widerspruch – nachträglich sechs Kapitel hinzugeschrieben, damit aus dem Buch ein Roman wurde. Gerade sie enthalten Handlungselemente, wie man sie eher in einem zeitgenössischen Kolportageprodukt vermutet hätte als bei einem Bekenner zum *l'art pour l'art;* das Geschehen um Jim Vane, der seine Schwester an ihrem Verderber rächen will, wäre ein Beispiel. Aber solcher Makel ungeachtet, auch aller unbestreitbaren Causerie und Pose zutrotz, überträgt sich aus dem Buch etwas von der eigentümlichen Faszination, mit der Wilde das zergliedert, was im Grunde sein eigenes Dilemma ist, sein eigenes Schicksal, das er antizipiert. Dabei spiegelt er sich in der Titelfigur, aber auch in den Gestalten Lord Henrys und – andererseits – des hochtalentierten Künstlers Basil Hallward, des Exponenten eines positiven Moralprinzips, den Dorian umbringt. Wir haben Wildes eigenes briefliches Zeugnis dafür: »... es steckt viel von mir darin. Basil Hallward ist das, wofür ich mich halte; Lord Henry das, wofür die Welt mich hält; Dorian das, was ich gern sein möchte ...« Der Roman reflektiert, in vielfacher Brechung und allerdings rein auf das Subjekt des Autors bezogen, einen wirklichen Konflikt des bürgerlichen Individuums, der in der Gesellschaft seinen Ursprung nimmt. Er widerspiegelt den zum Jahrhundertende hin schmerzhaft bewußt werdenden Zerfall der Totalität der bürgerlichen Persönlichkeit, ihr Auseinanderfallen in eine öffentliche und eine private Existenz: der Citoyen steht dem Bourgeois in einer Person gegenüber.

Die zeitgenössische Literatur registrierte diesen Vorgang mit hoher Empfindlichkeit, jedoch nicht seinem Wesen nach, sondern vielfältig vermittelt als ethischen Konflikt. Der Zerfall der moralischen Statur

des Romanhelden im »Dorian Gray« veranschaulicht indessen nicht nur das charakteristische Obsiegen des hypertrophierten privaten Ich. Das Treiben des nach außen hin makellos schönen und daher vertrauenerweckenden, in seiner zweiten Existenz aber von Ausschweifung zu Ausschweifung und schließlich von Verbrechen zu Verbrechen taumelnden Dorian beurteilt Wilde in dieser Phase seines Schaffens, in der auch die Märchen entstanden, noch nach einem relativ stabilen Kanon ethischer Grundsätze. Obschon Wilde den Prinzipien des Ästhetizismus verpflichtet ist, der das Kunstwerk seines gesellschaftlichen Bezugs beraubt, verschafft sich der Citoyen in ihm noch Gehör. Und es ist dieser Konflikt, auf den der Dualismus in Wildes Werk, sein Schwanken zwischen unvereinbar scheinenden Extremen, zurückgeht.
Daß das Motiv solcher Persönlichkeitsspaltung sich rein biographischer oder psychologischer Deutung widersetzt, daß es vielmehr historische Ursachen hat, beweist der Umstand, daß es in der Literatur seit den achtziger Jahren immer häufiger auftaucht. Sein Auftreten bei Wilde beschränkt sich nicht auf den Roman. Es findet sich auch in den Komödien und wird als untergründige Spannung für »Bunbury, oder Ernst sein ist alles« (*The Importance of Being Ernest*, 1895) zur Grundlage des Komischen und der Fabel, führt doch die Zentralfigur – dort mit Hilfe der Erfindung eines Bruders, während das Vorhandensein eines echten Bruders unerkannt ist – ebenfalls eine Doppelexistenz. Bei Robert Louis Stevenson, bei Joseph Conrad, Henry James, Rudyard Kipling – im Grunde bei allen Erzählern von Rang – tritt das Motiv mehrfach und in unterschiedlicher Form auf. Weithin am bekanntesten ist Stevensons »Seltsamer

Fall des Dr. Jekyll und Mr. Hyde« (*The Strange Case of Dr. Jekyll and Mr. Hyde*, 1886) geworden. Auch diese Erzählung, die den »Dorian Gray« entscheidend beeinflußte, projiziert den Grundkonflikt auf eine ethische Ebene, indem die böse Komponente in Dr. Jekylls Psyche unter Drogeneinfluß eine auch physisch entsprechende Gestalt annimmt. Vielleicht am unmittelbarsten gibt der gebürtige Amerikaner und Wahlbrite Henry James in seiner 1893 veröffentlichten Kurzgeschichte »Das Privatleben« (*The Private Life*) etwas vom wirklichen Urgrund des dualistischen Motivs preis. Sein Schriftsteller Clare Vawdry, für den Robert Browning Modell gestanden haben soll, hat in dieser Geschichte sein Ich in zwei Hälften gespalten, von denen er die eine zu Hause schreiben und die zweite, unproduktive in der Öffentlichkeit auftreten läßt. Damit war der Totalitätsverlust der spätbürgerlichen Persönlichkeit, der Zerfall der politisch-sozialen und der geistig-schöpferischen Tätigkeit des Dichters, konstatiert.
Natürlich war die Lossagung des bürgerlichen Dichters von seinen Verantwortlichkeiten als Citoyen kein neuer Vorgang. Nach 1848 von gesamteuropäischer Verbreitung, konnte der Riß jedoch durch das keineswegs unproblematische sozialreformerische Denken des Viktorianismus, das von der Illusion der grundsätzlichen Gesundheit des industriekapitalistischen Gesellschaftskörpers ausging, einstweilen noch überbrückt werden. Nun aber, da die englische Gesellschaft seit den achtziger Jahren in ihr imperialistisches Stadium eintrat, drang der Konflikt, dem das literarische Motiv von Persönlichkeitsspaltung und Doppelleben ein Zeichen setzte, überaus bedrohlich ins Bewußtsein sensibler Zeitgenossen. Letztlich war

das eine Konsequenz der zeitbestimmenden sozialökonomischen Veränderungen. Die Verlagerung des wirtschaftlichen Schwergewichts vom *entrepreneur* des 19. Jahrhunderts auf das Finanzkapital mußte einschneidende ideologische Folgen haben. Sie bedeutete, daß mit dem historischen Abdanken des freien Unternehmers auch das Kredo des Liberalismus seine Glaubwürdigkeit eingebüßt hatte.
Denn wenn der Liberalismus mit seinem Grundsatz des *laissez-faire,* des freien Spiels miteinander wetteifernder Kräfte, dem einzelnen theoretisch unbegrenzte Entfaltungsmöglichkeiten und kraft dieser ständige allgemeine Höherentwicklung verheißen hatte, so wurden mit der rapiden Reduzierung jenes Kräftespielraums nun Individualismus und bürgerlicher Fortschrittsglaube als dessen ethische Ableitungen äußerst fragwürdig. In einer Welt, in der nicht mehr das Individuum entschied, sondern anonyme Kräfte undurchsichtig zu walten schienen, verkehrten sie sich in ihr Gegenteil. Hinzu kam das maßgeblich von den naturwissenschaftlichen Entdeckungen des 19. Jahrhunderts – Charles Darwins Name assoziiert sich als erster – bewirkte Zerschellen religiöser Ordnungsvorstellungen. Das Resultat war der Zusammenbruch des gesamten, in England seit den Frühtagen der bürgerlichen Gesellschaft von Liberalismus und Puritanismus geprägten ethischen Wertsystems.
Es hatte den Dichtern bis zur Mitte des 19. Jahrhunderts noch als Grundlage sittlichen Urteilens, als unerläßliche Schaffensvoraussetzung dienen können. Die nächste Generation, von der hier die Rede ist, fand sich solcher Orientierung beraubt. Auf einer Woge des Pessimismus trieb sie der Stimmung des Fin de

siècle entgegen. Ihre fieberhafte Suche nach Auswegen aus dem geistigen Dilemma, die das verwirrend widersprüchliche geistige und literarische Bild der Zeit hervorbrachte, führte sie auf die verschlungenen Pfade idealistischer Philosophie oder der Religion. Okkultismus und Spiritismus blühten. »Lord Arthur Saviles Verbrechen« (*Lord Arthur Savile's Crime,* 1891) widerspiegelt das brennende zeitgenössische Interesse an okkulten Phänomenen, freilich auf typisch Wildesche, leicht mokante Weise, was allerdings nicht ausschloß, daß Wilde, wie seine Briefe bezeugen, ebenfalls die Dienste des gerade modischen Chiromanten in Anspruch nahm.

Das war die spannungsreiche Atmosphäre, in die Oscar Fingall O'Flaherty Wills Wilde, 1854 in Dublin geboren, hineinwuchs. Seine Familie war von einem aus Holland stammenden Glücksritter gegründet worden, der sich in Irland niedergelassen und dort geheiratet hatte. Inzwischen war sie zu Ansehen und einem gewissen, allerdings, wie sich nach dem Tod des Vaters zeigen sollte, ungesicherten Wohlstand gelangt. Mit vierzig hatte der Vater als Augen- und Ohrenspezialist internationale Geltung erworben. Aber er war ein universeller Geist, der sich selbst mit einem beachtlichen wissenschaftlichen Ruf nicht zufriedengab. Als begeisterter irischer Patriot verfaßte er zahlreiche Arbeiten zur Volkskunde und Geschichte seines Landes. Sie waren Teil umfassender und fruchtbarer Bemühungen, die irische Volkskultur zur nationalen Selbstbesinnung gegenüber der englischen Vorherrschaft zu mobilisieren, Bemühungen, die schließlich auch das Theater einbezogen. Noch konnte niemand daran denken, aber von hier führte eine Spur zu der Weltgeltung, die irisches

Theater und irische Literatur Jahrzehnte später durch Synge, Shaw, O'Casey wie auch durch Yeats und Joyce gewinnen sollten. So groß die philosophischen und künstlerischen Unterschiede zwischen ihnen im einzelnen sind, gemeinsam war ihnen ihre Dubliner Herkunft.

Wahrscheinlich noch nachhaltigeren Einfluß als der Vater übte die Mutter aus. Gleich diesem hoch gebildet, teilte sie seine politischen Interessen und veröffentlichte patriotische Artikel. Gerade während seiner Bildungsjahre aber muß für Oscar Wilde das literarische Fluidum beeindruckend gewesen sein, das die ambitiöse Mutter – wie er selbst später nicht frei von Theatralik und Manierismus – zu verbreiten wußte. Als ihr Zweitgeborener zehn Jahre alt war, veröffentlichte sie unter dem Pseudonym Speranza einen Band Gedichte. Ihr Salon wurde zum geistigen und literarischen Mittelpunkt Dublins, sie selbst bekannt nicht nur als Essayistin und Dichterin, sondern auch als Übersetzerin beispielsweise von Karl Wilhelm Meinholds »Sidonia von Bork, die Klosterhexe« (1847). Sein Leben lang war Wilde stolz darauf, daß zu den Büchern, die Rossetti in seiner Jugend enthusiastisch aufgenommen hatte, die »Sidonia« gehörte und außerdem »Melmoth der Wanderer« (*Melmoth the Wanderer*, 1820), ein auch von Byron und Scott, Balzac und Goethe geschätzter Schauerroman aus der Feder Charles Maturins, eines entfernten Onkels der Mutter.

Seine solchermaßen vorgeprägten Interessen wandte Wilde auf der Portora-Schule, im Trinity College in Dublin und dann in Oxford vor allem dem Studium des Griechischen zu. Es war die klassische Dichtung und Literatur, die sich ihm eröffneten und die er in

einem wahren Schönheitsrausch erlebte. Einige Reisen nach Italien und Griechenland ergänzten die Studien. Wilde, der schon auf der Universität Geld und Ehrgeiz als seine »zwei großen Götter« bezeichnete, erhielt Stipendien und höchste studentische Auszeichnungen. Sie waren wohl verdient, denn Wilde widmete sich seinem Studium – zumindest periodisch – mit großem Eifer. Aber es ist charakteristisch für ihn, daß er seine tatsächliche Arbeitsleistung eher zu verhehlen suchte, um sein Image als Genie, dem alles von selbst zufliegt, zu pflegen. Zu diesem Bild gehörte seine avantgardistisch ausgestattete Wohnung, in der der junge Ästhet seine Mitstudenten mit dem berühmt gewordenen Wunsch verblüffte, sich seines blauen Porzellans würdig zu erweisen.
Zu dieser Zeit hatte er bereits bei zwei Oxforder Professoren gehört, die zu den bedeutendsten Vertretern der neuen ästhetischen und zum Teil auch sozialethischen Bewegung zählten, von der sich Wilde von da an so stark angesprochen fühlte. Zunächst hatte ihn der Kunstwissenschaftler John Ruskin in seinen Bann gezogen. Seine Kritik an der Häßlichkeit der Maschinenwelt fand kein geringeres Echo als das dagegengesetzte Postulat des Schönen. Seine These von der Würde der Handarbeit, die ästhetische wie soziale Akzente trug, überprüfte er experimentell am Projekt eines Straßenbaus; Wildes Beteiligung ist überliefert.
Solche Folgen akademischen Theoretisierens mochten Wilde auf die Dauer zu anstrengend, Ruskins sehr weitgehendes progressives soziales Engagement zu verpflichtend sein. So war seine Hinwendung zu Walter Pater eigentlich nur folgerichtig. Von ihm übernahm er jenen bindungslosen Schönheitskult,

jenen hellenistischer Dekadenz verpflichteten Hedonismus, jene zur höchsten Weisheit erklärte Liebe zur Kunst um ihrer selbst willen, alles Zeichen reaktiver gesellschaftlicher Randständigkeit des bürgerlichen Künstlers, die Wilde sich nun unter dem zusätzlichen Einfluß französischer Vorbilder anschickte, in Leben und Kunst umzusetzen.

Ein Bändchen Gedichte brachte er 1879 nach London mit; 1881 wurde es veröffentlicht. Den Versen wurde Begabung und Mut bescheinigt. Mut, weil der Dichter in von Tennyson her geläufiger Weise die Kommerzialisierung des Empire anklagte. Trotz mehrerer Auflagen innerhalb kurzer Zeit war der Kritik aber sofort klar, daß hier weniger eine originale Stimme als die Stimmen größerer Sänger erklangen, neben der Tennysons und anderer Dichter des 19. Jahrhunderts die von Keats, Byron, Milton, sogar Shakespeare.

Was Originalität anlangt, reüssierte er dafür auf andere Weise erstaunlich schnell: als Salonlöwe, als bald unentbehrlicher brillanter Unterhalter exklusiver Gesellschaften, der bewußt durch herausfordernde Kleidung und lässig exzentrisches Gebaren die Rolle eines Poseurs übernahm. Wilde war aus Oxford gerade drei Jahre fort, als ihn das elegante London höchlichst amüsiert in einer entsprechenden Figur des neusten Opus der Operettenschöpfer Gilbert und Sullivan erkannte, obwohl möglicherweise gar nicht Wilde, sondern Rossetti von den Autoren gemeint war. Nicht, daß Wilde verstimmt gewesen wäre. Er hatte diese Art Ruhm mit Gusto angesteuert. Aber obwohl sie von seiner Warte als Erfolg erscheinen mußte, befreite sie ihn nicht von der beim Verlassen der Universität brieflich eingestandenen Furcht, »irgendeine abscheuliche Arbeit ums tägliche

Brot« tun zu müssen. Die Amerikatournee schien einen Ausweg zu bieten; 1883 folgte ihr eine weitere durch Großbritannien. Wildes von nun an stetig wachsende Geldsorgen behoben sie nicht, zumal er 1884 mit Constance Mary Lloyd, der Tochter eines bekannten Dubliner Anwalts, eine Familie gründete. Sein älterer Bruder verschaffte ihm Beziehungen zu Zeitschriften, für die Wilde nun einige Jahre lang als Rezensent arbeitete.

Vieles spricht dafür, daß Wilde – aller Pose entgegen – seine Arbeit als Kritiker durchaus ernst nahm. Er faßte die Kritik als schöne und produktive Kunst, den Kritiker als schöpferischen Betrachter auf (»Der Kritiker als Künstler«, *The Critic as Artist*, 1890), Das heißt jedoch nicht, daß seinen recht eklektischen ästhetischen Ansichten, die er fast sämtlich in dieser Zeit zu Papier brachte, irgendeine schlüssige Theorie zugrunde läge. Nicht zufällig aber stehen sie in auffälliger Nähe von denen des George-Kreises in Deutschland.

1890). Das heißt jedoch nicht, daß seinen recht eklekzählt Hugo von Hofmannsthal Wilde zu den künstlerisch Gleichstrebenden. Allerdings tadelt der »Kreis«, in dem der Einfluß der englischen Ästhetizisten noch vor dem der französischen wirksam wurde, Wildes persönlichen und künstlerischen Hedonismus. Tatsächlich deutet sich in dieser Kritik die Richtung der nachfolgenden Auseinanderentwicklung an. Während Wilde über dem im Privatleben gesuchten Genuß schließlich die künstlerische Produktivität einbüßt, wird George zum hymnischen Künder eines neuen heroischen Zeitalters, für das er ästhetisch erziehen will, und öffnet sich so dem späteren Mißbrauch während des Tausendjährigen Reiches.

Was den George-Kreis in seiner Frühzeit mit Wilde verbindet, ist das Erlebnis der *dècadence,* des Niederschlags bürgerlichen Krisenbewußtseins und ideologischen Verfalls. Die Folge ist die Ablehnung alles Außerkünstlerischen. Der Künstler wendet sich nach esoterischer Abkehr vom bürgerlichen Kunstbetrieb von der Wirklichkeit überhaupt ab. Gesellschaftlich randständig und auf sich selbst zurückgeworfen, fordert er die Austreibung des Ethischen aus dem Ästhetischen. Die schöne Form herrscht über den Inhalt, sie verdrängt ihn. Wesentlich wird das Subjekt des Künstlers, seine Träume, seine erlesenen Stimmungen, seine sensibel empfangenen Eindrücke.

Dieser Impressionismus ist bei Wilde stärker ausgeprägt. Er fordert den Mut, sich seinen Eindrücken hinzugeben. Für ihre Verwandlung in Kunst ist der Dichter der wahre Meister, denn er gebietet durch sein Material – das Wort – über Formen, Farben und Klänge zugleich. Im äußersten, idealen Fall schwebt ihm das Dichtwerk als gedichtetes Bild vor. Doch im Mittelpunkt steht der Zauberbegriff des Stils. Er ist es, der nach Wilde die Kunst dem unvollkommenen, weil stillosen Leben überlegen macht. Der Stil, Form gewordene Phantasie, überlebe alles andere in der Kunst.

Aber Stil, so behauptete Wilde in seinen kritischen Schriften, ist nur an Gegenständen zu vollbringen, die dem Autor fernstehen, die ihn kaltlassen, die ihn nicht zu Parteinahme oder zur Bekundung von Anteilnahme verleiten. Zum Glück für sein Werk ist Wilde – auch hier im Widerspruch jenes Dualismus verstrickt – seinen Thesen weder als Kritiker noch als Dichter konsequent treu geblieben. Als Kritiker nicht, als der er – und wenige Beispiele müssen genügen – ein begründetes Bekenntnis zu dem Realisten Balzac als überragendem Romancier ablegt, während er die Naturalisten und – erstaunlicherweise – Henry James' formale Erzählexperimente als Verschwendung von viel Talent an unbedeutende Motive (*mean motives*) ablehnt. Und als Dichter nicht, wie seine meisterhafte Beherrschung der kleinen epischen Formen beweist. Wilde entdeckte die Mittel der Kurzgeschichte und des Märchens für seine Feder, kurz bevor er die Herausgeberschaft der Zeitschrift »Woman's World« übernahm.

Während er von Mitte 1887 bis 1889 mit Geschick bemüht war, der »Welt der Frau« zum Erfolg zu verhelfen, war er privatim in dieser Welt ein Fremder geworden. Auch hier zwei Gesichter: nach außen gekehrt, das des Ehemannes und Vaters zweier Söhne, 1885 und 1886 geboren; das andere, das Licht der Öffentlichkeit scheuend. Dieses zweite Gesicht wird aber im Werk durchaus sichtbar und beweist damit trotz der postulierten kühlen Distanz eine unmittelbare Nähe eigensten Erlebens zur literarischen Produktion. Dorian Grays Homosexualität ist ohne Mühe als dessen geheimstes Laster erkennbar. Und »Das Bildnis des Mr. W. H.« (*The Portrait of Mr. W. H.,* 1889) ist so sehr von Wildes persönlichem Anliegen bestimmt, daß er Shakespeare, während er in der Fiktion das Geheimnis der Identität der Unbekannten in den Sonetten lüftet, in einen Mann der Männer umdichtet. Sticht hier das Konstruierte und Ausgeklügelte ins Auge, so trägt »Der Millionär« (*The Model Millionaire,* 1887) beinahe operettenhaft idyllische Züge.

Aber Wilde war mit den Qualitäten des ursprünglichen Erzählers begabt. Mag sein, daß ihn ein Ausspruch Paters, Prosa sei schwerer zu machen als Verse, zum Schreiben herausforderte. Fest steht, daß schon auf der Universität seine Gaben als Erzähler bekannt waren, und es sind Behauptungen von Zeitgenossen überliefert, wonach Wildes extemporierter mündlicher Vortrag in den Londoner Salons alles übertroffen haben soll, was er je zu Papier brachte. Das dürfte übertrieben sein, aber daß sich ein Mensch wie Wilde von einem dankbaren Publikum inspiriert fühlte, erscheint einleuchtend. Jedenfalls erklärt sich seine außergewöhnliche Kunstleistung auf dem Gebiet des Märchens auch daraus, daß die Form der kurzen erzählenden Prosadichtung dem glänzenden Plauderer besonders gemäß war. Dafür spricht auch die Prägung gerade der Märchen durch nominale und parataktische, gleichrangige Sätze nebeneinander ordnende, Ausdrucksweisen, wie sie die gesprochene Sprache kennzeichnen. Waren ursprüngliche Begabung und erzählerische Veranlagung auch unabdingbare individuelle Schaffensvoraussetzungen, so scheint sich Wilde der Gattung des Märchens doch aus ganz besonderen Gründen zugewandt zu haben. Es mag gerade die Schlichtheit und relative Übersichtlichkeit, jene gewisse Naivität gewesen sein, die der Welt des Märchens, auch der des Kunstmärchens, eigen ist, von der sich Wilde angezogen fühlte. Denn sie bot ihm die wichtige Möglichkeit eindeutiger sittlicher Bewertung menschlicher Handlungsweisen, also etwas, das – im Sinne unserer eingangs gemachten Bemerkungen – außerordentlich schwierig geworden war. Wilde wußte die intuitiv erfaßte Chance zu nutzen.

Die nicht zuletzt darauf gründende Schönheit der beiden Märchensammlungen »Der glückliche Prinz« (*The Happy Prince,* 1888) und »Das Granatapfelhaus« (*A House of Pomegranates,* 1891) brachte ihrem Schöpfer, wenn nicht sofort, so doch in der Folge wachsenden Ruhm und rückte ihn für die Kritik in die Nähe der Großen des Kunstmärchens wie Goethe, Novalis, Andersen oder Tolstoi. Auch in seinen Märchen bleibt Wilde indessen unverwechselbar er selbst. Auch in ihnen drängt es ihn beispielsweise zum Paradoxen, das nicht von ungefähr bei Wilde, das heißt in einer Zeit, blüht, in der die überlieferten ethischen Ansichten sich auflösen und ihre paradoxen Umkehrungen den Grad der Wahrscheinlichkeit erlangen, der die Wirkung des Paradoxon erst ermöglicht; denn sonst würde es nicht als paradox, sondern als schlechthin widersinnig empfunden. Man merkt es den Märchen immer wieder an, daß sich ihr Verfasser aus der Welt des Salons in die der Prinzen und Nachtigallen begeben hat, so wenn »Die ungewöhnliche Rakete« (*The Remarkable Rocket*) welterfahren meint, »seine Freunde zu kennen« sei »ein mißlich Ding«, oder wenn ausgerechnet der Großinquisitor in »Der Geburtstag der Infantin« (*The Birthday of the Infanta*) bei der Vorführung »der beinah klassischen Tragödie ›Sophonisbe‹ « vom Schicksal der Puppen, »die aus nichts als Holz und buntem Wachs bestehen«, »zutiefst ergriffen« ist.

Wildes sensualistische Suche nach der erlesenen Sensation und sein Hang zur Genußsteigerung durch die Analyse des Sinneserlebnisses scheint auch hier durch. Dennoch sind seine Sprache, seine Fügungen und seine Bilder bemerkenswert beherrscht. Wilde gewinnt ästhetische Wirkungen gerade aus einer stilisierten Einfachheit, die mitunter, auch durch wiederholte Erzählformeln wie: »Und da er schlief, träumte er einen Traum«, an die Sprache der Bibel erinnert.

In der Welt seiner Märchen steigert er das Einfache zum Ornament, ja gelegentlich zum Zeremoniell. Typisch ist der von ihm betriebene Kult mit Blumen und Farben. Blumen sind auf Schritt und Tritt anzutreffen, nicht als Naturelemente, sondern als Kultgegenstände. Außer Wildes Lieblingsblume, der Orchidee mit ihren bizarren Formen, sind sie jedoch nicht sensualistischer Selbstzweck, sondern haben Symbolwert. Am häufigsten sind Rose und Lilie. Beide stehen für Schönheit und Jugend. Während Perlen und edle Steine, die ja zum allgemeinen ästhetizistischen Bestand gehören, von Wilde kaum eigenen künstlerischen Zwecken anverwandelt werden, haben Farben bei ihm ähnliche Funktionen wie Blumen. Im Gegensatz zu Huysmans etwa genießt er sie nicht als solche. Wildes Farbensymbolik ist aber vielschichtig genug, um nicht im Vordergründigen steckenzubleiben. So stehen seine Vorzugsfarben Weiß und Rot für Schönheit und Jugend, Blut und Unschuld, aber auch für sinnlichen Genuß und Vernichtung. Besondere Vorliebe zeigt Wilde für Mischfarben. Grün zum Beispiel ist bei ihm in den Schattierungen Oliv-, Moos-, Jade- und Zitronengrün anzutreffen. Gelb, die Farbe der neunziger Jahre, bedeutet bei ihm oft Alter und Tod.

Aber Wildes Verherrlichung des Schönen ist, sowenig sie ihre ästhetizistische Herkunft verleugnen kann, in den Märchen wesentlichen Inhalten untergeordnet. Mit bemerkenswertem humanistischem Engagement bezieht sich Wilde unmittelbar auf die weit klaffenden Widersprüche seiner Zeit. Er läßt die kleine Schwalbe in »Der glückliche Prinz« über die Großstadt fliegen, und was sie sieht und dem Prinzen berichtet über »die Reichen in ihren schönen Häusern«

und »die weißen Gesichter hungernder Kinder«, ist eine poetisch wirksame Anklage eines – wie Wilde in seinem Sozialismus-Essay zwei Jahre später ja klar formulieren sollte – wegen seiner Besitzverhältnisse unmenschlichen Systems. Die Märchen spiegeln menschliches Leid, »Gebieter über diese Welt«, und menschliche Grundhaltungen in ihrer sozialen Bedingtheit. Im Schutze eines Schwalls freigebiger Worte plündert der reiche Müller den kleinen Hans erbarmungslos aus (»Der opferwillige Freund«, *The Devoted Friend*), und der arme Schlucker merkt es nicht einmal: dem Leser wird der Urteilsspruch überantwortet. Immer wieder sitzt der Egoismus auf der Anklagebank, aber es wird auch die uneigennützige Tat wie ein Wunder in einer Welt des Eigennutzes gefeiert (»Die Nachtigall und die Rose«, *The Nightingale and the Rose*). Im Zusammenhang dieser Gedankengänge erhalten sogar Kunstmittel aus dem ästhetizistischen Arsenal plötzlich eine neue Funktion. In »Der junge König« (*The Young King*) dient die ausführliche Beschreibung des Prunkgemachs der anschließenden kontrastierenden Hervorhebung des furchtbaren Weberelends. Wenn Wilde in »Der Fischer und seine Seele« (*The Fisherman and his Soul*) die kaiserliche Schatzkammer beschreibt, dann nur, um vermittels dieser Beschreibung die Anmaßung des Reichtums zurückzuweisen. Solche Folgen hat Wildes Engagement, daß er seinem anderen Ich in den Märchen mit selbstironischer Erkenntnisschärfe gegenübertreten kann. Denn das Kopfstehen als Zulassungsbedingung »zur feinsten Gesellschaft« (»Der opferwillige Freund«)) ist nicht weniger beziehungsvoll als das kümmerliche Ende der aristokratischen Rakete, die es entrüstet ablehnt, nützlich zu sein, und die im Schlamm des Wassergrabens landet.

Es ist, als hätte Wilde auch hier Anklänge an zukünftiges Geschehen vorweggenomen; er hat es selbst später so gesehen. Vorerst sollte er jedoch noch den Höhepunkt und den Tiefpunkt seines Lebens durchschreiten. Die Jahre von 1892 bis zu seinem Prozeß von 1895 waren seine Erfolgsjahre. Nach dem Erfolg des »Dorian Gray« und dem Mißerfolg der frühen Dramen »Vera oder Die Nihilisten« und »Die Herzogin von Padua« (*Vera, or the Nihilists; The Duchess of Padua*) setzten sich seine gut gemachten Salonkomödien sofort durch. Daß sich unter ihrer polierten Oberfläche tiefere Bedeutung verbirgt, ist nicht nur mit Hester Worsleys mutig anklagenden Worten gegen den Parasitismus der englischen Oberschicht in »Eine Frau ohne Bedeutung« (*A Woman of no Importance,* 1893) belegbar. Die bereits 1891 in Paris französisch geschriebene lyrische Tragödie »Salomé« hat Wilde nie auf der Bühne gesehen; die Aufführung dieser Apotheose der Leidenschaft, deren Titelrolle nach Wildes Behauptung die große Sarah Bernhardt spielen wollte, wurde von der Zensur verhindert. Richard Strauß war es, der dem Stück zu bleibendem Ruhm verhalf, als er, von einer Inszenierung Max Reinhardts inspiriert, den Text für eine großartige Opernkomposition verwendete.

Diese Zeit angeregten Schaffens wurde durch den berüchtigten Prozeß beendet. Er war für keinen der Beteiligten ein Ruhmesblatt. Zu deutlich wurde die Absicht spürbar, sich an einem Mann zu rächen, der das Geschäft des *épater le bourgeois,* des Bürgerschrecks, zu hemmungslos betrieben hatte. Dieser Mann hatte sich indessen mehr als genügend Blößen gegeben. Der Marquis of Queensberry, der Vater eines der jungen Männer, mit denen Wilde Beziehungen gehabt hatte, provozierte einen Beleidigungsprozeß, dem ein Strafprozeß folgte, in dem Wilde wegen »widernatürlicher Unzucht« zu zwei Jahren Zuchthaus verurteilt wurde.

Wiederum sind die Briefe aufschlußreich, nun allerdings wegen des Ausmaßes des Persönlichkeitsabbaus, der Wilde in den zwei Jahren in Reading widerfuhr. Wie gebannt hatte er auf den Ausgang seines Prozesses geharrt, hatte Fluchtmöglichkeiten nicht genutzt, um auch das Leid als Fortsetzung intensiven Lebens über den Genuß hinaus zu erfahren; so jedenfalls hatte er es dargestellt. Nun aber, als zu äußerster Anspruchslosigkeit verdammter Lebemann, fällt alle Pose von ihm ab. Seine Gedanken ziehen immer engere Spiralen. Er überhäuft die verbliebenen Freunde mit unberechtigten Vorwürfen kleinlichster Art, macht sie verantwortlich für sein Los und seine Zukunft. Was ihn schließlich außerordentlich beschäftigt, ist das Schicksal seines Pelzmantels, den er zwölf Jahre lang getragen und in Amerika und bei allen Premieren bei sich hatte.

Noch machte er sich Hoffnungen, nach seiner Entlassung dort fortfahren zu können, wo er aufhören mußte. In Wirklichkeit aber war seine Schöpferkraft gebrochen. Noch einmal gelang ihm ein großer Wurf, »Die Ballade vom Zuchthaus zu Reading« (*The Ballad of Reading Gaol,* 1898). Inhaltlich einem zum Tode verurteilten Mitgefangenen gewidmet, hat sie auch im Metrum nichts Glattes und Gefälliges mehr. Leider hat Wilde bei späteren Hinzufügungen versucht, Effekte zu erzielen, wo gerade aus der rauhen Sprache echte Erschütterung spürbar wurde. Frans Masereel war der graphische Gestalter der Buchausgabe. Aus derselben Erschütterung heraus setzte sich Wilde in zwei Briefen an die Presse für in Reading gefangengehaltene Kinder ein.

Aber schon »De Profundis«, noch im Zuchthaus verfaßt und vorgeblich ein Bekenntnis zur läuternden Macht des Leidens, ist voller Mißklänge. Das Persönliche bleibt in diesem langen Brief der Abrechnung mit Lord Alfred Douglas, dem Sohn des Marquis of Queensberry, trotz Hinweglassens vieler Passagen zu sehr im Vordergrund. Nach der »Ballade« schrieb Wilde, in Frankreich angekommen, so gut wie nichts mehr. Er lebte jetzt ausschließlich Genüssen, die am Ende nichts Erlesenes mehr an sich hatten, und den Bemühungen, die dafür nötigen Geldmittel zu beschaffen. Am 30. November 1900 starb er im Hôtel d'Alsace, einem drittklassigen Hotel in der Pariser Rue des Beaux Arts.

Im April 1891 hatte Oscar Wilde an Arthur Conan Doyle, den geistigen Vater der Sherlock-Holmes-Gestalt, geschrieben: »Zwischen mir und dem Leben hängt immer ein Nebel von Worten. Ich werfe die Wahrscheinlichkeit aus dem Fenster um eines Bonmots willen, und für ein Epigramm gebe ich die Wahrheit preis. Und doch strebe ich danach, ein Kunstwerk zu schaffen.« Wildes Streben war nicht von dem erträumten, vielleicht nicht einmal von dem möglichen Erfolg gekrönt. Dennoch war es erfolgreich. Denn immer dann, wenn es ihm gelang, widrigen Umständen zum Trotz die Nebelwand zwischen sich und der Wirklichkeit zu durchdringen, und sei es nur für Augenblicke, gelangen ihm Schöpfungen von bleibender Schönheit und Wirkung.

WORTERKLÄRUNGEN UND ÜBERSETZUNG FREMDSPRACHIGER TEXTSTELLEN

97 *Mi reina!:* Meine Königin!

99 *vrai sourire de France:* wahrhaft französisches Lächeln.

101 *Camarera Mayor:* Oberhofmeisterin.
Bravo toro!: Bravo, Stier!

111 *comme il faut:* wie es sich gehört.

121 *Mi bella princesa:* meine schöne Prinzessin.

201 *on a fait le monde ainsi:* so ist die Welt nun mal.

210 *Guineen:* 1 Guinee = 21 Schilling; 1 Pfund Sterling = 20 Schilling.

220 *Waiter:* Kellner, hier: Klubdiener.

222 *monsieur le mauvais sujet:* Herr Taugenichts.
On a fait des folies pour moi: Man hat um meinetwillen Torheiten begangen.

260 *Geist im Harnisch:* Anspielung auf eine berühmte Ballade des amerikanischen Dichters Longfellow: The Skeleton in Armour (Das Geripp im Harnisch).

264 *Butler:* Erster Diener, Haushofmeister.

294 *ma belle inconnue:* meine schöne Unbekannte.

302 *mon cher:* mein Lieber.

305 *A chacun son métier:* Jedem, was seines Amtes ist.

306 *Que voulez-vous? La fantaisie d'un millionnaire!:* Warum nicht? Die Laune eines Millionärs!
Son affaire, c'est l'argent des autres: Er macht Geschäfte mit dem Geld andrer Leute.